W.S.Maugham

杰与巨
作 匠

Ten Novels and Their Authors

［英］
威廉·萨默塞特·毛姆 ◆ 著
William Somerset Maugham
W.S.Maugham

刘勇军 ◆ 译

图书在版编目（CIP）数据

巨匠与杰作 /（英）威廉·萨默塞特·毛姆著；刘勇军译 . —— 北京：人民文学出版社，2024

ISBN 978-7-02-018658-7

Ⅰ.①巨… Ⅱ.①威… ②刘… Ⅲ.①随笔-作品集-英国-现代 Ⅳ.① I561.65

中国国家版本馆 CIP 数据核字 (2024) 第 089145 号

责任编辑　王　婧
装帧设计　刘　远
责任校对　李　雪
责任印制　张　娜

出版发行　人民文学出版社
社　　址　北京市朝内大街166号
邮政编码　100705

印　　刷　河北新华第一印刷有限责任公司
经　　销　全国新华书店等

字　　数　237千字
开　　本　880毫米×1230毫米　1/32
印　　张　11.25　插页3
印　　数　1—5000
版　　次　2024年6月北京第1版
印　　次　2024年6月第1次印刷

书　　号　978-7-02-018658-7
定　　价　52.00元

如有印装质量问题，请与本社图书销售中心调换。电话：010-65233595

目　录

一	小说的艺术	001
二	亨利·菲尔丁和《汤姆·琼斯》	023
三	简·奥斯丁和《傲慢与偏见》	050
四	司汤达和《红与黑》	078
五	巴尔扎克和《高老头》	113
六	查尔斯·狄更斯和《大卫·科波菲尔》	143
七	福楼拜和《包法利夫人》	174
八	赫尔曼·梅尔维尔和《白鲸》	205
九	艾米莉·勃朗特和《呼啸山庄》	235
十	陀思妥耶夫斯基和《卡拉马佐夫兄弟》	270
十一	托尔斯泰和《战争与和平》	302
十二	结语	333

一直以来，伟大作家的通信、对话、思想，以及性格里的所有细节，都为我所钟爱。总而言之，我热爱他们人生的种种经历。

—— 圣伯夫

一部小说，首先要使人产生兴趣。然而，要做到这一点，必然要使读者心醉神迷，相信自己看到的故事是真实的。

—— 巴尔扎克

一

小说的艺术

1

在此要对读者说明一下,这本书里的文章最初是如何创作出来的。那时候我在美国,有一天,《红皮书》的编辑要求我列出我眼中世界上最好的十本小说。我照做了,以为事情就此结束,便未做他想。那份清单列得十分随意。我可以再列出十部,它们各有优点,与我最初的选择一样优秀,我也可以为选择它们给出同样充分的理由。假如找一百个博览群书、学富五车的人来选,很可能会选出至少两三百本。然而,在我看来,无论是谁列出的书单之中,我所选择的大部分小说都会占有一席之地。在这个问题上存在着不同的意见,是可以理解的。有各种各样的原因使某个人被某本小说吸引,认为这部小说具有突出的优点,能作出明智判断的人也不例外。也许在读小说的时候,这个人正在经历人生中一段特别的时期,可能是他所处的环境使得他特别容易被这本书打动，也可能是由于他自己的喜好或个人的联想，小说的主题或背景恰好对他有着非同寻常的意义。我可以想象，一个充满激情的音乐爱好者也许会把亨利·汉德尔·理查森[1]的《莫里斯·格斯特》列入十佳小说书单，而一个土生土长的五镇人则会把阿诺德·本涅特[2]的《老妇谭》列入他的书单，因为阿诺德·本涅特在书中把当地的特点和居民都刻画得细致入微。这两部都是出色的小说，但我认为，若是出于公正的判断，它们是不可能入选十佳小说之列的。一个读者可能因为自己的国籍而对某些作品产生兴趣，如此一来，往往会给予这些作品过高的评价，有失公允。十八世纪，英国文学作品在法国广为传颂，但从那时至今，法国对其疆域之外的任何作品都兴致寥寥。在我看来，一个法国人不会像我一样，在这样的书单里提到《白鲸》，除非这个人有相当不同寻常的文化背景，否则他甚至不会提到《傲慢与偏见》。不过，他肯定会提到拉法耶特夫人[3]的《克莱芙王妃》，而这本书入选也算公正，毕竟它具有很多突出的优点。这是一部情感小说，也是一部心理小说，也许还是有史以来的第一部：故事感人，人物刻画生动，字里行间特点鲜明，简洁有力。书中描绘的社会状况对每个法国男学生而言都十分熟悉，至于书中的道德氛围，由于看惯了高乃依[4]和拉辛[5]的作品，他们也

---

[1] 亨利·汉德尔·理查森，十九至二十世纪澳大利亚作家。——本书脚注如无特别说明，均为译者注。
[2] 阿诺德·本涅特，十九至二十世纪英国作家。
[3] 拉法耶特夫人，十七世纪法国女作家。
[4] 高乃依，十七世纪上半叶法国古典主义悲剧的代表作家。
[5] 拉辛，十七世纪法国古典主义剧作家。

很了解。这本书的魅力在于，它与法国历史上最辉煌的时期联系在一起，对法国文学黄金时代有突出的贡献。不过英国读者或许会认为该书主人公如此宽宏大量，实非人类的正常行为。此外，他们之间的对话僵硬呆板，做出的行为也令人难以置信。我并不是赞同英国读者的看法，但是，怀着这样的想法，他们就绝对不会把这部极其出色的小说列入他们的世界十佳小说书单。

在我为《红皮书》所列的书单上，我写了一条简要的说明："跳读是一个用处极大的技巧，聪明的读者学会了，就将从阅读中获得极大的乐趣。"明智之人看小说，不会视之为一项任务，只会当成消遣。他们做好准备，去关注书里的人物，留意人物在特定环境下的表现，以及他们命运如何。看到书里的人物遇到困境，他们心怀同情；看到人物开心，他们也心生喜悦。他们会站在人物的立场上，在某种程度上，还会体验人物的生活。人物的人生观，对人类思考的重大问题的态度，无论是用语言表达还是在行动中表现出来的，都会使他们惊讶、高兴或愤慨。然而，他们发自本能地了解自己的兴趣所在，像猎犬追踪狐狸的气味一样，很有把握地追寻自己的兴趣。有时，由于作家的失败，他们失去了线索。但他们会四处寻找，直至重获线索。而这，就是跳读。

每个人都跳读，但是，在跳读的同时不遗漏重要的内容，却绝非易事。就我所知，这可能是一种天赋，也可能是后天获得，但必须经过经验的积累。约翰逊博士[①]就非常擅长跳读，鲍斯韦尔[②]告诉

[①] 塞缪尔·约翰逊，十八世纪英国诗人、散文家。
[②] 詹姆斯·鲍斯韦尔，十八世纪英国文学大师、传记作家。

我们,"他有一种特殊的能力,能立即抓住任何一本书中有价值的东西,不用费劲地从头到尾细读。"鲍斯韦尔指的无疑是资料书或启智类书籍。如果读小说很费力,那最好干脆不读。不幸的是,由于我即将谈到的原因,很少有小说能让人兴致勃勃地从头读到尾。跳读或许是个坏习惯,读者却也是不得已而为之。但是,一旦读者开始跳读,就会发现很难停下来,因此有可能错过很多本可以阅读的东西。

碰巧,在我为《红皮书》列出书单后不久,一位美国出版商向我提议把提到的十部小说出一个删节版本,再给每一部都附上我写的序言。他的想法是只保留故事主线,删掉其余内容,以传达作者的相关思想,展示作者塑造的人物,这样一来,读者就会去看这些优秀的小说了,而如果不把这些朽木砍掉的话,读者是不会去看的。这些被删去的部分被称为"朽木"也不为过,如此一来,由于只保留了有价值的部分,读者就可以尽情享受丰富的智慧盛宴了。听到这个想法之初,我吃了一惊,可接着又想到,虽然我们中的一些人已经掌握了跳读的诀窍,并从中受益,可大多数人都做不到。因此,若能有一个富于鉴赏力和辨别力的人为他们做好删节,帮助他们跳读,当然是一件好事。我欣然接受了为这些小说写序言的想法,并立即着手工作。有些文学专业的学生、教授和评论家一定会惊呼,这种破坏杰作的行为令人发指,应该阅读作者的完整原文。不过这取决于经典著作本身。在我看来,像《傲慢与偏见》这样迷人的小说,或者像《包法利夫人》这样结构紧凑的小说,不可遗漏一页。然而,非常明智的评论家乔治·森茨伯里写道:"很少有小说能像狄更斯的作品那样经得起浓缩和节略。"对作品进行删节,这一点无可指摘。戏剧在排演时或多或少都遭到过删减,这对戏剧本身是有益的。许多年前的一天,我和萧伯纳一起吃午饭时,他告诉我,他的戏剧在德国比在英国更成功。在他看来,这是因为英国公众愚蠢无知,而德国人的智商都很高。他错了。在英国,他坚持自己写的每一个字都得由演员说出来。我在德国看过他的戏,在那里,导演们无情地删去了那些对戏剧情节不必要的废话,从而为公众提供了令人赏心悦目的娱乐。然而,我觉得最好还是不要告诉他这件事。我不明白为什么不可以对小说进行类似的删节。

柯勒律治曾说,看《堂吉诃德》这本书,只需要在第一次从头到尾阅读,以后只粗略浏览即可。他的意思很可能是,书中的部分内容确实乏味,甚至荒唐可笑,在发现这一点后,再看这些内容,可谓纯属浪费时间。该书堪称一部伟大而重要的著作,文学专业的学生当然应该通读(我本人从头到尾读过两次英文版和三次西班牙语版),然而,我认为普通的读者,也就是通过阅读来怡情的人,即便不看枯燥的部分,也不会有什么损失。他们肯定更喜欢看那位温和的骑士和他朴实的随从,看与他们的冒险和对话直接有关的段落,毕竟那些内容有趣而感人。事实上,的确有一个西班牙出版商把这本书缩减成了一卷,读起来可谓妙趣横生。还有一本小说当然也很重要,至于能否称之为旷世佳作,就需要斟酌一下了。这本书就是塞缪尔·理查森的《克拉丽莎》,其篇幅之长,唯有最固执的小说读者才能坚持读完。若非我碰巧看的是删节版,我也不相信自己能读完。我看的版本删节得当,我不觉得有任何遗漏。

我想大多数人都会承认马塞尔·普鲁斯特①的《追忆似水年华》是本世纪最伟大的小说。普鲁斯特的狂热崇拜者（我也是其中之一）可以饶有兴趣地读书中的每一个字。有一回，我甚至夸张地说，我宁愿强忍着无聊看普鲁斯特的作品，也不愿意津津有味地看别的作家的书。但是，在读了三遍这本书后，我不得不承认，并非各个部分均同样出色。我猜想，未来的人们将不再对普鲁斯特那些杂乱冗长的反思文章感兴趣，毕竟作者在创作时受到他所处时代思潮的影响，而如今那些思想有的已被抛弃，还有的已经司空见惯。我认为，那时人们会比现在更清楚地看出他是一位伟大的幽默作家，有能力将人物刻画得新颖、多样、栩栩如生，因而可与巴尔扎克、狄更斯和托尔斯泰齐名。也许有一天会出版他那部鸿篇巨作的删节版，时间流逝之后不再值得阅读的段落将被删除，只保留拥有持久吸引力的精华部分。删节版的《追忆似水年华》仍将是一部很长的小说，却会非常精彩。在安德烈·莫洛亚的佳作《追忆马塞尔·普鲁斯特》中，通过他有些复杂的叙述，我发现马塞尔·普鲁斯特原本计划将他的小说分三卷出版，每卷约四百页。第一次世界大战爆发时，该书的第二、三卷已经开始印刷，后来被推迟出版。普鲁斯特的健康状况很差，不能去当兵参战，于是他利用充裕的空闲时间在第三卷中添加了大量的素材。莫洛亚表示："许多附加内容都有关心理学和哲学，堪比论文，在这些内容中，智者（我认为他指的是马塞尔·普鲁斯特）对人物的行为进行了评论。"他还说："可以从这些附加内容中整理出

---

① 马塞尔·普鲁斯特，二十世纪法国小说家。

一系列蒙田随笔似的文章，它们主题各异，包括音乐的作用、新奇的艺术、风格的美感，以及论人类类型的稀少和论医学天赋，等等。"确实如此，但是，这些附加内容是否提高了该小说的价值，则取决于你对这种形式的主要功能有何看法。

在这个问题上，不同的人有不同的看法。赫伯特·乔治·威尔斯写过一篇很有趣的文章，他称之为《当代小说》。他在里面写道："据我了解，当代社会的发展引发了众多问题，而小说是讨论其中绝大多数问题的唯一方式。"未来的小说将成为社会的调解人，互相理解的媒介，自我反省的工具，道德展示和礼仪交流的途径，风俗的制造厂，以及对法律、制度、社会教条和思想的批判手段。"我们将讨论政治、宗教和社会问题。"威尔斯并不认同看小说只是娱乐放松的一种方式，他斩钉截铁地表示自己无法将小说视为一种艺术形式。奇怪的是，他讨厌自己的小说被别人称为宣传作品，"因为在我看来，'宣传'这个词应该仅限于为某些有组织的政党、教会或教义提供明确的服务。"现在这个词有了更广泛的意义，表示通过口口相传、文字、广告、不断地重复等方式，使他人认为你在对与错、好与坏、公平与否等方面的看法是正确的，所有人都应该接受，并遵照执行。威尔斯最重要的一些小说都旨在传播某些理论和原则，而这就是宣传。

这一切都归结到一个问题，即小说到底是不是一种艺术形式。小说的目的是教育人，还是为人提供娱乐？若其目的在于教育，那它就不是艺术形式，因为艺术以愉悦人为目标。在这一点上，诗人、画家和哲学家都是一致的。然而，若说艺术是为了给人带来愉悦，这个真相则会使许多人震惊,因为基督教教导人们要带着疑虑看待享乐,要将其视为会把不朽的灵魂缠住的陷阱。把娱乐看成一件好事,似乎更为合理,但要记住,某些娱乐会造成有害的后果,因而避开才是明智之举。人们普遍认为快乐只是感官享受,感官的快乐比思想的快乐更生动,人们这样认为也很自然。但这样的想法肯定是错的,因为有身体上的快乐,也有精神上的快乐,而精神上的快乐即便不那么敏锐,却更为持久。《牛津词典》中,"艺术"的含义之一是:"将技能应用于有品位的题材,如诗歌、音乐、舞蹈、戏剧、演讲、文学创作等。"这很好,但词典里补充道:"特别是在现代应用中,技艺的完美体现在做工的完美上,而完美的执行本身就是目标。"我想这是每个小说家的目标,但我们都知道,从未有小说家实现过这个目标。想来我们可以说小说是一种艺术形式,也许不是很崇高,但无论如何也是一种艺术形式。然而,它本质上是一种不完美的形式。由于我在各种讲座中都谈到过这个问题,即便在此论述一番,也不见得比以前讲得好,所以我允许自己简要地引用一下我以前说过的内容。

在我看来,把小说当成布道坛或讲台是一种滥用,我认为,读者是受到了误导,才会认为读小说可以很容易获得知识。只能通过努力才能获得知识,这确实非常讨厌。把药粉一般的知识掺进果酱一般的小说里,使知识变得可口,未尝不是一件好事。但事实是,粉末的确美味可口,我们却无法确定其是否有益,因为小说家传授的知识存有偏见,因而是不可靠的。既然事情已遭歪曲,那还不如不知道为好。小说家就是小说家,没有理由要求他们还有别的专长。

只要写小说写得好就够了。他们应该对各类事情都知道一点，但没有必要成为某一领域的专家，这不仅没有必要，有时甚至是有害的。他们不需要吃一整只羊去了解羊肉的味道，只吃一块羊排便足矣。然后，通过把想象力和创造力运用到吃过的肉排上，他们就可以向你惟妙惟肖地讲述爱尔兰炖菜的味道。但如果他们继续深入，谈起对养羊、羊毛工业和澳大利亚政治局势的看法，那有保留地接受，才算得上明智之举。

  小说家会受自己偏见的支配。他们选择的主题，创造的人物以及人物的态度，都受其影响。他们的任何创作都是个性的表现，体现了他们的本能、情感和阅历。无论多么努力地保持客观，他们仍然是自身癖好的奴隶。无论如何努力做到不偏不倚，他们都不由自主地有所偏袒。他们的骰子是灌了铅的。在小说开头使你注意到一个人物，他们其实就是在引起你对这个人物的兴趣和同情。亨利·詹姆斯一再坚持小说家必须让自己的作品具有戏剧效果。这样说也许有些晦涩难懂，却生动有力，表明小说家必须用这样的方式创作人物情节，才能吸引读者的注意。因此，如果需要的话，就要牺牲真实性和可信度来达到想要的效果。我们知道，有科学价值或有信息价值的作品并不会这样写。小说家的目的不是教育人，而在于为人提供娱乐。

2

  小说主要有两种写法。每一种都有其优点，也有其缺点。一种是用第一人称来写,另一种是从全知的角度来写。在第二种方式中,作家可以告诉你所有他们认为必要的信息,从而方便你理解故事情节和人物特点。他们可以描述人物内心的情绪和动机。要是人物穿过街道,作家可以告诉你他为什么这么做,做完有什么后果。作家可以专注于一系列的人物和情节,接着将其暂时放在一边,再去专注于另一系列的情节和人物,把读者逐渐减弱的兴趣重新调动起来,作家还可以通过错综复杂的故事情节,展现出人生的无常和生活的复杂。这个方法有一个风险,那就是一系列人物可能比另一系列人物更有意思。小说《米德尔马契》中就有一个著名的例子,读者迫不得已,只能去看他们并不关心的人物的命运,便会感到极为厌烦。从全知角度创作的小说可能显得笨拙、冗长且涣散。在这类小说中,没人能超越托尔斯泰,但即使是他也无法摆脱这些缺陷。这种方式对作家有许多要求,可他们并不是每次都能满足这些要求。作家必须深入每一个人物的内心,感受他们的情感,从他们的角度思考,可是作家本身也有局限,只有当他们所创造的人物与他们自己存在着一定的相似性,方可做到这一点。如果没有,那作家只能从外部观察人物,人物因而就会缺乏让读者相信的说服力。

  我想,正是因为对小说形式的关注,亨利·詹姆斯才会发现这些不足,于是设计出了一个可以称为全知方法的子类。利用这种方式,作家依然无所不知,但这种无所不知只集中在一个人物身上,而由于这个人物会犯错,这种无所不知也就谈不上完整。作家要是写"他看到她露出了微笑",那他就是让自己变得无所不知,但他写的若是"他看到她的笑容中夹杂着一丝嘲讽",那他就不是无所不知了。因为是他认为她的笑容里含有讽刺之意,而这也许是毫无道理可言。正如亨利·詹姆斯确定无疑地认为,这种方式的作用在于,既然这个特定的人物如此重要,比如《专使》中的斯特莱特,整个故事都通过这个人物的所见、所听、所感、所思和所猜来展开,其他人物的性格也要经过这样的方式来诠释,作者很容易排除不相关的东西,小说结构必然十分紧凑。此外,这种方式也使他的作品显得很真实。因为你主要关注一个人,便会在不知不觉中相信他告诉你的一切。而对应该了解的事实,读者是从叙事人物的角度逐渐了解到的,因此,在那些令人费解、模糊而不确定的东西一步步阐明的过程中,读者享受到了很大的乐趣。这样一来,小说就弥漫着侦探小说特有的神秘氛围,也就有了亨利·詹姆斯一直渴望获得的戏剧性特质。然而,一点点透露一连串信息也有个隐患,那就是读者比起揭露真相的叙事人物要更为机敏,很早就猜出了答案,而作者并不希望如此。我想,每个看过《专使》的人都会对斯特莱特的迟钝感到不耐烦。他对眼前的事物视而不见,可但凡与他接触过的人,却都能明白。对那些尽人皆知的秘密,斯特莱特却依然毫无头绪,这就说明这种写小说的方式存在缺陷。把聪明的读者当傻瓜,可不是什么明智的做法。

既然大部分小说都是从全知立场上写成的,那么可以假定,总的说来,这是最令人满意的困难解决方法。但以第一人称讲述故事也有一定的优势。就像亨利·詹姆斯所采用的方法一样,它使叙述更加逼真,还会迫使作者坚持自己的观点,因为他只能告诉你他自己所看、所听和所做的事情。如果可以更为频繁地使用这个办法,对十九世纪英国的伟大小说家将大有裨益，而事实上，部分由于出版方法，部分由于民族特性，他们的小说往往缺乏固定的形制，并无层次感可言。使用第一人称的另一个好处是，它能让你对叙述者产生同情。你可能不认同这个叙述者，但你的注意力都集中在他的身上，因而不得不对他产生同情。但这种方法有一个缺点，比如《大卫·科波菲尔》中狂热的叙述者兼男主人公大卫·科波菲尔，若是叙述者告诉你他本人长相英俊、很有魅力，就有些不像话；他要是讲述自己的勇敢事迹，就会显得极为自负；而且，要是连读者都一眼看出女主人公深深爱着他，他自己却看不出来，那就有些过于愚蠢了。此外，其还有一个更大的缺点，也是连这类小说的作者都未能完全克服的缺点，那就是叙述者兼主人公，也就是小说的中心人物，与他周围的人物相比，很可能显得苍白无力。我曾问过自己为什么会这样，我能想到的唯一解释是，既然作家在主人公身上看到了自己，则可谓主观地从内心来观察，将所看到一切都讲述出来，还把自己的困惑、软弱和犹豫不决都赋予了主人公。对于其他人物，作家却是通过想象和直觉，从外部客观地看待。像狄更斯那样才华横溢的作家在观察这些人物的时候，就会带着一种戏剧性的紧张感和一种热烈的趣味感，并因为人物的古怪反常而感觉有趣，于是将他们塑造得鲜明突出，使其风头甚至盖过了有他们自己影子的主人公。

  有段时间以这种方式创作的一类小说非常流行，这便是书信体小说，每封信用的自然都是第一人称，但这些书信却是由不同的人写成。这种方式的优点在于极其真实。读者很容易相信这些信是真的，是信中声称的人执笔写成，只是因为写信者所托非人，他们才能看到这些信。逼真是小说家努力达到的最重要的目标。他们想要你相信他们所讲的故事确实发生过,即便《吹牛大王历险记》中敏希豪生男爵的故事未必是真的,卡夫卡的《城堡》也未必真有那样恐怖。但这种体裁也存在着严重的缺陷。这是一种迂回曲折、错综复杂的叙述方式,而且字斟句酌,令人难以忍受。信件往往过于冗长,还包含一些不相干的内容。读者逐渐觉得厌烦,于是这种形式就消失了。在书信体小说中,有三本堪称巨作,分别是《克拉丽莎》《新爱洛伊丝》和《危险关系》。

然而,在我看来,有一类用第一人称写成的小说,不仅避免了这种方法的很多缺陷,还充分利用了这种方法的优点。这也许是写小说最方便、最有效的方法了。这一点,从赫尔曼·梅尔维尔的《白鲸》就可见一斑。在这类小说中,是作者本人在讲故事,但他既不是主人公,所讲的也不是他自己的故事。他只是小说中的一个人物,与其他人物或多或少地有着密切的联系。他的角色左右不了故事的主线,却是其他人物的知己、调解人、观察者。他就像希腊悲剧中的合唱队一样,对所见证的情况进行反思。他可能会感到悲痛,可能会提出建议,但没有能力影响事态的发展。他会向读者吐露秘密,把他所知道的、希望的或恐惧的都告诉读者;当他不知所措时,他也会坦率地告诉读者。没有必要为了不让这个人物向读者透露作者想要隐瞒的事情,就把他刻画得十分愚蠢,就好比亨利·詹姆斯通过斯特莱特这样一个人物来讲故事那样。相反,他可以机智敏锐,拥有清晰的判断能力。叙述者和读者都对故事中的人物及其性格、动机和行为感兴趣,由此达成了一致。叙述者对自己所塑造的人物很熟悉，也会让读者对他们产生熟悉感。他创造了一种逼真的效果，就好像作者本人就是小说主人公一样有说服力。他可以把主人公塑造得引起你的同情，甚至让主人公带上英雄的光环，而在主人公兼任叙述者的小说里，这么安排，一定会引起你的抵触情绪。如果一种写小说的方法能拉近读者与人物之间的距离，使情节更加逼真，那显然便有很多可取之处。

在此，我要冒昧地说一说，在我看来一部好小说应该具备哪些品质。它的主题应能引起广泛的兴趣，我指的不是仅能让一小群人感兴趣，比如批评家、教授、知识分子、巴士售票员或酒保，而是要具有广泛的人情味，对男人和女人都有吸引力。此外，主题要具有持久的吸引力，小说家若是只写时下人们关心的主题，那实在是鲁莽至极。等到这类主题过时，他们的小说就和上个礼拜的报纸一样，不值得去看了。作家创作的故事应该前后连贯，具有说服力，应该有开头、中段和结尾，而结尾应该是开头自然而然发展的结果。情节应该真实自然，不仅要逐步展开主题，还要从故事中延伸出来。小说家塑造的人物应该拥有自己的个性，而他们的行为要符合其自身的个性。千万不能让读者说出"某某绝不会那样做"之类的话。相反，应该让读者忍不住这样说"我早料到某某会这样做"。在我看来，要是人物能风趣幽默，就更好了。福楼拜的小说《情感教育》备受许多优秀的评论家的赞誉，但他选择把男主人公写得空泛平庸，索然乏味，以至于读者根本不可能在意他做了什么，以及最后的结局如何。如此一来，虽然该书有很多优点，却还是叫人读不下去。我想我应该解释一下为什么小说里的人物应该有鲜明的个性。期待小说家创造出全新的人物，这确实有些过分。他们的素材是人性，尽管人是各种各样的，境遇也不尽相同，但种类并不是无限的。几百年来，人们一直在创作小说、故事、戏剧和史诗，因此，作家创造出全新人物的可能性可谓微乎其微。纵观小说的全部历史，我能想到的唯一一个绝对原创的人物就是堂吉诃德。然而，当我得知一些有学问的评论家发现很久以前就有类似的人物存在，我一点也不惊讶。作家若能通过自己的个性来看待他们笔下的人物，而作家的个性又足够不同寻常，让笔下的人物具有一种新颖的假象，就已经算幸运了。

正如人物的所作所为应是性格使然，所言所语亦应如是。上流社会的女人说起话来就应该像上流社会的女人，妓女说起话来就应该像妓女，刺探赛马情报的人说起话来就应该像刺探赛马情报的人，律师说起话来就应该像律师。（梅瑞狄斯①和亨利·詹姆斯创作的人物说起话来无不和梅瑞狄斯和亨利·詹姆斯一样，这的确是一个很严重的错误。）人物之间的对话既不可漫无条理，也不能任由作家借此发表自身的观点。对话应该用来塑造说话者的性格，推进故事的发展。叙事的段落应该生动有趣，切中关键，切勿过于冗长，只要交代相关人物的动机和他们所处的环境，做到清晰可信即可。文字应该简洁有力，任何受过一般教育的人都能轻松地读懂；风格应该与情节相符，正如制作精良的鞋子适合匀称优美的脚。最后，小说应该给读者带来乐趣。我虽然把这一点放在最后，这却是一个非常

---

① 乔治·梅瑞狄斯，英国维多利亚时代的小说家、诗人。

重要的品质，若是有所欠缺，其他品质便完全无用了。小说中的娱乐内容越是富于智慧，就越好。娱乐是一个有很多含义的词。其中一个含义是让读者有兴趣去获得愉悦的体验。而只把娱乐当成唯一重要的东西，则是一个常见的错误。《呼啸山庄》和《卡拉马佐夫兄弟》，与《项狄传》和《老实人》一样能给人带来欢乐。吸引力有所不同，却同样正当合理。当然，小说家有权写那些与每个人都休戚相关的重要话题，比如上帝是否存在，灵魂是否不灭，以及生命有何意义和价值，不过小说家应该谨记约翰逊博士的一句名言：对于这些话题，人们再也说不出任何可以作为真理的新东西，也说不出任何新颖的真理了。小说家只能希望让读者有兴趣看故事里不可或缺的元素、塑造人物性格必不可少的内容和对人物行为有影响的部分，也就是说，如果不讲述这些部分，人物的行为就不能顺理成章。

但是，即使小说具备了我提到的所有品质（而这是一个很高的要求），形式上也会存在缺陷，就像宝石上的瑕疵，因而导致整部小说无法达到完美的程度。因此，没有任何一本小说能谈得上尽善尽美。根据篇幅，短篇故事可以在十分钟到一小时之间读完，讲述的是单一明确的主题、一个事件或一系列紧密相关的事件，这些事件或是有关精神，或是有关物质，都很完整，不可多增一句，也不可减少一句。我相信短篇故事可以臻于完美，我还认为，要找出一些完美的短篇故事并不难。小说则是一种篇幅不定的叙事体裁，可能像《战争与和平》那样长，书中讲述了一段时间内的一系列相互关联的事件，展现了大量人物，也可以像《卡门》那么短。为了让故事显得真实可信，作家必须叙述一系列与之相关的事实，但这些事实本身并不有趣。事件之间往往需要有一段时间的间隔，而为了使作品保持平衡，作家必须尽可能地插入一些内容，来填补时间的间隔。这些段落被称为过渡段（字面意思是桥梁）。大多数作家都心甘情愿地去跨越它们，在"过桥"的时候或多或少都使出了一些技巧，然而，这个过程很可能极其乏味。小说家是人，不可避免地会受到其所处时代的风尚的影响，而且他们拥有异乎寻常的敏锐情感，因此往往会写那些因社会风尚的改变而失去吸引力的内容。我来举个例子：在十九世纪以前，小说家们很少描写景物，每每只会写一两句话来描写他们想要描写的内容。后来，以夏多布里昂为代表的浪漫派获得了公众的喜爱，为了描写而描写的方式因而变得流行起来。某个人物走过一条街道去药店里买一把牙刷，作家就必须告诉你这个人物经过的房屋是什么样的，药房里都出售哪些商品。黎明和日落，繁星点点的夜晚，万里无云的天空，白雪皑皑的群山，黑暗的森林，所有这一切都可以供作家去描写，怎么写也写不完。许多景物描写非常美，却无关主题。作家花了很长时间才发现，景物描写虽然具有诗意，词句优美，可除非切合主题，否则一点作用也没有。也就是说，景物描写必须有助于作家铺展故事情节，或是告诉读者一些有关人物的必要信息。这只能算是小说中偶然出现的瑕疵，还有一种缺陷看似是小说固有的。小说是篇幅很长的作品，必须花一些时间来写，至少是几周，一般是几个月，有时甚至需要几年。这期间，作家很有可能失去创造力。如果是这样，那作家只能依靠顽强、勤奋和综合能力了。若是作家能通过这些手段吸引读者，真可谓出现奇迹了。

过去，读者看重的是数量而不是质量，为了物有所值，他们都希望书能长一点，因此，作家往往会费尽心血，交给出版商过于冗长的故事。他们想出了一个简单的办法，也就是在小说中插入一些故事，有时这些故事长到可以被称为中篇小说，而这些内容却与主题毫不相干，即便有联系，也很勉强。在这个方面，没有哪个作家能像塞万提斯在《堂吉诃德》中那样若无其事。他插入的那些内容，向来都被认为是这部不朽作品上的一个污点，现今人们看了，只会觉得不耐烦。当时的评论家为此对他进行了猛烈的抨击，在该书的第二部分，我们都知道他改掉了这种不好的做法，因此做到了一件公认不可能的事——创作出比第一部更出色的续篇。但是，这并没有阻止后来的作家（他们无疑没有读过那些批评）使用这种方便的手段，向书商提供大量的书稿，凑成一本可以销售的书。十九世纪，新的出版方法出现了，小说家们面临着全新的诱惑。月刊杂志用很多的版面来刊登为人瞧不起的通俗文学，并获得了巨大的成功，因此，作家有机会将自己的作品以连载的形式呈现在公众面前，并从中获利。大约在同一时期，出版商发现按月出版流行作家的小说对他们自身很有利。作家签订合同，提供一定数量的作品填满杂志的版面。有了这种方式，作家创作起来就会不紧不慢，写得冗长而啰嗦。我们从他们的自述中知道，这些连载小说的作家，即便是其中的佼佼者，如狄更斯、萨克雷①、特罗洛普，有时也会觉得必须在规定的日期前交稿是一个令人讨厌的负担。难怪他们会加入冗杂的内容！

① 威廉·梅克比斯·萨克雷，十九世纪英国作家。

难怪他们会让自己的故事充斥着无关的情节！想到小说家要克服多少障碍，要避免多少陷阱，我就不会惊讶于即使是最伟大的小说也不可能完美。我唯一感到惊讶的是，那些小说里不完美的地方竟然非常少。

3

我一生中读过很多小说，希望借此提升自己。总的来说，那些小说的作者和赫伯特·乔治·威尔斯一样，不愿意把小说看作是一种放松的方式。有一点他们是一致的，那就是认为故事无关紧要。事实上，他们往往都觉得故事反而是个障碍，让读者无法专注于他们认为是小说重要元素的内容。他们似乎没有想到，故事和情节就犹如救生索，作家将其抛给读者，以维持他们的兴趣。在他们看来，如果一本小说为了讲故事而讲故事，就是不入流。这对我来说似乎很奇怪，听故事的欲望似乎和财产意识一样，在人类的思想中根深蒂固。自古以来，人或是聚集在营火周围，或是在集市上围坐一团，听人讲故事。这种愿望一直以来都很强烈，侦探小说在当今大受欢迎，就是一个很好的证明。若说小说家只是讲故事的人，就是对他们的侮辱，这一点现在依然如此。我冒昧地认为，应该没有这样的人。作家选择讲述的事件和人物，以及对这些人物的态度，从而将他们对生活的批判呈现在你的面前。这样的批判也许不是很新颖，也不是很深刻，但确实存在。因此，尽管作家本人尚未意识到，但从一定程度而言，他们已经算是道德家了。但与数学不同，道德不是一门精确的科学。道德不能是一成不变的,因为它还涉及人类的行为,而我们都清楚,人类虚荣、善变,还很优柔寡断。

我们生活在一个动荡不安的世界里,应对这个问题无疑是小说家的责任。未来充满了不确定。我们的自由受到了威胁。焦虑、恐惧和挫折时时刻刻折磨着我们。一些长期以来不容置疑的价值观现在看来根本靠不住。但这些都是严肃的问题,肯定逃不过小说作家的眼睛,读者可能会发现某些涉及这类问题的小说读起来十分沉重。现在,由于避孕药具的发明,曾经人们极为珍视的贞洁不再受重视。小说家们很快就注意到这对两性关系造成的影响,因此,每当他们感觉到必须采取点什么措施,以维持读者愈发减弱的兴趣,他们就会安排书中的人物缠绵亲热。我并不确定他们这么做是否明智。关于性爱,切斯特菲尔德勋爵①说过,快感是短暂的,姿势是可笑的,付出的代价则是惊人的。如果他还活着,并且读到了现代小说,他可能会补充说,性交是一种单调的行为,若是翻来覆去地描述,就显得极为枯燥。

目前小说创作中存在着一种倾向,即专注于人物的塑造,忽视对事件和情节的描写。人物的刻画当然很重要。除非你深入了解小说中的人物,从而对他们产生同情,否则你不太可能关心他们身上发生了什么。但专注于人物,而不是发生在他们身上的事,只是写小说的一种方式。有些故事只是着重讲述事件,在人物刻画方面则很敷衍或平淡,这种小说同样有存在的权利。的确,这类小说中也

---

① 切斯特菲尔德勋爵,原名菲力浦·多墨·斯坦诺普,十七至十八世纪英国著名政治家、外交家及文学家。

不乏佼佼者，比如《吉尔·布拉斯》和《基督山伯爵》。假如《一千零一夜》中的苏丹新娘山鲁佐德①只顾着讲述人物的性格，却很少提及他们的冒险，恐怕在第一夜就丢掉了性命。

在接下来的章节中，我对我所写到的作家的生活和性格都作了一些说明。我这样做，一方面是为了遂自己的意，另一方面也是为了读者，因为我认为，了解作家是什么样的人，可以增进读者对其作品的理解和欣赏。对福楼拜本人有了一些了解，很多在《包法利夫人》中叫人困惑的问题就能得到解释。有关艾米莉·勃朗特的信息虽然少得可怜，但倘若对此有所了解，就能对她所著的那本奇怪而精彩的佳作有更为深入的见解。我身为小说家，是从自己的角度来写本书这些文章的。这样做的危险在于，小说家往往最喜欢他们自己的作品，评判起别人的作品来，则要看那些作品和他们自己的作品有多相似。为了公平地对待那些他们天生就没有共鸣的作品，他们需要保持冷静和正直，还要心胸开阔，而急躁的人很少能拥有这种品质。另一方面，本身并不创作作品的评论家很可能对小说的技巧知之甚少，因此在撰写评论文章的时候，要么掺入他们个人的印象（除非是像德斯蒙德·麦卡锡那样既学识渊博又精于世故，否则这样的评论并没有多大价值），要么就基于严格规则作出评判，必须一一遵守这些规则，才能获得他们的认可。这就好像鞋匠只做两种尺码的鞋，如果两个尺码都不合脚，他才不会在乎你是不是光着脚走。

① 古代阿拉伯国王山鲁亚尔每日娶一少女，翌日晨即杀掉。山鲁佐德为拯救无辜，自愿嫁给国王。她用讲述故事的方法吸引国王，使国王不忍杀她。她的故事一直讲了一千零一夜，便有了《一千零一夜》这本书。

本书里所包含的文章，首要目的是吸引读者去看相关的小说，但为了不破坏这些小说带来的乐趣，我似乎不得不注意，以免自己情不自禁地透露太多的故事情节。如此一来，就很难充分地讨论这些书了。在改写本书文章的时候，我想当然地认为读者已经看过相关小说，那即便我透露了作者有明显理由拖到最后才公布的事实，对那些作家而言也是无足轻重的。我毫不犹豫地指出了我在这些小说中看到的优点和缺点，因为对广大的读者来说，有时对某些被公认为经典的作品不加选择地予以赞扬，是最大的伤害。读者读过之后就会发现这样或那样的动机无法令人信服，某个人物并不真实，这个或那个情节和主题无关，某些描述极其枯燥乏味。假如读者脾气暴躁，就会大声指责那些告诉他某某小说是旷世杰作的评论家，说他们都是大傻瓜；假如读者性格温和，则会责备自己，认为自己的头脑理解不了那些书，他们这样的人不配看；假使读者生性固执，就会忍着无聊认真地看下去。但读小说是为了消遣。如果一本小说不能给读者带来快乐，那就没有价值可言了。在这方面，每个读者都是自己最好的评论家，因为只有他们知道自己喜欢什么，不喜欢什么。然而，我认为，小说家可能会说，除非你承认他有权向读者提出要求，否则你就是对他们不公平。他们有权要求读者具备阅读三四百页书所需要的少量应用知识，也有权要求读者拥有足够的想象力，从而能够对他们创作的人物的生活、喜怒哀乐、苦难、危险和冒险感兴趣。除非读者能够付出一些时间和精力，否则无法从小说中得到它所能给予的最好的东西。如果读者不能做到这一点，就干脆弃之不读。谁也没有义务非读小说不可。

二

亨利·菲尔丁和《汤姆·琼斯》

1

写亨利·菲尔丁这个人,困难在于人们对他知之甚少。1762年,也就是亨利·菲尔丁去世的八年后,阿瑟·墨菲① 为他写了一篇非常简短的传记,作为菲尔丁作品集的序言。墨菲似乎与菲尔丁相识,但即便他们认识,墨菲也只是在菲尔丁晚年才与他结交。可写的内容实在太少,墨菲只能写一些冗长乏味的内容,甚至偏离主题,才凑够了八十页的篇幅。墨菲讲述的事实很少,而随后的研究表明,这些事实并非全都准确无误。最后一个详细剖析菲尔丁的作家是彭布罗克学院院长霍姆斯·杜登博士。他那厚厚的两卷著作堪称辛勤工作的丰碑。他生动地描绘了当时的政治环境,惟妙惟肖地描写了

---

① 阿瑟·墨菲,英国戏剧作家。

小僭王①在1745年灾难性的冒险经历，借此为主人公曲折的人生经历增添了色彩、深度和实质。我相信，亨利·菲尔丁的一切，都被这位出众的彭布罗克学院院长写尽了。

菲尔丁出身于富贵家庭。他的父亲是索尔兹伯里教士约翰·菲尔丁的第三个儿子，而约翰·菲尔丁则是德斯蒙德伯爵的第五个儿子。德斯蒙德家族是登比家族的一个年轻分支，登比家族自称为哈布斯堡家族的后裔。《罗马帝国衰亡史》的作者吉本在自传中写道："查理五世的继承者可以抛弃他们的英格兰同胞，但《汤姆·琼斯》是一部浪漫传奇，是描写人类生活的精美画卷，它将比埃斯科里亚尔的宫殿和奥地利皇室的帝国雄鹰徽章更经久不衰。"这句话很能引起共鸣，遗憾的是，这些贵族领主的主张并无根据。他们竟会拼错自己的姓氏，关于这一点，还发生了一个著名的小故事：有一次，伯爵问亨利·菲尔丁这是怎么回事。他这样回答："我只能猜想，这是因为我们这一支比大人你家那一支先学会了拼写。"

菲尔丁的父亲加入了军队，在马尔伯罗公爵麾下作战，"骁勇善战，名震四方"。他娶了王座法庭的法官亨利·古尔德爵士的女儿萨拉为妻。1707年，在这位大法官位于格拉斯顿伯里附近的乡间邸宅沙珀姆园，我们的大作家亨利出生了，之后的两三年里，他的父母又生了两个女儿，随后，他们一家搬到了多塞特郡的东斯图尔，那里的房产是法官送给自己的女儿的。在那里，菲尔丁一家又添了三个女孩和一个男孩。菲尔丁太太于1718年去世，第二年亨利去了伊

---

① 即查尔斯·爱德华·斯图亚特。

顿公学。在这里，他结交了一些优秀的朋友，正如阿瑟·墨菲所说，如果他没有离开，由于对"希腊作家和早期拉丁古典大师了若指掌"，他必定对古典文学的学习产生真正的热爱。在他人生的最后几年，他身患重疾，身无长物，却在阅读西塞罗的《安慰》中找到了安慰。临死前，他登上了去里斯本的船，随身带着一卷柏拉图的书。

离开伊顿公学后，亨利没有去上大学，而是在索尔兹伯里和外祖母古尔德太太住了一段时间，那时候古尔德法官已经不在人世了。据杜登博士说，他在那里除了阅读一些法律书籍，还大量阅读了各种各样的书。当时，他是个英俊的青年，身高超过六英尺，强壮而活泼，深眼眶，高鼻梁，上唇很薄，嘴角翘起，总是带着几分讽刺的神情，突出的下巴透着倔强。他留着一头棕色的卷发，牙齿洁白而整齐。在他十八岁的时候，已经显现出长大成人后的样子了。他当时碰巧住在莱姆里吉斯，有一名忠实的仆人侍候他。这个仆人为了自己的主人什么都愿意干，哪怕是"烧杀抢掠"。在那里，亨利爱上了莎拉·安德鲁斯小姐，这位小姐有很大一笔财产，这给她的美貌更添了几分吸引力，他炮制了计划，要将她掳走，与她结为连理，必要时甚至不惜使用蛮力。结果东窗事发，这位姑娘被匆匆送走，安安稳稳地嫁给了一个更为适合的追求者。至于接下来，大家都知道，菲尔丁在伦敦住了两三年，依靠外祖母给的津贴在伦敦城里过着享乐的生活，出身名门、相貌英俊、举止潇洒的年轻人都是这样过日子的。1728年，凭借表姐玛丽·沃特利-蒙塔古夫人的关系，再加上富于魅力却谈不上洁身自好的女演员安妮·奥德菲尔德的帮助，菲尔丁创作的一部戏得以在德鲁里巷上演，主演是科利·塞伯。那部戏名叫《戴着各种假面具的爱情》，一共演了四场。此后不久，他凭借父亲每年给他的二百英镑津贴，进入了莱顿大学。但是，他的父亲再婚了，不再有能力，也可能是不再愿意继续支付这笔津贴，差不多一年后，菲尔丁不得不返回了英国。他游戏人间，却把自己逼入了进退两难的境地，他没有别的选择，要么去当出租马车的车夫，要么当个抄书匠。

奥斯丁·多布森曾为"英国作家丛书"撰写亨利·菲尔丁的生平事迹，他表示："是爱好使然，也是因缘际遇，他和舞台结缘了。"他具有剧作家所需要的一切品质：神采飞扬，幽默风趣，对当代社会有着敏锐的观察力。此外，他似乎还有一定的创造能力和组织意识。奥斯丁·多布森所说的"爱好"很可能暗指两点，第一，菲尔丁喜欢出风头，并以此为乐，而这恰恰是剧作家天性的一部分；第二，菲尔丁认为写剧本很容易赚快钱。而至于"因缘际遇"，可能只是一种委婉的说法，表示他是一个充满活力的英俊小伙子，颇受一位当红女演员的青睐。对一个年轻的剧作家来说，能得到女主角的喜欢，是让自己的剧本获得成功的最可靠的方法。1729年至1737年间，菲尔丁创作或改编了二十六部戏剧，其中至少有三部深受伦敦人的喜爱，有一部甚至逗得斯威夫特[①]哈哈大笑，而根据这位牧师自己回忆，他这辈子只如此开怀大笑过两次。菲尔丁在尝试纯喜剧时表现不佳。他似乎只在一种戏剧类型上大获成功，据我所知，这种戏剧是他自己创造的，有歌有舞，娱乐性很强，融合了时下的热门话题、滑稽

[①] 乔纳森·斯威夫特，十七至十八世纪爱尔兰作家，曾做过牧师。

模仿表演，以及对政治人物的影射，等等。事实上，这与我们当今流行的时事讽刺歌舞剧十分相似。根据阿瑟·墨菲的说法，菲尔丁的滑稽戏"通常只用两三个上午就能写成，写作功力堪称出类拔萃"。杜登博士认为这一说法有些夸张。我倒不这么认为。他的一些滑稽戏很短，我自己也听说过一些轻喜剧只用一个周末就写了出来，效果也不差。菲尔丁写的最后两部戏剧是对当时政治腐败的抨击，效果显著，政府部门甚至还因此出台了一项授权法案，要求戏院经理们必须获得王室宫务大臣的许可才能演出戏剧。这一法案至今仍给英国的剧作家带来很大的烦恼。从那以后，菲尔丁很少为剧院写剧本，即使他写了，八成也只是因为手头拮据。

我不会假装读过他的剧本，但我确实翻看过几页，零散地读到过一些片段，其中的对话看来生动而自然。我看过的最有趣的一点，是他在《大拇指汤姆》中列举人物时按照当时的流行方式所做的描述："有个女人，除了有点贪杯，可以说完美无瑕。"人们通常都认为菲尔丁的戏剧没有深度。毫无疑问，如果他不是《汤姆·琼斯》的作者，谁也不会去关注他的戏剧作品。他的戏剧缺乏文学上的创造性，在这一点上与康格里夫①的戏剧差不多。二百年后，评论家们在书房里阅读他的戏剧，反倒对这一点推崇备至。但剧本写出来是为了表演，而不是为了阅读。戏剧拥有文学特色固然是好事，但这并不能使它们出类拔萃，往往还会使其不适合上演。菲尔丁的戏剧现如今已经失去了价值，毕竟戏剧的时效性很强，只可风靡一时，几乎就

---

① 威廉·康格里夫，十七至十八世纪英国剧作家。

和报纸一样，而正如我所说的，菲尔丁的戏剧之所以成功，则要归功于其融入了当时的热门话题。他的戏剧固然缺乏深度，却一定有其价值，因为即便一个年轻人拥有创作戏剧的强烈愿望，即便一位当红的女演员一再施压，除非能让公众满意，否则剧院经理们是不会把他一部又一部的剧本搬上舞台的。在这个问题上，观众才是最后的裁判。经理必须判断出观众的品位，不然就只能落得破产的地步。菲尔丁的戏剧至少有一个优点，那就是深受公众的喜爱。《大拇指汤姆》连演了"多达四十多场"，《巴斯昆》演了"六十多场"，这与获得空前成功的《乞丐歌剧》①所演出的时间一样长。

菲尔丁对自己戏剧的价值不抱任何幻想，他自己也说过，他在本该开始戏剧创作的时候却放弃了。他为钱写作，至于观众有何意见，他并不十分看重。墨菲表示："他的许多至今仍在世的朋友都知道，每次他签约创作戏剧或滑稽戏，他会很晚才从酒馆回家，第二天一早就把一场戏的剧本交给演员们。他用来写戏的纸则是卷烟纸，他还为此开心不已。"在喜剧《婚礼日》的彩排中，演员加里克对其中一场戏表示不满，要求菲尔丁将其删掉。"该死的，不行。"菲尔丁说，"假如这场戏不好，就让观众自己去发现好了。"那场戏上演了，观众吵吵嚷嚷地表达不满，加里克退到演员休息室，而这位剧作家也在场，正在尽情欣赏自己的天赋，还开了瓶香槟来慰藉自己。这时他已经喝得酩酊大醉，他斜睨了加里克一眼，嘴角上挂着烟丝。"怎么了，加里克？"他问，"他们在嘘什么呢？"

---

① 剧本出自英国剧作家约翰·盖伊之手，于1728年1月29日在伦敦首次制作演出，在英国与美洲的殖民地都获得空前的成功。

"就是我让你删掉的那一场戏。我早就料到观众不喜欢。观众那个样子,我都吓死了,一整个晚上都心神不宁的。"

"该死的。"剧作家答道,"他们发现了,是吗?"

这个小故事是阿瑟·墨菲讲的,我不得不说,我怀疑是否确有其事。我认识很多身兼演员的经理,也和他们打过交道,加里克就是这样的人,在我看来,如果他认为某场戏会毁了整部剧,他不太可能同意演。然而,倘若没有貌似可信的证据,也不可能将这则轶事胡编乱造出来。这至少表明了菲尔丁的朋友们是如何看待他的。

创作戏剧仅是菲尔丁职业生涯中的一个阶段,但如果我要详述他的这段经历,也是因为我认为这对他作为小说家的发展很重要。相当多的著名小说家都涉足过戏剧领域,但我想不出有哪一位曾大放异彩。事实上,创作剧本和创作小说所需要的技巧有很大的不同,即便学过写小说,也无助于创作剧本。小说家有足够的时间来铺陈主题,可以随心所欲地详细塑造人物,通过讲述人物的动机来让读者明白他们的行为。假使小说家技巧高超,能把看似并不真实可信的事刻画得极为逼真。如果小说家拥有讲故事的天赋,就可以逐渐将故事推向高潮,而之前的长时间铺垫会使高潮变得更加引人注目(克拉丽莎[①]在信中写明自己曾遭遇诱奸,就是一个最好的例子)。小说家不必找人将人物行为表演出来,只需讲述即可。他们可以安排人物用对话来解释自己,想写多少页就写多少页。然而,戏剧取决于人物的行为,而我所指的行为并不是摔下悬崖或被公共巴士碾

[①] 英国小说家塞缪尔·理查逊创作的书信体小说《克拉丽莎》中的女主人公。

过这样的暴力动作，像给人递一杯水这样的动作也可能具有非常强烈的戏剧性。观众的注意力非常有限，必须使用连续不断的事件来吸引他们，必须一直推出新鲜的情节。一上来就需要交代清楚主题，推动主题也必须遵循明确的轨迹，不能偏离。对白必须简明扼要，还必须使听者不必停下来思考就能领会其意。一众人物务必浑然一体，只要看一眼就能明白他们的底蕴，而不管人物有多复杂，也必须合情合理。戏剧中不能出现没有解释清楚的地方。即便一出戏很浅显，其基础也必须牢固，结构更得坚实。

一个剧作家若是具备了我所说的这些品质，可以写出让观众愉快地看完的戏，那倘若他们开始写小说，就将处于有利地位。他们早已明白，文字须得简洁，并快速呈现故事。他们早已明白，行文万万不可拖沓，务必紧扣主题，不断向前推进故事。他们也早已明白，不可借助大段的描写，而要通过对话和行动来诠释人物。因此，当他们开始创作层次更深的小说，不仅可以受益于小说这种形式所特有的优势，作为剧作家所受的训练也将有助于他们创作出生动、节奏快并富有戏剧性的小说。这些都是优秀的品质，而一些非常优秀的小说家，不管他们有什么其他的优点，都不具备这几点。我不认为菲尔丁花在写剧本上的那些年月是浪费。在我看来，事实恰恰相反，他当时积累的经验对他写小说具有相当的助益。

1734年，菲尔丁与夏洛特·科拉多克结为了夫妇。她的母亲是一个寡妇，住在索尔兹伯里，有两个女儿。人们对她一无所知，只知道她是个美人坯子，极具魅力。科拉多克太太为人世故，很有主见，她显然不赞成菲尔丁对她女儿大献殷勤，这也不能怪她，毕竟菲尔丁没有稳定的生活来源,他以写剧本为生,而这也很难使一个谨慎的母亲放心。不管怎样,这对情人私奔了,科拉多克太太虽然追了过去,却"没能及时赶上他们,阻止这桩婚事"。菲尔丁在《汤姆·琼斯》中以夏洛特为原型塑造了索菲娅这个人物,《阿米莉亚》中的同名女主人公阿米莉亚也是以夏洛特为原型创造的,因此,读者能从这两本小说中准确地了解她在情人兼丈夫眼中是怎样一个人。一年后,科拉多克太太去世了,给夏洛特留下了一千五百英镑。这笔钱来得正是时候,因为菲尔丁在当年年初创作的一部喜剧反响惨淡,正缺钱用。他过去常常住在他母亲的小庄园里,现在则带着年轻的妻子一起去。在接下来的九个月里,他尽情地招待朋友们,享受乡下各种各样的娱乐活动。回到伦敦后,他用夏洛特剩下的遗产买下了干草市场的小剧院,不久后他在那里创作出了人们认为是他最好和最成功的戏剧《巴斯昆》。《泰晤士报》称其为一部讽刺作品。

后来英国出台了《许可证法案》,菲尔丁的戏剧生涯也随之结束,这时候,他不仅有妻子,还有两个孩子,养家的钱却很少。

他不得不寻找谋生之道。这时候他已经三十一岁了。他进入了中殿律师学院,不过据阿瑟·墨菲说:"凑巧的是,他偶尔还会回想起自己早年寻欢作乐的滋味,于是他打起十二万分的精神,拿出了活力,投入到伦敦的灯红酒绿当中。"不过他非常努力,不久便取得了律师资格。他做好了准备要埋头苦干,却接不到什么案子。律师们很可能对这样一个只以写轻喜剧和政治讽刺剧而闻名的人心存疑虑。此外,在担任律师的三年里,他的痛风频繁发作,导致他无法定期出庭。为了挣钱,他不得不为报社撰写粗劣的文学作品。与此同时,他抽空写了他的第一部小说《约瑟夫·安德鲁斯》。两年后,他的妻子去世了,他悲痛欲绝。路易莎·斯图尔特夫人写道:"他热烈地爱着她,她也深深地爱着他。然而,他们大多数时候都穷困潦倒,因而从未享受过幸福的生活,日子谈不上安稳。全世界都知道他为人轻率。但凡兜里有二十英镑,他便毫不考虑未来,信手通通挥霍掉。有时他们住在体面的寓所里,还算舒适。有时他们住在简陋的阁楼里,连必需品都没有。更不用说他偶尔还因为负债而被关入拘留所,或是东躲西藏。他生性乐天,便平安渡过了这一道道难关。但与此同时,她则陷入了忧愁和焦虑之中,脆弱的心灵深受折磨,身体也受到了损伤。她日渐衰弱,害上了热病,最后在他的怀里离开了人世。"这些情况确有其事,通过菲尔丁的《阿米莉亚》也得到了部分证实。我们知道,小说家习惯将自身任何一点经历都利用起来,在创造比利·布斯这个人物的时候,菲尔丁不仅以自己为原型,还以他的妻子为原型刻画了阿米莉亚,甚至融入了他们婚姻生活中发生过的各种事情。他妻子死后四年,他娶了她的女仆玛丽·丹尼尔。当时她已经有了三个月的身孕。这桩婚事使他的朋友们大为震惊,夏洛特的妹妹在她死后一直同他生活在一起,也因此离开了。他的表姐玛丽·沃特利-蒙塔古夫人趾高气扬地嘲笑他竟然"迷上了厨娘"。玛丽·丹尼尔欠缺个人魅力,却是个非凡的女性,他每每提起她,无不透着爱慕之情和尊重之意。她是一个非常正派的女人,无微不至地照顾他,是一个贤妻良母。她给他生了两个男孩和一个女孩。

当菲尔丁还是一个苦苦挣扎的剧作家的时候，他曾向当时叱咤风云的罗伯特·沃波尔爵士① 大献殷勤。他把自己编写的戏剧《摩登丈夫》献给了这位大臣，还对其大加赞美，但沃波尔忘恩负义，似乎不愿为他做任何事。于是，他认为倒不如与反对沃波尔的政党合作，并立即向其领导人之一切斯特菲尔德勋爵示好。正如杜登博士所言："他的暗示已经非常明显，只要反对派愿意聘用他，他就将运用自己的智慧和幽默感为他们效劳。"最终，他们表现出了这方面的意愿，于是菲尔丁成了一份名为《捍卫者》的报纸的编辑，这家报纸的宗旨是攻击和嘲讽罗伯特爵士和他领导的内阁。1742年，沃波尔倒台，过了一段很短的时间后，亨利·佩勒姆继任。菲尔丁为之工作的政党现在掌权了，接下来的几年，他为支持和捍卫政府的各家报纸做编辑和撰稿。他自然期望他的服务得到回报。在他在伊顿公学结识的朋友中，有一位乔治·利特尔顿，此人出身于一个显赫的政治世家（至今依然地位超绝），也是一位慷慨的文学赞助人，他和菲尔丁一直是好朋友。利特尔顿被任命为亨利·佩勒姆政府的财政大臣，在他的影响下，菲尔丁在1784年被任命为威斯敏斯特的治安法官。不久，为了能更有效地履行职责，他的管辖范围扩展到了米德尔塞克斯，他还带着家人在弓街的官邸里定居下来。他受过律师教育，有丰富的生活知识和天赋，很适合这个职位。菲尔丁说，在他上任之前，人们做这份工作每年能赚到五百英镑的黑钱，但他一尘不染，每年顶多赚到三百英镑。通过贝德福德公爵，他从公共服

---

① 罗伯特·沃波尔爵士，英国第一任首相。

务基金中获得了津贴。据推测，这笔津贴是每年一二百英镑。1749年，他出版了《汤姆·琼斯》，这本书一定是他在替政府报社做编辑的时期创作的。他因此一共得到了七百英镑，因为当时的钱至少是现在的五六倍，这笔钱大约相当于四千英镑。在现今而言，这可是一笔丰厚的小说稿费了。

那时菲尔丁的健康状况很差。痛风病频繁发作，他时常不是去巴斯休养，就是到伦敦附近的一所农舍里休养。但他没有停止写作。他写了很多和他的职务有关的宣传小册。《对最近强盗猖獗原因的调查》就是其中之一，据说这促成了著名的《金酒法案》的通过。《阿米莉亚》也是在这期间创作出来的。他的勤奋确实令人惊叹。《阿米莉亚》于1751年出版，同年菲尔丁又编辑了另一份报纸《科文特花园期刊》。他的身体每况愈下。显然，他不能再履行他在弓街的职责了。1754年，在粉碎了已成为伦敦恐怖人物的"一帮恶棍和杀人犯"之后，他把自己的职位交给了他同父异母的兄弟约翰·菲尔丁。他要想保住性命，唯一的机会就是寻找一个比英格兰气候更温和的地方居住，因此，1754年6月，他乘坐"葡萄牙女王号"（船长为理查德·维尔）离开祖国，前往了里斯本。他于8月抵达，两个月后便去世了，年仅四十七岁。

2

我根据并不充分的材料对菲尔丁的一生作了概述，但当我对此进行思考时，一种特殊的情感攫住了我的心。他是个活生生的人。

很少有小说家能像他那样将自身倾注在书中，读他的小说，你会感受到只对多年挚友才会产生的感情。他身上具备着一种现代特质，还有一种直到今天仍十分常见的英国人的品质。在伦敦，在纽马克特，在狩猎季节的莱斯特郡，在八月的考斯，在隆冬时节的戛纳或蒙特卡洛，你都会遇见他。他是一位绅士，文质彬彬，长得英俊潇洒，性格温厚，和颜悦色，是个很容易相处的人。他的学养并不深厚，却对很有教养的人十分宽容。他喜好女色，常常因为通奸而成为共同被告。他从未做过体力劳动，也没有从事体力劳动的必要。他虽然没做过体力活，却绝对没有无所事事。他有足够的收入，花钱大手大脚。若有战争爆发，他就参军，在战场上的英勇事迹名扬千里。他没有半点坏心肠，每个人都喜欢他。岁月匆匆，青春已逝，他的手头不再那么宽裕，生活也不像以前那么安逸了。他不得不放弃打猎，但他仍然掌握着高超的高尔夫球技巧，人们也总是很乐意在俱乐部的牌室里看到他。他娶了一个旧情人，这人是个有钱的寡妇，他在中年安定下来，成了一个很好的丈夫。今天的世界已容不下他，再过几年，他这种人就要绝迹了。我想，菲尔丁就是这样一个人。但他碰巧拥有一种伟大的天赋，成了一名作家，只要他愿意，他就可以笔耕不辍。他喜好杯中物，也喜欢女人。当人们谈到美德时，想到的通常是性，但贞操只是美德的一小部分，还很可能不是主要部分。菲尔丁有强烈的情欲，他毫不犹豫地屈从于此。他有能力付出温柔的爱。爱不同于感情，爱植根于性，但没有爱也可以产生性欲。只有伪善或无知之人，才会否认这一点。性欲是一种动物本能，和口渴和饥饿一样，不必觉得羞耻，也没有理由不去满足。即便菲尔丁享受性爱的乐趣，尽管可以说是私交甚乱，他也不比大多数男人差。和我们大多数人一样，他对自己犯下的罪孽感到后悔，但一有机会，他还是会重蹈覆辙。他脾气暴躁，但心地善良，慷慨大方；他身处一个腐败的时代，却洁身自好，正直坦诚。他是一位深情的丈夫，一位慈爱的父亲。他勇敢、诚实，对朋友们重情重义，一直到他过世，他的朋友们都对他情深义重。他能容忍别人的缺点，却痛恨性情残暴和两面派的人。成功时，他没有自我膨胀，在逆境中，只要有两只山鹑和一瓶红葡萄酒，他就能坚持到底。他总是兴致勃勃，保持心情愉快，在生活中兵来将挡水来土掩，享受着生活的乐趣。事实上，他很像他笔下的汤姆·琼斯，和比利·布斯也不可谓不相似。他是个很正派的人。

然而，我应该告诉读者，我所讲述的亨利·菲尔丁，与彭布罗克学院院长在其不朽作品中所描述的完全不一致，我经常翻阅这本著作，从中得到了很多有用的信息。"直到最近，"他写道，"在大众的想象中，菲尔丁是一个才华横溢的天才，拥有所谓的'善良的心'和许多令人喜欢的特质，然而，他耽于酒色，不负责任，做了许多令人遗憾的蠢事，甚至还沾染了一些更为严重的恶习。"他还想方设法让读者相信，菲尔丁是个十足的坏人。

但是，即使这种观点遭到了杜登博士的反驳，可在菲尔丁在世期间，人人都是这样认为的。持这种观点的人都是他的熟人。的确，在他的时代，他在政坛和文坛的敌人都对他发起了猛烈的攻击，对他的指控很可能有所夸大。但是，如果想要指控造成破坏效果，就必须使其显得真实可信。举例来说：已故的斯塔福德·克里普斯爵士有许多死敌,这些人急着朝他泼脏水。他们说他倒戈投敌,背叛了自己的阶级。但是,他们决不会想到说他是个好色之徒,贪图杯中之物,因为大家都知道他是一个品德高尚、极其有节制的人。倘若这样污蔑他,只会让他们自己沦为笑柄。同样地,围绕着名人的传言或许不是真的,但除非它们似是而非,否则就无人相信。阿瑟·墨菲称,有一次,税吏来敛税,菲尔丁只好去请出版商把稿费预付给他,就在他带着钱回家的路上,碰见了一个境遇比他更糟糕的朋友,于是他把身上的钱都给了这个朋友,后来税吏来了,他便告诉税吏:"朋友有难,接济金钱,烦请改日再来。"杜登博士称这则轶事不可能是真的。但如果是杜撰出来的,也是因为这种事是可信的。有人指责菲尔丁挥霍无度,他也许正是这样一个人。这可能是因为他无忧无虑,情绪高昂,为人友善,好交际,还视钱财如无物。因此,他经常债务缠身,可能有时还要面对"讨债者和法警"的纠缠。毫无疑问,当他走投无路,一分钱也拿不出来的时候,向朋友们求助,他们也会慷慨相助。高尚的埃德蒙·伯克[①]就是这样一个朋友。作为一个剧作家,菲尔丁在戏剧界混迹了多年,无论是过去还是现在,没有哪个国家会把戏剧界当作教育年轻人严格自律的好地方。安妮·奥德菲尔德被安葬在威斯敏斯特教堂,菲尔丁的第一部戏能够上演,还多亏了她的帮助。但是,由于她曾经被两位绅士包养,又有两个私生子,因而连墓碑都不能有。如果她不向菲尔丁这样一位英俊青年献殷勤,那才古怪呢。此外,他身无分文,如果她把从包养她的人

[①] 埃德蒙·伯克,十八世纪英国政治家、保守主义政治理论家。

那里得到的银钱拿出一部分资助他，也算不上什么稀奇的事。他人穷志短，只好收下她的钱，却并非出于本愿。即便他年轻时经常与人通奸，可比起他那个时代和我们这个时代的大多数有机会、有优势的年轻男子，他并没有什么不同。毫无疑问，他"晚上常常在酒馆里痛饮"。无论哲学家们怎么主张，有一个常识普天下都是一样的，那就是，青年人和老年人的道德标准不同，人生地位不同，道德标准也不同。若是一个神学博士做出了淫乱的通奸行为，那理当受到谴责，但一个年轻人这样做，则是很自然的事。假如一个学院的校长喝醉酒，那绝对是不可原谅，但一个大学肄业生偶尔喝醉则无可厚非，完全是意料当中的事。

菲尔丁的敌人指责他是政治雇工。这确实是事实。他很乐意将自己的非凡天赋奉献给罗伯特·沃波尔爵士，后来发现对方并不想要他的天赋，便同样乐意将其奉献给沃波尔爵士的政敌。这并不需要牺牲什么原则，因为在当时，政府和反对派之间唯一的真正区别是，政府享有官职的报酬，而反对派没有。腐败现象普遍存在，只要对自己有利，大贵族们便乐得改变立场，就如同菲尔丁为了生计所做的一样。值得赞扬的是，当沃波尔发现菲尔丁是个危险人物，就提出了一个要求：只要菲尔丁离开反对派，就可以去他领导的政府任职。但菲尔丁拒绝了。他也很聪明，因为不久之后，沃波尔就倒台了！菲尔丁有一些社会地位较高的朋友，也有一些在艺术领域很有名望的朋友，但从他的作品来看，似乎可以肯定他很喜欢与地位低下、声名狼藉的人为伍。他因此受到了严厉的抨击，但在我看来，除非他自己亲身参与并乐在其中，否则是不可能把所谓的下等生活描写得如此生动有趣的。在他那个时代，人们普遍认为菲尔丁是一个放荡不羁、挥霍无度的人。在这方面的证据过于确凿，不容忽视。如果他真如彭布罗克学院院长所说，是一个可敬、忠于配偶、有节制的人，那他必定写不出《汤姆·琼斯》。我认为，杜登博士是在试图美化菲尔丁，此举值得赞扬，但有一点误导了他，那就是他没有想到，同一个人身上，可能具有互相矛盾，甚至是相互排斥的品质，并以某种方式相当合理地和谐共存。对一个在别人的资助下潜心学术的人来说，这是很自然的。菲尔丁为人大方、心地善良、正直、亲切、诚实，彭布罗克学院院长似乎觉得他不可能还有另一面，不可能挥霍无度，向他富有的朋友乞讨饭食和钱财，还在酒馆里花天酒地，以至于伤了身体，甚至一有机会就与女人鬼混。杜登博士表示，他的第一任妻子在世期间，菲尔丁对她始终忠贞不渝。他怎么知道？菲尔丁当然是爱她的，而且是热烈地爱着她，但他不是一个深情的丈夫，只要情况允许，他必定有外遇。猎艳之后，他很可能和他笔下的布斯船长一样悔恨不已，但即便如此，但凡有机会，他照样再次越界。

玛丽·沃特利-蒙塔古夫人在信中写道："亨利·菲尔丁不幸辞世，我深感难过，不光因为我再也不能看到他的作品，还因为我深信他的损失超过别人，没有人比他更享受生活，虽然很多人都有理由如此。而他最大的喜好，就是在充满痛苦与邪恶的最底层社会风花雪月。依我所见，哪怕是当一名主持夜间婚礼的执行员，也更为高贵，不那么恶心。他是个乐天派，（即便他放浪形骸，几乎泯灭了这一天性），只要鹿肉当前，香槟美酒为伴，他就能忘记一切。我相信他人生中的幸福时刻比比皆是,在这一点上,世界上的任何一个王子都不如他。"

3

有些人无法阅读《汤姆·琼斯》。我说的不是那种只读报纸和插图周刊的人,也不是那些只看侦探小说的人。我想到的是那些将其归为知识分子行列你也不会反对的人,以及愉快地一遍又一遍读《傲慢与偏见》,自鸣得意地读《米德尔马契》,满怀敬意地读《金碗》的人。很可能他们从未想过去看《汤姆·琼斯》。但是,有时他们也尝试过,却读不下去。他们觉得这本书极为无趣。光是说他们应该喜欢这本书,是没有用的。在这件事上,就没有"应该"。读小说是为了娱乐。我再说一遍,如果一本小说不能让你开心,那它对你而言就不存在任何价值。没有人有权因为你觉得该书无趣就责备你,就像没有人有权因为你不喜欢吃牡蛎而责备你一样。然而,我不得不问自己,究竟是因为什么,读者会对此书退避三舍,明明吉本称之为"人类生活的优美画卷",沃尔特·司各特①称赞其闪动着真理和人性的光芒,狄更斯也对此书赞誉有加,并从中受益良多,甚至萨克雷还这样写道:"《汤姆·琼斯》这本小说确实精妙绝伦,结构堪称精妙。情节中闪耀的智慧,观察能力,各种巧妙的转折和思想,以及这部伟大喜剧史诗中各种各样的人物,都让读者永远感到钦佩

---

① 沃尔特·司各特,十八至十九世纪英国小说家、诗人。

和好奇。"难道他们对生活在二百年前的人的生活方式和风俗习惯不感兴趣吗？难道是文风的问题？可其文风堪称轻松自然。有人说过（我忘了是谁说的，可能是菲尔丁的朋友切斯特菲尔德勋爵），良好的文风应该类似于有教养之人的谈吐。菲尔丁的文风恰恰如此。他在和读者交谈，给读者讲述汤姆·琼斯的故事时，就像他与一众好友坐在桌边，一边畅饮美酒，一边讲这个故事一样。他说话向来不矫揉造作。美丽善良的索菲娅显然习惯于听到诸如"妓女""混蛋""婊子"之类的词，出于难以猜测的原因，菲尔丁将其描写成了一个荡妇。事实上，她的父亲乡绅韦斯顿有时也随意这样羞辱她。

作者用对话的方式写小说，带着读者逐渐了解他们的秘密，向你讲述他们对自己笔下人物的感觉，以及他们为这些人物安排了何种的境遇，这种方式有其危险性。作家无时无刻不在你旁边，阻碍了你与故事人物的直接交流。作家有时会进行道德说教，惹得你不胜其烦，一旦他开始离题，内容就会变得乏味。你不愿意听到他就道德和社会问题大发意见，你只想要让他接着讲故事。菲尔丁也会偏离主题，但那些内容往往透着智慧，读来生动有趣。离题的部分都很简短，他还很有风度地为此道歉。这些内容彰显了他的善良本性。萨克雷竟在这方面模仿他，实在是愚蠢至极，只会显得他自负、伪善。此外，你还不能不怀疑他毫无诚意。

《汤姆·琼斯》全书分为几个部分，菲尔丁为每个部分都撰写了一篇序言。一些评论家对这些序言交口称赞，认为它们为小说增添了色彩。我只能猜测，这是因为他们对小说不感兴趣。散文家向来先选取一个主题,再进行讨论。如果他们的主题对你来说十分新颖,那他们可能会告诉你一些你以前不知道的东西,可惜新主题很难找到。一般来说,他们希望通过自己的态度和看待事物的独特方式引起你的兴趣。也就是说,他们希望你对他们本身感兴趣。但这不是你读小说的目的。你并不关心作家。他们的作用只是给你讲故事,再把一群人物介绍给你。小说的读者在作家的带动下对人物产生了兴趣,那他们就应该想知道那些人物接下来会遇到什么事,如果他们不想知道,就没有理由再读小说了。这是因为,不可将小说视为教导或启迪的媒介,而应将其视为蕴藏智慧的消遣活动。看来菲尔丁是在写完《汤姆·琼斯》的小说后,才写了那些序言,用来介绍他的后续作品。但这些序言与其所介绍的书并无关系。他承认,写序言给他带来了很多麻烦,人们都搞不懂他究竟为什么要将其写出来。他不可能意识不到,许多读者会认为他的小说很低级,没有道德可言,甚至淫秽下流。他也许是想通过这些序言来提升自己小说的水平。在序言中,文字之间富于真知灼见,有的甚至异常高明。假如你很熟悉这本小说,读起序言来就会有一定的乐趣。但是,第一次读《汤姆·琼斯》的人最好还是跳过这些序言。《汤姆·琼斯》的情节一直倍受推崇。我从杜登博士那里得知,柯勒律治惊呼道:"菲尔丁真是一位伟大的创作大师!"斯科特和萨克雷也很钟爱这部作品。杜登博士引用过后者的一段话,是这样的:"无论道德与否,让人们只把这部浪漫作品当成一件艺术作品来审视吧,它一定会让人们觉得它是人类智慧最惊人的结晶。没有一个情节无关紧要,任何一件小事都是从前面的事件中延伸出来的,能推动故事的发展,并与整个事件相联系。蒙上天眷顾才能有这样的文学天赋（倘若可以这样形容），这在任何其他小说作品中都不存在。你大可以把《堂吉诃德》删去一半，对沃尔特·司各特的任何浪漫作品，你都可以增加、调换或改动，即便这样，这些书也不会受到影响。罗德里克·兰登和类似的男主人公经历了一系列的冒险，最后骗局大白于天下，有情人可以长相厮守。但是《汤姆·琼斯》的历史把第一页和最后一页连在了一起，令人不可思议的是，作者在把故事写在纸上之前，就已经在脑海里构思了所有的结构，并将其一一记住，他一定是这么做的。"

这种说法多少有些夸张。《汤姆·琼斯》以西班牙流浪汉小说和小说《吉尔·布拉斯》为原型，简单的结构取决于该题材的特点：主人公因为这样或那样的原因离开了自己的家，一路上经历了各种各样的冒险，与各种各样的人打交道，经历了命运的起起落落，最后不仅坐拥财富，还娶了美人为妻。菲尔丁遵循了这种模式，还在叙述中加入了一些与之无关的故事。作家们使用这样的办法并不恰当，不光是出于我在第一章里就提过的原因，即他们必须向书商提供一定数量的稿件，用一两篇故事来填满整个篇幅。还有一部分原因在于，他们担心讲述一个接一个的冒险活动会让读者感到乏味，而要是零零散散给读者讲个故事，就能给他们一点刺激。更有一部分原因是，他们若是想写短篇小说，除此之外就没有其他的方式可以将其推向大众了。评论家们对此进行了抨击，但这种做法却很难消亡，正如我们所知，狄更斯在《匹克威克外传》中就采用了这种做法。《汤姆·琼斯》的读者即便不看"山上的人"这个故事和菲茨赫伯特夫人的叙述，也不会有任何影响。萨克雷曾评论"没有一个情节无关紧要，任何一件小事都是从前面的事件中延伸出来的，能推动故事的发展"。但这也并不十分准确。汤姆·琼斯遇到了吉卜赛人，却没有任何后续结果。小说里还介绍了亨特太太，讲述了她向汤姆求婚的经过，但这并无必要。百元英镑钞票事件不光毫无用处，还很匪夷所思。萨克雷曾惊叹不已，说菲尔丁在把故事写在纸上前，就已经在脑海里构思了所有的结构，并将其一一记住。我认为这并非事实，菲尔丁的构思，肯定不比萨克雷开始写《名利场》之前多。我认为更有可能的是，菲尔丁把小说的主线记在脑子里，在创作过程中边写边虚构一个个情节，而这些情节大都构思巧妙。菲尔丁和他之前的流浪汉小说作家一样，并不在意情节是否真实可信，如此一来，最不可能的事情发生了，最离谱的巧合把人们聚在一起。但他兴致勃勃地推动着你向前，让你没时间抗议，而你往往也不愿意抗议。他笔下的人物简单粗犷，带有夸张的色彩，即便细微之处有所欠缺，其鲜活生动也可以弥补这一点。他的每一个人物都拥有鲜明的个性，即便有些夸大，那也是当时流行的风格，况且也没有超出喜剧所允许的范围。恐怕奥尔沃西先生有些善良过头了，菲尔丁没有把这个人物刻画好，他之后所有试图描写完美善良人物的小说家都未能成功。经验似乎表明，这种完美善良的人物无不显得有些愚蠢。要是有个人物过于善良，任何人都可以欺负到他的头上，读者是不会容忍的。据说，奥尔沃西先生的原型是普赖尔公园的拉尔夫·艾伦。若确实如此，而对这个人物又刻画准确，那只能说明一个问题：直接取材于现实生活的人物在小说中永远不能令人信服。

另一方面，人们都觉得布利菲尔坏得过分了。菲尔丁痛恨欺骗和虚伪，他对布利菲尔憎恶至极，以至于把此人刻画得有些过头。布利菲尔其人卑鄙、狡猾、自私、冷血，却也谈不上罕见的类型。他时刻担心露馅，因而不能成为一个十足的恶棍。但我认为，如果布利菲尔不是坏得如此明显，我们会更相信他。他是个叫人讨厌的人。但是，这个人物不如尤赖亚·希普①鲜活，我问我自己，菲尔丁是不是出于本能反应有意弱化这个人物，唯恐将其塑造得过于鲜活和突出，从而将其写成一个极具感染力的邪恶人物，将主人公衬托得黯然失色。

《汤姆·琼斯》一经出版就深受公众的喜爱，可总的来说，评论家们则发出了严厉的批评。有些反对意见相当荒谬。例如，拉克斯伯勒夫人抱怨说，这些人物太像"我们在现实世界里遇到的"人了。这部小说因其所谓的道德败坏而受到了大规模的谴责。汉娜·莫尔在她的回忆录中提到，约翰逊博士只跟她发过一次火，就是因为她提到了《汤姆·琼斯》中一些诙谐的段落："听到你引用如此罪恶的一本书，我很震惊。"他说，"听闻你已经读过此书，我感到很难过。任何一位端庄的女士都不该承认这样的事。我从未见过比这更堕落的作品。"现在，我得说，端庄的女士最好在婚前读完此书。这本书向她们清楚地说明了生活中所需要知道的一切事实，还会介绍有关男人的很多事，这些知识都很有用，让她们免于遭遇困境。但是，

---

① 尤赖亚·希普，狄更斯的小说《大卫·科波菲尔》中的人物。

约翰逊博士存有偏见，这一点是公认的。他不认为菲尔丁有任何文学成就，还曾称其为傻瓜。当鲍斯韦尔提出异议时，他说："我说他是傻瓜，意思是他是个不学无术的无赖。""先生，你难道不承认，他把人类生活描绘得很自然吗？"鲍斯韦尔如是回答。"啊，先生，他描绘的是社会底层的生活。理查森曾说，如果他不知道菲尔丁是何许人也，肯定就会以为他是个马夫呢。"我们现在已经习惯了小说对底层生活的描写，通过我们这个时代小说家的描绘，《汤姆·琼斯》里的一切早已为我们所熟知了。约翰逊博士也许还记得，菲尔丁把索菲娅·韦斯顿这个人物刻画成了一个迷人温柔的年轻姑娘，她很讨人喜欢，深受小说读者的喜爱。她性格单纯，却绝不愚钝，品行端正，却绝不假正经。她有个性、决心和勇气，还有一颗爱心，此外，她还是个大美人。玛丽·沃特利－蒙塔古夫人认为《汤姆·琼斯》是菲尔丁的代表作，这个观点非常正确，但叫她很遗憾的是，他没有意识到自己把笔下的主人公写成了一个恶棍。据我估计，她指的是琼斯先生职业生涯中最应受谴责的那件事。贝拉斯顿夫人喜欢上了他，还发现他早已准备好满足自己的欲望，因为在他看来，若有个女人愿意与自己共赴云雨，那向这个女人"献殷勤"，则是良好教养的表现。他口袋里一个大子儿也没有，连坐马车去她家的钱都掏不出来，贝拉斯顿夫人却十分富有。她极为豪爽，不像其他女人，花别人的钱往往大手大脚，对自己的钱却一毛不拔。她慷慨地解决了他的燃眉之急。男人接受女人的钱，这无疑不是一件好事，这么做也捞不到任何好处，因为在这种情况下，有钱的贵妇们所要的东西往往超出了她们所付出金钱的价值。但是，从道德上讲，女人接受男人的钱也不光彩,可一般人的看法却截然相反,这实在愚蠢。我们这个时代甚至觉得有必要发明一个新词"小白脸",来形容那些靠出卖色相为生的男人。因此,汤姆不够体贴虽然应该受到谴责,却算不上什么特别。我可以肯定,在乔治二世统治时期,小白脸和在乔治五世统治时期一样数不胜数。就在贝拉斯顿夫人给了汤姆五十英镑,要他和自己快活一夜的那天,房东太太向他讲述了自己亲戚的辛酸经历,汤姆听后极为感动,把钱袋给了她,让她想拿多少就拿多少,以解决她的困境。汤姆·琼斯全心全意地爱着迷人的索菲娅,却毫不犹豫地与任何有吸引力、容易亲近的女人纵情于鱼水之欢。即便是流连于花丛之间,他也依然深爱着索菲娅。菲尔丁非常明智,不会让笔下的主人公比普通人更能坐怀不乱。他很清楚,如果我们晚上能像早上一样谨慎,我们大家的品行都能更为端正。索菲娅听到这些猎艳奇遇,也没有蛮不讲理,大发脾气。在这一点上,她表现出了超出女性性别的理智,这无疑是她最迷人的特点之一。奥斯丁·多布森说得好,尽管文风有欠优雅,但菲尔丁"不以创作完美的人物而自夸,他诠释了普通人的生活,展现了其真实的一面,没有加以润色,宁要自然,也不要矫揉造作,他的目的在于呈现出绝对真实的状态,对于缺点和短处,他既不轻描淡写,也不去掩饰"。这就是现实主义者努力追寻的方向,而且,纵观历史,他们总是或多或少地因此受到猛烈的攻击。据我所知,这是出于以下两个主要原因:很多人,尤其是老年人、富人和享有特权的人,他们的态度是:"我们自然知道这世上存在着大量的罪恶和伤风败俗的行为,存在着贫穷和不幸,但我们并不想看与此有关的书籍。我们为什么要搞得自己不自在？我们对此根本无能为力。毕竟，世界上向来都有穷人和富人。"另一类人有其他理由谴责现实主义者。他们承认世界上存在着堕落与邪恶，存在着残酷的行为和压迫。但是，他们问，以此为小说的主题，合适吗？年轻人读一些他们的长辈知道却痛斥的东西，这是好事吗？阅读这些即便算不上淫秽却充满性挑逗的小说，难道不会引导他们走向堕落吗？当然，小说更适合用来展示世界上有多少美丽、善良、自我牺牲、慷慨和英勇行为。现实主义者的回答是，他们的兴趣在于，对这个他们所接触的世界，他们要将自己亲眼所见的真相一一讲述出来。他们不相信人类纯良慈爱，在他们看来，人类是善与恶的结合体。他们容忍人性中被传统道德所摒弃的特质，认为这些特质属于人类的天性，符合自然规律，因此应该加以掩饰。他们希望描写人物之善时，能同描写人物之恶时一样，均从事实出发，即便读者对人物的恶比对善更感兴趣，那也不是他们的错。这是人类的一种奇怪的特性，他们不需要为此负责。然而，假使他们对自己诚实的话，就会承认，罪恶可以被描绘得光彩夺目，美德却似乎弥漫着一种暗淡无光的色彩。倘若你问他们，对于腐化年轻人的指控，他们要如何辩白，他们会回答说，让年轻人了解他们将要面对的是一个怎样的世界，是一件好事。如果年轻人期望过高，结果可能是灾难性的。如果现实主义者能教导年轻人认识到以下几点：第一，不要对别人抱太大期望；第二，从一开始就明白每个人最关心的都是自己；第三，无论是地位、财富、荣誉、爱情还是名誉，他们都必须以某种方式为所得到的一切付出代价；第四，明智的做法是，付出不能超过所得。那么，他们的功劳就比教师和牧师都大，因为是他们让年轻人妥善应对这棘手的生活。然而，他们会补充说自己不是教师或传教士，他们只希望自己是艺术家。

三

简·奥斯丁和《傲慢与偏见》

1

简·奥斯丁的生平讲述起来非常简短。奥斯丁家族历史悠久，和许多英格兰的大家族一样，他们的财富主要来自于羊毛贸易，这个行业一度是英国的支柱产业。同时，也像那些更加显赫的家族一样，奥斯丁家族把挣来的钱用于购置土地，因而随着时间的推移，他们最终也跻身地主乡绅之列。不过相较于别的同族成员，简·奥斯丁这一支继承的财产非常少，算是家道中落了。简的父亲名叫乔治·奥斯丁，她的祖父威廉姆·奥斯丁是汤布里奇的一名外科医生，十八世纪初，这一职业跟律师一样地位不高。正如我们在《劝导》一书中所读到的那样，即使在简·奥斯丁生活的时代，律师也没有什么社会地位。书中的罗素夫人"只是一位爵士的遗孀"，在得知男爵女儿埃利奥特小姐和律师女儿克莱小姐可能有社交往来时感到震惊，她认为克莱小姐"无关紧要,对她只需要保持敬而远之的客套即可"。外科医生威廉姆·奥斯丁很早就去世了,他的兄弟弗兰西斯·奥斯丁先是把他的儿子送去了汤布里奇学校,后来又送去牛津的圣约翰学院。我是从R.W.克拉克博士发表的论文《简·奥斯丁的真相与难题》中得知以上内容的。这一章其余部分也同样受益于这本令人称赞的著作。

乔治·奥斯丁后来成了他那个学院的研究员,在受领神职后,他的一位亲戚、戈德默尔沙姆的托马斯爵士推荐他前往汉普郡的史蒂文顿担任牧师。两年后,乔治·奥斯丁的叔叔又在附近给他买了迪恩的牧师职位。关于这个慷慨的人,目前没有找到任何资料,我们也许可以猜测,他像《傲慢与偏见》里的加德纳先生一样是个商人。

乔治·奥斯丁牧师娶了卡珊德拉·利为妻,她的父亲托马斯·利是牛津万灵学院的研究员,也是当时亨利教区附近的哈普斯登的牧师。我年轻时,就了解到卡珊德拉人脉很广,就像赫斯特蒙苏的黑尔家族一样,她和一些地主乡绅以及贵族有着明确的亲戚关系。对于一个外科医生的儿子来说,这桩婚事提高了他的社会地位。这对夫妻一共生育了八个孩子:两个女儿,分别是卡珊德拉和简,以及六个儿子。作为史蒂文顿的牧师,乔治可以招收学徒,这增加了他的收入,而且他的几个儿子还可以在家接受教育。乔治的两个儿子凭借着母亲的关系进了牛津的圣约翰学院,因为他们的母亲算是这个学院创办者的亲戚;他还有一个儿子也叫乔治,不过没有任何记载,按查普曼博士①的意思来看，这个儿子可能又聋又哑；另外他还有两个儿子参加了海军，事业有成，其中爱德华更是幸运，他被托马斯爵士收养，后来继承了爵士位于肯特郡和汉普郡的地产。

奥斯丁太太的小女儿简出生于1775年。简二十六岁那年，为了让家中已领神职的长子继任自己的职位，他们的父亲辞去牧师之职，搬至巴斯，于1805年去世。数月后，他的遗孀带着几个女儿在南安普顿定居下来。也正是在此期间，一次在陪同母亲外出访客后，简在给姐姐卡珊德拉的信中写道："我们发现只有兰斯太太在家，她的那架大钢琴倒是非常体面，不过我们无从得知她是否有孩子……他们的生活方式极有格调，是富贵人家，她似乎非常享受这种富有的感觉。她定能意识到我们一点也不富有，很快就会发现我们完全不值得交往。"奥斯丁太太的确没剩下多少家财，但几个儿子给她的钱加在一起足以让她过上惬意的生活。在游历欧洲后，爱德华娶了古德内斯通的准男爵布鲁克·布里奇斯爵士的女儿为妻。托马斯·奈特于1794年去世，三年后，其遗孀将戈德默尔萨姆和查顿的物产转至爱德华的名下，自己拿着一笔养老金在坎特伯雷过上了隐居的生活。多年后，爱德华提出母亲可在这两处地产中任选一处居住，她选择了查顿。因此，除了偶尔外出访亲探友（有时长达数个礼拜），简一直都生活在那里，直到后来身患疾病，才不得不前往温切斯特，以便在那里找到比乡下更好的医生治病。1817年，简·奥斯丁在温切斯特辞世，被葬在大教堂中。

---

① 罗伯特·查普曼，奥斯丁研究专家。

2

据说简·奥斯丁本人极有魅力："她身材修长，步履轻盈稳健，外表整体给人留下一种健康、活泼的印象。她脸上明显带点深色，面颊圆润，嘴巴和鼻子生得小巧精致，一双明亮的淡褐色眼睛，脸颊周围棕色的头发自然卷曲。"我见过她唯一的肖像，画上是一个平凡的胖脸少女，五官平平，眼睛圆而大，身形丰满，但画家也有可能画得不太真实。

简和姐姐的关系非常亲密，两人从小到大几乎都在一起，直到简去世前，姐妹两人都是共用一间卧室。卡珊德拉被送去上学时，简也要跟着前往，尽管她年纪尚幼，女校教给姑娘们的东西她还听不懂，可她就是没法忍受跟姐姐分开。"哪怕卡珊德拉要被砍头，"她的母亲说，"简也一定会跟她一起赴死。""卡珊德拉比简长得漂亮些，性情也更加冷静、镇定，感情没那么外露，性格也没那么阳光。但她有个优点，总能控制自己的脾气。不过，简的性格很开朗，根本就用不着控制脾性。"简留存下来的信笺中，多数是两姐妹中的其中一人外出时写给卡珊德拉的。简众多最热情的拥趸也都认为这些信并无价值，他们觉得这些信只能体现简的冷漠无情，以及那些无关紧要的兴趣。我对此感到十分惊讶，这是再正常不过的事了。简·奥斯丁从没想过卡珊德拉以外的人会看到这些信，自然只会讲些她认为姐姐会感兴趣的事。她告诉姐姐人们穿了什么衣服，印花棉布花了她多少钱，认识了什么人，见到了哪些老朋友，听到了什么流言蜚语。

　　近年，有好几本知名作家的书信集出版。在我个人看来，读到这些信件时总会忍不住怀疑，这些作家是不是早就在心底盘算好了，某天要设法将这些书信出版。后来我获悉他们还留着信件的复印稿，我的怀疑自然得以证实。安德烈·纪德①希望将他同克洛代尔②的书信出版，但克洛代尔并不愿意，声称纪德的来信均已销毁，纪德却回答说没关系，他留有备份。安德烈·纪德本人告诉我们，当他发现妻子将自己写给她的情书全部烧毁后，他哭了整整一个礼拜，因为他觉得那些书信是他文学成就的巅峰，也是他赢得后人青睐的资本。狄更斯每次出门旅行，都会给朋友写下长信，他洋洋洒洒地将自己的所见所闻写下来，正如他的第一位传记作家约翰·福斯特说的，这些信大可一字不改地拿去出版。现今，人们对待书信的态度更为耐心，不过，如果你只想知道朋友是不是遇见了什么有意思的人，参加了什么聚会，是不是受你所托捎回了你要的书、领带、手帕，对方却只是绘声绘色地跟你描述山川名胜的风景，你兴许会觉得失望。

　　简在一封写给卡珊德拉的信中这样写道："眼下我已经掌握了写信的真正艺术，别人总说写信就是嘴上怎么说，笔下就怎么写。我自始至终都是用跟你讲话的语速来写这封信的。"她当然讲得非常有道理，这的确就是写信的艺术。她不费吹灰之力便掌握了。既然她说她讲话的方式跟写信的方式没有区别，而她的书信中又随处可见

---

① 安德烈·纪德，十九至二十世纪法国作家。
② 克洛代尔，十九至二十世纪法国著名的诗人、剧作家和外交官。

诙谐幽默、讽刺泼辣的评论，我们不难推断，跟她说话一定非常愉悦。她的每一封书信几乎都会让你会心一笑，或是逗得你开怀大笑。我不妨选几个代表这类风格的例子，以飨读者：

"单身女性往往有受穷的可怕倾向，这恰恰是人们支持婚姻的有力证据。

"想想看，霍尔德太太死了！可怜的女人，这是她在世上做的唯一一件让人不再欺负她的事。

"舍伯恩的黑尔太太因为受到惊吓早产了几个礼拜，昨天生下一个死婴，我估摸是因为她一不留神看了丈夫一眼。

"我们出席了W.K.太太的葬礼。我不知道有什么人会喜欢她，所以对生者没什么感觉，不过我倒是挺同情她的丈夫，希望他最好把夏普小姐娶了。

"张伯伦太太很会打理自己的头发，这点我挺佩服的，不过除了这个，我对她便没什么好感了。兰利小姐跟别的矮个女孩一样，长着蒜头鼻，大嘴巴，穿着时兴的衣服，大半个胸脯露在外面。斯坦霍普将军倒是个绅士，可惜腿太短不说，燕尾服又太长。

"伊丽莎上次是在巴顿见的克雷文勋爵，这次大概会在肯特伯里，他打算这个礼拜去那里待一天。她对他的举止十分满意。他身上唯一叫人不快的地方，好像就只有他在阿什当公园跟情妇同居这个小小的缺点了。

"W先生约莫二十五六岁，长得不丑，但也不怎么讨喜。他肯定不是可有可无的人，举止倒是淡定，有几分绅士风度，但不爱说话。据说他的名字叫亨利，这绝对是上天不公最好的证明，我见过不少叫约翰和托马斯的,他们就讨喜得多。

"理查德·哈维太太要结婚了,不过这可是个大秘密,也就一半的街坊邻居知道,你可千万别提这事。

"黑尔医生一身重孝,想必死的不是他母亲,就是他妻子,要不就是他本人。"

奥斯丁小姐很喜欢跳舞,时常跟卡珊德拉讲述她去过的舞会:

"总共也就十二支舞曲,我跳了其中的九支,只是因为找不到舞伴,另外几支我才没跳。

"有位先生是来自柴郡的军官,长得非常英俊,我听说他很想认识我,但他的愿望还没到非得行动的地步,所以我们的事也就无疾而终了。

"舞会上没有几个美女,仅有的几个长得也不算很漂亮。艾尔芒格小姐气色不大好。布伦德太太是唯一被倾慕的对象。不过她跟九月份的时候没有任何区别,同样的大脸庞、钻石发带、白色的鞋子,红脸丈夫和胖乎乎的脖子。

"查尔斯·波利特在礼拜四举办了一场舞会,引得左邻右舍议论纷纷,当然,你也知道,这些人对他的经济状况颇有兴致,巴不得他早点破产。他们还发现波利特的妻子正是邻居希望的那种人:愚蠢、脾气暴躁,花钱还大手大脚。"

奥斯丁家族的一位亲戚与某位曼特博士行为不检点,致使这位博士的妻子回了娘家,由此引发了不少闲言碎语,简针对此事写道:"不过,因为曼特博士是一名牧师,他们的感情不管有多不道德,仍然有着高雅的格调。"

奥斯丁小姐言辞犀利，幽默感十足。她喜欢笑，也喜欢逗人家笑。要让一个富于幽默感的人把自己想到的趣事烂在肚子里，可就太勉为其难了。只有天知道不用一点泼辣的言辞想要逗乐别人有多难。人类仁慈的品质中并无多少乐趣可言。简乐此不疲地观察他人的可笑之处，比如他们的自命清高、矫揉造作、假仁假义。值得称道的是，这些并不会让她感到厌烦，反而令她觉得有趣。她是个相当和蔼的人，当面说不出那些伤人的话来。不过，她也认定拿这些事跟卡珊德拉打趣无伤大雅。我并没有在她最辛辣的言辞中看到什么恶意。她的幽默建立在观察和天资聪慧的基础上，这正是幽默该有的样子。在必要的时候，她也可以一本正经。尽管爱德华·奥斯丁继承了托马斯·奈特位于肯特郡和汉普郡的地产，但他多数时候还是住在坎特伯雷附近的戈德默尔沙姆。卡桑德拉和简时常会来这里住一段时间，有时一待就是三个月之久。爱德华的长女范妮是简最疼爱的侄女，她最后嫁给了爱德华·纳齐布尔爵士，他们的儿子也被封为贵族，获得布雷伯恩勋爵的封号。简·奥斯丁的书信最先就是由他出版的。在这些信件中，其中就有两封是写给范妮的，当年这位姑娘正在考虑如何处理一位小伙向她求婚的殷勤举动。这两封信不乏理智，却又温情款款，令人佩服。

几年后，彼得·昆内尔先生在《康希尔杂志》上公布了一封信，信中内容令简·奥斯丁的崇拜者大为震惊。这封信是范妮（当时已成为纳齐布尔夫人）在许多年后写给她妹妹莱斯太太的，她在信中提到了那位颇有名气的姑姑，这封信令人非常震惊，却又颇具时代特征，在征得已故的布雷伯恩勋爵同意后，我把这封信转载于此。加有着重号的文字是写信人特意强调的内容。由于爱德华·奥斯丁于1812年改姓为奈特,需要指出的是,纳奇布尔夫人提到的奈特太太指的是托马斯·奈特的遗孀。从这封信的开头不难看出,莱斯太太听到了对姑妈教养指责的传闻,感到非常不安,便写信询问这些传闻是否有一丝属实的可能。纳奇布尔夫人回复如下:

> 是的,亲爱的,从各方面来看,简姑妈都不是一个高雅的人,至少跟她的才华不配。要是她能再活五十年,会在很多方面更适合我们高雅的品位。她们并非富有人家,跟她们打交道的也不是出身高贵的人,总之,那些人绝不会比普通人强多少。当然,她们虽然在智力、教养上更胜一筹,但就高雅这点来说,大抵和那些人在同一水平。不过,我觉得后来她们同奈特太太(她很喜欢她们,对她们也很好)的交往让她们进步不小。简姑妈非常聪明,抹去了一切"平庸"的痕迹(如果可以用这个词的话),并让自己学会在与普通人的交往中变得高雅起来。两位姑妈(卡珊德拉和简)都是在对外部世界及其方式(我指的是时尚方面的东西)一无所知的环境下成长起来的,要不是爸爸结婚,让她们有机会来到肯特郡,而且奈特太太对她们非常好,时常邀请她们中的一位陪自己同住(虽然她们本身也很聪明,人也很和气),她们的行为举止肯定远远达不到上流社会的标准。如若这些话令你不快,希望你能原谅,但我感觉这些话就在笔尖,非写出来不可,实在没办法不向你吐出真情……眼下快到更衣时间了……

……我永远是你最亲爱的姐姐。

范妮·C.纳奇布尔

这封信令简的崇拜者极为愤慨,他们声称纳奇布尔夫人写信时已经老糊涂了。但信中并无证据证明这点,再者,如果莱斯太太认为她姐姐的身体状况不允许回信,那她肯定也不会写信询问。在崇拜者看来,简当初对范妮宠爱有加,她居然能说出这样的话,实在是太过忘恩负义了。不过,他们在这件事情上的想法过于天真。虽然父母或者上一代亲戚对他们满怀感情,孩子却不会用同样的感情去对待他们,这点确实令人遗憾,但也是事实。倘若父母和亲戚仍然对这种事有所期待,其实并不明智。我们知道,简一生未嫁,她给予范妮的是一种近乎母爱的情感。她要是嫁人的话,准会把同样的感情倾注在子女身上。她喜欢孩子,也深受孩子的喜爱。他们喜欢她诙谐幽默的处事方式,喜欢她讲的那些情节丰富的长篇故事。她和范妮成为了可靠的朋友。范妮跟她讲的话,大概在她父母面前都不会讲。因为她的父亲成为乡绅后总是忙于各种事物,而母亲则是忙着生孩子。但孩子拥有敏锐的目光,能够做出残酷的评判。爱德华·奥斯丁在继承戈德默尔沙姆庄园和查顿的地产后飞黄腾达,尔后又通过这段婚姻跟该郡最有势力的家族建立了联系。我们无从得知简和卡珊德拉是如何看待他妻子的。查普曼博士则宽容地认为,正是因为她的付出,才让爱德华觉得"应该为母亲和妹妹多做些事情,并促使他将自己地产中的一间乡间别墅供她们居住"。而早在十二年前,这些房产就已经在他的名下了。

我觉得更大的可能性似乎是这样的：他太太认为邀请夫家人时不时来做客已经够意思了，并不乐意让她们在家中长住。太太去世后，爱德华才能随心处置自己的地产。如果真是如此，这样的事可逃不过简敏锐的目光，她在《理智与情感》中描写约翰·达斯伍德对待自己的继母和女儿时，很有可能已经交代过了。简和卡珊德拉算得上穷亲戚，如果她们受邀跟有钱的哥嫂、坎特伯雷的奈特太太，或者跟古德内斯通的布里奇斯夫人（伊丽莎白·奈特之母）长期生活在同一屋檐下，这对主人来说肯定是有意为之的善举。况且很少有人的格调能到施恩于人而不居功自喜的地步。简每次与年迈的奈特太太同住，奈特太太都在简回家时给她一笔"小钱"，而简每次也欣然接受，在写给卡珊德拉的一封信中，简告诉对方，哥哥爱德华送给她和范妮每人一份五英镑的礼物，这样的金额送给年幼的女儿算得上一份不错的小礼物，送给家庭教师也能说是好心赠予，送给妹妹就有点施舍的意味了。

我相信奈特太太、布里奇斯夫人、爱德华夫妇对简都非常友善，也很喜欢她。她们怎会不喜欢她呢？不过，倘若他们认为这两姐妹不怎么高雅，也并非完全没有道理。她们毕竟住在偏远的地方。十八世纪，即便是每年只在伦敦待上一段时间的人，也跟那些从未离开乡村的人有天壤之别。而这些差别也给喜剧作家提供了极为丰富的素材。在《傲慢与偏见》一书中，宾利家的姐妹们看不上本内特家的几位小姐，认为她们缺乏格调。另一方面，伊丽莎白·本内特也受不了对方的矫揉造作。其实，本内特小姐的社会地位比奥斯丁姐妹还要高一级，本内特先生虽然谈不上是个有钱人，但他终归是地主，而乔治·奥斯丁只是个贫穷的乡村牧师。

考虑到简所受到的教育，即便她稍欠肯特郡的太太们所器重的优雅风度，也不足为奇。如果真是这样，而范妮敏锐的眼睛却没有看到的话，我们可以肯定，她母亲一定会注意到的。简是个坦率的人，有什么就说什么，我敢说，她动不动就会表现出一种生硬的幽默，这是那些缺乏幽默感的女人们所不能欣赏的。我们可以想象，如果她把写给卡珊德拉的信里的内容说给她们听，说自己一看就知道哪个女人与别人通奸，她们一定尴尬无比。她生于1775年。那时距离《汤姆·琼斯》出版只过了二十五年，没有理由认为在这段时间里，这个国家的举止方式有了很大的变化。而简的举止方式，很可能像纳齐布尔夫人在五十年后的今天所声称的那样，"肯定远远达不到上流社会的标准"。后来，简去坎特伯雷和奈特夫人一起居住，根据纳齐布尔夫人的说法，很可能是这位年长的夫人给了她一些有关行为举止的暗示，让她变得"文雅"了一些。也许是由于这个原因，她在小说中特别强调良好的教养。当今的小说家倘若和她一样描写上流阶级，一定会认为这是理所当然的。就我而言，我看不出纳齐布尔夫人的信有什么可责备的。那些话就在她的"笔尖，非写出来不可"。那又怎么样？简说话带着汉普郡的口音，她的举止欠缺了几分优雅，她自己做的衣服品位很差，对此，我却一点也不以为然。我们确实从卡洛琳·奥斯丁的《回忆录》中了解到，家里人一致认为她们姐妹两个虽然对衣服很感兴趣，穿衣品味却并无可取之处。不过到底是穿着邋遢，还是衣着不合身，倒是没有说明。家庭成员在写简·奥斯丁生平的时候，一直在努力夸大她的社会影响。这实属毫无必要。

奥斯丁一家是善良、诚实、值得尊敬的人，属于中上阶层的边缘，相比对自己的地位更有把握的人，他们或许更清楚自己的身份。正如纳齐布尔夫人所说，姐妹俩与经常来往的人相处自在，而在她看来，这些人都没有高贵的出身。当她们遇到地位稍高的人，比如宾利家的女儿们这些上流社会的女人时，她们往往变得非常苛刻，借此来保护自己。我们对乔治·奥斯丁牧师一无所知。他的妻子似乎是一个善良而又愚蠢的女人，总是小病缠身，而她的女儿们似乎对她既温柔，又不乏讽刺。她活到九十岁高龄。男孩子们步入社会之前，大概都喜欢乡村的娱乐活动，每次能借到马，他们就骑马去追猎。

奥斯丁·利是简的第一位传记作者。在他的书中有一段话，只要稍加想象，我们就可以从这段话中了解到她在汉普郡漫长而平静的岁月里过着怎样的生活。他写道："人们普遍认定，这一家很少把家中的事务交给仆人们负责，也很少让他们做决定，一般都是由男女主人们自行来完成，或是在一旁监督。至于女主人们，我想，人们一般都认为……她们会亲自参与比较重要的烹饪工作，调制自家酿的酒，蒸馏家用草药……女士们也不嫌弃，亲手纺棉线，而家用的亚麻布都是用这些线编织出来的。吃完早餐、用完茶点之后，有些女士喜欢自己动手清洗上等的瓷器。"从这些信件中我们可以看出，奥斯丁家有时根本没有仆人，有时则不得不雇用一个什么都不会干的姑娘。卡珊德拉负责做饭，不是因为女士们"很少把家中的事务交给仆人们负责，也很少让他们做决定"，而是因为实在没有仆人来做这件事。奥斯丁一家谈不上贫穷，却也算不上富有。奥斯丁太太和女儿们大部分的衣服都是自己做的,而男孩们的衣服则是姑娘们做的。他们在家里自制蜂蜜酒,奥斯丁太太则自制火腿。快乐很简单,最令人兴奋的是一位比较富裕的邻居举办的舞会。在很久以前的英国,成百上千的家庭都过着这样平静、单调而体面的生活:其中一个家庭居然不可思议地出了一位极具天赋的小说家,这难道不奇怪吗?

3

简很有人情味。她年轻时喜欢跳舞、调情和戏剧表演。她喜欢长相英俊的年轻人。她对礼服、帽子和围巾有着浓厚的兴趣。她做得一手很好的针线活,"既朴素又不乏装饰性",就凭着这个手艺,她把一条旧裙服改成了其他式样,用旧裙子上的一块布做成一顶新帽子。她的哥哥亨利在回忆录中说:"简·奥斯丁亲手所做的每件事都很成功。玩挑棒游戏的时候,我们没有人能像她那样把小木棒抛出完美的弧形,也不能像她那样稳稳地把木棒挑出来。她玩起杯球游戏来更是拿手。我们在查顿用的杯球很简单,大家都知道她可以连续一百次用杯子接住球,一直玩到手酸为止。她的视力不好,不能长时间读书、写作,有时便用这样的简单游戏来舒缓自己。"

这真可谓一幅迷人的画卷。

没有人能把简·奥斯丁说成是女学究,她自己也对这样的人没有好感,但很明显,她绝不是一个没有教养的女人。事实上,她和她那个时代、那个地位的所有女人一样,也受过良好的教育。查普曼博士是研究简·奥斯丁小说的权威,他把据说她读过的书籍都列了出来。那份书单叫人印象深刻。当然她也读小说,比如范妮·伯尼、埃奇沃斯小姐和莱德克利夫夫人(《尤多尔弗的秘密》)的小说。她读翻译自法语和德语的小说,比如歌德的《少年维特的烦恼》。除此之外,她还读了所有能从巴斯或南安普顿的流动图书馆找到的小说。但她感兴趣的不仅是小说。她熟读莎士比亚,在现代作家中,她读过司各特和拜伦①,但她最喜欢的诗人似乎是柯珀②。柯珀的诗句冷静、优雅、理智,能打动她也是很自然的事。她读过约翰逊和鲍斯韦尔的书,除了各种各样的杂文之外,还读了大量的历史书籍。她喜欢大声朗读,据说她的嗓音十分悦耳。

她还读布道文,尤其喜欢十七世纪牧师夏洛克的布道文。乍一看,这很不可思议,实则不然。我年轻时住在一所乡村牧师公馆里,书房里的几个书架上放满了装帧精美的布道文集。假如这些文集出版了,大概是因为卖得很好,而假如卖得很好,那是因为有人读。简·奥斯丁是个虔诚的教徒,却并不算狂热。礼拜天她自然去教堂,参加圣餐仪式。毫无疑问,无论是在斯蒂文顿还是在戈德默尔沙姆,他们一家早晚都做祷告。但正如查普曼博士所说:"无可否认那确实不是个宗教狂热的时代。"就像我们每天洗澡、早晚刷牙一样,只有这样做了才能感到安心,我认为,奥斯丁小姐像她那一代的大多数人一样,完成了适当的涂油仪式,就算履行了自己的宗教职责,之

---

① 乔治·拜伦,十八至十九世纪英国诗人。

② 威廉·柯珀,十八世纪英国诗人。

后便把和宗教有关的事情放在一边，就像一个人把一件暂时不想要的衣服放在一边一样，在一天和一周的其余时间里，全身心地处理世俗事务，良心上便不会觉得不安了。"福音传道者这个时候还没有出现。"富绅阶层家的儿子领受圣职，当上了教区牧师，就能过上体面的生活。他们没有必要从事一份职业，但住的房子要宽敞，收入要充足。但是，他们在领受圣职后，就必须履行职责。简·奥斯丁当然认为牧师应该"生活在教区居民中，不断地关心他们，证明自己对他们怀有良好的祝愿，是他们的朋友"。她哥哥亨利便是这么做的。他机智、开朗，是她几个兄弟中最聪明的一个。他做过生意，有那么几年，他的生意很兴隆。然而，他最终还是破产了。然后他接受了圣职，成为了一名堪称模范的教区牧师。

  简·奥斯丁认同当时普遍的观点，而且，从她的书和信件中可以看出，她对当时的环境非常满意。对于社会地位存在差异的重要性，她毫不怀疑，还认为有贫有富是很自然的事。年轻男子理应在有权势的朋友的帮助下为国王服务，从而获得高升。嫁人是女人的本分，她们结婚自然要出于爱情，但条件也得令人满意。这是自然规律，没有迹象表明奥斯丁小姐持反对意见。在给卡珊德拉的一封信中，她写道："卡罗和他的妻子在朴次茅斯过着最为私密的生活，什么仆人都没有。在这种情况下结婚，她是个多么有美德的人啊。"由于母亲的婚姻非常轻率，简·奥斯丁笔下的范妮·普赖斯一家生活在庸俗肮脏的环境中，这正是一个活生生的教训，说明年轻女子在婚配方面务必要小心谨慎。

4

简·奥斯丁的小说可谓纯粹的娱乐。如果你碰巧认为小说家的主要工作是娱乐读者,那就得把她单独归为一类,不能与其他作家相提并论。比她的作品更为伟大的小说已经出现了,比如《战争与和平》和《卡拉马佐夫兄弟》。但你必须保持清晰的头脑和警觉,才能读到有价值的东西。若是你感到疲惫、神思沮丧,简·奥斯丁那叫人陶醉的作品正好适合你。

在她进行创作的年代,人们认为写作不是名门淑女该做的事。"修道士"刘易斯①说过:"我厌恶、怜悯和鄙视所有的女性文人。针,而不是笔,才是她们应该使用的工具,也是她们唯一能熟练使用的工具。"小说是一种不受重视的形式,对于诗人沃尔特·司各特爵士竟然也写小说这件事,奥斯丁小姐本人也深感不安。她"小心谨慎,不让仆人、访客或家人以外的任何人怀疑她的职业。她把小说写在小纸片上,这些纸片很容易收起来,或者用吸墨纸盖住。在前门和书房之间有一扇弹簧门,打开时吱吱作响。但她不愿找人来处理这个小小的不便之处,因为只要门一响,她就能知道有人来了"。她的长兄詹姆斯甚至从来没有告诉当时还在上学的儿子,他读得津津有味的那些书是他的姑妈简写的。她的哥哥亨利在回忆录中写道:"即使她还活着,也不会因为出了名而在自己的作品上署上真名。"

---

① 马修·格雷戈里·刘易斯,十八世纪末英国作家。

因此，她出版的第一本书《理智与情感》在扉页上只写着"一位女士所作"。

这不是她完成的第一部小说。她的第一本小说名叫《第一印象》。她的父亲写信给一家出版社，提出要以作者自费的方式出版一部"手稿，这是一部三卷本的小说，篇幅相当于伯尼小姐的《伊芙琳娜》"。对方回信予以拒绝。她于1796年冬天动笔创作《第一印象》，于1797年8月完成。人们普遍认为，这本书与十六年后出版的《傲慢与偏见》在本质上是一样的。后来，她又以非常快的速度，接连写了《理智与情感》和《诺桑觉寺》，但运气都不好。五年后，理查德·克罗斯比先生花十英镑买下了后者的版权，并将其更名为《苏珊》。他从未将这本书出版，最终以原价将版权卖了回去。由于奥斯丁小姐的小说都是匿名出版的，他根本不知道自己以这么低的价格卖掉的书，竟是《傲慢与偏见》那位大获成功、广受欢迎的作者写的。在1798年完成《诺桑觉寺》到1809年间，她似乎只写了一小段《沃森一家》。对一位极富创造力的作家而言，这可谓一段很长的沉寂时间，有人认为这是因为她恋爱了，便无暇顾及其他。我们听说，在德文郡的一个海滨度假胜地和母亲、姐姐住在一起时，"她结识了一位绅士，他的人品、思想和举止都散发着迷人的魅力，卡珊德拉认为他值得拥有，也很可能赢得妹妹的爱"。分手之际，他表示盼着很快能再见到她们，卡珊德拉对他的动机毫不怀疑。但他们再也没有见面。没过多久，他们就听说了他猝然离世的消息。她们两人的相识时间很短，《回忆录》的作者补充说，他本人也不能断定"她对那人的感情是否深到可以影响自己的幸福"。就我个人而言，我认为并没有影响。我不相信奥斯丁小姐会深深地爱上别人。如若不然,她肯定给自己笔下的女主人公们赋予更为强烈的情感。她们的爱情中没有激情。她们无论做什么都很谨慎,一举一动都受到理智的控制。而真正的爱与这些可贵的品质无关。以《劝导》为例,简说安妮·艾略特和温特沃斯深爱着对方。我认为,在这个地方,她欺骗了自己,也欺骗了读者。温特沃斯所怀有的肯定是司汤达所说的激情之爱,但在安妮这边,怀有的则是欲望之爱。他们二人订婚了。安妮却还是耳根子软,听了爱管闲事的势利小人拉塞尔夫人的唆摆,认为嫁给一个海军军官是很不明智的做法,他不仅穷得叮当响,还可能在战争中丧命。假如她深爱着温特沃斯,就肯定愿意冒这个险。况且这个风险并不是很大,毕竟她嫁人以后就可以继承她母亲的一份财产。这份财产有三千多英镑,相当于现在的一万两千多英镑。所以无论如何,她都不会身无分文。她完全可以像本威克上尉和哈格里夫斯小姐一样,一直和温特沃斯保持着订婚关系,直到温特沃斯升迁,从而能够娶她。然而,安妮·艾略特解除了婚约,因为拉塞尔夫人说服她,如果再等等,她会找到更好的伴侣。但她心仪的那种求婚者并没有出现,这时候她才发现自己有多爱温特沃斯。我们可以很肯定地说,简·奥斯丁认为安妮的行为符合常规,还很合理。

对于她如此长时间没有创作作品,最合理的解释是,她找不到出版商,所以非常沮丧。她把自己写的小说读给至亲们听,他们都深深地着迷了,可她是个理智而谦逊的人,很可能断定自己的小说只能吸引对她有感情的人,而且这些人都很精明,知道她笔下那些人物的原型是谁。《回忆录》的作者断然否认她以家人为原型,查普曼博士似乎也同意他的观点。他们声称这些人物都是简·奥斯丁凭借非凡的创造力虚构出来的。但坦率地说,这样的说法叫人难以置信。所有最伟大的小说家,司汤达和巴尔扎克,托尔斯泰和屠格涅夫,狄更斯和萨克雷,都以现实里的人为原型塑造小说里的人物。简确实说过:"我笔下的绅士们都是我的骄傲,我甚至不愿承认他们不过是甲先生或乙上校。"这句话里最重要的词是"不过是"。就像其他小说家一样,当她开始发挥想象力把一个真实的人塑造成小说里的人物,那么这个人实际上就已经完全是她创造出来的了。但这并不是说,这个人物不是由最初的"甲先生或乙上校"演变而来。

尽管如此,1809年,简和母亲、姐姐住在宁静的查顿,开始修改她以前的手稿。1811年,《理智与情感》终于出版了。那时,女人写作已不再是惊世骇俗的事。斯珀吉翁教授在向英国皇家文学学会发表的关于简·奥斯丁的演讲中,引用了伊莉莎·费伊①的《来自印度的原始信件》的序言。1792年,有人敦促伊莉莎·费伊出版这些信件,但公众舆论对"女性写书"极为厌恶,她拒绝了。但在1816年的一篇文章中,她写道:"从那时起,公众的意见逐渐发生了相当大的变化,也有了进步。我们现在不仅像从前一样,有很多为女性争光的女性文学形象,还有很多谦逊的女性,她们拿出大无畏的态度,冒险乘坐自己的小帆船驶入浩瀚的海洋,无视航行中危险的批评,通过这种方式给广大的读者提供娱乐或指导。"

---

① 伊莉莎·费伊,十八至十九世纪英国书信作家、旅行家。

《傲慢与偏见》出版于1813年。简·奥斯丁把版权卖了一百一十英镑。

除了前面提到的三部小说，她还写了另外三部，分别是《曼斯菲尔德庄园》《艾玛》和《劝导》。通过这几本书，她奠定了自己的盛名。要经过很长时间，她才能出版一本书，但她的书一经出版，她那迷人的天赋就得到了认可。从那时起，就连最杰出的人士都对她赞不绝口。在此，我只引用沃尔特·司各特爵士的话，他的评论带有他所特有的慷慨："这位年轻的女士在描述日常生活的内容、情感和性格方面很有天赋，她对此的描写是我见过最为精彩的。我可以像任何人一样，使用夸张的办法来描写。然而，她通过细腻的笔触，用真实的描写和情感的渲染，将平凡的事物和人物刻画得生动有趣，这是我难以企及的。"

说来也怪，沃尔特爵士竟没有提到这位年轻小姐最宝贵的才能：她的观察的确发人深省，她的感情也令人愉快，但正是她的幽默使她的观察更有说服力，也是她的幽默使她的感情显得一本正经而又活泼鲜明。她作品的主题涵盖范围很窄。她所有的书中写的故事都是同一种类型，人物亦没有太大的变化。从不同的角度来看，他们几乎是同样的人。她是个非常理智的人，没有人比她更清楚自己的缺陷。她的生活经历局限在一个乡土社会的小圈子里，而她自己也满足于此。她只写她所知道的。正如查普曼博士首先指出的那样，她从未试图描写男人之间的谈话，因为她从未听过这样的对话。

人们注意到，虽然她经历了世界历史上一些最激动人心的事件，如法国大革命、恐怖统治、拿破仑的崛起和覆灭，但她在自己的小说里从未提及这些事件。在这方面,人们批评她对外界漠不关心。应当记住一点,在她那个年代,妇女浸淫政治有失体统,那是男人的事情。甚至很少有女性阅读报纸。但没有理由认为,她没有写这些事件,就说明她没有受到它们的影响。她很喜欢自己的家人,她的两个兄弟都在海军服役,经常处于危险之中,从她的来信中可以看出,她很挂念他们。但她不写这些事情,不正是表明她很明智吗?她太谦虚了,不认为在她死后很久还会有人读她的小说。但是,如果这就是她的目的,那么,她肯定会明智地避免去写从文学角度而言只是一时兴趣的事。过去几年里与"二战"有关的小说早已过时,它们就像每天都告诉我们发生了什么事的报纸一样,有效期很短暂。

大多数小说家都有高潮和低谷。据我所知,唯有奥斯丁小姐能证明,只有平庸的人才能保持同等的水平,也就是平庸的水平。她一直处于最佳状态。即使《理智与情感》和《诺桑觉寺》不乏瑕疵,读来依然是妙趣横生。其他的每一部小说都拥有忠实甚至是狂热的崇拜者。麦考利认为《曼斯菲尔德庄园》是她最具代表性的作品。其他同样杰出的读者更喜欢《爱玛》,迪斯雷利① 读了十七遍《傲慢与偏见》。如今,许多人认为《劝导》是她最成功的作品。我相信广大读者已经把《傲慢与偏见》当作她的代表作,在这种情况下,我认为最好接受他们的判断。一本书之所以能成为经典,不在于评论家的称赞、教授的阐述和学校的研究,而在于一代又一代大量的读者在

---

① 本杰明·迪斯雷利,十九世纪英国著名政治家、小说家。

阅读中找到了乐趣，获得了精神上的益处。

我认为《傲慢与偏见》总体上而言是她所有小说中最令人满意的一部。第一句话便使你心情愉快："凡是有钱的单身汉，总想娶位太太，这是一条举世公认的真理。"这句话为整部小说奠定了基调，它所引起的愉快心情一直伴随你，读到最后一页，你只觉得怅然若失。《爱玛》是在我看来奥斯丁小姐唯一一本冗长的小说。我对弗兰克·丘吉尔和简·费尔法克斯的恋情不感兴趣。虽然贝茨小姐非常有趣，但她出现的次数是不是太多了？女主人公是一个势利的人，对地位不如她的人，她态度傲慢，这简直叫人厌恶。但我们不能因此责怪奥斯丁小姐：我们必须记住，我们今天读的小说和她那个时代的读者读的小说不一样。风俗习惯的改变让我们的世界观也发生了变化。在某些方面，我们比祖先狭隘，在另一些方面，却更为开化。一百年前还很普遍的一种态度，现在却让我们感到不安。我们凭借自己的喜好和自己的行为标准来评判我们读过的书。这虽然有些不公平，却不可避免。在《曼斯菲尔德庄园》中，男女主人公芬妮和埃德蒙都是令人无法忍受的假正经，而我把所有的同情都给了无所顾忌、活泼迷人的亨利·克劳福特和玛丽·克劳福特夫妇。我不明白为什么托马斯·伯特伦爵士从海外回来，发现家人正在看私人戏剧自娱自乐时，会如此愤怒。简自己也很喜欢私人戏剧，所以人们都搞不懂她为什么觉得他生气是有道理的。《劝导》拥有一种罕见的魅力，尽管人们可能希望安妮少一点讲求实际，多一点公正无私，多一点冲动，实际上就是希望她别那么像老古板（除了在莱姆里吉斯的科布发生的那件事），我还是情不自禁地将其视为简的六部作品中最完美的一部。简·奥斯丁没有特别的天赋为不寻常的人物塑造情节，下面这个情节在我看来就显得非常笨拙。路易莎·默斯格罗夫跑上陡峭的台阶"向下跳"，要爱慕者温特沃斯上校接住她。结果他没接住，她头朝下摔到地上，昏了过去。但作者告诉过我们，他习惯了在她从台阶上"往下跳"的时候伸手去接她，假如确实如此，即便当时的科布比现在高两倍，她也不会离地超过六英尺，而且当她往下跳的时候，是不可能头朝下摔下来的。无论如何，她都可能会撞到那个强壮的水手身上，尽管她可能会受到惊吓，却不至于受伤。不管怎样，她摔得失去了知觉，接下来一团乱的场面简直叫人难以置信。温特沃斯上校经历过战争，靠奖金发了大财，现在却被吓呆了。接下来所有相关的行为都可谓愚蠢至极，以至于我很难相信，奥斯丁小姐虽然能够平静而刚毅地承受朋友和亲戚的疾病和死亡，却认为这个情节算不上愚蠢至极。

　　加罗德教授是一位博学而机智的评论家，他曾说过简·奥斯丁不会写故事，对此，他解释说，他指的是一系列或许浪漫，又或许不同寻常的情节。但简·奥斯丁的天赋不在于此，她也不想这么做。她很有见识，也很有幽默感，因而做不到浪漫，此外，她的兴趣不在于非同寻常之事，而在于平凡之处。她通过敏锐的观察、讽刺和俏皮的机智给平凡添了几分不同寻常的色彩。对于我们大多数人来说，故事指的是有开头、中间和结尾的连贯叙述。《傲慢与偏见》的开头十分恰当，两个年轻男子到来，他们对伊丽莎白·本内特和她的姐姐简产生爱意，为小说提供了情节，小说以他们的婚姻结束，也可谓非常合适。这是一个传统的大团圆结局。这种结局为老练之人所鄙视,当然,确实有许多人的婚姻并不幸福,也许大多数人都是如此,况且婚姻没有任何结果。婚姻只是让人开始一段全新的经历而已。许多作家的小说都以婚姻为开头,在后面的篇幅里描写婚姻的结果。他们有权这么做。但是,一些简单的读者将婚姻视为小说的一个令人满意的结尾,也是有道理的。这是因为他们发自本能地认为,通过婚姻,一对男女的生物功能得以完成。而在实现这一完满结果的过程中(比如产生爱慕,遇到障碍,互相误解,坦白爱意)自然而然产生的感情现在开花结果,有了子女,这样一来,他们便可以代代相传了。对于大自然来说,每对夫妻不过是链条中的一环,这一环的重要之处在于还可以在上面加上一环。这是小说家为圆满结局所找的理由。在《傲慢与偏见》中,当读者知道新郎有一笔可观的收入,还带着他的新娘住进了一栋漂亮的房子里,四周环绕着一个大庭园,屋内还配备了昂贵且高雅的家具,他们的满足感就大大增加了。

《傲慢与偏见》这本书可谓结构清晰完善。情节接连出现,衔接自然,让读者觉得真实可信。也许有一点非常奇怪:尽管伊丽莎白和简都很有教养,举止得体,他们的母亲和三个妹妹却如纳齐布尔夫人所说,"行为举止肯定远远达不到上流社会的标准"。但是,这一点对于这个故事而言是至关重要的。我不禁要想,奥斯丁小姐为什么不避开这个障碍,安排伊丽莎白和简作为本内特先生第一任妻子所生的女儿,让小说里的本内特太太是本内特先生的第二任妻子,是他另外三个小女儿的生母。在她笔下所有的女主人公中,她最喜欢伊丽莎白。"我必须承认,"她写道,"我认为她是所有出版作品中最讨人喜欢的人物。"有些人认为,她自己就是伊丽莎白的原型,而她确实把自己的欢乐、昂扬的斗志和勇气、诙谐和机智、理智和正确的感情赋予了伊丽莎白,那么,当她描写沉着、善良、美丽的简·班纳特时,她想到的是她的姐姐卡珊德拉,这也许就不是轻率的假设了。人们普遍认为达西是个可怕的无赖。他所犯的第一个错误,是不愿意和不认识也不想认识的人在公共舞会上跳舞。不过这个错误还不算滔天大罪。不幸的是,伊丽莎白无意中听到他在宾利先生面前说她坏话,可他并不知道她在偷听,他大可以编造借口,说是他的朋友缠着他,非要他做他不愿意做的事。的确,当达西向伊丽莎白求婚时,他是带着不可原谅的傲慢,但源于出身和地位的骄傲,是他性格的主要特点,如果没有这一点,也就没有这个故事了。而且,他求婚的方式,给了简·奥斯丁机会,在书中描写了最戏剧性的一幕。可以想象,以她后来的经验,她也许能够将达西那非常自然和可理解的感情表达得更好,既可以惹伊丽莎白生气,又不必让他说一些让读者感到震惊的离谱话。书中对凯瑟琳夫人和柯林斯先生的描写或许有些夸张,但在我看来,这也在喜剧允许的范围之内。喜剧以一种比普通生活更有生气但更冷静的眼光看待生活,有一点夸张,融入了一点滑稽的风格,但往往没有什么坏处。谨慎中夹杂一些滑稽,就像在草莓上撒糖,很可能会使喜剧更令人愉快。至于凯瑟琳夫人,我们必须记住一点,在奥斯丁小姐那个年代,地位较高的人面对地位较低的人,会有一种巨大的优越感。地位高的人不仅要求地位低的人对自己尊重有加,而且确实得到了很深的尊敬。我年轻时认识一些地位尊崇的贵妇,她们的自高自大虽然没有那么张扬，却和凯瑟琳夫人相差不远。至于柯林斯先生，直到今天，谁敢说自己没见过像他这样既谄媚又浮夸的人呢？这种人表面会装得亲切和蔼来掩饰自己的真实性格，但这只会让他们更令人讨厌。

简·奥斯丁的文笔并不出众，但她写得很直白，不夹杂自己的感情。在我看来，从她的语句结构中可以看出约翰逊博士的影响。她喜欢用拉丁词源的词，而不喜欢用普通的英语词。如此一来，她的措辞便略显拘谨，读来谈不上趣味横生。的确，这样的措辞方式常常为诙谐的内容增添了几分深意，为恶意的话语增添了几分严肃的味道。当时真实的谈话可能就是她笔下那样。对我们来说，那些对话似乎有些生硬。简·本内特谈起情人的几个姐妹时，这样说："他与我相好，她们肯定是不赞成的。我一点也不觉得奇怪。毕竟他本来可以选一个在许多方面都比我出色得多的人。"她自然有可能说出这样的话，不过我觉得不太可能。显然现代小说家不会使用这样的措辞。把口头说的话直接写在纸上，会显得极为乏味，因而有必要进行一些整理。相对而言，只是在最近几年，为了力求逼真，小说家们才努力使对话尽量口语化。我猜想过去有一种惯例，受过教育的人在表达自己的思想时，要注意字句的对称和语法的正确，而通常情况下他们根本无法做到，想来读者们也认为这是自然的事。

那么，考虑到奥斯丁小姐的对话有点拘泥于形式，我们必须承认，她总是让故事中的人物把话说得符合其自身的性格。我注意到她只有一次没有这样写："安妮笑着说，'艾略特先生，我心目中的好伙伴应该是聪明、见多识广、健谈的人，这就是我所说的好伙伴。''你错了。'他轻声说，'你说的这种伙伴不止是好，可以说是最棒的了。'"

艾略特先生性格上有缺点。不过，如果他能对安妮的话给出如此令人钦佩的回答，那么他一定拥有一些塑造他的作者认为不适合让我们知道的品质。对我来说，我对这句答话是如此着迷，甚至愿意看到她嫁给他，而不是嫁给那个古板的温特沃斯上校。的确，艾略特先生为了钱娶了一个"地位低下"的女人，后来又冷落她，他对待史密斯太太也很吝啬。但是，我们听到的毕竟只是她的一面之词，倘若有机会听到他本人的说法，我们说不定会发现他的行为是可以原谅的。

奥斯丁小姐有一个优点我几乎没有提到。她的书读起来趣味无穷，比一些更伟大、更著名的小说家的书更具可读性。正如沃尔特·司各特所说，她描写的都是平凡的事物，刻画的是"日常生活的内容、情感和性格"。她的书中不会出现繁杂的情节，然而，当你看到一页的末尾，便迫不及待地翻过去，想知道接下来发生了什么。即使下一页并没有什么大事发生，可你仍然急切地又翻了一页。小说家有能力做到这一点，便是拥有了小说家所能拥有的最珍贵的天赋。

四

司汤达和《红与黑》

1

1826年,一位品德高尚、对文学情有独钟的英国青年动身前往意大利,途中,他在巴黎停留了一段时间,将随身携带的介绍信递交给了有关方面。他因此而结识的一个人带他去见了安斯洛夫人,她的丈夫是一位著名的剧作家,她本人每礼拜二晚上都接待朋友们。这个青年环顾四周,很快注意到一个非常胖的小个子男人正兴致勃勃和一小群客人交谈。此人蓄着浓密的络腮胡子,戴着假发,身上那件紫罗兰色的紧身裤子将他衬托得更为臃肿。他穿着一件深绿色的燕尾服,褶边衬衫外面套着一件淡紫色的背心,脖子上系着一个飘逸的大领结。他的模样如此古怪,青年忍不住去打听了一下此人的身份。同伴报上了男人的姓名,只是这个名字对他来说毫无意义。

"有他在,我们都很不自在。"法国同伴又道,"此人以前在波拿巴手下效力,却是个共和分子。照目前这个局势,听他在那里轻率地发表言论,实在危险。他曾经权倾一时,还和那个科西嘉人一起参加对俄作战。这会儿,他八成是在讲他自己的轶事。他有很多这样的故事,一有机会就颠来倒去地讲。你感兴趣的话,等有机会了,我介绍你们认识。"

机会来了,肥胖的小个子男人亲切地和陌生青年打招呼。漫谈了一会儿,英国青年问他是否去过英国。

"去过两次。"他答。

他提到,他在伦敦时和两个朋友住在塔维斯托克旅店。接着,他咯咯笑了两声,说要给青年讲一段他在那里的奇遇。话说他在伦敦无聊至极,有一天,他向贴身男仆抱怨说,这个地方连个有趣的伴儿都没有。男仆以为他想找个女伴,打听了一番之后,就给了他一个威斯敏斯特路的地址,他和他的朋友们第二天晚上去,一定可以在那里找到乐子。后来他们得知威斯敏斯特路位于一片贫穷的郊区,在那里不仅可能被抢,还有性命之虞,有一个人便拒绝前往。另外两个人则带上匕首和手枪,还是坐着马车出发了。他们在一栋小茅屋前下了车,三个脸色苍白的年轻妓女出来请他们进去。他们坐下来喝了茶,最后在那里过夜。在脱衣服之前,他故意把手枪放在五斗柜上,那个妓女见了,非常害怕。英国青年十分尴尬地听着那滑稽的矮胖子露骨地讲述每一个细节。等终于回到同伴身边,他忍不住抱怨自己万分震惊,万分难堪,不明白那人与自己不过萍水之交,为什么要讲这样一个故事。

"你一个字也别信,"他的朋友笑着说,"大家都知道他阳痿。"

年轻人脸红了，只好岔开话题，提起那胖子说自己曾为英国评论期刊写过文章。

"是的，他的确写过不少这样的劣质文章，还自费出过一两本书，可惜没人看。"

"你刚才说他叫什么名字来着？"

"贝尔。亨利·贝尔。不过他只是个小人物，没有半点天赋。"

我必须承认，上述情景纯属虚构，但很可能确实发生过，能足够准确地反映出同时代的人对亨利·贝尔的看法。对他，我们现在更熟悉的名字是司汤达。那时他四十三岁，正在创作他的第一部小说。他的人生起起落落，得益于此，他拥有丰富的人生经历，很少有小说家能在这一点上与其匹敌。他与各种各样、各种阶层的人一道，被卷入了一个大变革的时代，因此，在他自身能力所允许的范围内，他对人性有着广泛的了解。因为即使是感觉最敏锐、最善于观察人类的学者，也只能通过自己的个性来了解人类。他们无法窥得人们的真实面目，只能看到经过他们自身的独特性格所扭曲了的人的形象。

亨利·贝尔于1783年出生在格勒诺布尔，父亲是个律师，颇有资产，也有些地位。他的母亲是一位杰出而有修养的医生的女儿，在他七岁时去世。在这里，我只能对司汤达的生活做一个简要的描述，毕竟要详细描述，非得用一整本书的篇幅不可，还必须深入探究当时的社会和政治历史。幸好已有人写过这样的书，除了我将要介绍的信息，《红与黑》的读者若有兴趣了解这位作家更多的生平，最合适的参考书籍莫过于马修·约瑟夫森先生的《司汤达：追寻幸福》,这部传记堪称语言生动、证据充分。

2

司汤达对自己的童年生活做过详细的描述,这些内容读起来十分有趣,因为他在这个时期产生的偏见终身都未能有所改变。按照他的话说,他对母亲怀有恋人般的热爱,母亲去世后,父亲和姨妈负责照料他。他的父亲是一个严肃认真的人,姨妈十分严厉,是个虔诚的教徒。他憎恨他们二人。他们一家属于中产阶级,却结交贵族。1789年爆发了法国大革命,他们不禁感到沮丧。司汤达声称自己的童年在悲惨中度过,但从他自己的叙述来看,他似乎没有什么可抱怨的。他很聪明,好辩,还很不服管教。当大革命的恐怖氛围蔓延到格勒诺布尔时,贝尔先生的名字出现在了可疑人员名单上。他认为这是一个和他作对的同行艾马尔搞的鬼,目的是霸占他的生意。"可是,"聪明的小男孩贝尔说,"艾马尔指控你不爱共和国,这话可没说错。"这确是事实,但一个很可能会被砍头的中年绅士,听到自己的独子说出这种话,心里肯定不痛快。司汤达指责父亲是个吝啬鬼,但他似乎总能在需要钱时哄父亲给钱。有些书家人不准他读,但就和自从书籍首次印刷以来世界上成千上万的孩子一样,他都是偷偷地看。他最为不满之处在于家里人不允许他和其他孩子自由交往,不过他的生活并不像他所说的那样孤单,毕竟他有两个姐姐,他还去耶稣会士那里上课,班上也有其他小男孩。事实上,他的成长过程与当时富裕的中产阶级家庭的其他孩子并无不同。像所有的孩子一样，他把普通的约束看作是离谱的控制，每每被迫做功课，或者不能想干什么就干什么的时候，他总是认为自己受到了极其残酷的对待。

在这一点上，他和大多数孩子很像，但大多数孩子长大后便会忘记从前的不满。司汤达在这个方面却非同寻常，他五十三岁时依然牢记旧日的怨恨。他厌恶自己的耶稣会士教师，因而激烈地反对教会干预政治，甚至直到生命的尽头依然不相信有人会发自真心地信奉宗教。他的父亲和姨妈都是忠诚的保皇党，他便狂热地拥护共和。但在十一岁时的一天晚上，他溜出家门去参加一个革命会议，却大受震动。他发现这些来自下层的人又脏又臭，不光举止粗鲁，说起话来还很粗俗。"简而言之，当时的我是什么样，现在的我仍是什么样。"他写道，"我热爱人民，憎恶压迫者，可若要我和这些人生活在一起，那将是永恒的折磨……我以前有着很深的贵族派头，现在依然如此，只要能让人民幸福，我什么都愿意做，但我相信，我宁愿每个月在监牢里待两个礼拜，也不愿意和店主商贩住在一起。"

他小时候很聪明，在数学方面尤为出色。十六岁时，他说服父亲让他进入巴黎综合理工学院学习，为今后参军做准备。但这不过是离开家的借口而已。入学考试的日子到了，他却没有出现。父亲把他介绍给了家里的亲戚达鲁先生，达鲁先生的两个儿子都在陆军部工作。老大皮埃尔担任要职，过了一段时间，在父亲达鲁先生的要求下，皮埃尔雇用了无所事事、需要仰仗他找工作的青年司汤达担任自己的秘书，而他有许多个秘书。当时拿破仑在意大利展开了第二次战役，达鲁兄弟随他出征，不久之后，司汤达也在米兰与他们会合。做了几个月的文职后，皮埃尔·达鲁安排他进了龙骑兵团，但他在米兰过得逍遥快活，并不想加入，于是趁着保护人不在，他便施展花言巧语哄骗一位姓米肖的将军聘用他为副官。皮埃尔·达鲁回来后命令司汤达加入他的兵团。但他找了各种借口，一连拖了六个月。当他终于加入兵团后，却觉得十分厌烦，便借口生病请假去了格勒诺布尔，还在那里辞去了军中的职务。他没有参加过任何战斗，但这并不妨碍他在多年后吹嘘自己在作战时如何神勇。1804年，他到处找工作，还亲自写了一份证明书（米肖将军签了名），证明他在许多已经证明他不可能参加过的战役中表现英勇。

在家待了三个月后，司汤达去了巴黎，靠父亲给他的津贴生活，这笔钱并不多，但足够他用了。他有两个目标。一个是成为那个时代最伟大的戏剧诗人。为了达成这个心愿，他研究了一本剧本写作手册，还经常上剧院看戏。然而，他似乎不具备创造力，因为人们发现他一次又一次地在日记中肆无忌惮地评论，他如何如何能把刚看过的剧本改编成自己的剧本。他当然也不是什么诗人。他的另一个目标是成为一个多情种子。可惜他并不具备良好的先决条件。他个子不高，样貌丑陋，身材肥胖，上身臃肿，双腿还很短，一颗大脑袋上顶着一头浓密的黑色卷发。他的嘴唇很薄，肉鼻子尖尖的，棕色的眼睛里充满了渴望，手脚都很小，皮肤像女人的一样娇嫩。他说自己只要一拿剑，手上就起水泡，说这话时还非常骄傲。此外，他又害羞又笨拙。通过他的表弟马绍尔·达鲁，也就是皮埃尔的弟弟，他能够经常出入一些女士举办的沙龙，这些女士的丈夫都是因为大革命而发家的。可惜他只要当众讲话就变得笨嘴拙舌。他满肚子妙语，却无法鼓起勇气说出来。他一直不知道该把两只手放在哪里，于是买了一根手杖把玩，让自己的手有事可做。他很清楚自己有外地口音，也许是为了改掉这个毛病，他进了一所戏剧学校。在这里，他认识了一个比他大两三岁、只演得上配角的女演员梅娜丽·吉尔贝，经过一番犹豫，他决定爱上她。他之所以游移不定，一方面是因为他不确定她是否有和他一样伟大的灵魂，另一方面是因为他怀疑她患有一种性病。在这两方面都得到了满意的结果后，他便追随她去了马赛。有人请她去那里演出，他则在一家杂货店里做了几个月的工。最后，他得出的结论是，无论在精神上还是在智力上，她都不是他所期待的女人。后来她的演出合同到期，因为缺钱只好返回巴黎，他得知此事，大大地松了一口气。

司汤达有高度的性意识，性经历却不多。事实上，在后来他写给一个情妇的一些非常露骨的信件被发现之前，人们普遍怀疑他是阳痿。他第一部小说《阿曼斯》中的主人公便不能人道。这本小说谈不上出色，然而，安德烈·纪德却对其称赞有加。至于个中原因，我想不难猜测：这证实了纪德本人的一个信念，而这个信念则源于他和妻子之间的特殊关系。这个信念就是，即便没有性，也可以彼此深爱。但是，爱和相爱是完全不同的。可以在没有欲望的情况下去爱，但没有性欲，就不可能相爱。司汤达显然不是性无能。他在《论爱情》中名为"惨败"的一章中清楚地说明了自己的情况。坦率地说，他有时担心自己表现不佳，反倒弄得自己不能成事，因而引起了一些使他难堪的谣言。他的情欲中透着理智，占有一个女人主要是为了满足他的虚荣心。这能让他相信自己拥有男子气概。他爱夸夸其谈，但没有迹象表明他是个温柔的人。他坦率地承认，他的恋爱大都无疾而终，而原因不难看出。他这个人胆小又懦弱。在意大利时，他向一位战友讨教如何才能赢得女人的"青睐"，并郑重地把得到的建议记了下来。他按照规则去追求女人，就像他试图按照规则来写剧本一样。他发现别人觉得他可笑，就认为自己受到了奇耻大辱；别人觉察出了他毫无真心，他又感到惊讶。他的确聪明，却好像从没想到女人所懂得的语言是心灵的语言，理智的语言只会让她们感觉冰冷。他以为他可以用计谋和欺骗来达到只有通过感情才能达到的目的。

梅娜丽离开他几个月后，司汤达再次来到了巴黎。这是在1806年。皮埃尔已经成了达鲁伯爵，地位权势更胜从前。司汤达在意大利的行为让皮埃尔对这位表亲产生了很不好的印象，只是经不住妻子的劝说，才又给了他一次机会。耶拿战役后，皮埃尔的弟弟马绍尔被派往布伦瑞克服役，而司汤达以战争委员助理的身份陪同他前往。他出色地履行了自己的职责，当马绍尔·达鲁被调遣到别处时，他接替了马绍尔的职位。司汤达放弃了成为伟大剧作家的想法，决定进入官场，开创自己的事业。他觉得自己是帝国高贵的贵族，是荣誉军团的骑士，现在还是领奉薪俸的一府之官。尽管他是狂热的共和分子，把拿破仑看作是抢夺法国自由的暴君，他还是写信给他的父亲，要求他给自己买一个爵位。他在自己的名字里加了一个表示贵族身份的"德"，自称为亨利·德·贝尔。他这么做实在愚蠢，不过他确是一名很有能力又足智多谋的管理人员。有一次，一名法国军官与一名德国平民发生争执，拔剑杀死了平民，因而引起了一场暴动，而在这场暴动中，司汤达表现出了非凡的勇气。1810年，他得到升迁，又回到巴黎，在荣军院的一套豪华套间里有了一间办公室，拿着一份丰厚的薪水。他买了一辆双马马车，雇用了一个马夫和一个男仆，还找了一个剧院合唱队的姑娘和他同居。但这还不够。他觉得自己应该有一个情妇，这个情妇既要合他的意，还应该可以提升他的声望。他认为皮埃尔的妻子亚历山德林·达鲁正是合适的人选。她是一个漂亮的女人，比她尊贵的丈夫年轻许多，有四个孩子。没有任何迹象表明司汤达曾有感于达鲁伯爵对自己的仁慈和长久以来的宽容，也没有迹象表明他曾想到自己得以升迁是拜达鲁伯爵所赐，他的事业顺风顺水也依赖于达鲁伯爵的恩典，所以勾引他的妻子既不明智，也有失体统。他是个不懂感恩的人。

他使用了一大堆情意绵绵的计谋，展开了追求，但不幸的是，他无法摆脱胆怯的毛病，这依然给他带来了很大的阻碍。他时而快活时而忧伤，时而爱调情时而拒人千里，时而热情时而冷淡。但这一切都是白费心机，他摸不准伯爵夫人是否喜欢他。他怀疑伯爵夫人在背后嘲笑他害羞，这使他感到很难堪。最后，他去找一位老朋友，向他吐露了自己的困境，请教该采取什么策略。他们讨论了这件事。这位朋友问了一些相关的问题，并记下了司汤达的回答。对"引诱德·B（他们对达鲁伯爵夫人的称呼）伯爵夫人有什么好处？"这个问题，按照马修·约瑟夫森总结，司汤达的回答是这样的："好处如下：'他将可以遵从本心的喜好。他将赢得巨大的社会优势。他将进一步研究人类的激情。此外，他的虚荣心和骄傲都能得到满足。'"

司汤达还加入了一个脚注:"这是最好的建议。进攻！ 进攻！ 不停进攻！"这的确是一个很好的建议，但对一个根本无法克服腼腆的人而言，要遵循这个建议却并不容易。然而，几周后，司徒达受邀去达鲁家的乡村别墅博纳维尔小住。一夜无眠，在第二天早上，他决定冒险一试，还穿上了他最好的条纹裤子。达鲁伯爵夫人称赞了他的裤子。他们在花园里散步，她的一个朋友带着她母亲和孩子们跟在后面二十码的地方。他们走来走去，司汤达浑身发抖，但意志坚定，他选定了一个地方，他称之为 B 点，距离他们已经经过的 A 点不远，他还发誓，如果他们走到 B 点，他还不能告白，那就干脆自裁好了。他终于开了口，一把握住她的手，想要亲吻。他告诉她，他爱她已有十八个月之久，一直在极力掩藏自己的真心，甚至尽量不去见她，但他再也承受不了相思之苦了。伯爵夫人温和地回答说，她只能把他当作朋友，无意背叛自己的丈夫。接着，她招呼其他人过来。司汤达输掉了他所谓的博纳维尔之役。可以推测，他并不伤心难过，只会感觉虚荣心受到了伤害。

　　两个月后，他还沉浸在失望的痛苦中，便申请休假去了米兰，他第一次来意大利时就喜欢上了那里。十年前，他在那里被一个叫吉娜·彼得拉楚亚的女人迷住了，她是他一个战友的情妇。但他当时只是个身无分文的中尉，她根本没把他放在眼里。然而，再次来到米兰后，司汤达立即找到了她。她的父亲开了一家店，她很年轻时就嫁给了一个政府职员。如今她已经三十四岁了，有一个十六岁的儿子。再次见到她时，司汤达发现她是"一个身材高挑、容色出众的女人。她的眼睛、表情、眉毛和鼻子还透着几分高贵"。他补充道:

"我发现她更聪明了，虽然失了几分撩人的性感，却出落得更为端庄了。"她自然是聪明的，不然怎么能仅凭丈夫那微薄的薪水，就在米兰有一套公寓，在乡下有一套房子，雇了几个佣人，在斯卡拉歌剧院有一个包厢，还有一辆马车。

司汤达很清楚自己相貌平平，为了弥补这个缺陷，他特别注重穿着，打扮得优雅和时尚。他的身材一直都很肥胖，现在他生活优裕，身材愈发臃肿不堪。然而，他口袋里有钱，身上有漂亮的衣服。凭借着这些优势，他一定认为自己比当初身为穷哈哈的龙骑兵时更有机会讨这位高贵的夫人的欢心，于是他决定在米兰短暂逗留期间，找她消遣一下。但是她并不像他所期望的那样肤浅。事实上，她着实折腾了他一番，直到他动身去罗马的前一天，她才答应上午在自己的公寓里接待他。人们兴许会觉得在这个时候求爱，肯定会以失败告终。那天，他在日记中写道："9月21日十一点半，我赢得了我渴望已久的胜利。"他还把日期写在了背带上。而他穿的，正是向达鲁伯爵夫人告白时穿的条纹裤子。

他的假期结束了，他回到了巴黎。令他有些沮丧的是，他得知达鲁伯爵已经发现自己这位表弟对自己妻子献殷勤的事儿，便对他十分冷淡，甚至可以说有些厌恶，当拿破仑开始他那灾难性的俄国远征时，司汤达费了好大的劲，才说服达鲁伯爵把自己调离当下荣军院悠闲的岗位，转入军需部去服现役。他跟随军队向莫斯科进军，而在撤退过程中，他表现出了一如既往的冷静、魄力和胆量。在一个战况最危急的早晨，他出现在达鲁的指挥部接受命令，他精心地剃了胡子，还穿着他唯一的制服，把自己打扮得整整齐齐。在通过别列津纳河的时候,他沉着冷静地救了达鲁和一名受伤的军官,让他们上了自己的马车。他最后到达加里宁格勒,饿得半死,失去了他的手稿和他所有的一切,只剩下身上的一身衣服。"我靠意志力救了自己。"他写道,"因为我看到周围的许多人都放弃了希望,走向灭亡。"一个月后,他回到了巴黎。

3

1814年,拿破仑皇帝退位,司汤达的军事生涯也走到了尽头。他声称自己拒绝了送上门来的高官厚禄,宁可流亡国外,也不愿为波旁王朝效力。但事实并非如此。他宣誓效忠新国王,并试图再入仕途,可惜未能如愿,他只好又去了米兰。他还有足够的钱住在一套舒适的公寓里,经常出入剧院看戏。但他既没有以前的地位、声望,手头也不如从前宽裕。吉娜对他很冷漠。她告诉他,她的丈夫听说他来了,就吃起了干醋,其他的爱慕者也起了疑心。他无法继续掩饰,很清楚她不再需要自己了,但她的冷淡反而点燃了他的激情。最后,他想到只有一个办法可以重新获得她的爱。他筹了三千法郎给她。他们一起去了威尼斯,一同前往的还有她的母亲和儿子,以及一位中年银行家。为了挽回面子,她坚持让司汤达住在另一家旅店,令他恼怒的是,当他和吉娜一起吃饭时,银行家居然也在场。下面是他在日记中的原话:"她假装同我一道前往威尼斯是付出了很大的牺牲。我真愚蠢,竟给了她三千法郎来支付这次旅行的费用。"十天后,他这样写道:"她委身于我了……但她谈到了我们的财务安排。昨天早上根本算不上一场旖梦。我们的博弈把我所有的神经液都吸进了我的大脑,扼杀了我所有的感官享受。"

尽管闹得很不愉快,司汤达还是与端庄的吉娜在一起了,在1815年6月18日拿破仑战败滑铁卢的那一天,他是在她的温柔乡里度过的。

秋天,司汤达一行人回到了米兰。为了自己的名誉,吉娜坚持让司汤达在一个偏僻的郊区租房间住。等到她同意与他约会了,他就乔装打扮,趁夜深人静时换乘几辆马车,甩掉几个探子,到了公寓后,再由一个女仆带进房间。但是,那个女仆或是跟女主人吵过架,或是被贝尔的钱收买了,反正她突然透露了一个惊人的消息,那就是夫人的丈夫其实一点也不嫉妒。夫人之所以这么神神秘秘,是为了不让贝尔先生碰上其他情敌,而他的情敌不止一个,女仆还提出要向他证明这一点。第二天,她把他藏在吉娜私人会客厅旁边的一个小壁橱里,在那里,通过墙上的一个洞,他亲眼看到就在离他的藏身之处只有三英尺的地方,自己是如何遭到背叛的。"你准以为我冲出壁橱,用匕首刺死了那两个奸夫淫妇?"多年后,贝尔对梅里美[1]讲起此事时这样说道,"我当然没这么做……我悄悄地走出了幽暗的壁橱,就和我当初躲进去时一样,心想这次冒险经历实在荒唐可笑,不禁在心里暗自发笑。我很看不起那位女士,也很高兴自己终于可以重获自由了。"

但他感到自己受了奇耻大辱。他声称,整整十八个月,他不能

---

[1] 普罗斯佩·梅里美,十九世纪法国现实主义作家。

写作,不能思考,甚至连话也不能说。吉娜试图赢回他的心。有一天,她在布雷拉大画廊拦住了他,跪下来请求他的原谅。"一种可笑的傲慢从我心里涌起,我表现得非常轻蔑,拒绝了她。"他这样告诉梅里美,"到现在我还清楚地记得她追我的样子,她抓着我的燕尾服,就这么跪在地上,被拖着过了整个长廊。我没有原谅她,这么做真是太蠢了,因为她从来没有像那天那样爱我。"

1818年,司汤达邂逅了美丽的登布罗斯基伯爵夫人,对她一见钟情。他当时三十六岁,她比他小十岁。这是他第一次爱上一个有名望的女人。伯爵夫人是意大利人,十几岁时嫁给了一位波兰将军,但几年后就离开了他,带着两个孩子去了瑞士。诗人乌戈·福斯科洛在那里流亡,舆论错误地认为她是为了和此人一起,才抛下了自己的丈夫。回到米兰后,她心情极差,倒不是因为她有了情人,毕竟按照当时的社会风气,这种事并不会受到谴责,而是因为她撇下了丈夫,独自去国外生活。倾心暗恋了五个月后,司汤达这才大胆地表白了自己的爱意。她立即下达了逐客令。他低声下气地写信道歉,最后她终于软化,允许他每两个礼拜来看她一次。她很清楚地表明了自己的态度,明言对他的殷勤不感兴趣,可他依然穷追不舍。司汤达身上有一点很奇怪,他总是很警惕,唯恐别人愚弄他,但他却经常愚弄自己。有一次,伯爵夫人去沃尔泰拉看她在那里上学的两个儿子,司汤达也跟了去。但他知道自己这么做会惹她不高兴,就戴上了一副绿色的眼镜来伪装自己。傍晚散步时,他摘下了眼镜,却偶然碰见了伯爵夫人。她虽然当时假装不认识他,但第二天就给他写了一封信,"斥责他跟踪她到沃尔泰拉,还去她每天散步的公园里闲逛,对她的安全构成了威胁"。他写了一封回信,恳求她的原谅,一两天后还去拜访了她。她态度冷漠,把他打发走了。他去了佛罗伦萨,接连不断地给她写了许多言辞悲切的情信。她把信原封不动地寄还给了他,并写道:"先生,我不希望再收到你的信,也不会给你写信了。我对你非常尊重……"

司汤达郁郁寡欢地回到米兰,却得知父亲已经去世。他立刻动身前往格勒诺布尔。在那里,他发现身为律师的父亲将生意处理得非常糟糕,他不但没能如愿地继承财产,反而还要清偿一些债务。他急忙回到米兰,出于某种我们无法得知的原因,他竟然说服了伯爵夫人,再度允许他每隔一段时间去见她一面。不过他这个人相当自负,怎么也不肯相信她对自己完全无情。后来他写道:"在维持了三年的亲密关系后,我离开了一个女人。我爱着她,她也恋着我,却从未将她自己交给我。"

1821年,由于他与一些意大利爱国者有所来往,奥地利警方要求他离开米兰。于是他在巴黎定居,在接下来的九年里基本上都住在那里。他经常出入那些赏识言辞风趣之人的沙龙。他不再张口结舌,说起话来机智幽默、刻薄苛刻,甚至可以同时和十个八个他喜欢的人一起聊天。不过,就像许多健谈的人一样,他往往也会在谈话中把控局面。他喜欢发号施令,有谁与他意见相左,他便毫不掩饰自己的蔑视。他喜欢语不惊人死不休,每每大谈特谈,淫词艳语不断,还亵渎神灵。而喜欢吹毛求疵的评论家认为,无论是为了娱乐他人,还是为了挑衅他人,他的幽默感一般都是强装出来的。他不能忍受令人厌烦的人,甚至相信他们和无赖别无二致。

在这段时间里，他拥有了唯一一段似乎得到了回报的爱情。闺名为克莱门汀·布吉奥的德·屈里亚尔伯爵夫人因为丈夫不忠、善妒、性情暴躁，便离开了他。她三十六岁，容色秀丽，而司汤达四十多岁了，又矮又胖，长着红通通的肉鼻子，肚子大，屁股也很大。他戴着一顶红褐色的假发，络腮胡子也染了同样的颜色。他在有限收入的范围内尽可能打扮得华丽。克莱门汀·德·屈里亚尔被司汤达的机智和幽默所吸引，过了一段时间，他展开了"进攻"，她以她这个年龄应有的感激之情接受了他的求婚。他们来往了两年，她给他写了二百一十五封信。这段情事就像司汤达所希望的那样浪漫。他怕她丈夫生气，就偷偷去看望她。马修·约瑟夫森曾这样评价："他先是乔装打扮一番，再趁着夜色从巴黎乘马车全速赶到她的庄园，过了午夜才能到达。德·屈里亚尔夫人证明了自己和司汤达小说中的女主人公一样大胆。有一次，不速之客找上门来（也许就是她的丈夫），破坏了他们的幽会。她急忙把他领到地窖，撤掉他下地窖用的梯子，还关上了活板门。结果，在那个富有浪漫色彩的黑暗地窖里，如痴如醉的司汤达被困了整整三天，简直就和被活埋了差不多。在此期间，痴心爱恋的克莱门汀则为他准备食物，还偷偷放下梯子去见他，甚至在他需要出恭时送下大便凳，并亲自拿去倒掉。"司汤达后来写道："当她夜里来到地窖时，她简直好到令人崇敬。"然而，不久之后，这对恋人之间爆发了争吵，他们吵起来，就像他们的激情一样激烈，最终，这位女士抛弃了司汤达，爱上了另一个情人，那人也许不那么苛刻，与其相恋甚至更刺激。

这之后就爆发了1830年的七月革命。查理十世流亡国外，路易·菲利普登上了王位。此时，司汤达已经花光了他从父亲破产后所能挽救出来的那一点钱，他这时雄心再起，又立志做一个名作家，但在这一行里，他既没有赚到钱，也没有博得名声。《论爱情》出版于1822年，十一年间只卖出了十七本。1827年，《阿尔芒丝》既没能博得评论界的欢心，也没有受到大众的喜爱。正如前文所提，他曾尝试再入仕途，却未能成功，最后，由于政权的更迭，他被派往的里雅斯特的领事馆任职，然而，由于他同情自由党，奥地利当局拒绝接受他，于是他被转而派到了教皇辖地的奇维塔韦奇亚。

他对自己的公职毫不在意。他是一个不知疲倦的观光客，只要有可能，他就去旅行。他在罗马结交了许多朋友，他们都很看重他。然而，尽管有这些消遣，他还是感到十分无聊和孤独。五十一岁时，他向一个年轻姑娘求婚，这个女孩是他的洗衣女工和领事馆一名小雇员的女儿。使他感到屈辱的是，他的求婚遭到了拒绝，而他之所以被拒绝，并非像人们以为的那样，是因为他年纪大了，品德也谈不上纯良，而是因为他发表的自由主义言论。1836年，他说服公使派给他一份小差事，就这样，他在巴黎住了三年，他自己的职位则由别人暂时接替。那时他比以前更胖了，还患有中风，但这并不妨碍他打扮入时，别人要是说他上衣的剪裁或裤子的式样不好看，他都会觉得受到了很大的冒犯。他依然四处猎艳，却鲜有成功的时候。他说服自己相信克莱门汀·德·屈里亚尔依然是他心中所爱，并试图与她再谱恋曲。他们分手已有十年了，她很明智地回答说，火已经熄灭了，只剩下余烬，又怎能重燃呢。她告诉他，她会把他视作最重要也是最好的朋友，对此，他必须心满意足。据梅里美称，这对司汤达而言是一个沉重的打击，他简直崩溃了。"他一提起她的名字，声音都变了……那是我唯一一次看到他哭泣。"不过一两个月后，他似乎就从情伤中恢复了过来，向一位姓戈尔捷的夫人大献殷勤了。最后，他不得不回到奇维塔韦奇亚，两年后，他中风了。康复后，他请了假去看日内瓦的一位名医。他从那里搬到了巴黎，重又过起了以前的生活。他现身各种聚会，谈笑风生。1842年3月的一天，他参加了外交部的一个正式宴会。那天晚上，他在林荫大道上散步时，又一次中风了，被人们送回住处，第二天便与世长辞了。他一生都在追求幸福，却从来不知道两个道理：第一，唯有在不追求幸福的时候，才最容易获得幸福；第二，唯有在失去的时候，才明白幸福的滋味。有人说"我很幸福"，但他是否真正幸福，则叫人生疑，只能说他很"快乐"。因为幸福不是健康、满足、心安、愉悦、享受。所有这些都是幸福的组成部分，却不是幸福。

4

司汤达是个怪人。他的性格甚至比大多数人都更矛盾，令人惊讶的是，这么多互相冲突的特征竟然同时存在于同一个人身上。不过这些特点并没有和谐相处。他有很多优点，也有很多缺点。他敏感、多愁善感、缺乏自信、才华横溢，有工作要做时他兢兢业业，遇到危险冷静而勇敢，他重视友情，还具有非凡的独创性。他拥有极为荒唐的偏见，所秉持的目标也毫无价值。他生性多疑（所以很容易上当受骗）、偏狭、毫无慈悲、不讲良心，他愚蠢又虚荣，耽于肉欲却毫不体贴,生性好色却缺乏激情。但是,即便我们知道他有这些缺点,那也是他亲口告诉我们的。司汤达不是一个职业作家,他甚至算不上一个文人,可他从未停止写作,所写的也都是关于他自己的事。多年来,他一直在写日记,其中很大一部分流传了下来,为我们所见。显而易见,他写日记并不是为了发表。但刚过五十岁时,他写了一本五百页的自传,一直写到他十七岁的经历,这本自传在他去世后未做修改,但他显然有意将其出版。他有时确实会夸大自己的身份地位,称自己做过并没有做过的事,但其中的内容在总体上而言还算真实。他对自己要求很严格。他的日记和自传读起来并不轻松,有些部分很枯燥,还经常出现重复,但在我看来,为数不多看过的人都会扪心自问,若是这些内容没有如此坦率地自曝其短,会不会更具可读性?

司汤达去世时,只有两家巴黎报纸报道了这件事,而到场参加葬礼的只有三个人。梅里美就是其中之一。看来他快要被完全遗忘了。事实上,要不是他那两位忠实的朋友努力说服了一家大出版社出版他的主要作品,他很可能确实会从人们的记忆里彻底消失。然而,尽管权威评论家圣伯夫写了两篇文章,大众对他的作品却依然无动于衷。这并不奇怪,因为圣伯夫的第一篇文章写的是司汤达的早期作品,同时代的人都对其不理不睬,后来的人也决定忽略。在第二篇文章中,圣伯夫有所保留地称赞了司汤达的游记《罗马漫步》和《行者回忆录》,不过他对司汤达的小说并无兴趣。他声称小说里的那些人物形如木偶,虽然构造奇巧,但其一举一动都暴露出了呆滞的内在。坦白地说,他所谴责的情节确实不可信。当司汤达还活着的时候,巴尔扎克曾写过一篇文章赞扬《巴马修道院》。圣伯夫写道:"显而易见,我无法像德·巴尔扎克先生那样,如此喜欢《巴马修道院》。有一个事实很明显,身为一名小说家,他希望别人怎么写他自己,他就怎么来写贝尔。"不久之后,他恶毒地表示,司汤达死后,在他的稿件中发现了一份文件,显示他给过巴尔扎克三千法郎,这笔钱可能是白送,也可能是出借(对巴尔扎克来说,借钱与赠礼向来是一回事),让他写文章称颂自己。对于这件事,圣伯夫引用了一句话来评价:"荣耀和利益互相纠缠,实在叫人烦恼。"也许他没必要这么挑剔,他写那两篇关于司汤达的文章,也是因为出版商给了钱,他还写过两篇关于司汤达的表哥皮埃尔·达鲁的文章,是应其家人的要求以尽孝心。而身为作家,达鲁唯一的成就便是翻译过贺拉斯[①]的作品,他还写过一部九卷的威尼斯历史。

  司汤达深信自己的作品能流传下去,但他要等到1880年,甚至1900年,才能得到应得的赏识。许多作家不为同时代的人所欣赏,只好自我安慰,相信后人会认识到自己的优点。可惜这样的情况十分少见。后人忙碌而粗心,即便会关注过去的文学作品,也会在当时已经取得成功的作品中做出选择。倘若作家生前默默无闻,死后成名的机会则微乎其微。司汤达的出名还要感谢一位教授。我们不知道这位教授姓甚名谁,也不知道他的生平如何。他在巴黎高等师范学院做演讲的时候热情地赞扬了司汤达的书,而在他的学生中,碰巧有几个聪明的年轻人后来出了名。他们读了司汤达的书,发现

[①] 昆图斯·贺拉斯·弗拉库斯,罗马帝国奥古斯都统治时期著名的诗人、批评家、翻译家。

其中有些东西符合当时年轻人之间流行的观点，于是就狂热地推崇这些书。这些年轻人中最有能力的是依波利特·泰纳，许多年后，他成为了一位很有影响力的著名文学家，他写了一篇长文，特别提请人们注意司汤达在心理层面的洞察力。顺便说一句，我想指出的是，当文学评论家谈到小说家的"心理"，他们使用这个词的意思与心理学家不同。就我所能理解的，他们的意思是，小说家更强调人物的动机、思想和情感，而不是行为。但实际上，这导致了小说家主要表现人性中较为邪恶的部分，比如嫉妒、狠毒、自私、卑鄙。也就是说，他们关注的是人性的恶，而不是善。这很真实，毕竟除非我们是大傻瓜，否则我们都很清楚所有人身上都有可恨之处。"若非得上帝恩宠，赴刑场的就是约翰·布拉德福了。"自从泰纳发表了那篇文章之后，关于司汤达的文章大量涌现，人们普遍认为他是十九世纪法国三位最伟大的小说家之一。

　　司汤达的情况很特殊。大多数伟大的小说家都很多产，其中最杰出的莫过于巴尔扎克和狄更斯。可以肯定的是，如果他们活到老，他们会继续创造一个又一个故事。有人会认为，在小说家需要的所有天赋中，能大量创作是最为必不可少的一点。司汤达则欠缺这种天赋。然而，他可能是最具独创性的小说家。他年轻时想成为著名的剧作家，却一直未能想出剧本创意。所以，在写小说的时候，他似乎无法通过自己的头脑构思出哪怕是一个情节。我说过，他的第一部小说是《阿尔芒丝》。德·杜拉斯公爵夫人写过两部题材大胆的小说，被人们评为"伴随着丑闻的成功"。和司汤达同时代的一位著名作家亨利·德·拉图什也写过一部这样的小说，并匿名出版，盼着人们以为这本书是出自公爵夫人之手,而书中的男主人公不能人道。我从未看过那本小说,只是把听来的记录下来。由此我推断,司汤达在《阿尔芒丝》中不仅采用了拉图什那本书的主题,还采用了那本小说的情节。更为厚颜无耻的是,他给自己小说的主人公起的名字,竟然与拉图什小说中的一模一样,只是后来他才把名字从奥利维尔改成了奥克塔夫。他用我认为可以称为心理现实主义的手法来撰写此书。但这部小说仍然是一部蹩脚的作品:情节一点也不真实可信,就我而言,我根本无法相信一个患有本书主题相关的特殊疾病的男人,会热烈地爱上一个年轻姑娘。在我后面介绍的《红与黑》一书中,司汤达详详细细地沿用了一个年轻人的故事,而这个年轻人是一场著名审判的对象。在《巴马修道院》中,圣伯夫认为只有一个部分值得称赞,也就是对滑铁卢战役的描写,而司汤达的这一描写是根据一个参加过维多利亚战役的英国士兵的回忆录写成的。而《巴马修道院》的其余部分,则是根据一些古老的意大利年鉴和回忆录创作而成。小说家的情节都是借鉴而来,有时是根据他们在现实生活中经历、目睹或听说的事件,但一般而言,我应该说,他们的情节来自于对人物的精心塑造,而这些人物出于某种原因会激发他们的想象力。除了司汤达,我不知道哪位一流的小说家能如此直接地从他们所读的东西中找到灵感。我如此评价,并非是有意贬低,只是在陈述一个有些奇怪的事实而已。司汤达并不是一个很有创造力的人。然而,没有人知道这是怎么发生的,但上天就是赋予了这个粗俗的小丑一种奇妙的天赋,让他拥有了精确观察的能力,还能洞悉错综复杂、变幻莫测和奇奇怪怪的人类心灵。他看不起自己的同类，却对他们非常感兴趣。《行者回忆录》中有一段内容很有启迪作用，他讲道，有一次在法国旅行途中，他乘坐驿车悠闲地欣赏美景，但过了一段时间，他觉得极为无聊，便下了马车，坐上了挤满了人的公共马车，和同行的旅客聊天，还在小桌边听别人讲故事。

司汤达的游记写得生动有趣，现在读起来仍然充满趣味，但这本游记只能让你了解作者的独特个性，他之所以出名，还是因为他的两部小说和《论爱情》中的一些金句。但其中一些金句并非原创。1817年初，他在博洛尼亚，在一次宴会上，有一位盖拉尔迪夫人是"布雷西亚这个美目之乡有史以来最美丽的女人"，她对司汤达说：

这世上有四种不同的爱：

（1）肉体之爱，即野兽、野蛮人和堕落的欧洲人的爱。

（2）激情之爱，即海洛薇兹对阿伯拉德①的爱，朱莉对圣普乐②的爱。

（3）L'Amour Goût，在十八世纪为法国人津津乐道，马里沃、克雷比永、杜克洛、德·埃皮奈夫人都曾用优美的语言描述过这种爱。（我不知道该如何翻译，便保留了这种爱的法语说法。我想它指的是你对心仪的人所产生的那种爱。如果牛津词典里有这个词，我宁愿称之为情欲，而不是爱。）

---

① 阿伯拉德是海洛薇兹的住家家教，海洛薇兹的叔叔不赞成他们走到一起，将阿伯拉德阉割。悲剧发生后，二人来到了一家修道院，相互之间通信直到离开人世。不过，他们到修道院后再也没有见过对方一面。

② 《新爱洛伊丝》中的男女主人公，平民圣普乐当了贵族小姐朱莉的家庭教师，他们的恋情遭遇反对，朱莉另嫁他人。后来圣普乐希望与朱莉破镜重圆，但朱莉不愿背叛丈夫。

（4）虚荣之爱，正是出于这种爱，德·肖尔内公爵夫人在准备嫁给德·贾尔先生时才会这么说："对一个平民来说，公爵夫人总是三十岁。"

司汤达补充道："在盖拉尔迪夫人的圈子里，把爱人视为完美对象的愚蠢行为，被称为'结晶'。"假如他不马上抓住这个别人告诉他、对他很有好处的观点，那他就不是司汤达了。但直到几个月后，在他所谓的"天才之日"，他才想到了那个著名的类比。具体是这样的："在萨尔茨堡的盐矿里，你把一根光秃秃的树枝扔进废弃的矿井深处。两三个月后，你把它拿出来，上面就会覆盖着一层闪亮的结晶。即便是最小的树枝，还没有山雀的爪子大，上面都会布满无数颗闪闪发光的钻石。再也看不出树枝原本的样子了。

"我所谓的'结晶'，是一个思考过程，它从周围的一切事物中汲取灵感，从而发现心爱的对象有了新的完美之处。"

每个爱着别人或失去心中所爱的人，都能了解这个比喻有多么绝妙。

5

在司汤达这两部伟大的小说中，《巴马修道院》读起来比较惬意。圣伯夫称这些人物是毫无生气的木偶，我却不这么认为。男主人公法布里斯和女主人公克莱莉亚·康蒂的确有些暗淡无光，在整个故事的大部分场景中也比较被动，莫斯卡伯爵和圣塞韦里诺公爵夫人却鲜活生动。这位公爵夫人轻佻、放荡、无所顾忌，是一个非常出色的人物。但《红与黑》更引人注目、更新颖、更意味深长。正因为如此，左拉才称司汤达为自然主义学派之父，布尔热和安德烈·纪德则称其为心理小说的鼻祖（不过这种说法不太准确）。

　　与大多数作家不同的是，无论那些批评多么恶毒，司汤达都很幽默地接受了。但更值得注意的是，他把自己的手稿寄给朋友们，以征求他们的意见，他们提了很多意见，他也毫不犹豫地采纳了。梅里美称，他不断地重写，但从不对手稿进行修改。我不确定事实是否确实如此。在他的一份手稿中，我看到他在一些他不满意的词上画了一个小十字，他这样做肯定是想修改。夏多布里昂开创了一种文辞华丽的写作风格，很多名不见经传的作家还争相效仿，司汤达却很讨厌这种文风。司汤达的目的是尽可能直白准确地写下他要表达的东西，没有矫揉造作，没有华丽的修辞，也没有追求独特风格的连篇废话。他说（这也可能不是事实），每每在开始写作之前，他都要读一页《拿破仑法典》，以求让自己的语言更为精炼。在他那个时代非常流行描写风景和使用大量隐喻，但他极力避免这么做。在《红与黑》中，他所采用的冷静、清晰、自制的风格极大地增加了故事的恐怖感，也增添了几分扣人心弦的吸引力。

　　泰纳在自己那篇著名的文章中，把大部分的注意力都放在了《红与黑》上。但作为一名历史学家和哲学家，他主要感兴趣的是司汤达在心理层面的敏锐观察，对人物动机的透彻分析，观点也很新鲜，颇具独创性。他公正地指出，司汤达关心的不是人物的行为本身，而是由他笔下人物的情绪、独特的性格和情绪的变化引起的行动。这使他避免以戏剧性的方式描述戏剧性的事件。为了说明这一点，泰纳引用了司汤达对其笔下主人公受刑的描述，还非常准确地评论说，大多数作家会把这视为一个可以详细阐述的情节。而司汤达是这样处理的：

"牢房里恶臭无比，于连越来越难以忍受。所幸他们说的他上刑场的那天艳阳高照，天地间充满了生气，于连也有了胆量。能在露天的地方走一走，他觉得心中畅快淋漓，就像在海上航行了许久的水手把双脚踏在陆地上一样。好吧，一切都很顺利，他告诉自己，我不缺乏勇气。我这颗脑袋如今就快掉了，却如此富于诗意。昔日在维吉森林里度过的甜蜜时光，这会儿带着势大力沉的力量，涌入了他的脑海。过程很简单，也很体面，他也毫不做作。"

但显然，泰纳并不觉得这部小说是艺术作品。他之所以围绕这部小说写文章，是为了唤起人们对一位遭遇忽视的作家的兴趣，他写的是颂词，而不是批评研究。受到泰纳那篇文章吸引而去看《红与黑》的读者，可能会有点失望。因为作为一件艺术品，它并不完美。

司汤达对自己比对任何人都更感兴趣，他向来都是他小说中的主人公，比如《阿尔芒丝》的奥克塔夫，《巴马修道院》的法布里斯，以及未完成的小说《吕西安·勒万》（又译《红与白》）的同名主人公。《红与黑》的主人公于连·索雷尔则是司汤达想要成为的那种人。他把于连塑造得很有女人缘，成功地赢得了她们的爱，而他自己宁愿付出一切也想成为这样的人，却鲜少能做到。他安排于连使用他为自己设计的那些方法来达到目的，而他本人使用这些方法的时候总是失败。他笔下的于连像他自己一样伶牙俐齿，然而，他又十分聪明，不具体说明于连是如何机灵，只是在这方面言之凿凿，因为他很清楚，小说家倘若告诉读者某个人物机智诙谐，然后举例说明这个人物如何机智诙谐，是肯定达不到读者的预期的。他把自己身上的惊人记忆力、勇气、胆怯、野心、敏感、精于算计的头脑、多疑、虚荣心、易怒、无耻和忘恩负义，通通赋予了于连。他给予了于连一个最讨人喜欢的特质，而这个特质也是他从自己身上发现的：每每别人拿出公正的态度，倾心相待，于连总会感动得热泪盈眶。而这或许表示，假如换一种生活境遇，他或许不会如此卑鄙。

我已经说过，司汤达没有凭自己的头脑编造故事的天赋，《红与黑》的情节取材于报纸上对当时引起极大轰动的一场审判的报道。一个名叫安托万·贝泰的神学院青年学生先后在米丘德先生和德·柯登先生的家里当家庭教师。他试图引诱第一个人的妻子和第二个人的女儿，很可能得手了。就这样，他被解雇了。他本打算继续学习，以后谋个牧师的职位，可惜他坏了名声，没有一所神学院愿意收他。他认为这都是米丘德夫妇从中作梗，便伺机报复，趁米丘德太太在教堂里的时候枪杀了她，接着举枪自尽。但他没有死，因此接受了审判。他把责任都推到了那个不幸的女人身上，借此来为自己开脱，却还是被判处了死刑。

这个丑陋肮脏的故事吸引了司汤达。他认为贝泰的罪行是强烈而反叛的本性对社会秩序的抗争，是不受人为社会习俗约束的自然人的表现。他看不起他的法国同胞，认为他们丧失了中世纪时所具有的活力，变得守法、体面、乏味平庸，还缺乏激情。他也许会想到，经历了恐怖统治，经历了拿破仑发动的灾难性战争，人们自然会欢迎和平与安宁。司汤达把活力看得比人的所有其他品质都重要,他喜欢意大利,宁愿住在那里,也不愿意住在自己的祖国,因为他相信意大利是一个"交织着爱与恨的国家"。在那里,人们如痴如狂地恋爱,为爱情而死。在那里,男男女女屈服于心里的激情,并不在乎会不会引起灾难。那里的男人在盛怒之下会变得极为盲目,或是把人杀死,或是死在别人的剑下,借此做他们自己。这是纯粹的浪漫主义,显而易见,司汤达所说的活力就是大多数人所说的暴力,应该受到谴责才对。

他写道:"如今,只有平民百姓还有一些残存的活力。上层阶级中是一点也没有了。"因此,当他开始写《红与黑》时,他把于连描写成了一个工人阶级的孩子,然而,比起那个可怜的原型,他赋予了于连更聪慧的头脑、更坚定的意志和更强大的勇气。他以精湛的技巧刻画这个人物,使之具有持久的吸引力。他对出身特权阶层的人不仅善妒,还心怀仇恨,充分代表了每一代人里都会出现的一类人,这样的人将一直出现,直到无阶级的社会出现。到那时,人类的本性无疑会发生变化,那些不太聪明、不太有能力,也不太有进取心的人,再也不会因为更有进取心、更有能力,更聪明的人享受到了他们无法享受的优势而心怀怨恨。我们第一次见到于连,司汤达是这样描述他的:"这个小伙子十八九岁,看起来弱不禁风的。五官虽然谈不上端正,但十分清秀,长着一个鹰钩鼻。他有一双黑色的大眼睛,平静的时候像是在深思,闪动着热情的火焰,此刻却亮晶晶的,闪动着深刻的仇恨。他留着一头深栗色的头发,发际线很低,显得前额很窄,生起气来显得有股狠劲……他身材修长匀称,虽然不够强壮,却步履轻盈。"如此描述下来,于连这个人似乎并不迷人,但效果很好,因为这番描述不会让读者喜欢上于连。正如我说过的,小说中的主角自然会赢得读者的同情,而司汤达既然选择了一个恶棍作为自己小说的男主人公,就必须从一开始就注意不要让读者对他产生过多的同情。另一方面,他又必须让读者对于连感兴趣。他不能把他描写得太可憎,于是修改了最初的描述,反复地描写他那双漂亮的眼睛、优雅的身材和纤巧的手。有时,他还会把于连描写得俊美不凡。但是,他没有忘记不时地提醒你注意,但凡是认识的人,都会被他搅得心生不安,每个人都怀疑他,而那些最有理由怀疑他的人更是时刻对他保持警惕。

于连是德·勒纳尔夫人的孩子们的老师。德·勒纳尔夫人是一个非常出彩的人物,这样的人物最难刻画。她是一个好女人。大多数小说家都曾试图创造出一个好女人,结果却只描写出了一个傻瓜。我想原因在于,要做好人就只有一个办法,而要作恶,则有无数种方式。这显然给了小说家更大的空间。德·勒纳尔夫人迷人、贤惠、真诚。她对于连的爱与日俱增,与此同时,她心里也感到恐惧和犹豫,但炽烈的激情一发不可收拾,这一切都以一种巧妙的方式讲述了出来。她是小说中最动人的人物之一。于连下定了决心,如果他那天晚上不能得到她,还不如结束自己的生命,他觉得这是他的责任。这就像是司汤达穿上自己最好的裤子,暗暗发誓要是到了一个既定的地方,他还未能向达鲁伯爵夫人示爱,他就开枪打爆自己的头。于连最终成功引诱了德·勒纳尔夫人,但他并不爱她,他这么做,一部分原因是向她所属的阶级报复,还有一部分原因则是满足他自己的自尊心。但他确实爱上了她，于是在一段时间内，他那邪恶的本能便蛰伏了。他有生以来第一次感到了幸福，而你也开始同情他。但是，德·勒纳尔夫人如此鲁莽，引起了很多流言蜚语，就这样，于连被安排进了一所神学院，学习如何成为一名教士。关于于连在勒纳尔家和神学院的生活，我觉得司汤达的描写已臻化境。其中没有任何刻意之处，仿佛司汤达讲述的就是真实的事件。后来场景转到了巴黎，才出现了我本人觉得怀疑的地方。于连完成了在神学院的课程，校长为他提供了一个职位，也就是去给德·拉莫尔侯爵做秘书。就这样，他进入了首都最上层的贵族圈子。司汤达对这个圈子的描写并不令人信服。这是因为他从不曾进入过上流社会。他最熟悉的还是在大革命和帝国统治时期初露锋芒的资产阶级。他并不清楚教养良好的人言谈举止如何。他从来没有遇到过出身高贵的人。司汤达本质上是一个现实主义者，但无论他如何努力，都无法摆脱他那个时代流行的精神氛围的影响。当时浪漫主义盛行，尽管司汤达很欣赏十八世纪的理智和文雅文化，但还是深受浪漫主义的浸染。正如我已经指出的，他深深沉迷于意大利文艺复兴时期那些冷酷无情的人，那些人不光无所顾忌，还从不懊悔自责，即便是犯罪，他们也会毫不犹豫地满足自己的野心和欲望，甚至是为了自己的名誉而去复仇。他珍视他们的活力，欣赏他们不在意后果，蔑视传统，拥有自由的灵魂。正是因为这种对浪漫主义的偏爱，《红与黑》的后半部分才不尽如人意。对那些不真实可信的情节，你无法接受也只能接受，对那些毫无意义的情节，你不感兴趣也得感兴趣。

德·拉莫尔侯爵有一位千金，芳名玛蒂尔德，是个美人儿，却高傲而任性。她很看重自己高贵的血统，为自己的祖先而骄傲。她的两位先人一个生活在查理九世时期，另一个生活在路易十三时期，都为了得到巨大的利益而甘冒生命危险，最后落得被处死的结局。出于一种自然的巧合，她和司汤达一样重视"活力"，向她求爱的年轻贵族在她眼中全都是平庸之辈，她看不起他们。埃米尔·法盖[①]在一篇很有意思的文章中指出，司汤达在列举爱的种类时遗漏了"l'amour de tête"。这种爱始于想象，在想象中发展，越来越浓烈，当它在性爱中达到完美时，却也很容易消亡。德·拉莫尔小姐正是对父亲的秘书于连一点点地产生了这种爱情。对这份爱情的各个阶段，司汤达描述得极其细致入微。她对于连既迷恋又排斥。她爱上了他，因为他和围着她团团转的年轻贵族不一样，因为他和她一样鄙视他们，因为他出身卑微，却和她一样傲慢，因为她感觉到了他野心勃勃、冷酷无情、无所顾忌、堕落，还因为她害怕他。

最后，玛蒂尔德给于连寄了一张纸条，让他等大家都睡着后爬梯子到她的房间去。后来我们知道，他完全可以悄悄地从楼梯上楼，她让他这么做，大概是为了考验他的勇气。克莱门汀·德·屈里亚尔曾经就是沿着梯子下到她把司汤达藏起来的地窖的，而这显然激发了司汤达的浪漫想象。在他的笔下，于连在去巴黎的路上去了一趟德·勒纳尔夫人居住的小镇维利叶尔，他在那里找来了一架梯子，半夜时分沿着梯子爬上了她的卧室。也许司汤达觉得让笔下的主人公用这种方式两次进入女士的房间很尴尬，于是在收到玛蒂尔德的

---

① 埃米尔·法盖，二十世纪法国文艺学家、评论家。

字条时，他安排于连这样讽刺地形容梯子："我命中注定要用这个工具。"但是，任何讽刺都不足以掩盖这样一个事实：在这个方面，司汤达并没有创造力。这次幽会后发生的事也描写得很精彩。这两个人都是以自我为中心、爱发脾气、情绪多变，可就连他们也无从分辨自己是在狂热地爱，还是在疯狂地恨。他们都试图控制对方，还试图激怒、伤害和羞辱对方。最后，于连还是依靠着一个老一套的伎俩，让这个傲慢的姑娘臣服于他。不久，她发现自己怀孕了，还告诉父亲打算嫁给自己的情人。德·拉莫尔侯爵万般无奈，只得同意。在这个时候，通过一直以来的左瞒右骗、交际手腕和自我约束，于连就快实现他所有的野心了。可是，他偏偏犯了一个愚蠢的错误。而从这里开始，这本书的水准就开始走下坡路。

司汤达将于连描写得既聪明又狡猾。然而，为了向未来的岳父推荐自己，他要求准岳父写信给德·勒纳尔夫人，请她证实他的品德。他很清楚，她对自己犯的通奸罪是真诚地忏悔的，还可能会像全世界的女人都习惯的那样，为自己的软弱而狠狠地责备他。他还很清楚，她热烈地爱着他，他也应该想到她可能并不乐于见到他另娶他人。在她的告解神父的指导下，她写了一封信给侯爵，在信中表示于连经常用巧妙的方式进入一个家庭，破坏那个家庭的平静，他这么做只有一个目标，那就是表面装得漠不关心，实际上却想要控制房子的主人，进而控制他们的财产。她没有任何理由提出这两项指控。她说他是伪君子，还是卑鄙的阴谋者。司汤达似乎没有注意到，虽然于连的所有心理活动都暴露在我们读者面前，我们知道他是什么样的人，德·勒纳尔夫人却不该知道。在她眼中，于连是她的孩子们的家庭教师，尽职尽责，堪称模范，还深受孩子们的喜爱。她还知道，他深深地爱着自己，以至于在她最后一次见到他的时候，他冒着很大的风险，不仅可能事业尽毁，还可能送掉性命，他却还是和她一起度过了几个小时。她是一个有良心的女人，无论告解神父施加什么样的压力，都很难相信她会同意写下这些连她自己都没有理由相信的事情。无论如何，德·拉莫尔侯爵收到这封信时吓坏了，强烈反对这场婚事。为什么于连不辩称信中所说的全是谎言，只是一个女人因妒成恨，才信口雌黄，胡说八道？他大可以干脆承认自己曾经是德·勒纳尔夫人的情人，可她三十岁，而他才十九岁，难道不是她勾引他更有可能吗？我们都清楚这不是事实，却极为可信。德·拉莫尔侯爵是个很世故的人。但凡是世故之人，往往都会把别人往最坏处想。他这种抱有人皆自私的温和理论的人，不光相信有烟必有火，还对人性弱点持宽容态度。在德·拉莫尔侯爵看来，他的秘书和一个没什么社会地位的乡绅的妻子曾有一段情史，他只会觉得有趣，而不会深感惊讶。

但无论如何，主动权依然掌握在于连的手里。德·拉莫尔侯爵给他在一支精锐部队里安排了一份差事，还给了他一份能给他带来足够收入的地产。玛蒂尔德拒绝堕胎，她疯狂地爱着于连，并表示无论结婚与否，她都要和于连生活在一起。于连只需要说明明摆着的现实情况，侯爵就不得不让步。从小说的开头我们就知道，于连的优点恰恰在于他的自制力。激情、嫉妒、仇恨和骄傲，这一切从不曾支配过他。他的欲望在他的各种激情中最为强烈，而这一点和司汤达本人一样，与其说是一种迫切的欲望，不如说是虚荣心作祟。

在全书中最危急的时刻,于连做了一件与性格不符的致命的事。就在他最需要自我控制的时候,他却表现得像个傻瓜。读了德·勒纳尔夫人的信后,他拿起手枪,驾驶马车到维利叶尔,举枪朝她射击,但没有杀死她,只是打伤了她。

于连的这种不可理喻的行为让批评家们感到困惑,他们一直在寻找解释。其中一个解释是,当时流行用戏剧性的事件作为小说的结尾,而悲惨的死亡则堪称完美。但如果这是当时流行的方式,便是充分的理由,让司汤达决心与公认的惯例背道而驰,避而不用。其他人则认为可以从司汤达对暴力犯罪的狂热崇拜中找到解释,他认为暴力是活力的最高表现。我觉得这不太可能。司汤达确实把贝泰的滔天罪行看作是情色罪行,可他难道看不出,他把于连塑造成了和那个可怜的勒索者完全不同的人吗?维利叶尔离巴黎有二百五十英里,即使于连在每一站都更换马匹,即使日夜赶车,这段旅程也要花上将近两天的时间,这段时间足以让他的怒火平息,听从理智的劝告了。然后,司汤达如此深入刻画的这个人物就会转过马头,用玛蒂尔德怀孕的残酷事实与德·拉莫尔侯爵谈判,迫使他同意这桩婚事。

人人都将此视为司汤达伟大小说中的一个缺陷,那么,是什么让他犯下了这个奇怪错误呢?显而易见,他不能让于连取得成功,不能让他在玛蒂尔德和德·拉莫尔侯爵的支持下实现野心,赢得地位、权力和财富。不然的话,这本书就完全不同了。巴尔扎克后来在讲述拉斯蒂涅①崛起的各种小说中也是这样写的。于连必须死。若

---

① 巴尔扎克小说《高老头》中的人物,代表巴结权贵、不择手段地攀高枝的人。

是多产作家巴尔扎克来写《红与黑》的结局,他或许会让读者认为其真实可信,还不可避免。我不认为司汤达能写另一种结局。我相信,他看到的那些事件对他施加了一种催眠的魔力,他无法摆脱。他曾密切关注安托万·贝泰的故事,在冲动的驱使下,他觉得自己必须按照贝泰的故事写下去,至于可信与否则无关紧要,而且最后一定要安排一个悲惨的结局。但是,上帝、命运、机遇,不管你把支配人们生活的神秘力量称作什么,他们都不善于讲故事。小说家的职责和权利就是把不真实可信的残酷事实写得真实可信。司汤达没有这个能力。这实在非常遗憾。但是,正如我所强调的那样,没有一部小说是完美的,部分原因在于小说这种媒介本身所具有的不足,部分原因则是因为作者的不足。尽管有严重的缺陷,《红与黑》依然是一部非常伟大的佳作,阅读这本书,堪称独特的体验。

五

巴尔扎克和《高老头》

1

在我看来,在所有用自己的作品丰富全世界人类精神财富的伟大小说家中,巴尔扎克是最伟大的一位。我只会毫不犹豫地承认他是天才。"天才"这个词现在用得很随便。要是通过更为清醒的判断,用"有才华"来形容其中的许多人才叫合适。天才是天才,有才华是有才华,这二者完全不同。许多人都有才华,这不是什么罕见的事。天才却极为罕见。才华源于熟练和灵巧,是可以后天培养的。而天才是天赋异禀,往往十分奇怪地伴随着严重的缺陷。但是什么是天才呢?根据《牛津词典》,所谓天才,是"拥有一种天生高人一等的智力,如在艺术、投机或实践方面都更出类拔萃。在想象力、创造、原创思维、发明或发现方面表现出(一种)天生的非凡能力"。在想象和创造方面拥有天生的非凡能力,这正是巴尔扎克的天才所体现之处。他不是一个现实主义者,这和司汤达有点像,但他是一个浪漫主义者,这与写《包法利夫人》的福楼拜很像。他看到的并不是真实的生活,而是他和他同时代的人所拥有的共同倾向渲染过的生活,常常是很花哨的。

有些作家只凭一两本书就成名了。这有时是因为,他们虽然写了大量的作品,却只有很少一部分具有永恒的价值,比如普雷沃斯特神父的《玛侬·莱斯科》,还有时是因为他们的灵感或是源于一段特殊的经历,或是源于一种特殊的心情,只能帮助作者创作出不多的内容。他们把要写的内容全写了出来,这之后无论再写什么,不是重复,就是微不足道。巴尔扎克是个多产的作家,这一点堪称惊人。他的写作水准自然有高有低。他创作了如此大量的作品,不可能总是处于最佳状态。文学评论家往往对他的多产持怀疑态度。我认为他们是错的。马修·阿诺德① 就认为这是天才的特点。他说,华兹华斯有一点令他钦佩不已,即使把他所有的劣等作品都排除了,他仍有大量优秀的著作,这也是华兹华斯的卓越之处。他接着说:"如果是比较每个诗人的单篇作品,或者三四篇作品,我并不敢说华兹华斯一定优于格雷、伯恩斯、柯勒律治或济慈……正是因为他著有大量杰作,我才发现了他的出众之处。"巴尔扎克的作品并不具有《战争与和平》的史诗般的雄浑气势,没有《卡拉马佐夫兄弟》的忧郁和惊险刺激,也没有《傲慢与偏见》的那种魅力和独到之处。他的伟大不在哪一部单独的作品,而是在于他作品的惊人数量。

---

① 马修·阿诺德,十九世纪英国诗人、评论家。

五　巴尔扎克和《高老头》

　　巴尔扎克写作的主题涵盖了他那个时代生活的方方面面，他的创作范围与他的祖国的边界一样广泛。他对人非常了解，尽管在某些方面不如在其他方面准确，但无论如何都堪称罕见。他描写过的中产阶级、医生、律师、职员和记者、店主和乡村牧师，要比对上流社会、城市工人和耕地农夫的描写更令人信服。像所有的小说家一样，他描写恶人比描写好人更成功。他拥有惊人的创造力，他的创造才能不同凡响。他像一股自然之力，像一条汹涌的河流漫过堤岸，冲走路径上的一切，他也像一场飓风，呼啸着横扫宁静的乡村，吹过人口稠密的城市街道。

　　作为一名描写社会方方面面的作家，他独特的天赋不仅在于构思出人物之间的关系（除了冒险故事的作家，所有小说家都是这样的），还在于构建人物与他们所生活的世界的关系，这一点尤为关键。大多数小说家只会描写一组人物，有时只会塑造不超过两三个人物，在他们的笔下，这些人物就好像生活在一个玻璃罩子里。这通常会产生一种强烈的效果，但不幸的是，这也会显得虚伪做作。人们不仅过着自己的生活，也会过着别人的生活。在自己的生活中，他们扮演主角，在其他人的生活中，他们的想法有时也很重要，但通常都是无足轻重的。你去理发店理发，这对你来说毫无意义，但你不经意的一句话，就可能成为理发师生活中的一个转折点。巴尔扎克把这一切的意义具体表现了出来，他的描写因而生动鲜活、惊险刺激，呈现出了生活的千变万化、混乱和矛盾，以及一些重要事件的年代久远的起因。我相信他是第一个详细讲述经济在每个人的生活中都至关重要的小说家。在他看来，只说金钱是万恶之源是不够的。

他认为对金钱的欲望与渴求是人类行为的主要动力。

  人们应该牢牢记住一点,那就是巴尔扎克是一个浪漫主义者。正如我们所知,浪漫主义是抗拒古典主义的产物,但当今将其与现实主义作比较,则更为方便。现实主义者都是决定论者,在叙事方面力求逻辑上的真实性,他们的观察也属于自然主义。浪漫主义者认为日常生活单调而乏味,力图逃离现实世界,前往一个想象的世界。他们追求新奇和冒险,希望出其不意,为了做到这一点,即便他们所写的内容并不真实可信,他们也不在乎。他们所创造的人物性格强烈而极端。他们的欲望没有极限。他们鄙视自我控制,认为这是资产阶级的愚蠢美德。他们完全赞同帕斯卡尔[①]的警句:"感人之理不同于服人之理。"他们崇拜的是为了获得财富和权力而准备牺牲一切,无论做什么都毫不犹豫的人。这种生活态度正好符合巴尔扎克充沛的情绪。可以毫不夸张地说,即便浪漫主义不存在,他也会将其创造出来。他的观察细致而精确,但他却以此为基础,编造出自己的奇思妙想。每个人都会受激情的支配,这种想法很符合巴尔扎克的本性。这个想法一直吸引着小说作家,因为这使他们能够将一种戏剧性的力量注入他们所创造的人物。这些故事惟妙惟肖地展现在读者面前,读者只需要知道他们是守财奴还是好色之徒,是泼妇还是圣人,毫不费力就能理解他们。现今我们接触到的小说,小说家大都力图让我们对书中人物的心理产生兴趣,因此,我们都不再相信人是心口如一的。我们都清楚,人是由相互矛盾和看似不

[①] 布莱士·帕斯卡尔,十七世纪法国著名数学家、哲学家。

可调和的元素组成的。正是他们身上的这些不协调激起了我们的兴趣，我们都知道自己身上也同样存在着矛盾，因而会产生同情心。巴尔扎克笔下最伟大的人物，都是遵照老作家的风格来塑造的，而那些老作家都是根据自己的情绪来塑造人物的。巴尔扎克的人物深深沉浸在支配着他们的激情中，将其他一切都排除在外。他们是拟人化的性格倾向，在你面前呈现出如此奇妙的力量，真实且独特，即使你不太相信，也会永远记住他们。

2

如果你遇到三十出头、已成为名作家的巴尔扎克，那么你会见到这样一个人：个子不高，身材肥胖，肩膀却很强壮，胸膛也很结实，所以乍一见你并不会觉得他个子矮小。他的脖子活像公牛的脖子一样粗，脖子的皮肤很白净，衬托得他的脸颊通红。他的嘴唇很厚很红，唇边总是挂着微笑。他的牙齿烂了，已经发黄发黑。他的鼻子很宽，鼻孔很大。大卫·德·昂热①在为他塑造半身像的时候，他这么说过："你可要小心，塑好我的鼻子！我的鼻子就是一个世界！"他生着高贵的额头，留着一头浓密的黑发，向后梳着，很像狮子的鬃毛。他的棕色眼睛里闪着金光，散发着生命力，亮晶晶的，很有吸引力，简直动人心魄。这双眼睛掩盖了他五官不端正、样貌粗俗的缺点。他的表情愉快而坦率，亲切而善良。拉马丁②这样评

---

① 大卫·德·昂热，法国雕塑家，以著名人物的现实主义肖像闻名。
② 阿尔封斯·德·拉马丁，法国十九世纪第一位浪漫派抒情诗人、作家、政治家。

价他:"他的善良不是冷漠或漫不经心的善良,而是充满深情,迷人又聪明,这可以激发你的感激之情,让你情不自禁地爱上他。"他精力充沛,只是和他在一起,你就会感到兴奋。看一眼他的手,你就会被那双美丽的手打动。他的手小而白皙,很有肉感,指甲是玫瑰色的。这双手是他的骄傲。只有主教才会长这样一双手。如果你是在白天碰到他,就会发现他穿着一件破旧的外套,裤子上满是污泥,鞋子没有擦干净,还戴着一顶极为破旧的帽子。但在晚上的聚会上,他却穿着隆重,上身是一件镶金纽扣的蓝色上衣,内套白色马甲和精致的亚麻衬衫,下面是一条黑色的裤子,搭配黑色丝质镂空短袜,脚穿漆皮皮鞋,还戴着一副黄色手套。他的衣服一直不合身,拉马丁补充说,他看起来就像一个学生,一年来长高了很多,衣服都不合身了。

同时代的人都认为这个年纪的巴尔扎克天真、幼稚、善良和亲切。乔治·桑①写道:他纯真至诚,甚至到了谦虚的程度。自夸到了吹牛的程度。他自信、豪放,是个大好人,却也非常疯狂。他贪好杯中物,工作起来很拼命,在其他激情中保持清醒。他既实事求是又浪漫,既轻信又多疑,既叫人费解又好与人作对。他不善言谈。他的理解能力不强,也没有机智的应答能力。他的谈话既不影射也不讽刺。但他的独白叫人不可抗拒。他一说话就会大笑,而每个人都跟着他一起笑。他们笑着听他说话,笑着看着他。安德烈·比利说,"放声大笑"这个短语就像是为他发明的一样。

---

① 乔治·桑,十九世纪法国小说家、传记作家。

五 巴尔扎克和《高老头》

最好的巴尔扎克传记就是出自安德烈·比利之手,我在本篇中向读者介绍的许多信息,正是出于他那本值得称道的佳作。这位小说家原本姓巴尔萨,他的祖先在农场和纺织厂务工。但他父亲起初为一名律师担任书记员,大革命爆发后,他将家族的姓氏改为了巴尔扎克。五十一岁的时候,他娶了一个靠与政府签订合同而发财的布商。他有四个孩子,长子奥诺雷于1799年出生在图尔,当时,他负责管理当地的医院。他之所以能得到这份工作,大概是因为巴尔扎克太太的父亲,他以前是布商,但不知怎的,摇身一变做上了巴黎各家医院的总负责人。奥诺雷似乎一直在学校里虚度光阴,还不断地惹麻烦。1814年底,他的父亲被派到巴黎负责一支部队的伙食,于是他们一家人都搬去了那里。他们都认为奥诺雷应该成为一名律师,通过了几次必要的考试后,他进入了古扬耐特先生的事务所。至于他在那里的表现,一天早晨首席办事员给他的一张字条便足以说明:"今天业务繁多,就请巴尔扎克先生不要来事务所了。"1819年,他的父亲退休了,领取养老金,决定去乡下住。他在莫克斯路上的一个叫维勒帕里西斯的村子里定居下来。奥诺雷则留在了巴黎,他们一家人已经商量好,等他多历练几年,有能力处理业务了,他家的一个朋友就会把自己的法律业务移交给他。

但奥诺雷并不喜欢这个安排。他想成为一名作家,并且坚持要当作家。家里人强烈反对,但最后,尽管母亲一直反对,他父亲还是让步了,给了他一个机会。母亲是一个严厉而又讲究实际的女人,奥诺雷一向不喜欢她。他们商定给奥诺雷两年时间,看看他能取得怎样的成就。他用每年六十法郎的租金租下了一间顶楼,在里面放了一张桌子、两把椅子、一张床,一个大衣柜和一个当烛台用的空瓶子。他这时候二十岁,拥有自由的人生。

他做的第一件事就是写了一出悲剧。后来他妹妹要结婚了,他就带着这部戏剧作品回了家。他把自己的作品读给聚在一起的家人和两个朋友听。他们一致认为他写得不怎么样。然后,他把剧本寄给了一位教授,而教授的意见是:作者可以做点其他喜欢的事,但还是不要尝试写作了。巴尔扎克带着气愤和沮丧回到了巴黎。他认为既然他不能成为一个悲剧诗人,那就成为一个小说家。他写了两三本小说,灵感来自沃尔特·司各特、安·拉德克利夫和马图林的作品。但他的父母认为试验失败了,吩咐他乘第一辆公共马车回到维勒帕里西斯村。不久,巴尔扎克的一个朋友(在拉丁区结识的一个雇佣作家)来找他,提议他们合作写一部小说。于是,一系列冗长且劣质的小说就这样问世了,有时他自己写,有时他们两个一起写,用的是各种笔名。没人知道他在1821年到1825年间创作了多少本书。一些权威人士声称多达五十本。除了乔治·森茨伯里①之外,我不知道还有谁阅读过这些书,而他自己也承认读这些书很费力。那些书大都是历史小说,当时沃尔特·司各特正处于鼎盛时期,巴尔扎克等人想要借着他的盛名赚钱。那些书全都质量低劣,但在写作的过程中,巴尔扎克学会了很多:只有节奏明快的情节才能吸引读者的注意,要写就写人们认为最重要的主题,比如爱、财富、荣誉和生命。也许他还学会了一点(而他自身的癖好也会让他明白这一点的),那

---

① 乔治·森茨伯里,十九世纪英国文史学家及评论家。

就是希望别人看你的作品，作家就必须关注激情。激情可能是卑贱的、微不足道的或不自然的，但只要足够热烈，就一定会气势恢宏。

巴尔扎克忙于写作期间一直住在父母家里。在那里，他认识了邻居德·伯尼夫人，她是一位德国音乐家的女儿，而这位音乐家曾为法国王后玛丽·安托瓦内特和她的一个女仆服务过。她当时四十五岁。她的丈夫生病了，还爱发牢骚，不过，她给他生了六个孩子，还有一个孩子是她和一个情人生的。她成了巴尔扎克的朋友，后来做了他的情妇，一直对他忠贞不渝，直到十四年后她离开人世。他们之间的关系十分古怪。他把她当作情人来爱，也把他从未有过的对母亲的爱转移到了她身上。她不仅是他的情妇，还是他的知己，她的建议、鼓励和无私的感情一向都为他所需要。这件情事在村子里成了一桩丑闻，巴尔扎克太太自然非常不赞成儿子和一个年龄足以做他母亲的女人纠缠不清。此外，他的书赚不到什么钱，她为他的前途担心。一个熟人建议他去经商，这个想法似乎对他很有吸引力。德·伯尼夫人出资四万五千法郎，他又找了几个合伙人，做起了出版商、印刷商，还开了铸字厂。他并不善于经商，还挥霍无度。他把自己在珠宝店、裁缝店、鞋店甚至洗衣店的个人开支都记在公司账上。三年后，公司破产了，他的母亲不得不拿出五万法郎来替他还债。

既然金钱在巴尔扎克的生活中扮演了如此重要的角色，那么我们就有必要考虑一下这些钱究竟价值几何。五万法郎相当于两千英镑，但那时的两千英镑比现在的价值要高得多。很难说到底高出多少。也许最好的办法是说明在那个时候可以用一定数量的法郎做些什么。拉斯蒂涅家是世绅贵族，他们一家有六口人，住在乡间，生活很节俭，每年的生活费用为三千法郎，但根据他们的地位，他们的生活还算体面。后来他们把长子欧仁送到巴黎学习法律，他在沃克尔夫人的廉价小旅店里租了一个房间，每月支付四十五法郎的食宿费用。有几个年轻人在外面住，不过会来小旅馆里用餐，因为这家旅馆的食物远近驰名，他们每月支付三十法郎的饭费。而如今住在与沃克尔夫人同级别的旅馆里，每月的食宿费至少要花三万五千法郎。这样看来，巴尔扎克的母亲为使他免于破产而支付的五万法郎，相当于现在的一大笔钱。

这段经历虽然损失惨重，却使他拥有了大量的特殊信息和商业知识，对他后来创作小说很有帮助。

经过了这次打击，巴尔扎克到布列塔尼的朋友处住了一段时间，在那里找到了写小说《朱安党人》的素材，这是他的第一部严肃作品，也是他第一部使用本名的作品。这时候他三十岁了。从那时起，他开始勤勤恳恳地写作，直到二十一年后去世，一直笔辍不耕。他的作品数量惊人。他每年都创作一两本长篇小说，十几部中篇和短篇小说。除此之外，他还写了一些剧本，其中一些从未被接受，而那些被接受的剧本，除了一个例外，都不幸失败了。至少有一次，在很短的一段时间里，他主办了一份报纸，大多数内容都由他亲自编写。在工作期间，他过着洁身自好、有规律的生活。吃过晚饭不久，他就上床睡觉，一点钟的时候仆人叫醒他。他起床，穿上洁白的睡袍，整个人洁净无瑕，他说过，写作时必须穿着没有污点的衣服。接着，他借着烛光，喝掉一杯又一杯黑咖啡，使用乌鸦翅膀上的羽毛做成的笔写作。他写到七点停下，洗个澡（原则上）就上床休息。八点到九点之间，出版商给他送来校样，或是从他那里取走手稿。然后他又开始工作，一直写到中午，中午他吃煮鸡蛋，除了喝水，还会喝咖啡。然后，他写作到六点，这个时候，他会就着一点沃莱白葡萄酒，吃一顿清淡的晚餐。有时会有一两个朋友来串门，但闲聊几句后，他就上床睡觉了。他一个人时吃喝很有节制，和别人在一起时却狼吞虎咽。有一位巴尔扎克的出版商说，他见过巴尔扎克一顿饭总共吃掉了一百只牡蛎、十二块肉排、一只鸭子、一对鹧鸪、一条鳎鱼、许多糖果和十二只梨子。如果是这样，也就难怪随着时间的推移，他变得非常肥胖，大腹便便。加瓦尼①说他吃起东西来像头猪。他在餐桌上的举止当然不优雅。他吃饭时用刀而不是用叉，对此，我倒是不以为忤，我估摸路易十四也不会因此不悦，但巴尔扎克习惯用餐巾擤鼻涕，我觉得这实在很恶心。

他是一个出色的记录者。无论走到哪里，他都随身带着笔记本。遇到一些可能有用的东西，他自己想到了什么奇思妙想，或是别人有好主意，他都会记录下来。如果可能的话，他会去他的书里出现过的地点，有时甚至驾驶马车行驶很远的距离，前往他想要描写的一条街道或一所房子。他会为笔下的人物精心挑选名字，因为他认为名字应该与人物的性格和外貌相符合。人们普遍认为他写得不好。乔治·森茨伯里认为，这是因为十年来他为了糊口，匆忙地写了大量小说。这并不能说服我。巴尔扎克是一个粗俗的人（但粗俗不正是

---

① 保罗·加瓦尼，十九世纪浪漫主义艺术家。

他的天才的组成部分吗？），他的文章也很粗俗。他写的东西冗长、装腔作势，往往还欠缺真实性。当时一位很重要的评论家埃米尔·法盖在他关于巴尔扎克的书中，用了整整一章的篇幅来论述他在品味、风格、句法和语言上的缺陷。其中一些内容确实十分粗俗，不需要多熟悉法语也能看出来。巴尔扎克并不觉得自己的母语有多优美。他从来没有想到，散文也可以清新文雅，以不同的方式像诗歌那样给人们带来愉悦。但是，尽管如此，在他仍能做到健笔如飞之际，他可以简明扼要地写出警句和格言，而这样的佳句在他的小说里随处可见。无论是内容还是形式，他的佳句都不会使法国作家弗朗索瓦·德·拉罗什富科感到丢脸。

巴尔扎克不是一个从一开始就知道自己想表达什么的作家。他首先写一份草稿，接着进行大量的重写和修改，以至于最后送到印刷商那里的手稿几乎无法辨认。等到校样交还给他，他则视之为一部计划要写的作品的大纲。他不仅添词、添句、添段落，甚至还增添新的章节。他做了那么多的修正和变更，等到校样再次设置好，把定稿交给他，他又开始进行修改。只有在这之后，他才同意出版，并且只有一个条件，那就是允许他对未来的版本进行进一步的修订。这些过程要耗费很高的费用，他和出版商因而经常发生争吵。

巴尔扎克与编辑之间的关系可谓说来话长，是一个枯燥而肮脏的故事，我在此长话短说，介绍一下。巴尔扎克是个毫无道德原则的人。他拿到一本书的预付款，并且保证在某个日子交稿，然后，他忍不住去赚快钱，便停下手头的写作任务，把自己匆忙写出来的长篇或短篇小说交给别的编辑或出版商。就这样,他常常因为违约而吃官司,不得不支付的诉讼费用和损害赔偿金大大增加了他本已很沉重的债务。他之所以负债,是因为他一成功拿到新书的合同(有时什么合同也拿不到),就搬入宽敞的公寓,花很多钱置办家具,甚至还购买马车和两匹马。他雇了一个马夫、一个厨子和一个男仆,给自己买了衣服,给马夫买了一套制服,还买了许多盘子,命人在上面印上并不属于他的盾徽。那个盾徽属于一个古老的家族,他们的姓氏为巴尔扎克·德·恩特拉格斯,他在自己的姓氏前面加上了"德"这个代表贵族身份的词,使别人相信他确实出身高贵。这些东西价格不菲,他便向姐姐、朋友、他的出版商借钱,不断地签新账单。他的债务越积越多,但他依旧买起来没完没了,买珠宝、瓷器、橱柜,还买镶嵌装饰、画作、雕像。他的书用摩洛哥羊皮做了华丽的装订。他有许多手杖,其中一支上还镶着绿松石。有一次他请客吃饭,居然把餐厅重新布置了一遍,装饰也完全换了。有时债主催得急,他就把许多家什当掉。间或还有一些掮客找上门来,抢走他的家具去公开拍卖。可他已经无药可救。一直到生命的尽头,他仍在毫无意义地挥霍,无度地买东西。他寡廉鲜耻,到处借债,但他确实天赋异禀,人们都极为欣赏他,所以朋友们都对他非常慷慨,很少有拒绝他的时候。女性通常不愿意借钱给别人,不过巴尔扎克显然觉得她们很容易对付。他完全不懂人情世故,没有迹象表明他拿了女人的钱会觉得良心不安。

各位应该记得,他的母亲曾倾其所有,使他免于破产。后来,她给两个女儿添置嫁妆,手头变得更加拮据,最后,她唯一剩下的财产就是在巴黎的一所房子。后来她实在无以为继,便写信给自己的儿子求助,安德烈·比利在他写的第一版《巴尔扎克的人生》中引用了这封信,我做了翻译,内容如下:"我收到你的最后一封信是在1834年11月。在信中,你答应从1835年4月1日起,每个季度给我二百法郎,帮我付房租,雇用人。你很清楚我忍受不了贫穷的生活。你的名气非常响亮,过着奢侈的日子,我们之间的境况两相对比,实在有天渊之别。我想,对你来说,你对我的承诺相当于认下了一笔债。现在是1837年4月,也就是说你欠我两年的费用,共计一千六百法郎,去年12月,你给了我五百法郎,仿佛是在施舍我,你这么做很粗鲁。奥诺雷,两年来我的生活是一场没完没了的噩梦。你没有能力帮我,对此我毫不怀疑。但结果是,我抵押房屋借来的钱越来越少,我再也借不到钱,我所有值钱的东西都当了。我如今已经山穷水尽,不得不对你说:'我的儿子,我需要钱,不然就该饿死了。'几个礼拜以来,我一直依靠我的好女婿给我的食物为生,但是,奥诺雷,不能再这样下去了。你似乎很有办法,去得起那些昂贵的长途旅行,但这不仅浪费你的金钱,还虚耗了你的名誉。你旅行归来,总是不能履行合约,这二者都会大大地受损。想到这里,我的心都要碎了!我的儿子,既然你负担得起……情妇、镶嵌珠宝的手杖、戒指、银器、家具,那你的母亲现在请你兑现诺言,应该算不上言行失检。我如今已走投无路,这才写信给你……"

巴尔扎克在回信中是这样写的:"我想你最好到巴黎来,和我谈上一个钟头。"

他的传记作者表示,既然天才都拥有各种权利,那就不应该用普通的标准来评判巴尔扎克的行为。这属于个人看法的问题。我认为还是承认他自私、无良、不诚实为好。他时而有钱时而拮据，对此，最好的借口是：他是个乐天派，总是坚定地相信自己靠写作能赚大钱（有一段时间，他确实赚了很多钱），他做投机买卖也赚到了很多钱，而一个接一个的投机买卖激发了他炽热的想象力。但是，他每一次真正参与其中，其结果都是背上更沉重的债务。他若是一个冷静、务实、节俭的人，就不可能成为现在这样的大作家。他是个爱炫耀的人，喜好奢侈，花起钱来大手大脚。他拼命工作以履行义务，但不幸的是，他还没有还清较为紧迫的债务，就又欠下了新的债务。有一个奇怪的事实值得一提。只有在债务的压力下，他才能把心思都放在写作上。他还会一直工作到脸色苍白、精疲力竭为止。他的一些最好的小说都是在这样的情况下写出来的。可是，当他奇迹般地摆脱了痛苦的困境，当捐客不再打扰他的生活，当编辑和出版商不把他告上法庭，他的创造力似乎便离他而去，他也不愿动笔写作了。一直到生命的尽头，他都声称是他的母亲毁了他。他这么说实在叫人震惊，毕竟事实是他毁了他母亲的人生。

3

一个人功成名就后，总会结交到很多朋友。巴尔扎克在文学上的成功便给他带来了许多新朋友。他拥有充沛的精力、极富感染力的幽默和迷人的魅力，这使他在所有最高档的沙龙里都是受欢迎的客人。一位贵妇人被巴尔扎克的名望吸引，她就是德·卡斯特里侯爵夫人，她是德·玛依烈侯爵的女儿，德·菲茨-詹姆斯公爵的侄女，詹姆斯二世的直系后裔。她用假名给他写信，他回了信，她又写了一封信，表明了自己的真实身份。于是他去拜访她。这次见面让他非常高兴，不久，他便每天都去找她。她脸色苍白，金发碧眼，像花一样美艳动人。他爱上了她。虽然她允许他亲吻她那高贵的双手，却拒绝了他进一步的追求。这之后，他开始往身上喷香水，每天都戴新的黄手套，可惜这一招并不起作用。他愈发不耐烦，心中的怒火难以压抑，还开始怀疑她是在耍弄他。事实很清楚，她想要的是一个仰慕者，而不是情人。有一个早已名声在外又很聪明的年轻人拜倒在她的石榴裙下，这无疑是一种恭维，但她并没有打算成为他的情妇。后来，她和巴尔扎克在她的叔叔菲茨-詹姆斯的陪同下前往意大利，途中去日内瓦稍作停留，就在这个时候，一场危机爆发了。没人知道到底发生了什么。巴尔扎克和侯爵夫人出门远足，可他回来时泪流满面。可以想象，他草草地向她提出了一些要求，而她却以一种使他深感屈辱的方式拒绝了他。他感到痛苦和愤怒，觉得对方极其恶劣，利用了自己，于是返回了巴黎。但他不是个一无是处的小说家。每一种经历，即使是最屈辱的经历，对他来说都是有利的。未来，他便以德·卡斯特里侯爵夫人为原型，描写上流社会喜欢调情的无情女子。

  就在巴尔扎克白费心机努力追求她期间，收到了一个书迷从敖德萨① 寄来的信，署名为"陌生人"②。在他们二人闹僵之后，他又收

---

① 黑海港口城市。

② 原文为法语。

到了一封类似署名的信件。于是他在唯一获准进入俄国的法国报纸上登了一则广告："德·巴尔扎克先生已收到来信。只是今日才得以登报表示感谢。但遗憾的是，回信地址为何却不得而知。"给他写信的是伊芙琳·汉斯卡，她是波兰人，出身高贵，还很富有。她三十二岁，已婚，但她的丈夫已经五十多岁了。她和他生了五个孩子，但只有一个女孩还活着。她看到了巴尔扎克的广告，便商定好，他把信寄到俄国，由敖德萨的一个书商转交给她。这之后，他们开始通信。

就这样，巴尔扎克常说的他"人生中最伟大的激情"拉开了序幕。

很快，他们就越写越亲密。巴尔扎克以当时盛行的夸张口吻诉说心声，引起了这位女士的怜悯和同情。她是一个浪漫的人，却住在乌克兰方圆五万英亩的乡间，宅邸虽大，她的日子却无聊至极，她早就厌倦了。她崇拜大作家巴尔扎克，对他很感兴趣。通信两三年后，汉斯卡夫人便带着她年老病弱的丈夫、女儿、一个家庭教师和一群仆人去了瑞士的纽夏特。在她的邀请下，巴尔扎克也去了。关于他们相遇的经过，有一段描写虽然旖旎无限，却也过于夸大。巴尔扎克正在公园里散步，突然看见一位女士坐在长凳上看书。她的手帕掉在地上，当他礼貌地拾起手帕时，就发现女士看的是他写的书。于是他和那位女士攀谈起来，竟然发现对方正是他来此地要见的女士。那时候，她颇有几分姿色，周身散发出高贵的魅力。她有一双美目，即便有轻度的斜视也无损其动人。她留着一头漂亮的秀发，双唇叫人销魂。她在第一眼看到这个矮胖、红脸、活像个屠夫的人的时候，也许会有点吃惊，毕竟他给她写了那么多充满感情和激情的信。然而，即便她有些吃惊，看到了他那双金光闪闪的眼睛、旺盛的活力、活泼的性格和难得的善心，也会将其抛到脑后。他来到纽夏特的五天后，就成了她的情人。后来，他不得不回到巴黎，分别之际，他们约定冬天早些时候在日内瓦再见面。之后，他在圣诞节前来到了日内瓦，在那里住了六个礼拜，在这期间，他一边与汉斯卡夫人恩恩爱爱，一边创作出了《德·朗热公爵夫人》，在这本书中，他向德·卡斯特里侯爵夫人对他的侮辱进行了报复。他离开日内瓦时，汉斯卡夫人答应嫁给他。她丈夫的健康状况没有好转，相信不久就会撒手人寰。然而，回到巴黎后不久，巴尔扎克遇到了吉多博尼－维斯康蒂伯爵夫人，立即就被她迷住了。她留着一头灰金色的金发，虽身为英国人，却生得丰满性感。她的丈夫是一位随和的意大利人，可众所周知，她对他不忠。不久，她就成了巴尔扎克的情妇。但当时的浪漫主义者们把他们的风流韵事公之于众，很快，事情就传到了当时住在维也纳的伊芙琳·汉斯卡的耳朵里。她给巴尔扎克写了一封信，尖刻地斥责了他，还宣布她要回乌克兰。这可谓沉重的打击。他原本还指望着等她那个身体每况愈下的丈夫一咽气就娶她为妻，他相信这事不会拖太久，到时候，她的大笔财产就归他享用了。他借了两千法郎，急忙去维也纳讲和。一路上他声称自己是巴尔扎克侯爵，行李上挂着他的假盾徽，甚至还带了一个随从。旅费因而大大地增加了。毕竟作为一个有爵位的绅士，跟旅馆老板讨价还价有损尊严，此外，他还得按他给自己假定的身份支付小费。到维也纳的时候，他已经身无分文。所幸伊芙琳很慷慨。可她忍不住又对他横加指责,他只得想尽办法消除她的怀疑。三个礼拜后,她返回乌克兰,此后八年,他们没有再见面。

巴尔扎克回到巴黎,和吉多博尼伯爵夫人和好如初。为了她,他比从前更沉湎于奢侈的生活。他因为欠债而被捕,她支付了必要的款项,才使他免于入狱。从此以后,每当他经济困难的时候,她就会来救他。1836年,他的第一个情妇德·伯尼夫人去世了,这使他十分悲痛。他说她是他唯一爱过的女人,其他人则说她是唯一爱过他的女人。同年,金发伯爵夫人告诉他,她怀了他的孩子。孩子出生时,她那位宽容的丈夫说:"我知道夫人想要一个黑皮肤的孩子,如今终于如愿以偿了。"对于他的其他艳史,我在此只提他与一位名叫海伦·德·瓦莱特的寡妇之间的风流韵事。因为与德·卡斯特里侯爵夫人和伊芙琳·汉斯卡的关系一样,这段关系也是从一封书迷来信开始的。说来也怪,他人生中五次重要情史中的三段都是以此为始。也许正因如此,这几段感情才未能尽如人意。一个女人若是被男人的名声所吸引,那她在意的就是与对方的关系能带来哪些好处,因而无法关注真诚的爱情所唤起的无私的幸福。这种女人尽管受挫,却喜欢出风头,总是抓住机会满足自己的天性。巴尔扎克与海伦·德·瓦莱特的恋情持续了四五年。奇怪的是,巴尔扎克与她断绝关系,是因为他发现,她并不像她宣称的那样出身高贵。他找她借过很多钱,在他死后,她试图从他的遗孀那里把钱要回来,可惜似乎未能成功。

与此同时,他继续和伊芙琳·汉斯卡通信。他早期的信件毫无疑问地表明了他们之间的关系,其中两封被伊芙琳粗心地夹在了一本书里，结果被她的丈夫看到了。巴尔扎克知道了这件令人尴尬的事情后，便写信给汉斯卡先生，声称这只是一个玩笑。伊芙琳曾嘲笑他不会写情书，于是他便写了那两封信，以表明自己很善于写情信。他的解释并不可信，可汉斯卡先生显然还是接受了。从那以后，巴尔扎克在写信时便措辞谨慎，盼着伊芙琳能从字里行间看出他是在间接地向她保证，他一如既往地热烈地爱着她，期待有朝一日二人能结合，一起度过余生。他这么说不过是花言巧语，在他们没有见面的那八年里，除了偶尔的风流之外，他还有过两次正经的风流韵事，一次是与吉多博尼伯爵夫人，另一次是与海伦·德·瓦莱特，可见他对伊芙琳·汉斯卡的爱并不像他假装的那么热烈。巴尔扎克是个小说家，当他坐下来给她写信的时候，很自然地会认为自己是一个受相思之苦的情郎，就像当他想举例说明吕西安·德·吕邦泼莱的文学天赋时，把自己当成一个才华横溢的年轻记者，写了一篇令人钦佩的文章。我毫不怀疑，当他给伊芙琳写情书时，他所写的正是他心中所想的。她曾答应在丈夫死后嫁给他，而他未来能否过上锦衣玉食的生活，全取决于她能否信守诺言。因此，即便他在信中措辞有些激进，也无可指摘。在那漫长的八年里，汉斯卡先生的身体一直还不错，后来却突然离世。巴尔扎克期待已久的时刻终于到来了，他的梦想终于实现了。他终于要发财了。他终于要摆脱小资产阶级的债务了。

但是，在将丈夫死讯通知他的那封信之后，伊芙琳又写了一封信，言明自己不会嫁给他。她不能原谅他的不忠，也不能原谅他的挥霍和债务。他陷入了绝望。在维也纳，她曾告诉他，只要她拥有他的心,她就不指望他在肉体上也保持忠诚。他的心确实一直属于她。见她如此不公,他愤怒不已。他得出的结论是,只有和她见面,他才能重新赢得她的芳心。因此,尽管和她多次通信后,她很明显并不情愿,他还是动身去了圣彼得堡,当时,她正在那里处理丈夫的身后事。事实证明,他的算计很正确。此时,他们二人都已人到中年,身体发福,他四十三岁,她四十二岁。可是,当她和他在一起的时候,她似乎觉得他是那么有魅力,那么有活力,那么天赋异禀,她根本无法拒绝他。他们又成了恋人,她又一次答应嫁给他。她过了七年才兑现了诺言。至于她犹豫如此之久的原因,传记作家们都深感困惑,但原因肯定不难推测。她是一位贵妇人,对自己的高贵血统感到自豪,就像《战争与和平》中的安德鲁公爵一样。她很可能认为,当一个著名作家的情妇与当一个粗俗暴发户的妻子,这二者简直是云泥之别。她的家人竭力劝说她不要缔结这样不合适的婚姻。她的女儿都到了该出嫁的年龄,她有责任按照地位和环境来安排女儿的婚事。人人都清楚巴尔扎克挥金如土,她很可能担心他会胡乱挥霍她的财产。他经常伸手向她要钱,每次都要很多。她很富有,她自己也很奢侈,但是,为了自己寻欢作乐而乱花钱,和把钱给别人让他们寻欢作乐而乱花钱,是完全不同的两件事。

奇怪的不是伊芙琳·汉斯卡等了这么久才嫁给巴尔扎克,她嫁给他这件事本身就透着古怪。他们不时见面,一次见面后,她怀孕了。巴尔扎克欣喜不已,以为自己终于赢得了她,请求她立刻嫁给他。但是她不愿意被迫下嫁,便写信告诉他,她打算产后返回乌克兰节俭度日,以后再嫁给他。这孩子生下来就夭折了。事情发生在

1845或1846年。她是在1850年嫁给巴尔扎克的。那年冬天他是在乌克兰度过的，婚礼也在那里举行。她为什么最后同意了呢？她并不情愿嫁给他，一向如此。她是个虔诚的女人，有一段时间曾认真地想进修道院。也许是她的忏悔神父劝她结束这种不合常规的处境，要建立合法的关系。巴尔扎克常年过度写作，加上服用大量的浓咖啡，在这个冬天里，他强健的体质终于撑不住了，他的健康也垮了，心脏和肺都受到了影响。很明显，他活不长了。也许伊芙琳同情一个将死之人，他虽对她不忠，毕竟还是爱了她这么久。她的哥哥亚当·泽乌斯基写信求她不要嫁给巴尔扎克，皮埃尔·得斯卡维斯在其著作《巴尔扎克先生的一百天》中收录了她的回信，她是这样写的："不，不，不……因为我，那个男人受了很多苦，我欠他许多。一直以来，我都是他的灵感，也是他的快乐。如今他病了，剩下的日子屈指可数！……他遭遇了太多次的背叛。尽管发生了那么多事，我依然会一直忠诚于他，忠于他以我为原型创造的理想。如果医生说的是真的，他将不久于人世，那至少让他拉着我的手离开，让我的形象留在他的心田。愿他在这世上最后看到的人是我，他深深地爱着我，而我也发自内心地恋着他。"这封信很感人，我不明白我们为什么要怀疑字里行间的诚意。

她不再富有。她把大量的财产都给了自己的女儿，只保留了一笔年金。即使巴尔扎克感到失望，他也没有表现出来。这对夫妇去了巴黎，在那里，他用伊芙琳的钱买了一所大房子，还置办了昂贵的家具。

令人遗憾的是，热切地等待了那么久，巴尔扎克的希望终于得以实现，可惜这桩婚姻并不成功。他们曾经在乌克兰一起住过几个月，人们不禁会想，尽管性格不合，但他们一定非常了解对方，婚后一定和和美美。情人身上若是有什么怪癖，使什么花招，她都能纵容，可若是丈夫这样，她就非常生气。多少年来，巴尔扎克一直苦苦追求，处于祈求的地位，但到了婚后，他们的关系稳定了下来，他就变得刚愎自用，还很霸道。伊芙琳傲慢、苛刻、脾气暴躁。为了嫁给他，她做出了巨大的牺牲，而他似乎一点也不感恩，这让她很气愤。她常说，要等他还清了所有的债，她才肯嫁给他，他也向她保证债务都已还清了。可是到了巴黎，她发现房子已经抵押出去了，他还欠着一大笔钱。她习惯了住在豪宅里，做颐指气使的女主人，有二十来个仆人供她差遣。她用不惯法国仆人，还很讨厌巴尔扎克的家人干涉她理家。她不喜欢他们，认为他们不仅平庸，还很自命不凡。这对夫妻吵得很厉害，还弄得人尽皆知，他们的朋友都知道。

巴尔扎克到巴黎时已经病了。他的身体越来越糟糕，甚至卧床不起。并发症接连暴发，1850年8月17日，他离开了人世。

与凯特·狄更斯和托尔斯泰伯爵夫人一样，伊芙琳·汉斯卡给后人留下的印象并不好。巴尔扎克死后，她又活了三十二年。她做了一些牺牲，总算偿清了他的债务，在他母亲在世期间，她每年都给她三千法郎，这本是巴尔扎克的承诺，却始终未曾做到。她安排将他的全集重新出版。因为此事，在她丈夫去世的几个月后，一个名叫尚弗勒里的年轻人来见她。尚弗勒里很有女人缘，他当场便向她示好，她并没有反抗。这段恋情持续了三个月。在他之后，一个名叫让·吉古斯的画家成了伊芙琳的情人。这段关系维持了很久,一直到她八十二岁去世,可见这是一段柏拉图式的爱情。后人更希望她在对先夫的怀念中伤心难愈,保持贞洁,独自过完漫长人生的后半部分。

4

乔治·桑说得对,巴尔扎克的每一本书实际上都是一本伟大著作的一页,哪怕是省略了一页,这部著作也谈不上完美。1833年,他产生了一个想法,要把全部作品编纂在一起,合称为《人间喜剧》。想到这个主意后,他便跑去找自己的妹妹。"赞扬我吧。"他喊道,"显而易见,我马上就要成为天才了。"他是这样描述自己的想法的:"法国的社会环境应该属于历史学家,而我只是一个书记员。陈述邪恶与美德,总结有关激情的重要事实,刻画人物,甄选重要的社会事件,将若干同质特点组合成类型,通过这一切,也许我可以写一写很多历史学家遗忘的历史,这些历史便是风俗史。"这是一个雄心勃勃的计划。可惜计划尚未完成,他就离世了。很明显,在他留下的大量著作中,有些章节虽然必不可少,却不如其他章节有趣。毕竟他创作了这么多的作品,这也是在所难免。但在巴尔扎克几乎所有的小说中,都有两三个人物因为痴迷于简单、原始的激情,而显得极为突出,也极富感染力。巴尔扎克的长处就在于对这些人物的刻画上。在不得不描写较为复杂的人物时,他的功力便稍显逊色了。他的所有小说中几乎都有感染力极强的场面,其中几部所讲述的故事堪称引人入胜。

如果一个从未读过巴尔扎克的人让我推荐一本最能代表他的小说,这本小说还要包含他的全部思想,我会毫不犹豫地建议他去看《高老头》。这个故事从头到尾都很精彩。在他的一些小说中,巴尔扎克会突然中断故事,转而谈论各种无关紧要的事,或者长篇大论地讲述那些你丝毫不感兴趣的人。不过《高老头》里并不存在这些缺点。他让笔下的人物用他们的语言和行动来解释他们自己。这部小说构思得非常好,有两条主线,一条是女儿们虽然忘恩负义,老人依然爱着他们,为了她们牺牲自己;另一条是野心勃勃的拉斯蒂涅初入拥挤而堕落的巴黎。这两条线索巧妙地交织在了一起。它阐明了巴尔扎克在《人间喜剧》揭示的原则:"人没有好坏之分,他生来就有本能和天资。这个世界非但没有像卢梭所称的那样使人堕落,反而使人完美,变得更好。但是,利己主义极大地助长了人的邪恶倾向。"

据我所知,正是在《高老头》一书中,巴尔扎克第一次想到了将同样的人物引入多部小说的想法。这么做的难度在于必须创造出非常有趣的人物,让读者想知道他们身上发生了什么。在这个方面,巴尔扎克大获成功。就我自己而言,我读了一些小说,从中了解到一些人物的近况,如拉斯蒂涅,而我很想知道他的未来如何,那我看这些小说,就会得到额外的乐趣。巴尔扎克本人也对这样的人物非常感兴趣。他曾经请过一个叫朱尔斯·桑多的作家当他的秘书,文学史上有此人的名字,主要是因为他是乔治·桑众多的情人之一。由于妹妹不久于人世,朱尔斯·桑多便返回家中,在妹妹去世后将其安葬。他回来后，巴尔扎克表示哀悼，问候了桑多的家人，还说了这样一番话："好了，够了，让我们回到正事上来吧。我们来谈谈欧也妮·葛朗台。"巴尔扎克采用的方法（顺便说一句，圣伯夫曾一时动怒，严厉谴责过这种方法）之所以起效，是因为这可以节省精力，不必去创造新人物。但我不能相信，多产的巴尔扎克会因此这样做。在我看来，他是觉得这给他的故事增添了真实性，因为在一般的事件发展过程中，我们会多次接触相当一部分相同的人。但更重要的是，我认为他的主要目标是将他的全部作品编织成一个全面的整体。正如他自己所说，他的目标不是刻画一个群体、一个场景、一个阶层甚至一个社会，而是一个时期和一个文明。他怀有一种他的同胞常有的错觉，即无论法国发生了什么灾难，它都是宇宙的中心。但也许正因为如此，他才有自信去创造一个多姿多彩、千差万别、丰富多样的世界，也才有能力赋予它令人信服的生命搏动。

巴尔扎克各部小说的开头都节奏缓慢。他常用的方法是一上来先详细描写发生事情的地点。他很喜欢这样的描写，从中获得了极大的乐趣，于是常常赘述不停。他从来都没有学会如何只说该说的话，省略不该说的内容。开头写完，他会告诉你他笔下的人物长什么样，性情如何，是什么出身，有哪些习惯、思想和缺陷。只有把这些都交代清楚了，他才开始讲故事。从那些人物的身上可以看出他自己那充满活力的性情，而人物的生活又与现实的生活有所不同。他笔下的人物都很真实，未经渲染，却极为生动，有时甚至有些耀眼，比普通人的经历更刺激。但他们有呼吸，也是活生生的人。我想，你之所以相信他们，是因为巴尔扎克自己也非常相信他们,而且是深信不疑,甚至临死前还高声大喊:"叫皮安训来。皮安训会救我的。"皮安训是一位聪明诚实的医生,在他的许多部小说里都出现过。他是《人间喜剧》中极少数无私的人物之一。

我相信巴尔扎克是第一个把寄宿公寓作为故事背景的小说家。从那以后,寄宿公寓被人多次用为背景,作家通过这个方式很容易就能把各种各样的人物汇聚在各种各样的困境中,但我不知道哪个作家的描写效果能像《高老头》一样优秀。在这部小说中,我们遇到了也许是巴尔扎克创造的最令人毛骨悚然的人物伏脱冷。后来,无数的作家都刻画过这种类型的人物,却没有哪个能像伏脱冷那样非同寻常,独树一帜,更不像他那样逼真,令人信服。伏脱冷拥有良好的头脑、意志力和强大的生命力。这些都是吸引巴尔扎克的特点。他是一个残忍的罪犯,却让将他创作出来的作家深深着迷。值得读者注意的是,巴尔扎克既没有泄露他想要留到最后的秘密,还成功地暗示了伏脱冷是个险恶的人。伏脱冷开朗、慷慨、善良,身体很结实,聪明而沉稳。你会情不自禁地欣赏他,对他产生同情,然而,他也非常可怕。他让你着迷,就好像他吸引拉斯蒂涅一样。拉斯蒂涅这个年轻人雄心勃勃、出身高贵,来到巴黎是为了闯出一番天地。但是和这个罪犯在一起,你会感到和拉斯蒂涅一样的不安。伏脱冷是一个极为精彩的人物,他与欧仁·德·拉斯蒂涅关系的描写可谓淋漓尽致。伏脱冷洞察了这个年轻人的内心,巧妙地削弱了他的道德感。后来,欧仁得知伏脱冷为了娶一位女继承人而杀了人,心里十分害怕,便开始反抗,但邪恶的种子早已播下了。

在《高老头》的结尾,老人去世了。拉斯蒂涅参加了他的葬礼,葬礼结束后,他独自一人留在墓地里,眺望着塞纳河两岸的巴黎。他的目光停留在上流阶层居住的城区,而他做梦都想要进入上层社会。"到我们两个了!"他喊道。有些读者不想看所有拉斯蒂涅出现过的小说(拉斯蒂涅在里面或多或少都很出彩),却有兴趣了解伏脱冷对他产生了哪些影响。德·纽沁根夫人是高老头的女儿,她的丈夫是富有的银行家德·纽沁根男爵,她爱上了拉斯蒂涅,她不光为他购置了一套公寓,在里面摆满了昂贵的家具,还给他钱,让他过绅士的生活。她丈夫给她的钱并不多,巴尔扎克并没有交代她是如何做到这一点的。也许他认为,一个恋爱中的女人需要钱来养活自己的情人,就能有办法弄到。男爵对妻子的风流韵事似乎睁一只眼闭一只眼,1826年,他在一笔金融交易中利用了拉斯蒂涅,致使这个年轻人的许多朋友倾家荡产,然而,拉斯蒂涅本人则从纽沁根那里拿到了四十万法郎的赃款。他把一部分钱给了两个妹妹当嫁妆,让她们可以拥有美满的婚姻,剩下的钱足够他每年有两万法郎的收入。"有了这笔钱,就能安稳过日子了。"他这么告诉朋友皮安训。就这样,他不必再依赖德·纽沁根夫人,他还明白了一个道理:一段通奸的关系若是持续太久,就会遇到婚姻的所有缺点,却不会有婚姻的种种好处。于是他决定抛弃德·纽沁根夫人,去做特·埃斯巴侯爵夫人的情人,这倒不是因为他对她怀有爱情,而是因为她十分富有,是一位很有影响力的贵妇人。"也许有一天我会娶她。"他又说,"她能带给我身份地位,到时候,我就能还清一身的债了。"

这是在1828年。我们不知道特·埃斯巴侯爵夫人是不是被他的甜言蜜语哄得团团转，可即便真是如此，这段恋情也没有持续太久，他又去给德·纽沁根夫人当情人了。1831年，他想娶一个阿尔萨斯的姑娘，但发现她的财产并不像她所宣称的那么多，就打消了这个念头。1832年，通过德·纽沁根夫人以前的情人亨利·特·玛塞（在法国国王路易·菲利普统治时期，他做过内阁大臣）的关系，拉斯蒂涅被任命为副国务大臣。他在担任这一职务期间，聚敛了不少钱财。他和德·纽沁根夫人的关系显然一直持续到1835年，他们分道扬镳很可能是两人都同意的。三年后他娶了纽沁根夫人的女儿奥古斯塔。奥古斯塔是独生女，父亲腰缠万贯，于是拉斯蒂涅从这桩婚事中得到了很大的好处。1839年，他被封为伯爵，再次进入内阁。1845年，他被封为法国的贵族，年收入三十万法郎（折合一万二千英镑），这在当时是一笔很大的财富。

　　巴尔扎克对拉斯蒂涅怀有明显的偏爱。他赋予他高贵的出身、英俊的相貌、迷人的魅力和出众的智慧，还使他在女人那里无往而不利。如果说他甘愿放弃除名声之外的一切，也想成为拉斯蒂涅那样的人，不会是异想天开吧？巴尔扎克对成功推崇备至。拉斯蒂涅也许是个恶棍，但他成功了。诚然，他的财富是建立在别人的毁灭之上的，但那些人太过愚蠢，才会受他欺骗，而巴尔扎克对愚蠢的人是没有同情心的。吕西安·德·吕邦泼莱是巴尔扎克笔下的另一个冒险家，可惜此人性格软弱，最后落得失败的结局。然而，拉斯蒂涅拥有勇气、决心和力量，他成功了。从他在拉雪兹神父公墓向巴黎发起挑战的那一天起，他就没有让任何事情阻挡他前进的道路。

他决心征服巴黎，也确实征服了巴黎。我想，巴尔扎克不会谴责拉斯蒂涅的道德过失。不管怎么说，他是个好人。尽管在涉及自身利益的问题上，他冷酷无情，不择手段，但他始终愿意帮助他那穷困潦倒的青年时代的老朋友们。从一开始，他的目标就是过上奢华的生活，有一所漂亮的房子，雇佣一大群仆人，出门有马车，养几个情妇，再娶一个有钱的妻子。他的目标实现了。想必巴尔扎克从不觉得这样的目标很庸俗。

六

查尔斯·狄更斯和《大卫·科波菲尔》

1

查尔斯·狄更斯虽然个子不高,但举止优雅,长得很讨人喜欢。国家肖像馆收藏有一幅他二十七岁时由麦克利斯所画的肖像画。画中,他坐在写字台旁一张漂亮的椅子上,一只小巧优雅的手轻轻地放在手稿上。他穿着华丽,脖子上围着一块巨大的缎子围巾。他留着一头棕色的卷发,头发垂到脸庞两侧的耳朵下方。他的眼睛很漂亮,眼神中透着沉思的意味,这正是仰慕他的公众认为这个非常成功的年轻作家该有的神情。这幅画像并没有表现出他的活力、耀眼的光芒、活跃的心灵和思想,任何接触过他的人,都能从他的脸上看出这一切。他一向好打扮,年轻时喜欢穿天鹅绒外套和鲜艳的马甲,戴五颜六色的围巾和白色的帽子,可惜他从未达到他想要的效果。人们见他如此穿着打扮,只觉得惊讶,甚至大为震惊,还说他如此穿戴，真是既草率又浮华。

他的祖父威廉·狄更斯一开始只是个男仆，后来娶了一个女佣，最终成为克鲁庄园的管家。克鲁庄园是切斯特的国会议员约翰·克鲁居住的地方。威廉·狄更斯有两个儿子，分别是威廉和约翰，但我们唯一关心的是约翰，原因有二，首先，他的儿子是英国最伟大的小说家，其次，他儿子以他为原型，创造了他笔下最成功的人物米考伯先生。威廉·狄更斯去世后，他的遗孀留在克鲁庄园做管家。三十六年后，她领养老金退了休，也许是为了离两个儿子近些，她搬到了伦敦。克鲁夫妇把她那两个失去父亲的儿子送去接受教育，还为他们提供了谋生手段。他们给约翰在海军军饷处谋了个职位。在那里，他和一位同事交上了朋友，不久就和这个同事的妹妹伊丽莎白·巴罗结了婚。从结婚开始，他似乎就陷入了经济困境，总是靠借债度日，哪个傻瓜愿意借钱给他，他就会向人家伸手。但他心地善良、慷慨大方、不笨，还很勤劳，不过只是偶尔勤劳而已。显而易见，他贪好杯中之物，他第二次因欠债被捕的时候，告他的就是一位酒商。在别人的描述中，晚年的他总是穿着考究，手里总把玩着一大串连接在手表上的印章。

查尔斯是约翰·狄更斯和伊丽莎白·狄更斯的第一个儿子，也是他们的第二个孩子，1812年在波特西出生。两年后，他的父亲被调往伦敦，三年后又调往查塔姆。年幼的查尔斯便被送到学校，在那里他开始读书。他的父亲收集了一些书，包括《汤姆·琼斯》《韦克菲尔德的牧师》《吉尔·布拉斯》《堂吉诃德》《兰登传》和《皮克传》。查尔斯读了一遍又一遍。从他自己的小说里就可以看出，这些

六　查尔斯·狄更斯和《大卫·科波菲尔》

书对他产生了深远和持久的影响。

1822年，已经有五个孩子的约翰·狄更斯搬回了伦敦，查尔斯则留在查塔姆继续上学，几个月后才和家人团聚。他发现家人们住在伦敦城郊的卡姆登镇，后来他把家里的房子描写成了米考伯一家的家。约翰·狄更斯一年挣三百多英镑，这在今天至少要翻上三番，却显然比平时更为拮据，没有足够的钱送小查尔斯再去上学了。小查尔斯不光上不了学，还要看孩子，擦靴子，刷衣服，帮狄更斯夫人从查塔姆带来的女佣做家务，弄得他非常反感。有时，他会到卡姆登镇和邻近的萨默斯镇和肯特镇闲逛，而按照他的话说，卡姆登镇是一个"荒凉的地方，周围都是田野和沟渠"。有时，他会到更远的地方，去看一看苏豪区和莱姆豪斯区。

生活愈发艰难，狄更斯夫人便决定开办一所学校，专收居住在印度的英国人的子女，开学校的钱可能是她从婆婆那里借来的。她印制传单分发，还打发自己的孩子把传单塞进附近人家的信箱里，结果自然是一个学生都没招到。与此同时，还债的压力越来越大。家里人派查尔斯把值钱的东西拿去当，那些对他意义重大的珍贵书籍也都被卖掉了。后来，狄更斯夫人的远房姻亲詹姆斯·拉默特要查尔斯去他合伙经营的鞋油厂工作，每个礼拜的工资是六先令。他的父母非常感激，接受了这个提议，但见到父母摆脱他后明显松了一口气，小查尔斯伤透了心。他当时才十二岁。不久之后，约翰·狄更斯因欠债被捕，并被押往马歇尔希监狱。他的妻子典当了剩下的一点点东西，带着孩子们也去了那里。监狱里很肮脏，不卫生，还很拥挤，因为里面不仅住着囚犯，还住着他们的家属。这样的做法究竟是为了让监狱生活不那么难熬，还是因为这些不幸的人无处可去，我实在不得而知。一个人欠了钱还不上，那失去自由是他所要忍受的最严重的不便，不过在某些情况下，这种损失可以稍有减轻：有的犯人若是遵守某些要求，就能到监狱的高墙之外居住。过去，监狱长习惯于对囚犯进行令人发指的勒索，经常以野蛮残忍的方式对待他们。不过到了约翰·狄更斯锒铛入狱的时候，各种最严重的弊端已被严令禁止，他在里面住得舒舒服服。他家忠实的小女仆住在监狱外面，每天都会进来帮忙带孩子和准备饭菜。他仍然拿着每周六镑的工资，却无意偿还债务。可以想得到，他乐得摆脱其他债主的控制，并不特别盼着获释。他很快恢复了正常的精神状态。其他欠债的人都"推选他为委员会主席，负责管理监狱内部经济"。不久，上至狱卒，下至最卑贱的犯人，他通通混熟了。传记作家们一直不明白约翰·狄更斯为什么能在此期间继续领工资。唯一的解释似乎是，政府职员都是靠人际关系上任的，即便是出了欠债入狱这种事，也不至于严重到需要采取减薪这一极端措施。

在父亲入狱之初，查尔斯在卡姆登镇寄宿。不过鞋油厂位于查令十字街的亨格福德·斯泰尔，距离卡姆登很远，约翰·狄更斯便在马歇尔希监狱附近的萨瑟克区兰特街给他找了一个房间。如此一来，他就可以和家人一起吃早餐和晚餐了。他被安排去做的工作并不难，包括清洗瓶子，贴上标签，再绑起来。1824年4月，克鲁家的老管家威廉·狄更斯夫人去世，她把积蓄留给了两个儿子。哥哥用这些钱还清了约翰·狄更斯的债务，让他可以重获自由。他带着一家人又回到了卡姆登镇定居，并回到海军军饷处工作。查尔斯继续在工厂清洗瓶子，但一段时间后，约翰·狄更斯和詹姆斯·拉默特之间爆发了争吵，查尔斯后来写道："他们是因为信吵起来的。我把父亲的信拿去给他，就这样导致了他们关系破裂。"詹姆斯·拉默特告诉查尔斯，他父亲侮辱了他，所以他也别想在厂里做工了。"我只好回家，却感觉到了一种极为奇怪的解脱感，就好像摆脱了压迫一样。"他母亲试图从中调停，好让查尔斯保住工作和如今已涨到七先令的周薪，而她急需这笔钱贴补家用。为此，查尔斯一直没有原谅她。"我永远不会忘记，永远不想忘记，也永远不能忘记，母亲居然巴不得我赶紧回去做工。"他补充说。然而，约翰·狄更斯不同意，他把儿子送到了汉普斯特德路的一所学校，这所学校的名字很气派，叫做威灵顿学院。他在那里学习了两年半。

很难弄清楚小查尔斯在鞋油厂做工做了多长时间。他二月初还在那里，六月就和家人团聚了，所以表面看来，他在工厂待的时间不可能超过四个月。然而，这件事似乎给他留下了深刻的印象，他把这段经历当成耻辱，甚至都不愿意提起。后来，他的密友约翰·福斯特（他的第一位传记作家）无意间提了一两句，狄更斯便告诉他，他谈及的是一件让他极度痛苦的事，"即便是此时此刻，"虽然此时已经过去二十五年了，"当时的记忆依然深刻。"

我们早就习惯了听著名政治家和工业巨头夸耀他们年轻时洗盘子或卖报纸的经历，很难理解为什么查尔斯·狄更斯认为父母将他送去鞋油厂给他造成了深刻的伤害，为什么他觉得这件事极不体面，应该当成秘密，永远不翻出来示人。小查尔斯快乐、淘气、机警，对生活的阴暗面已经有了不少了解。从很小的时候起，他就看出父亲的挥霍浪费使家庭蒙受了多大的损失。他们一家是穷人，过着穷人的生活。在卡姆登镇，打扫和清理的活，是他干；拿着外套或小饰物去当，再用典当的钱去买食物的活，也是他干。像其他男孩一样，他一定在街上和与他一样出身的男孩玩耍过。他去做工的那个年纪，和他同样出身的男孩子通常也都去做工了，而且，他拿到的薪水相当不错。他一开始的周薪是六先令，不久便涨到了七先令，至少相当于如今的二十五至三十先令。在一段很短的时间里，他不得不靠那份薪水养活自己，但后来，他住在马歇尔希监狱附近，和家里人一起吃早餐和晚餐，他只需要付饭钱即可。和他一起工作的男孩子们都很友好，很难理解为什么他会觉得和他们在一起很丢脸。他不时随家人去看望住在牛津街的祖母，他不可能不知道她一辈子都是在"为奴为仆"。也许约翰·狄更斯有点势利，没有本事却还要自命不凡，但一个十二岁的孩子肯定不懂社会地位的差异。我们必须进一步设想，假如查尔斯足够世故，认为自己比工厂里的其他孩子高出一等，那他就会足够聪明，明白他的收入对家里是多么不可缺少。人们本以为他会为自己给家里赚钱而感到自豪。

　　我们可以推测，由于福斯特发现了这件事，狄更斯便写了一部分自传，并把它交给了福斯特，从中我们可以详细了解到他的这一段生活经历。我猜想，当他发挥想象力回忆往事的时候，心里一定对儿时的自己充满了怜悯。他把儿时的自己描写得充满痛苦、厌恶和屈辱，在他看来，如今他虽然要名有名，要钱有钱，还深受爱戴，可如果处在那个小男孩的位置上，他也会有这种感觉。他写到那个可怜的孩子被信任的人背叛了，孤苦伶仃，心里

六　查尔斯·狄更斯和《大卫·科波菲尔》

痛苦不堪,那些情景惟妙惟肖地出现在他的面前,他那慷慨的心在滴血,泪水迷蒙了他的视线。我不认为他是有意夸大,而是实在是情不自禁地这样做。他的才华,或者说他的天才,就是建立在夸大其词的基础上的。正是通过对米考伯先生性格中喜剧元素的反复琢磨和强调,他才引起了读者的大笑。也正是借助加强小耐儿慢慢衰弱的悲怆感觉,他才能打动读者,让他们潸然泪下。如果他没有把他在鞋油厂的四个月经历按照只有他自己能想到的最生动的方式写下来,他就不会成为现在的小说家了。有一点人尽皆知,在《大卫·科波菲尔》中,他又描写了这一经历,可以说是感人至深。就我而言,我并不相信这段经历所带给他的痛苦,真如多年后他功成名就、成为社会和公众人物后自以为的那么强烈。我更不相信传记作家和评论家的想法,认为那段经历对他的人生和作品产生了决定性的影响。

还在马歇尔希监狱期间,约翰·狄更斯知道自己如今是个破产债务人,便担心会失去海军军饷处的工作,就以身体不好为由,请求他所在部门的主管推荐他申请一笔退休金。最终,考虑到他服务了二十年,又有六个孩子,于是"出于同情",他获得了每年一百四十英镑的养老金。对于约翰·狄更斯这样的人来说,这点钱是不够养家的,他还得想办法增加收入。不知通过怎样的方法,他学会了速记。在与新闻界有关系的姐夫的帮助下,他得到了一份议会记者的差事。查尔斯在学校一直待到十五岁,离开学校后到一家律师事务所当了童仆,加入了我们现在所说的"白领阶层",他似乎并不认为这有损尊严。几个礼拜后,父亲设法为他在另一家律师事务所谋到了一份办事员的工作，周薪为十先令，后来涨到了十五先令。他觉得生活枯燥乏味，为了提高自己的水平，他开始学习速记。十八个月后，他已经有能力在律师公会常设法庭担任记者了。在他二十岁的时候，他获得了报道下议院辩论的资格，很快，人人都知道他是"旁听席上做记录速度最快、最准确的人"。

与此同时，他爱上了一位银行职员的漂亮女儿玛丽亚·比德内尔。他们初次邂逅那年，查尔斯十七岁。玛丽亚是一个轻浮的姑娘，她似乎一直在鼓励他的追求。他们两个很可能私下里订婚了。有了一个情人，她感到受宠若惊，觉得这是一桩趣事，奈何查尔斯身无分文，她绝不可能下嫁于他。两年后，这段恋情结束了，不过他们还是以极为浪漫的方式归还了对方的礼物和信件，查尔斯觉得自己的心都碎了。直到许多年后，他们才再次见面。早已嫁作人妇的玛丽亚·比德内尔，与大名鼎鼎的狄更斯先生和他的妻子共进晚餐。这时的她肥胖、平庸而愚蠢。她是《小杜丽》中弗洛拉·芬奇的原型，在此之前，她也是《大卫·科波菲尔》中朵拉的原型。

为了离工作的报社更近一些，狄更斯住在河岸街附近一条肮脏的小路上，却觉得不甚满意，不久后，便在弗尼瓦尔旅馆租了几间不带家具的房间。但他还没来得及购置家具，他的父亲又因为欠债而被捕了，他还得支付父亲被扣押在债务人拘留所里的费用。"我们都知道，约翰·狄更斯在一段时间内都不会再和家人团聚了。"查尔斯为家人租了便宜的住处，他自己和弟弟弗雷德里克一起住在外面。他把弟弟带到弗尼瓦尔旅馆的"四楼后部"，和他住在一起。已故的尤娜·波普-亨内斯①在她那本读来津津有味的查尔斯·狄更斯传记中写道："正是因为他心胸开阔，慷慨大方，似乎有能力轻松应对这类困难，后来他的家里人，以及他丈人一家，全都没有骨气，指望着他这个一家之主，向他要钱，盼着他给他们找差事。"

2

在下议院记者旁听席工作了一年左右后，狄更斯开始写一系列关于伦敦生活的小品文。第一篇发表在《月刊》上，后来的几篇发表在《晨报》上。虽然他没有得到一分钱的稿费，这些作品却引起了一个叫马克隆的出版商的注意，在狄更斯二十四岁生日那天，这些作品被分两册发行，并附有克鲁克山克绘制的插图，书名为《博兹②小品》。马克隆付给了他一百五十英镑，作为该书第一版的费用。这本书反响很好，很快就给他带来了进一步工作的机会。当时流行围绕诙谐人物的轶事小说，带有滑稽插图，每月发行，一期卖一先令。这是我们这个时代的连环画的前身，在当时非常受追捧。一天，查普曼与霍尔公司的一位合伙人来拜访狄更斯，请他写一篇关于业余运动员俱乐部的故事，以配合一位著名画家绘制的插图。他计划一共出二十期，每月付给狄更斯十四英镑，买下了我们现在所称的连载权，等它们成书出版时，他还会再付钱。狄更斯抗议说，他对体育运动一无所知，无法交稿，但"薪水太诱人了，让人难以抗拒"。

---

① 尤娜·波普-亨内斯，英国作家。
② 狄更斯的笔名。

不用说，他写的这些故事就是《匹克威克外传》。前五期并没有大获成功，后来，随着仆人山姆·威勒的上场，发行量迅速上升。等到这些作品成书出版的时候，查尔斯·狄更斯已经名声在外了。尽管评论家持保留态度，但他的名声还是传开了。值得注意的是，《季刊评论》在谈到他时说："不需要会算命，也能预测他的命运。他像火箭一样一飞冲天，也将像木棍坠地一样，一落千丈。"然而，事实上，在他的整个职业生涯中，一方面公众如饥似渴地阅读他的著作，另一方面，评论家则总是吹毛求疵。

1836年，在《匹克威克外传》第一部出版的几天前，狄更斯与他在《晨报》的同事乔治·贺加斯的长女凯特结婚了。乔治·贺加斯有六个儿子和八个女儿。女儿们身材娇小，体态丰满，面色鲜嫩，有着蓝色的眼睛。在这些孩子中，只有凯特到了适婚年龄。而似乎正是出于这个原因，嫁给狄更斯的才是她，而不是她的妹妹们。短暂的蜜月过后，他们在弗尼瓦尔旅馆安顿下来，还邀请凯特漂亮的妹妹，十六岁的女孩玛丽·贺加斯和他们住在一起。狄更斯接受了另一部小说的创作合同，也就是《雾都孤儿》，与此同时，他还在写《匹克威克外传》。《雾都孤儿》也要在月刊上登载，于是他用两个礼拜写一本，再用两个礼拜写另一本。大多数小说家都全身心专注于当下创作的人物身上，结果在不知不觉中把头脑里其他的文学想法塞回到了潜意识里。然而，狄更斯显然能够十分轻松地从一个故事转换到另一个故事，这堪称一项惊人的成就。

他非常喜欢玛丽·贺加斯，后来凯特怀孕了，不能陪他一起外出，玛丽便常伴在他左右。凯特的孩子出生了，料想到以后还会有更多孩子，于是他们搬出了弗尼瓦尔旅馆，搬进了道堤街的一栋房子。玛丽出落得一天比一天迷人，一天比一天讨人喜欢。五月的一个晚上，狄更斯带凯特和玛丽去看戏。他们玩得很开心，兴高采烈地回家了。结果玛丽病倒了，他们派人去请了医生。然而几个小时后，她还是撒手人寰了。狄更斯取下她手指上的戒指，戴在了自己手上。这枚戒指他一直戴到了离开人世的那天。他心中悲痛不已。不久之后，他在日记中写道："倘若她仍然和我们在一起，还是那般迷人、快乐、和善，比我认识的任何人都更能理解我的想法和感受，那我便别无所求，只愿这样的幸福能一直持续下去。但她已经不在了，我惟愿上帝垂怜，让我有一天能与她再相聚。"这些话别有一番深意，从中可以了解很多。他做了安排，死后葬在了玛丽的旁边。在我看来，他必定是深深地爱着她。而他自己是否意识到了这一点，我们就不得而知了。

在玛丽去世的时候，凯特又一次怀孕了，然而妹妹离世的打击导致她流产了。等她身体恢复后，查尔斯带她到国外短途旅行，以便他们两人都能打起精神。到夏天的时候，他就彻底复原了，和一位埃莉诺·P女士打得火热。

3

凭借《雾都孤儿》《尼古拉斯·尼克尔贝》和《老古玩店》，狄更斯开始了他成功的事业生涯。他是一个勤奋的作家，有好几年时间，他都是手里的书尚未写完，就开始创作起了新书。他创作书籍是为了愉悦大众，他也很关注大众对月刊的反应，因为他的很多小说都是在月刊上连载的。有一点很有意思，他一开始无意将《马丁·翟述伟》送去美国出版，可后来月刊销量下滑，可知他写的故事不再像往常那样吸引人了。身为作家，他并不觉得受欢迎是什么可耻的事，也取得了巨大的成功。然而，通常情况下，一个成功作家的生活都谈不上精彩，可谓千篇一律。干这一行，他就不得不每天投入一定的时间在工作上，还会找到适合自己的日常生活规律。他会接触到当时的名人，有文学领域的，有艺术领域的，还有上流社会的。他不仅受到贵妇们的青睐，还受邀参加聚会，自己也会举办聚会。此外，他还出门旅行，经常公开露面。这大体上就是狄更斯的生活模式。事实上，他所享有的成功，并没有几个作家有幸体验过。他似乎拥有永远都不会枯竭的精力。他不仅连续创作长篇小说，还创办并编辑杂志，在很短的一段时间里，甚至还做了一份日报的编辑。他写过一些即兴的短篇，发表演讲，在宴会上讲话，后来还朗诵自己的作品。他经常骑马，每天步行二十英里对他而言轻而易举，他跳舞，兴致勃勃地扮丑角，变魔术逗孩子们开心，还在业余戏剧表演中扮演角色。他一向对戏剧着迷，有一次曾认真地想过当演员。那时，他向一个演员学习演讲、背台词，还对着镜子练习如何进入房间，如何坐在椅子上，如何鞠躬。人们应该想到，当他进入上流社会后，这些技能对他很有助益。尽管如此，爱挑剔的人还是认为他的行为举止有点粗俗，他的穿着方式太过花哨。英国的口音总是能"决定"一个人的身份，而狄更斯几乎一生都生活在伦敦，生活环境也很普通，他说话很可能带有伦敦腔。然而，他拥有英俊的外表，双目炯炯有神，精力充沛，活力四射，笑起来非常爽朗，这就足够吸引人了。人人都吹捧他，奉承他，他或许因此而神魂颠倒，但头脑依然清醒。他保持着谦逊，这一点十分迷人。他是个和蔼可亲、讨人喜欢、有情有义的人，一走进房间就能给人带来欢乐。

说来也怪，尽管他观察力很强，而且随着时间的推移，他与社会上层人士交往甚密，但他在小说中所塑造的上流阶层人物却从来没有逼真过。在他的一生中，最常遭受的批评之一，就是他不擅长刻画绅士这类人物。他曾在律师事务所工作过，认识律师和事务所的职员，他笔下的律师和职员个个儿特征鲜明，而他刻画的医生和牧师则缺乏这样的特点。他最擅长描写下层社会的平民，毕竟他小时候就和这样的人打过交道。看来，小说家只能对自己小时候认识的人有足够的了解，并以他们为原型创造自己书里的人物。一个孩子的一年，或者说一个男孩的一年，比一个成年人的一年要长得多，于是他们仿佛拥有了无尽的时间来让自己明白周围的人都有什么样的个性与特质。"许多英国作家在描写上流社会生活方式的时候都彻底失败了，"亨利·菲尔丁写道，"可能是因为他们其实对此一无所知……现如今，这些上流社会的人士并不像其他人一样，在街道、商店和咖啡馆里无缘无故地出现。他们也不像高级动物一样，出钱就能看。简而言之，要么有贵族头衔，要么就坐拥金山银山，或是与这二者旗鼓相当的条件，也就是体面的赌徒职业，否则是不可能进入上层社会的。非常不幸的是，有这样资格的人很少愿意从事写作这种受累的行当。一般来说，从事这一行的都是地位较低、较穷的人，因为很多人都觉得从事这一行不需要什么储备。"

一旦情况允许，狄更斯一家就搬进了一个较为高尚的地区，他们住进了新房子，还从著名的公司订购了接待室和卧室的全套家具。地上铺着厚厚的绒地毯，窗户上挂着花饰窗帘。他们雇了一个上等的厨子、三个女佣和一个男仆。此外，他们还购置了一辆马车，经常举办宴会，达官显贵都是座上宾。他们如此挥霍，简·卡莱尔见了深感震惊。杰弗里勋爵给他的朋友考克伯恩勋爵写信，描述了他应邀到狄更斯家的新房子里用餐的经历，他说："他要养家，手头刚刚才开始富裕起来，对他来说，这实在太过奢侈了。"这一点体现了狄更斯的慷慨个性，他喜欢与人相处。他出身贫贱，如今自然乐于挥霍一番，但是这需要钱。父亲和父亲的家庭，以及妻子的娘家，一直是他的负担。他创办自己的第一本杂志《汉弗莱老爷的钟》，在一定程度上就是为了有钱补足家里的巨额开支，为了增加销量，他在这本杂志里连载了《老古玩店》。

1842年，他把四个孩子留给凯特的妹妹乔治娜·贺加斯照顾，带着凯特去了美国。他受到了前所未有的推崇。但这次旅行谈不上十全十美。一百年前，美国人虽然随时准备贬低欧洲，但对任何针对他们的批评都极其敏感。一百年前，美国的媒体无情地侵犯不幸的"新闻人物"的隐私。一百年前，美国有宣传意识的人把杰出的外国人看作是上天赐予的良机，可以借之大出风头，倘若这些外国人表现得不愿被当作动物园里的猴子，他们就会说人家自负、傲慢。一百年前，美国是一片言论自由的土地，只要不伤害别人脆弱的感情或影响他人的利益，在那里，每个人都有权保留自己的意见，只要他们的意见和其他人的一致。查尔斯·狄更斯不仅对这一切一无所知，还犯了严重的错误。由于缺乏国际版权的保护，英国作家在美国卖书一分钱也拿不到，美国作家也因此遭受了利益损失。书商不用花钱，自然更喜欢出版英国作家写的书，而不是花钱去出美国作家的书。然而，在欢迎宴会上，狄更斯居然在演讲中提到了这个话题，可谓很不圆通。他的话引起了轩然大波，报纸批评他"不是绅士，而是一个唯利是图的无赖"。虽然仰慕者如云，在费城和那些想见他的人握了两个小时的手，他的戒指、钻石胸针、花哨的马甲还是引起了许多批评，有些人认为他的行为全无教养。但他很自然，毫不做作，很少有人能抗拒他的青春、英俊的容貌和欢快的性格。他在美国交了一些好朋友，他们亲密无间的友谊一直维持到了他离开人世的时候。

经历了多姿多彩但又疲惫不堪的四个月后，狄更斯夫妇回到了英国。孩子们越来越喜欢他们的乔治娜姨妈，于是风尘仆仆的夫妻二人请求她和他们一起住在家里。她十六岁，当年玛丽和新婚的狄更斯夫妇一起住弗尼瓦尔旅馆时也是十六岁。乔治娜长得很像玛丽，从远处看，肯定会将她错当成玛丽。这对姐妹是如此相像，"当我、凯特和她坐在一起的时候，"狄更斯这样写道，"我禁不住觉得以前发生的事是一个悲伤的梦，而我现在醒来了。"乔琪①样貌标致，很有魅力，也很谦逊。她天生擅长模仿，常常逗得狄更斯哈哈大笑。随着时间的推移，他越来越依赖她了。他们一起散步，他和她讨论他的文学计划，还发现她是一个可靠的抄写员，能帮上很大的忙。狄

---

① 乔治娜的昵称。

更斯过着奢侈的生活，很快便负债累累。于是他决定将房屋出租，带着家人前往意大利，乔琪自然也随同。意大利的生活成本很低，他可以节省开支。他在那里住了一年，主要住在热那亚。他经常去意大利各地旅行，可他太过保守，他的文化也太贫乏，所以这段经历不曾带给他任何精神上的助益。他一直是典型的英国游客。但在发现国外的生活是如此愉快（还很省钱）之后，狄更斯便在欧洲大陆生活了很长一段时间。乔琪作为这个家庭的一员，和他们一起去了。有一次，他们打算在巴黎定居一段时间，她独自和查尔斯去那里找公寓，而凯特则在英国等他们为她做好一切准备。

凯特的性情平和而忧郁。她缺乏适应能力，既不喜欢陪同查尔斯出门旅行，也不喜欢和他一起参加聚会，更不喜欢以女主人的身份举办聚会。她笨手笨脚，面色苍白，看上去相当愚钝。名流权贵们迫不及待地要结识大作家狄更斯，却不得不忍受他无聊的妻子，很有可能会觉得这一点实在叫人扫兴。令她恼火的是，他们中的一些人一直觉得她无足轻重。做一个有名望的男人的妻子，并不是一件很容易的事。除非她老练圆滑，活泼有趣，否则她不可能胜任这样一个角色。可惜她不具备这些优点，便只能爱自己的丈夫，还要崇拜他，发自内心地接受人们只关注她丈夫，对她毫无兴趣。她必须足够聪明，能从他对自己的爱中找到安慰，不论他在思想上有着怎样的不忠，最终都会回到她身边，从她那里寻求慰藉和信心。凯特似乎从未爱过狄更斯。订婚后，他给她写了一封信，在信中他责备她对他冷淡。她嫁给他，或许是因为在那个时代，婚姻是女人唯一的职业，又或许作为八个女儿中的老大，父母给了她一些压力，让她接受这个愿意养活她的男人。她个子娇小,善良又温柔,但不能满足丈夫的显赫地位对她的要求。在十五年里,她生了十个孩子,流产了四次。狄更斯喜欢旅游,在她怀孕期间,都是乔琪陪他外出,乔琪还陪他出席宴会,并越来越多地代替凯特主持他举办的宴会。人们都认为凯特会对这种情况不满,但具体如何,我们就不得而知了。

4

一转眼几年过去了。1857年,查尔斯·狄更斯四十五岁。在他幸存的九个孩子中,大的已经长大,最小的只有五岁。他这时已经享誉全球,是英国最受欢迎的作家,很有影响力。他生活在公众的视野中,这倒是很符合他喜欢夸张的天性。几年前,他认识了威尔基·柯林斯①,二人很快就成了知己好友。柯林斯比狄更斯小十二岁。埃德加·约翰逊先生这样描述柯林斯:"他喜欢丰盛的食物、香槟和音乐厅。他经常同时和几个女人纠缠在一起。他很有趣,愤世嫉俗,脾气很好,放纵不羁,甚至有些粗俗。"按照约翰逊先生的说法,狄更斯眼里的威尔基·柯林斯代表着"乐趣和自由"。他们一起周游了英国,还到巴黎游玩。很有可能狄更斯抓住了这个机会,和身边所有轻浮的年轻女人过往甚密,就像许多处在他这个位置的人会做的那样。凯特没有给他所期望的一切,在很长一段时间里,他对她越

① 威尔基·柯林斯,十九世纪英国小说家、剧作家。

越来越不满。"她为人亲切，性格也很温顺，"他写道，"但无论如何也无法让她理解我。"从他们结婚之初，她就一直嫉妒他在外面的风流韵事。照我估计，当他知道她没有理由嫉妒时，他还觉得比较容易忍受她，但后来她确实有理由怀疑了。于是他说服自己相信，她从来就不适合他。他一直在进步，而她依然是最初的样子。狄更斯确信自己无可指摘。他确信自己是个好父亲，为孩子们拼尽了全力。事实是，尽管他不太喜欢抚养这么多孩子，还认为这都是凯特一个人的错，不过他还是很喜欢孩子们小时候的样子。但孩子们一点点长大，他对他们失去了兴趣，到了合适的年龄，他就把孩子们送到了世界上各个偏远的地方。他的孩子们确实没什么作为。

但是，如果不是一场意外，很可能没什么事能改变狄更斯和他妻子之间的关系。就像其他许多不般配的夫妇一样，他们也许会渐行渐远，但在世人面前仍然表现得恩恩爱爱。狄更斯坠入了爱河。我说过，他热爱舞台，为了做慈善，多次客串表演戏剧。在这个时候，他受邀去曼彻斯特客串戏剧《冰渊》，这部戏是威尔基·柯林斯在他的帮助下写的。这部戏曾在德文郡楼为女王、女王的丈夫和比利时国王表演过，获得了巨大的成功。但是，当他同意在曼彻斯特重演这出戏时，忽然发现剧院很大，恐怕观众听不到他几个女儿（扮演女孩的角色）的声音，便决定找专业演员来代替她们。其中一个角色是由一个叫爱伦·特南的姑娘扮演的。她十八岁，个子娇小，皮肤白皙，长着一对蓝眼睛。彩排在狄更斯的家中进行，他担任该剧的导演。爱伦十分仰慕他，很想讨他喜欢，那样子实在楚楚可怜，他见了很欢喜。排练还没结束，他就爱上了她。他本想送她一只手镯，却误送到了妻子的手上，她自然找他大闹了一场。查尔斯表现得很委屈，装得清白无辜，做丈夫的遇到如此尴尬的时刻，往往都会采用这种最为简便的态度。戏剧上演，他扮演主角，也就是一个自我牺牲的北极探险家，他演得那么令人感伤，全场的人都哭了。为了演这个角色，他还蓄了胡子。

狄更斯和妻子的关系越来越紧张。他一向是那么和蔼可亲，脾气好，又容易相处，现在却喜怒无常，焦躁不安，对每个人都发脾气，不过乔琪除外。他很不开心。最后他得出结论，他不能再和凯特一起生活了。但他的公众地位太高，他生怕与妻子分开的事曝光后将演变成一场丑闻。他的焦虑是可以理解的。他写的圣诞图书利润丰厚，他比任何人都更想使圣诞节成为庆祝家庭美德和家庭生活和谐幸福之美的象征性节日。多年来，他一直用令人感动的语言向读者保证，没有任何地方比得上家。因此，这时的情况非常微妙。他还提出了各种建议。其中之一是，凯特应该住进她自己的套房，不再住在他的房间，还要以女主人的身份参加他举办的宴会，陪伴他出席公共活动。另一条是，当他住在盖茨山庄（狄更斯那时在肯特郡置办的一所房子）期间，她应该留在伦敦，当他在伦敦时，她应该留在盖茨山庄。第三个建议是她移居国外。她拒绝了所有这些要求，最后决定与他彻底决裂。凯特被安置在卡姆登镇边缘的一所小房子里，靠着六百英镑的年收入生活。不久后，狄更斯的大儿子查尔斯和她一起生活了一段时间。

这种安排叫人深感震惊。人们不禁要问，凯特的确性情温和，还有点愚蠢，但她为什么会听凭自己被赶出自己的家？为什么她会同意抛下孩子们？她很清楚查尔斯对爱伦·特南的迷恋，她应该知道，有了这张王牌，她是可以随心所欲的。在一封信中，狄更斯提到凯特有一个"弱点"，在另一封不幸当时出版了的信中，他提到了一种精神疾病，"使他的妻子认为自己离开会更好"。现在可以肯定的是，这都是在谨慎地暗示凯特酗酒。她好妒，又很自卑，觉得自己不被需要而心生屈辱，如此一来，她多喝几杯，也就不足为奇了。如果她变成了一个酒鬼，那就可以解释为什么由乔琪来管理家务、照顾孩子，为什么母亲走了，而孩子们依然留在家里，为什么乔琪会写"可怜的凯特无法照顾孩子们，这是公开的秘密"。她的大儿子和她一起住，可能是为了防止她酗酒。

狄更斯名声在外，他的私生活必然会引起人们的议论。一时间谣言四起，演变成了一桩丑闻。他听说贺加斯家的人，也就是凯特和乔琪的母亲和妹妹，声称爱伦·特南是他的情妇。他怒不可遏，威胁要把凯特赶出家门，不给一分钱，还迫使她们签署一份声明，表明她们不认为他和那个小演员的关系有什么应该受到谴责的地方。过了两周，贺加斯一家才勉强接受了这样的勒索。他们一定知道，如果他把威胁付诸实施，凯特完全可以凭借确凿的证据将此事诉诸法律。而如果他们不敢让事情发展到这种地步，那肯定是因为凯特身上有一些他们不愿透露的缺点。关于乔琪，也有很多传闻。她的确是整个事件中的神秘人物。我想知道为什么没有人围绕着她写一部戏。在这一章的前面，我谈到玛丽死后狄更斯在日记中所写的内容极富深意。在我看来，他那些话不仅表明他爱上了玛丽，还对凯特有所不满。后来乔琪搬来和他们住在一起，他被她迷住了，因为她和玛丽简直如同从一个模子里印出来的。狄更斯也爱上乔琪了吗？乔琪爱他吗？没人知道。乔琪非常嫉妒凯特，在查尔斯去世后，她编辑了一些查尔斯的信件，删减掉了所有赞扬凯特的内容。但是，教会和国家对与亡妻之妹结婚一事的态度，让这段关系有了乱伦之嫌。她也许从来没有想过，她在这个男人家里住了十五年之久，她对这个男人可能有超出兄妹之情的感情。对她来说，能得到这样一个名人的信任，甚至还可以完全支配他，也许就足够了。最奇怪的是，当查尔斯狂热地爱上爱伦·特南时，乔琪居然和她成为了朋友，还欢迎她来盖茨山庄。不管她有什么感受，她都将其深深地埋藏在了心里。

查尔斯·狄更斯和爱伦·特南之间的联系，被知情人士处理得非常谨慎，以至于细节不为外人所道。有一段时间，她似乎拒绝了他的求爱，但他一直坚持，最终她还是接受了他。据说他以查尔斯·特林汉姆的名义在佩卡姆为她购置了一所房子，她一直在那里住到他去世。据他的女儿凯蒂说，他们二人生了一个儿子。由于再没有这个孩子的消息，人们都推测他一生下来就夭折了。但据说，爱伦委身于他，并没有让狄更斯获得他所期待的幸福。他比她大二十五岁，不可能不知道她并不爱自己。没有什么痛苦比一厢情愿的迷恋更难以忍受的了。他在遗嘱中写明留给她一千英镑，后来，她嫁给了一个牧师。她告诉一位当牧师的朋友（此人名叫贝纳姆教士），她"厌恶"狄更斯强加给她的"亲密关系"。像许多其他温柔的女性一样，她似乎已经准备好接受身为女性的命运，却不觉得自己一定要给予回报。

在与妻子分手的前后，狄更斯开始朗诵自己的作品，并为此游历了不列颠群岛，还再次来到美国。他的表演天赋对他很有帮助，他取得了惊人的成功。但是，既要努力演讲，再加上舟车劳顿，他感到非常疲惫，人们开始注意到，虽然他才四十多岁，却已经看起来像个老人了。朗读书籍并不是他唯一的活动：从与妻子分手到他去世之间的十二年里，他写了三部长篇小说，并创办了一本非常受欢迎的杂志《一年四季》。这也难怪他的健康状况不佳了。他患上了一些难缠的疾病，显而易见，到处朗读损坏了他的身体。有人劝他放弃，但他不肯。他喜欢公众的关注，在大众的注目下他觉得兴奋，他享受人们当面送给他的掌声，每每按照自己的意愿左右观众的喜怒哀乐，他都觉得很刺激。是不是还有一个可能，他觉得看到这么多人来听他朗读，对他崇拜得五体投地，爱伦就会喜欢上他？他决定做最后一次巡回朗读，却在途中生了重病，不得不放弃。他回到盖茨山庄，安下心来写《德鲁德疑案》。但是，为了补偿朗读巡演的经理人，他只得将该书的篇幅缩短，以抽出时间参与在伦敦的十二场朗读会。这是在1870年1月。"圣詹姆斯礼堂里座无虚席，在他进场和离场的时候，大家都站起来欢呼。"回到盖茨山庄后，他继续写小说。6月的一天，正在与乔琪单独用餐时，他突然病倒了。她请了医生，还把他在伦敦的两个女儿也叫了来。第二天，这位足智多谋、能力卓绝的姨妈派狄更斯的小女儿凯蒂去找他的妻子，通知一声他将不久于人世。凯蒂带着爱伦·特南回到了盖茨山庄。第二天，也就是1870年6月9日，他去世了，安葬在威斯敏斯特教堂。

5

马修·阿诺德在一篇著名的文章中坚持认为,想要写出真正优美的诗歌,必须具备高度的严肃性。他认为乔叟的作品便缺乏这种严肃性,因此,尽管他极为推崇乔叟,却认为他算不上最伟大的诗人。阿诺德太严肃了,因而对待幽默总是带着一丝疑虑,我想他也不会承认,拉伯雷的笑声①与弥尔顿想要向人类证明上帝所做之一切自有道理的愿望同样具有严肃性。但我明白他的意思,而且这一点不仅适用于诗歌。也许正是因为狄更斯的小说缺乏这种高度的严肃性,虽然这些小说具有种种出色的优点,却还是在一定程度上难以尽如人意。看狄更斯的小说,我们的脑海里会浮现出法国和俄罗斯的伟大小说,不仅如此,我们还会想起乔治·艾略特的小说,我们惊讶于狄更斯的小说竟如此单纯。和这些作品相比,狄更斯的小说还算不上成熟。不过,我们必须记住,我们现在不看他写的小说了。我们变了,他的书也跟着变了。当时的人看他刚刚出版的小说所体会到的悲与喜,我们是不能拥有的。在这方面,请看尤娜·波普-亨内斯书中的一段话:"杰弗里勋爵的邻居兼朋友亨利·西登斯夫人把头探进他的书房,只见杰弗里伏在桌上。他抬起头,双眼里噙满了泪水。她连忙请求他的原谅,说道:'是不是有什么坏消息,还是你遇到了伤心事,我事先不知道,否则我就不来了。是有人过世了

---

① 弗朗西斯·拉伯雷,文艺复兴时期法国人文主义学者、作家、教育思想家。临终时他笑着说:"拉幕吧,戏做完了。"

吗?''是的。确实如此。'杰弗里勋爵回答。'具体的事,我要是说出来,你肯定以为我是个傻瓜,但我实在忍不住了。小耐儿死了,博兹的小耐儿死了,你听了这个消息,也会很难过的。'"杰弗里是苏格兰人,他是一位法官,《爱丁堡评论》的创始人,也是一位严厉刻薄的评论家。

就我而言,狄更斯的幽默依然能逗得我发笑,而他的感伤却无法引起我的兴趣。我想说的是,他有强烈的情感,但没有心。我现在就来具体说明一下。他这个人有一颗慷慨之心,对穷人和受压迫者有着深切的同情,此外,我们知道,他对社会改革有着持久而实际的兴趣。但这是一颗演员之心,我的意思是,他能强烈地感受到他想要刻画的情感,就像一个扮演悲剧角色的演员能感受到他所诠释的情感一样。"赫卡柏对他有什么相干,他对赫卡柏又有什么相干?"① 关于这一点,我想起了多年前一位女演员告诉我的一件事,她隶属于莎拉·伯恩哈特②演出公司。伟大的艺术家莎拉·伯恩哈特当时在出演戏剧《费德尔》③,她正在台上讲着一场最动人的演讲,这时她正表现得心烦意乱,极度痛苦,因为她发现有几个人站在舞台侧面大声说话。她向他们走过去,别开脸不看观众,仿佛痛苦难当,要捂住脸似的,她厉声说了句法语,大意是"你们这些该死的混蛋,他妈的别吵吵了!"然后,她转过身来,做出非常悲伤的姿态,继续慷慨激昂地说着台词,直到演出圆满落幕。观众们什么也没注意到。

---

① 出自莎士比亚《哈姆莱特》第二幕第二场。——编者注
② 莎拉·伯恩哈特,十九至二十世纪法国舞台剧和电影女演员。
③ 拉辛撰写的悲剧。

除非她真的感受到了，否则很难相信她能把她必须说出的台词表达得如此高贵而充满悲情色彩，但是她的感情是一种职业上的感情，极为肤浅，是一种神经而不是心灵的感情，而这丝毫不会影响她的沉着冷静。我毫不怀疑狄更斯的真诚，但那也只是一个演员的真诚。也许，这就是为什么现在无论他如何在笔下堆积痛苦，我们都觉得他的悲情不太真实，因此不再为之感动。

但是，我们没有权利要求作家给予他无法给予的东西，即便狄更斯缺乏马修·阿诺德心目中最伟大的诗人所必需的高度严肃性，他还有很多其他的优点。他是一位非常伟大的小说家，拥有极高的天赋。他认为《大卫·科波菲尔》是自己最好的作品。作家并不总是能很好地判断自己的作品，但在这件事上，狄更斯的判断在我看来是正确的。我想大家都知道，《大卫·科波菲尔》在很大程度上带有自传性质。不过狄更斯写的是小说，而不是自传，虽然他的很多素材都来自于自己的生活，但只有与目的相符时，他才使用这些素材。至于其他的，他依靠的则是自己生动的想象力。他从来不是个出色的读者，文学方面的谈话使他感到厌烦。他后来对文学的了解，似乎并没有减弱他在查塔姆最早看过的那些书给他留下的深刻印象。我认为，从长远来看，斯摩列特①的小说对他产生的影响最为深刻。斯摩列特呈现给读者的人物并不耀眼，却生动鲜明，描写的是这些人物的"心境"，而不是性格。

狄更斯善于观察人，这一点很符合他的性情。米考伯先生的原

---

① 托比亚斯·斯摩列特，十八世纪英国小说家。

型就是狄更斯的父亲。约翰·狄更斯夸夸其谈，花起钱来大手大脚，但他绝不是傻瓜，也绝不无能。他勤奋、善良、多情。我们知道狄更斯是怎么看他的。如果说福斯塔夫①是文学作品中最伟大的喜剧人物，那么米考伯先生也可与他相提并论。在我看来，人们对狄更斯的指责是不公正的，他们认为狄更斯不该安排米考伯先生最后成为澳大利亚一个受人尊敬的地方法官。一些评论家认为，这个人物直到结局都应该鲁莽粗心、目光短浅。澳大利亚是一个人烟稀少的国家，而米考伯先生风度翩翩，受过教育，口若悬河。我不明白，在那样的环境下，他又拥有这些优势，为什么不应该获得官职。但狄更斯不光擅长创作喜剧人物。斯蒂福手下那个圆滑的仆人就是个刻画得非常出彩的人物。他有一种神秘而阴险的气质，使人背脊发凉。尤利亚·希普这个人物有几分过去通俗剧的味道。尽管如此，他还是一个很有震撼力、令人恐惧的人物，狄更斯对他的刻画手法非常娴熟。的确，《大卫·科波菲尔》中充满了形形色色的人物，他们生动鲜活，每一个都别具一格。现实生活中从来就没有像米考伯一家、裴果提和巴吉斯、特拉德、贝西·特洛乌德和迪克先生、尤利亚·希普和他母亲这样的人。他们通通源自狄更斯那无拘无束的想象力，是他的奇思妙想。然而，这些人物是那么有活力，前后一致，他们是那么逼真，那么有说服力，以至于看书的时候，你会情不自禁地相信他们就是真实的人。现实生活里或许没有他们这样的人，但他们每一个都很鲜活。

---

① 莎士比亚作品中的喜剧人物。

狄更斯塑造人物的一般方法是夸大他们的个性、特点和弱点，再让每个人物说一些话，从而让读者记住他们的精髓。他从未描写过人物的性格发展，总体而言，他笔下的人物最初是什么样子，到最后还是什么样子。（在狄更斯的作品中有一两个例外，但他所描写的人物性格变化并不叫人信服。他这么做的目的不过是为了引出大团圆的结局。）以这种方式描绘人物的危险在于会超出真实可信的限度，显得十分夸张。如果作家描写的是一个逗你发笑的人物，那夸张一些也无可厚非，比如米考伯先生，但如果作者想要引发你的同情，这就不起作用了。狄更斯对女性人物的刻画从来都不是特别成功，除了爱说"我永远不会抛弃米考伯先生"的米考伯夫人，以及贝西·特洛乌德，其他女性人物都很夸张。朵拉是以狄更斯的初恋情人玛丽亚·比德内尔为原型，这个人物太愚蠢，也太幼稚。阿格尼斯则是以玛丽·贺加斯和乔琪·贺加斯两姐妹为原型，却又太善良，太懂事了，这些人物都非常乏味。在我看来，小艾米丽是个刻画得很失败的人物。狄更斯显然是想让我们同情她：她只得到了她想要的东西。她的志向是做一个"贵妇人"，大概是抱着能让斯蒂福娶她的希望，她跟他私奔了。她似乎成为了他最不称职的情妇，闷闷不乐，哭哭啼啼，自怨自艾，如此也难怪他对她越来越厌倦了。《大卫·科波菲尔》中最令人费解的女性人物是罗莎·达特尔。我怀疑狄更斯本打算更充分地刻画她，如果他没有这样做，那是因为他害怕惹恼读者。我只能猜想，斯蒂福曾经是她的情人，他将她抛弃，所以她恨他，可尽管如此，她仍然怀着嫉妒、渴望和报复的心爱着他。狄更斯在这里创造的，是巴尔扎克更善于塑造的人物。在《大卫·科波菲尔》的主要人物中,斯蒂福是唯一一个刻画得"简单明了"的人物,就像演员们所说的"简单人物"一样。狄更斯向观众呈现了一个极其精彩的人物:斯蒂福魅力四射、温文尔雅,他友好、善良,具有一种天生的亲和力,能与各种各样的人相处,他开朗勇敢,但他也自私自利、不择手段、鲁莽,甚至冷酷无情。他在这里描写的是一个我们大多数人都认识的那种人,这样的人走到哪里都给人带来欢乐,但也会制造出各种祸端。狄更斯没有给他安排一个好结局。我认为菲尔丁会更宽容一些。因为,正如昂纳太太在谈到汤姆·琼斯时所说的那样:"姑娘们都来了,小伙子们也没有什么好责备的。他们这样,只是人之常情而已。"现今,小说家不仅要使他们所讲述的故事情节真实可信,还要尽可能使之具有必然性。而狄更斯没有这样的束缚。斯蒂福在阔别英国多年后乘船从葡萄牙返回,可眼瞅着就到雅茅斯了,却遭遇船只失事,命丧大海,与此同时,大卫·科波菲尔正好去那里看望老朋友,这样的巧合实在让读者难以相信。如果必须以斯蒂福的死来满足维多利亚时代对恶行的惩罚要求,狄更斯完全可以构想一个更为可信的方法。

6

济慈离世太早,华兹华斯却在世太久,这对英国文学来说是一种不幸。几乎同样不幸的是,就在我们国家最伟大的小说家们充分发挥自身才华的时候,当时流行的出版方法[①]鼓励英国小说家采

[①] 即在杂志上分期连载。

取分散、冗长和离题的风格进行创作，他们大多有这种倾向，但这对小说创作是有害的。维多利亚时代的小说家都是靠写作为生的工人。他们必须接受合同，提供一定数量的稿件，足够十八、二十或二十四期的杂志使用。每期的故事结尾都必须写得精彩，好吸引读者购买下一期。毫无疑问，他们心里已经构思好了故事的主线，但我们知道，倘若能在出版前写好两三期的稿子，他们就已经心满意足了。至于剩下的，他们会在有需要的时候才动笔，相信自己的创造力能构思出足够的素材，以填满期刊所需要的篇幅。通过他们自己的坦白，我们得知，他们有时会失去创造力，在不知道写什么的时候，却依然必须尽其所能写出作品。有时候，故事都讲完了，却还有两三期要写，这时他们就得想尽办法拖延结局。如此一来，他们的小说必然杂乱无章、冗长啰嗦。但他们也是无可奈何，不得不偏离主题，长篇大论。

《大卫·科波菲尔》是狄更斯以第一人称创作的。这种直截了当的方法很适合他，因为他的故事情节往往很复杂，而读者的兴趣有时会转移到与故事进程无关的人物和事件上。在《大卫·科波菲尔》中，这类的离题之处只有一个，也就是关于斯特朗先生与他的妻子、母亲和他妻子的表妹之间关系的描述。他们的事很乏味，也与大卫无关。据我估计，他是利用这一部分来填补两处时间上的空隙，否则他不知道该如何处理，这两个时间段分别是大卫在坎特伯雷上学的那几年，以及从大卫对朵拉失望到朵拉死去的那段时间。

狄更斯并没有逃脱以自己为主角的半传记体小说作家都面临的危险。就像查尔斯·狄更斯本人在小小年纪就被父亲送去做工，大卫·科波菲尔才十岁，他那个狠心的继父便送他去工作，他被迫忍受"屈辱"，与和他年纪相仿的男孩子为伍，而在他看来，那些男孩的社会地位根本不如他，他的想法也与狄更斯一样。在狄更斯自己撰写并交给福斯特的部分自传中，他便相信自己承受了这样的"屈辱"。狄更斯尽其所能激发读者对自己笔下的主人公的同情，事实上，在著名的多佛之旅中，大卫逃去那里，去寻求姨妈贝西·特洛乌德（一个令人愉快、有趣的人物）的保护，途中他一时疏忽，惨遭欺骗。无数读者都认为这段冒险的描写十分感伤。我这个人比较严厉。那个小男孩竟然如此愚蠢，不管遇到什么人，都会上当受骗，任人宰割，对此，我实在惊讶。毕竟，他已经在厂里干了好几个月，早晨和晚上还在伦敦城里到处游荡。人们都会想，工厂里其他孩子虽然在社会地位上不如他，却也可以教他一些生存之道。他曾经和米考伯一家住在一起，代替他们拿一些零碎东西去当，还到马歇尔希监狱看过他们。倘若他真像作者描写的那样聪明伶俐，那即使是在小小年纪，他也一定会对这个世界有所了解，也会足够聪明敏锐，不让自己吃亏。然而，大卫·科波菲尔不仅在童年时期无能到了可悲的地步。成年后，他依然不懂得如何处理难题。他和朵拉在一起时表现软弱，在处理家庭生活的普通问题上缺乏常识，几乎让人无法忍受。他这个人太迟钝了，竟然没有猜到阿格尼斯爱上了他。我无法说服自己相信他最终会像狄更斯告诉我们的那样，成为一位成功的小说家。他若真写小说，我怀疑他写的小说更像亨利·伍德夫人[①]的小

---

① 亨利·伍德夫人，本名爱伦·普莱斯，十九世纪英国小说家。

说,而不是查尔斯·狄更斯的小说。说来也怪,狄更斯在塑造大卫的时候,竟然没有把自己身上的干劲、活力和热情赋予他。大卫身体单薄,长着一张英俊的面孔。他魅力四射,不然也不会吸引每一个他遇见的人。他诚实、善良、尽职尽责,可惜他确实有点傻。他始终都是书中最无趣的人。他这个人差劲、软弱,没有能力处理棘手的局面。最能说明这一点的,莫过于小艾米丽和罗莎·达特尔在苏豪区那个阁楼上的可怕场景,大卫只是眼睁睁看着一切发生,但出于完全没有说服力的理由,他居然没有试图阻止。这个场景是一个很好的例子,说明用第一人称写小说的方法,可能会导致叙述者被迫处于一个极其站不住脚的位置,没有资格成为一部小说的主人公,而读者对这样一个主人公义愤填膺,也是有道理的。若是以第三人称,从全知的立场来描述,这个场景仍然极富戏剧性,令人厌恶,还会真实可信,虽然要做到真实可信非常困难。当然,一个人从阅读《大卫·科波菲尔》中获得乐趣,并不是因为他们相信生活现在或曾经像狄更斯描述的那样。这并不是贬低他。小说就像天国一样有许多府邸,作家可能邀请你去参观他所选择的那一座。每一座府邸都有其存在的道理,但你必须适应作家引你进入的环境。读《金碗》和《蒙帕纳斯的布布》,你必须戴上不同的眼镜。《大卫·科波菲尔》是一个想象力丰富、感情热烈的人对生活的幻想,由回忆和愿望组成,时而欢快,时而感伤。你必须以读《皆大欢喜》的精神去读这本小说。它一定会让你觉得妙趣横生,为你带来愉悦的体验。

七

福楼拜和《包法利夫人》

1

如果确如我认为的,作家能写出怎样的书完全取决于他们是什么样的人,那么了解他们个人历史中与之相关的内容就很有必要,而就像我们即将看到的,福楼拜的情况尤为如此。他是一个非同寻常的人。我们所知道的作家中,没有一位像他那样以如此顽强而不屈不挠的勤勉献身于文学艺术。他身上并不具备大多数作家都拥有的至关重要的活力,但他拥有其他活力,可以让他的心灵获得平静,体力得到恢复,经验得到丰富。他不认为活着就是人生的目标。对他来说,生活的目的就是写作:修道士在自己的单人小室里为了对上帝的爱而毅然牺牲了人间的快乐,可即便如此,这也比不上福楼拜为了创造艺术作品而放弃丰富多彩的生活所做的牺牲。他既是浪漫主义者又是现实主义者。浪漫主义的核心,正如我在谈到巴尔扎克时所说的,是对现实的憎恨和逃离现实的强烈愿望。像其他浪漫主义者一样,福楼拜在非凡和梦幻中寻求安慰,也向东方和古代寻求慰藉。然而,尽管他憎恨现实,厌恶资产阶级的卑鄙、陈腐和愚钝,却忍不住为之着迷。因为他天生会受到他最憎恶的东西的强烈吸引。人类的愚蠢对他来说有一种令人作呕的魅力,将人类的所有可憎之处解释出来,他能获得一种病态的快感。这带着一种令人沉迷的力量,刺激着他的神经。它就像身体上的一个疮,摸起来很痛,但你又忍不住去摸。身为现实主义者,他仔细研究人性,仿佛它是一堆垃圾,他不是为了找到他能珍视的东西,而是为了向所有人表明,不管表面上看来是怎样的,人类骨子里都极为低劣。

2

居斯塔夫·福楼拜1821年出生于法国鲁昂。他的父亲是一名医生,在一家医院担任院长,他和妻子以及孩子们就住在当地。他们的家庭生活幸福,受人尊敬,还很富有。福楼拜的成长过程与他班上的其他法国男孩一样。他去学校读书,和其他男孩交朋友,不喜欢做功课,却喜欢读书。他感情丰富,充满想象力,此外,他像许多这样的孩子一样,内心孤独,并为此困恼不已。敏感的人一生都为孤独感所牵绊。"我十岁就去上学了。"他写道,"很快我就对人类产生了深深的厌恶。"这不仅仅是一句俏皮话,而是他真实的想法。他从青年时代起就是个悲观主义者。的确,当时浪漫主义正处在巅峰时期,悲观主义也很盛行:福楼拜学校里的一名男孩开枪自杀,另一名男孩用领带上吊自尽。但是，福楼拜明明有一个温馨的家庭，有宽纵慈爱的父母，有一个溺爱他的姐姐，还有至交好友，人们搞不懂为什么他发自内心地觉得生活不可忍受，人类可憎可恨。他生长良好，身体看上去很健康。

十五岁时，他坠入了爱河。那年夏天，他们一家人去特卢维尔避暑，那是一个不起眼的海边村庄，只有一家旅馆。他们在旅馆里结识了住客莫里斯·施莱辛格、他的妻子和孩子。施莱辛格是音乐出版商，有点冒险精神。我们有必要引用一下福楼拜后来对施莱辛格夫人的描写："她身材高挑，浅黑肤色，一头秀丽的黑色长发垂在肩上。她有笔挺的希腊式鼻子，双目炯炯有神，眉毛高高翘起，她看起来容光焕发，皮肤上好像笼罩着一层金色的薄雾。她身材苗条，高雅大方，可以看到褐紫色的脖颈上蜿蜒着青色的血管。此外，她的上唇上方长着细细的绒毛，让那里的肤色显得很暗，为她的面庞增添了几分阳刚之气，充满了活力，使金发美女都相形见绌了。她说话慢条斯理，声音蕴含节奏，悦耳而柔和。"我很犹豫要不要把 pourpré 一词翻译成青色，毕竟这听起来并不诱人，但翻译过来就是这个意思，我只能猜测福楼拜认为这个词代表"明亮色调"。

当时二十六岁的艾丽萨·施莱辛格仍在哺乳期间。福楼拜生性腼腆，倘若她丈夫不是一个开朗、友好、很容易交往的人，他甚至都鼓不起勇气和她说话。莫里斯·施莱辛格带当时还是个男孩的福楼拜去骑马，有一次，他们三个还一起去划船。福楼拜和艾丽萨并肩坐着，两肩相接，她的衣裙贴着他的手。她说话的声音很轻，嗓音甜美，可惜他的心骚动不安，她说了什么，他一个字也没记住。夏天结束了，施莱辛格一家离开了，福楼拜一家回到了鲁昂，居斯塔夫也去上学了。他生命中唯一真正的激情开始了。两年后，他再度前往特卢维尔，得知艾丽萨确实来过，但已经走了。这时的他十七岁。那时他仿佛觉得，他以前心烦意乱，并没有真正爱上她。现在他爱她的方式不同了，有了男人的欲望，而她的离去反而让他的激情变得愈发强烈。回到家后，他又开始写他以前实在写不下去的《狂人回忆录》，并在书中讲述了那个夏天他爱上艾丽萨·施莱辛格的经历。

十九岁时，为了奖励他获得入学资格，父亲让他和一个叫克罗盖的医生一起去比利牛斯山和科西嘉岛旅行。那时他已经长大了，肩膀很宽。同龄人称他为巨人，他也以此自居，不过他身高不足六英尺，这在今天而言并不算高个子。但是，当时的法国人比现在矮得多，他显然比同伴们高出许多。他身材瘦削，言谈优雅，乌黑的睫毛下方是一双海绿色的大眼睛，金色的长发垂到肩上。四十年后，一位在他年轻时认识他的女人说，那时的他像希腊的神一样美丽。从科西嘉回来的路上，两位游客去了马赛。一天早晨，福楼拜洗完澡回来，注意到一个年轻女子坐在旅馆的院子里。他过去和她说话，他们谈了起来。她叫尤拉莉·福科，一直在那里等船把她送回丈夫身边，而她丈夫是法属圭亚那的一位官员。福楼拜和尤拉莉·福科一起度过了那个夜晚，按照福楼拜自己的说法，那可谓一个激情燃烧的夜晚，就像雪地上的落日一样美好。后来他离开了马赛，再也没见过她。那次经历给他留下了深刻的印象。

此后不久，他去巴黎学习法律，这倒不是因为他想当律师，而是他不得不选择一个职业。他觉得很无聊，厌倦了法律书籍，也厌倦了大学生活。他鄙视同学们的平庸、故作姿态和他们的资产阶级品味。在巴黎期间，他写了一本名为《十一月》的中篇小说，描述了他与尤拉莉·福科的风流韵事。不过他笔下的她像艾丽萨·施莱辛格一样，有一对弯弯的眉毛，上唇上方有青色的绒毛，还有优美的脖颈。他去出版商办公室的时候，再度和施莱辛格夫妇取得了联系，还受邀与他们一起用餐。艾丽萨美丽如昔。福楼拜上次见到她时，还是个笨拙的年轻人，现在他已经是个男子汉了，充满渴望和热情，还很英俊。他很快就和这对夫妇建立了亲密关系，经常和他们一起吃饭，一起去短途旅行。但他仍和以前一样腼腆，在很长的一段时间里，都没有勇气表白。当他终于袒露爱意，艾丽萨并没有像他担心的那样生气，但她明确地表示，她只准备做他的好朋友。她的经历颇有几分怪异。1836年福楼拜第一次见到她时，他和其他人一样，认为她是莫里斯·施莱辛格的妻子，但她并不是。她的丈夫是一个名叫埃米尔·朱迪亚的人，此人因为欺诈而惹上了大麻烦，施莱辛格提出给他钱，让他不至于被告上法庭，条件是他离开法国，并放弃他的妻子。他这样做了，于是施莱辛格和艾丽萨·朱迪亚便生活在了一起，当时法国无法离婚，直到1840年朱迪亚去世，他们才得以结婚。据说，尽管他抛下了她，后来还离开了人世，艾丽萨仍然爱着这个可怜人。也许正是因此，再加上要对那个给了她一个家，也是她孩子父亲的男人保持忠诚，她才犹豫不决，没有接受福楼拜的欲望。但他热情如火，而施莱辛格则是个不忠的丈夫，也许她被

七 福楼拜和《包法利夫人》

福楼拜那孩子气的痴心爱恋感动了,最后,他终于说服了她,请她在一天到他家里来。他焦急地等待着她,可她未曾露面。福楼拜在《情感教育》中记录了这个故事,他的传记作家也据此接受了这个故事。既然这件事真实可信,很可能就是对事实的翔实记述。可以肯定的是,艾丽萨从来没有成为他的情妇。

到了1844年,发生了一件改变福楼拜一生的事,正如我希望在后面展示的那样,这件事也影响了他的文学创作。在一个漆黑的夜晚,他和哥哥从他们母亲的一处房产驾车返回鲁昂。哥哥比他大九岁,继承了父亲的职业,也做了医生。突然间,没有任何征兆,福楼拜便"感觉自己被熊熊烈焰卷走,顿时失去了知觉,像石头一样坠向了深渊"。他醒过来后,发现自己浑身是血。哥哥把他抱进了附近的一所房子里,给他放了血。后来,他被送回鲁昂,在那里父亲又给他放了血。他服用了缬草和木蓝,还被禁止吸烟、喝酒和吃肉。有一段时间,他经常发病,每次都很严重。在那之后的几天里,他受损严重的神经一直处于非常紧绷的状态,整个人如同发狂似的。他究竟得了什么病,这个谜团始终没有解开,医生们从不同的角度对此进行了讨论。有些人直言说这是癫痫,他的朋友们也这么认为。他的侄女在她所写的回忆录中对此只字未提。雷内·杜买尼先生是一名医生,也是一部关于福楼拜的重要著作的作者,他声称这不是癫痫,而是他所谓的癔病性癫痫。但不管是什么病,治疗方法都是一样的:在很多年的时间里,福楼拜一直在服用大量的硫酸奎宁,后来又服用了溴化钾,余生里多多少少都在服用这种药。

福楼拜这次发病,对他的家人来说可能并不完全意外。据说他曾告诉莫泊桑，他在十二岁时就出现过幻听和幻视。十九岁那年，他在家人的安排下和一位医生一起去旅行，由于他父亲后来给他制定的治疗方法之一就是换个环境，如此看来，他那时候已经出现了昏厥一类的症状。福楼拜夫妇虽然富有，却粗野守旧，乏味而节俭，很难相信仅仅因为儿子通过了每个受过教育的法国男孩都要通过的考试，他们就同意让他和一个医生一起旅行。即使在少年时代，福楼拜也从未觉得自己与他接触过的人一样，他年轻时的忧郁和悲观很可能是由这种神秘的疾病引起的，这种病在那时一定已经影响了他的神经系统。无论如何，他现在面对的事实是，他正遭受着一种可怕疾病的折磨，这种疾病何时发作则不可预测，因此，他必须改变自己的生活方式。他打定主意抛弃法律（可以认为是心甘情愿这么做的），还下决心终身不婚。

1845年，他的父亲去世了。两三个月后，他唯一的姐姐卡罗琳在诞下一个女儿后也去世了。他对姐姐有着很深的感情。他们姐弟二人在小时候形影不离，在她嫁人之前，她一直是他最亲密的伙伴。

在去世前的一段时间，福楼拜医生买下了塞纳河岸边的一块地，名叫克鲁瓦塞，里面矗立着一幢有二百年历史的精美石屋，屋前有一个露台，还有一个可以俯瞰塞纳河的小亭子。医生的遗孀便带着儿子居斯塔夫和卡罗琳年幼的小女儿在这里定居了下来。她的大儿子阿希尔已经成婚，继承了父亲在鲁昂医院的工作。克鲁瓦塞是福楼拜的家，他余生一直住在那里。他从很小的时候起就在断断续续地写作。现在，由于疾病的折磨，他无法过正常的生活，于是下定决心全身心地投入到文学创作中去。他在一楼有一间很大的工作室，窗户冲着河边和花园。他的生活很有条理。他十点左右起床，看信和报纸，十一点吃一顿简便的午饭，饭后或是去露台上散步，或是坐在凉亭里看书，直到一点。他从一点工作到七点钟，接着便吃晚饭，饭后又在花园里散步，散完步继续工作到深夜。除了几个朋友，他什么人也不见。他不时邀请这些朋友来家里小住，和他们一起讨论他的作品。这些朋友一共有三个，分别是阿尔弗雷德·勒普瓦特万，比福楼拜年长，是福楼拜家的朋友；马克西姆·迪康，他们是在巴黎读法律时认识的；还有路易·布耶，他靠在鲁昂教拉丁语和法语赚取微薄的收入。他们都对文学感兴趣，布耶是一位诗人。福楼拜感情丰富，对朋友很忠诚，但他是个很有占有欲的人，也很苛求。当对他有相当影响的勒普瓦特万娶了一位德·莫泊桑小姐时，他勃然大怒。他后来说："这件事给我带来的打击，与主教的重大丑闻对信徒的打击不相上下。"至于马克西姆·迪康和路易·布耶的情况，我稍后再做介绍。

　　卡罗琳去世后，福楼拜为她的脸和手做了模型，几个月后，福楼拜去巴黎委托当时著名的雕塑家普拉迪尔为她制作半身像。在普拉迪尔的工作室里，他遇到了一位名叫路易丝·科莱的女诗人。她是那种认为"宣传"可以代替"才华"的作家，她这样的人在文坛上绝非罕见。此外，她又靠着美貌的助力，在文学界获得了一定的地位。她拥有一家名人经常光顾的沙龙，这家沙龙名为"缪斯女神"。她的丈夫希波莱特·克利特是一位音乐教授。她还有个情人，此人是哲学家兼政治家维克多·库斯，她为他生了一个孩子。她留着一头金色的长卷发，衬托着她的脸，她的声音热情而温柔。她宣称自己三十岁，但实际上要大一些。福楼拜当时二十五岁。他很紧张，也很兴奋，还闹出了一段小小的尴尬意外，可仅仅过了四十八小时，他就成了她的情人，当然他并没有取代那位哲学家，那位哲学家的爱情虽然据她所说是柏拉图式的，但他们的关系却很正式公开。三天后，他回到克鲁瓦塞，含泪告别路易丝。就在同一天晚上，福楼拜给她写了第一封情书，此后他给情妇写了一连串古怪的情书。多年以后，他告诉埃德蒙·德·龚古尔①，他曾经"疯狂地"爱过路易丝·科莱。不过他向来喜欢夸大其词，而那些信件也无法证实他的这一说法。我想我们可以猜测，拥有一位受公众瞩目的情妇，让他觉得很是自豪。然而，他的生活中充斥着想象，像许多做白日梦的人一样，觉得离开情妇之后比和她在一起时更爱她。他还把这样的想法告诉了她，这多少有些不必要。她劝他到巴黎定居。他告诉她，他不能离开自己的母亲，毕竟丈夫和女儿的死已经让她伤心欲绝了。接着，她便请求他至少能多来巴黎几次。他则表示，他必须有合理的理由才能离开家，对此她生气地回答说："这是不是说你像个小姑娘一样被人监视着？"事实上的确如此。他癫痫一样的病状时而发作，一连几天身体虚弱，心情压抑，他的母亲自然十分担心。他喜欢去河里游泳，可她不允许，若是无人照顾，她也不许他去塞纳河上划船。他每次按铃叫仆人给他送东西，母亲就冲上楼来看他是否安好。他告诉路易丝，他若是提出离开几天，他母亲不会反对，只是他自己无法忍受这给她带来的痛苦。路易丝不可能不明白，假如

---

① 埃德蒙·德·龚古尔，十九世纪法国作家兼出版人。

他像她爱他那样热烈地爱着她,就不会因为母亲而不去找她。即使在这个时候,他也可以很容易想出一些前往巴黎的合理理由。他那时候还很年轻,倘若他同意很久才见路易丝一次,那很有可能是因为经常服用强效镇静剂使他的性欲变得不那么强烈了。

"你的爱不是真正的爱。"路易丝写道,"无论如何,爱在你的生活中都并不重要。"他在回信中这样写:"你想知道我是否爱你。好吧,是的,我尽我所能去爱你。也就是说,对我而言,爱情不是生活中的第一要务,而是排在第二位。"福楼拜对自己的坦率感到自豪,可实际上他的话非常残忍。他不是个圆滑的人,所作所为简直令人吃惊。路易丝有个朋友曾住在卡宴,他居然请她向这位朋友打听他在马赛的风流韵事的对象尤拉莉·福科的情况,甚至请她送信。她很生气,却还是答应帮他,对此,他却毫不掩饰自己的震惊。他还把自己招妓的经历讲给她听,根据他自己的叙述,他很喜欢招妓,还因此感到满足。但是,男人在性生活方面撒谎最多,他很可能是在夸耀自己没有的能力。他确实没有把路易丝放在心上。有一次,在她的一再强求下,他提议在芒特的一家旅馆见面。如果她早点从巴黎出发,他也早点从鲁昂出发,他们就可以在那儿共度一个下午,而他也可以在傍晚前赶回家。当这个建议激起她的愤慨时,他大为震惊。在这段恋情持续的两年里,他们只见过六次面,显然是她提出分手的。

与此同时,福楼拜一直忙于创作《圣安东尼的诱惑》,这是一本他早就想写的书。他已经想好,等他写完这本书,就和马克西姆·迪康一起去近东旅行。这件事获得了福楼拜夫人的首肯,她之所以同意，是因为她的儿子阿希尔和多年前陪同福楼拜前往科西嘉岛的克罗盖医生一致认为，去温暖的国家旅居对福楼拜的健康有好处。写完这本书后，福楼拜把迪康和布耶叫到克鲁瓦塞，把书读给他们听。他读了四天，每天下午四小时，晚上四小时。他们商量好，要等听完整部作品后才发表意见。第四天的午夜，福楼拜读完了全部内容，他一拳捶着桌子，说："怎么样？"其中一个朋友答："我们认为你应该把书扔进火里，以后都别再提了。"这可谓一次毁灭性的打击。他们争论了几个钟头，最后，福楼拜还是接受了他们的意见。然后，布耶建议福楼拜以巴尔扎克为榜样，写一部现实主义小说。这时已经是早上八点，他们只好上床睡觉。那天晚些时候，他们又见面继续讨论。据马克西姆·迪康在他的《文学回忆录》一书中称，正是在那个时候，布耶提出了后来成为《包法利夫人》的故事。不过这之后不久，福楼拜和迪康便出发旅行，在旅行途中，福楼拜在他的家信中提到了他正在考虑的各种小说主题，但没有提到《包法利夫人》，所以可以肯定迪康的记忆有误。这两位好朋友先后去了埃及、巴勒斯坦、叙利亚和希腊。他们于1851年回到法国。福楼拜此时依然尚未决定自己应该尝试什么主题，很有可能是在这个时候，布耶才给他讲了欧仁·德拉玛尔的故事。德拉玛尔曾在鲁昂的医院工作，他可能是实习医师或内、外科医师，还在附近的一个小镇里开办了一家诊所。他的第一任妻子是一个比他大得多的寡妇，她死后，他娶了附近一个农夫的年轻漂亮的女儿。这个女人自命不凡，挥霍无度。她很快就厌倦了迟钝的丈夫，还交了很多情人。她花了很多钱买衣服，因为负担不起，很快便背上了巨额债务。最后她服毒自尽，后来德拉玛尔也自杀了。大家都知道,福楼拜非常关注这个凄惨的小故事。

回到法国后不久,他又与路易丝·科莱见面了。在他不在的这段时间里,她的情况很糟。她的丈夫去世了,维克多·库斯不再给她经济上的资助,也没人愿意使用她写的剧本。她写信给福楼拜,说她从英国回来的路上会经过鲁昂。他们见面了,随后恢复了通信。过了一段时间,他去了巴黎,再次成为了她的情人。这实在叫人想不通。她那时已经四十多岁了,金发碧眼的她很显老,而且,在那个年代,凡是自命高雅的女人都不化妆。也许他是被她对自己的深情感动了,毕竟她是唯一一个爱过他的女人。此外,也许是因为他在性方面似乎没有把握,所以他和她在一起时感到很自在。她的信被毁了,但他的还在。从那些信里可以看出,路易丝没有丝毫的进步。她还是和最初一样专横、苛求、令人讨厌。她的信似乎变得越来越尖刻。她又开始施压,要求福楼拜到巴黎来,或者她去克鲁瓦塞。他继续找借口不去,还不许她来。他在信上谈的大都是文学,只在最后敷衍地说一些情话。他的信都围绕着他对创作《包法利夫人》的艰难进展所作的评论,当时,他把全部精力都投入到了这本书的创作中。路易丝不时地给他寄去一首自己写的诗,他却对那些诗做了严厉的批评。这段风流韵事最后告吹,也是不可避免的。说来这还是路易丝自己的鲁莽造成的。似乎是为了女儿的缘故,维克多·库斯向她求婚,而她似乎故意让福楼拜知道,她是为了他才拒绝求婚的。事实上,她下定决心要嫁给福楼拜,还很冒失地告诉朋友她就要嫁给福楼拜了。这件事传到了他的耳朵里,他错愕不已。他们爆发了多次激烈的争吵,这不仅让他感到害怕,也让他感到羞辱,于是他告诉她,他再也不会见她了。然而,她并没有被吓住,反而有一天亲自来到克鲁瓦塞,又要大闹一场。他无情地把她赶了出去,对他的行为,就连他的母亲也感到愤怒。女性只会固执地相信自己想要相信的东西,可尽管如此,这位"缪斯女神"最终还是不得不面对一个事实,那就是她和福楼拜的关系彻底结束了。她写了一本据说很拙劣的小说来报复福楼拜,在书中将他刻画成了一个极为恶劣的人。

3

现在我要把话题拉回到从前。两个朋友从东方回来后,马克西姆·迪康在巴黎定居,并买下了《巴黎评论》的股份。他来到克鲁瓦塞,敦促福楼拜和布耶为他撰稿。福楼拜死后,迪康出版了两卷很厚的回忆录,他称之为《文学回忆录》。所有写过福楼拜的人都参考过那两卷书,他们不曾为此支付过任何费用,却对作者不屑一顾,显然有些忘恩负义。迪康在这本书中写道:"作家分为两类,一类以文学为手段,另一类以文学为目的。我属于前一类,一直都是。我从来没有对文学提出过更多的要求,只求自己有权热爱文学,并尽我所能培育文学。"马克西姆·迪康自认为所属的那个文人类别一向范围很广。这一类的文人喜好文学,热爱文学,往往还很有才华、品位、文化和才能,可惜他们没有创造的天赋。年轻时,他们往往会写出非常优秀的诗篇或中规中矩的小说,但过了一段时间,他们就会满足于对他们来说比较容易的东西,或是为书籍写评论,或是去文学杂志做编辑，还可以为已故作家的选集撰写序言，写名人传记和文学题材的散文。最后，像迪康一样，他们还写回忆录。他们在文学界中发挥着作用，此外，由于他们写作的文笔一般都很优雅，他们的作品通常读起来都妙趣无穷。没有理由像福楼拜对迪康那样轻蔑地看待他们。

人们都说迪康嫉妒福楼拜，我认为这种说法并不公正。在他的回忆录中，他写道："我从未想过自抬身价，把自己同福楼拜相比，我也从未允许自己质疑他的优势。"他这话说得再公平不过了。当年福楼拜还在拉丁区读法律的时候，他们还是孩子，关系很亲密。他们在同一家廉价餐馆吃饭，在同一个咖啡馆里没完没了地谈论文学。后来，他们一起去近东旅行，一起在地中海晕船，一起在开罗喝得酩酊大醉，一有机会就一起嫖妓。福楼拜不是个好相处的人，他讨厌别人与他意见相左，易怒，还很专横。尽管如此，迪康还是对他真诚以待，认为他是个了不起的作家。但他太了解这个人了，不会不清楚他的弱点。他不应该像狂热的崇拜者那样推崇自己年轻时的好友，这是人之常情。为此，这个可怜人遭到了无情的辱骂。

在迪康看来，他的老朋友整天把自己关在克鲁瓦塞不出门，简直是大错特错。他无数次拜访克鲁瓦塞，有一次，他催促福楼拜去巴黎定居，在那里，他可以结识更多的人，融入首都的知识分子圈子，与作家同行交流，从而开阔自己的思想。表面上看，他这个说法很有道理。小说家必须生活在创作素材中。他不能坐等经验主动送上门来，必须去寻找。福楼拜的生活圈层太小了。他对世界知之甚少。他相熟的女人只有他的母亲、艾丽萨·施莱辛格和"缪斯女神"。但他很冲动，很专横，讨厌受到打扰。然而，迪康并没有善罢甘休，他在一封从巴黎写去的信中甚至告诉福楼拜，如果他继续过这种狭隘的生活，他很快就会变得痴呆。这句话激怒了福楼拜，他终其一生都不曾忘记。这话说得确实不太得体。福楼拜一向担心自己癫痫发作会导致类似的后果。事实上，在写给路易丝的一封信中，他说自己四年后有可能变成一个白痴。福楼拜给迪康写了一封信，在信中愤怒地告诉迪康，他所过的生活非常适合自己，对那些组成巴黎文坛的可怜文人，他有的只是鄙视。这之后他们逐渐疏远，虽然后来这对老朋友又握手言和，却再也不复昔日的亲密。迪康生性好动，是个精力充沛的人，他从未掩饰自己想在当时的文坛上闯出一片天地的愿望。但他的愿望遭到了福楼拜的嫌弃。"我们决裂了。"他写道，在接下来的三四年里，他每每提到迪康的名字，无不带着轻蔑之意。他认为迪康的作品可鄙，风格令人厌恶，借鉴其他作家作品的行为极为可耻。尽管如此，福楼拜还是很高兴迪康在他的杂志上刊登布耶写的关于罗马题材的三千行诗，而写完《包法利夫人》后，他接受了迪康的邀请，同意在《巴黎评论》上连载这部作品。

路易·布耶一直是他唯一的亲密朋友。福楼拜认为布耶是一位伟大的诗人（但如今看来，他的想法是错的），还很相信布耶的看法，给予他对别人从未有过的信任。他欠布耶很多。如果不是布耶，福楼拜很可能永远都写不出《包法利夫人》，或者说，即便能写成，也不会成为现在的样子。正是布耶在无休止的争吵后说服福楼拜写了概要，弗朗西斯·斯蒂格穆勒先生在其优秀作品《福楼拜与〈包法利夫人〉》中提到过这件事。布耶认为这本书一定会大获成功，最终，在1851年,三十岁的福楼拜开始创作此书。除了《圣安东尼的诱惑》,他早期作品中比较重要的几部在严格意义上来说都带有个人色彩,事实上,他只是把自己的情感经历写成了小说而已。他现在的目标是严格地保持客观。他决心不带偏见地说出真相、讲述事实,揭露他所要刻画的人物的性格,不妄加自己的感情色彩,既不谴责也不赞扬。即便他对某个人物心怀同情,也不会表现出来。假如另一个人物言行愚鲁,激怒了他,还有一个人物恶行昭昭,让他恼火,他也不会在字里行间显露出来。总的来说,在这个方面,他做得十分成功,也是因此,许多读者才会觉得这本小说有些冷漠。这种客观是有意安排的,随处可见,因而并不感人。虽然这可能是我们的一个弱点,但在我看来,作为读者,倘若得知作者有着与我们相同的感受,我们会倍感安慰。

然而,和所有小说家一样,福楼拜并没有做到完全客观,因为这是不可能实现的。作家应该让其笔下的人物自行解释自己的所作所为,他们无论做什么,都必须是其自身性格所致,然而,若是作家吸引你去注意他们笔下的女主人公多么有魅力或反派多么恶毒,又或者进行道德说教或偏离主题,总之,当他们本人也出现在其所讲述的故事里,往往就很容易招人讨厌了。但这只是方法问题,一些非常优秀的小说家也曾使用过。如果这种方法恰好在当时已经过时了,那也并不代表这种方法很糟糕。有些作家不使用这种办法,却只是将自己的个性隐藏在小说的表面之外。对题材、人物以及刻画人物视角的选择,不管作家是否愿意,还是会揭露他们自身的性格。福楼拜用悲观和愤慨的目光看待这个世界。他极端偏执,不能容忍愚蠢。无论是资产阶级，还是平庸而普通的东西，都会使他满心愤怒。他没有怜悯之心，也没有慈悲之心。成年后的大部分时间里，他一直疾病缠身，他的病让他倍受屈辱，整个人都非常压抑。他的神经一直处于紊乱的状态。我说过，他既是浪漫主义者，又是现实主义者。他带着愤怒沉浸在爱玛·包法利的凄惨故事中，他愤怒，是因为生活无法满足他对理想的热情，于是他在阴沟里打滚，借此实现自己的复仇。在这本长达五百页的小说中，我们认识了很多人物，可除了拉里维耶尔医生这个小人物之外，那些人物几乎都没有什么可取之处。他们低劣、卑鄙、愚蠢、浅薄、庸俗。很多人都是这样的，但并非人人如此。无论一个镇子有多小，总找得到两三个通情达理、和蔼可亲、乐于助人的人，要说连一个也找不到的话，就有些难以置信了。福楼拜也未能免俗，还是将自身的个性加入到了小说中。

　　他有意挑选一组平凡无奇的人物，还设计了一些由于他们的本性和他们所处的环境而必然发生的事件。但是他很清楚，这样乏味的人物可能无法引起读者的兴趣，他所讲的那些事情也可能极为单调。至于他打算如何处理这个问题，我稍后再谈。在此之前，我想谈谈他的尝试在多大程度上取得了成功。那些人物都是通过精湛的技巧刻画出来的。我们相信他们是真实的。我们一见到他们，就认为他们是活生生的，双脚站在地上，就生活在我们所知的世界里。我们自然而然地认为他们真实存在，就像我们自然而然地接受水管工、杂货店老板、医生一样。我们绝不会想到他们只是小说中的人物。举个例子，郝麦是一个像米考伯先生一样幽默的人物，法国人对他就像我们对米考伯先生一样熟悉。我们信任他，就像我们永远不可能完全相信米考伯先生一样，因为他和米考伯先生不同，他总是始终如一地做自己。但是，爱玛·包法利绝不是普通农民的女儿。她身上有每个女人和男人都拥有的特质，这一点是真的。我们都沉溺于不切实际而荒诞的幻想中，想象自己富有、英俊、成功，是浪漫冒险故事中的男女主角。但我们大多数人都太过理智、太过胆怯或太过缺乏冒险精神，不会让白日梦对我们的行为产生深刻的影响。爱玛·包法利的与众不同之处在于，她努力实现自己的幻想。而且，她的美貌也是无与伦比的。众所周知，在这本小说出版后，因其伤风败俗，作者和印刷商都被告上了法庭。我看过检察官和辩护律师的发言。检察官引用了书中的许多段落，他声称这些段落无不色情狎邪。但现在的人看到那些段落，只会不禁莞尔，与我们习以为常的现代小说家对性交的描写相比，那些内容就显得极为含蓄了。很难相信当时（1875年）检察官会因为书里的内容大感震惊。辩护律师辩解说，这些段落必不可少，整部小说的道德立意良好，因为爱玛·包法利做出了不当的行为，并因此承受了折磨。法官们接受了这一观点，被告被宣判无罪。然而，显而易见的是，即便爱玛落得了不好的结局，也不是像当时的道德要求的那样，因为她犯了通奸罪，而是因为她欠了很多钱，却无力偿还。假如她具有诺曼农民众所周知的节俭本能，她大可以在数个情人之间游刃有余，而不必遭受丝毫伤害。

福楼拜这部伟大的小说一经出版就受到了读者的热烈欢迎，立即成为畅销书，但评论家们不是大加批评，就是视之为无物。说来也怪，他们对大约在同一时期出版的另一本小说更感兴趣，这本小说就是欧内斯特·费多①写的《范妮》。只是因为《包法利夫人》给大众留下了深刻的印象，以及它对后来的小说作家的影响，他们才不得不对其加以重视。

《包法利夫人》是一个不幸的故事，却不是一个悲剧。我应该说，这两者之间的区别在于，在一个不幸的故事中，事件的发生是偶然的，而在悲剧中，事件的发生是身处其中的人物的性格所引致的必然结果。爱玛容色倾城，魅力四射，却嫁给了查尔斯·包法利这样一个无趣的傻瓜，这很不幸。她怀孕后，很想要一个儿子来弥补她对婚姻的幻灭，却生下了一个女儿，这很不幸。爱玛的初恋情人鲁道夫·布朗热是个自私残忍的家伙，让她大失所望，这很不幸。她的第二个情人卑鄙、软弱、胆小，这很不幸。绝望之际，她向村里的牧师寻求帮助和引导，而牧师却是一个冷漠而愚昧的傻瓜，这很不幸。爱玛发现自己债台高筑且无力偿还，还很可能被人告上法庭，不顾体面去找鲁道夫要钱，他却没有帮助她，而我们从书中得知，他愿意帮助她，只是碰巧手头没有钱，这很不幸。他从来没有想到，由于他信用良好，只要他开口，他无论需要多少钱，他的律师都会立即交给他，这也很不幸。福楼拜讲的故事必然以爱玛的死结束，但必须承认，他写这个故事的方法把读者的信任逼到了崩溃的地步。

有人认为这部小说的错误在于，尽管爱玛是中心人物，小说却

---

① 欧内斯特·费多，十九世纪法国作家。

以包法利的青年时代和第一次婚姻开始，以他的崩溃和死亡结束。据我猜测，福楼拜的想法是把爱玛·包法利的故事融入在她丈夫的故事里，就像把一幅画放在画框里一样。他可能觉得这样一来，故事就能趋于完美，并赋予它艺术作品的统一性。倘若这就是他的意图，那如果结局能不那么仓促武断，就可以使这一意图更加明显。在整本书中，查尔斯·包法利一直很软弱，容易受人唆摆。福楼拜告诉我们，爱玛死后，他彻底改变了。可这样的说法有些过于含糊。他的心确实变得支离破碎，但很难相信他会变得好争吵、任性和固执。他虽然愚蠢，却勤勤恳恳，这样一个人却忽视了自己的病人，这实在奇怪。毕竟他急需病人口袋里的钱，一方面为爱玛还债，另一方面他还有女儿要养。包法利的性格出现如此彻底的变化，福楼拜给出的解释并不足以说明。最后他死了。他正值壮年，身体健壮，对他的死，我们能想到的唯一原因是，福楼拜在五十五个月的辛苦工作后，想要结束这本书。书中明确地告诉我们，随着时间的推移，包法利对爱玛的记忆越来越模糊，心中的痛苦也减轻了很多，可是，我们不禁要问自己，为什么福楼拜不让包法利的母亲像安排第一次婚姻那样，为他安排第三次婚姻呢？若是这样安排，就会给爱玛·包法利的故事增加几分"到头来终究是一场空"的感觉，也非常符合福楼拜那种强烈的讽刺感。

　　小说就是要安排一系列事件，旨在揭示情节中的一众人物，引起读者的兴趣。小说不是复制真实的生活。就像在一部小说中，不能一成不变地复制现实生活里的对话，必须加以总结和提炼，只呈现精华部分。为做到清晰和简洁，必须对事实进行加工，使之符合作者的创作计划，同时也可以吸引读者的注意力。不切题的事件必须省略，还必须避免重复，可是，天知道，生活里充满了重复。对在现实生活中由于时间的推移而分开的孤立事件，往往需要拉近它们之间的距离。没有哪本小说完全真实可信。对于那些比较常见的小说，读者们已经习以为常，理所当然地接受了。小说家不能刻板地记录生活，倘若他们是现实主义者，便会将小说刻画得非常逼真，而你若相信他们，那他们就成功了。

总的来说，《包法利夫人》给人一种强烈的现实感，我认为，这不仅是因为福楼拜笔下的人物栩栩如生，还因为他对细节的描述极其准确。爱玛婚后的头四年是在一个叫道特的村子里度过的。她在那里无聊至极，但为了使这本书工整，对这段时期的描述，必须采用和其他部分一样的节奏和细致。既要描写一段无趣的时光，又不能让读者感到厌烦，是一件很难做到的事，但你读起这一部分很长的内容，却饶有兴致。福楼拜讲述了一系列非常琐碎的事件，你看了不会感到无聊，还一直都觉得很新鲜。但是，由于每一件小事，无论是爱玛做的、感觉的还是看到的，都是那么平常、那么琐碎，你又能够切身地感受到她的无聊。书中描写了包法利夫妇在离开道特村后居住的永镇，但只有那么一处。除此之外，乡村和城镇都被描写得美轮美奂，景物描写与叙事交织在一起，增强了故事的趣味性。福楼拜在情节中引出一个个人物，接连不断地让我们了解人物的外貌、生活方式和背景。而在现实生活中，我们认识别人的过程便是如此。

4

我在前几页说过，福楼拜知道，他若是打算写一本关于普通人的书，可能创作出一本很乏味的作品。他想创作一件艺术品，在他看来，只有通过优雅的文风，才能克服丑陋的题材和粗俗的人物所带来的困难。我不知道是否存在天生就能写出文词雅句的人。福楼拜当然不是这样的人。他的早期作品并未在他生前发表，据说它们冗长、浮夸、措辞华丽。人们普遍认为，从他的信件可知，他似乎并不认为自己的母语是一种优雅且与众不同的语言。我认为事实并非如此。这些信件大都是他在一天辛苦工作后于深夜写成的，未经修改就寄给了收件人。不仅单词拼写错误，语法上也频繁出现错漏。他写了很多俚语，有时还很粗俗。但信中对风景的简短描写是那么真实，富有节奏，即使放在《包法利夫人》里也不会显得格格不入。有些内容是他在被激怒后所写的，尖锐而直接，你会觉得即使修改也不能有所缓和。从他简短干脆的句子中，仿佛能听到他的声音。但这并不是福楼拜想要的写书方式。他对这种谈话式的写作风格抱有偏见，对其优点视而不见。他以拉布吕耶尔①和孟德斯鸠②为榜样。他的目标是写出和诗歌一样逻辑通顺、精确标准、节奏明快、富于变化、韵律分明、悦耳动听的散文，同时又保留散文的特点。他认为说一件事不能有两种方式，只能有一种，措辞必须与思想相吻合，就

---

① 拉布吕耶尔，十七世纪法国作家。
② 孟德斯鸠，十八世纪法国启蒙思想家。

像手套与手相吻合一样。他说:"若是在我的措辞中发现半谐音或重复,我就知道我说错了。"(所谓半谐音,《牛津词典》给出的例子是 man 与 hat、nation 与 traitor、penitent 与 reticent。①)福楼拜声称,必须避免半谐音,哪怕要花一个礼拜才能做到。他不允许自己在同一页上用同一个词两次。这似乎并不明智:即便有重复,可只要恰如其分,那就适合使用,而同义词或拐弯抹角的说法永远都不可能达到同样的效果。他小心谨慎,不让自己沉迷于韵律感,再煞费苦心地做出更改。毕竟他和所有作家一样,天生就有韵律感(乔治·摩尔在他后期的作品中就沉迷于此)。他使出浑身的聪明才智,把文字和声音结合起来,展现出迅疾或和缓、倦怠或紧张的印象,总之就是展现出任何他想表达的状态。

在写作时,福楼拜会把想讲述的内容大致勾勒出来,然后进行润色、删减、重写,直到达到理想效果。接着,他走到露台上,把所写的内容大声读出来,深信只要听起来不顺耳,就一定是有什么地方不对劲。在这种情况下,他便把自己写的东西拿回去,重新修改,直到满意为止。泰奥菲尔·戈蒂埃②认为福楼拜过于重视韵律与和谐,还试图以此来丰富他的散文。根据他的说法,只有当福楼拜用洪亮的声音大声朗读时,韵律才明显。但是,他补充说,小说是用来看的,并不需要高声喊出来。戈蒂埃还喜欢嘲笑福楼拜的挑剔。"你知道的,"他说,"这个可怜人饱受悔恨之苦,一辈子都不得安宁。不过你并不清楚他为了什么事而悔恨。他在《包法利夫人》中连续使用

---

① 中文释义依次为:人、帽子、国家、叛徒、忏悔者和缄默。
② 泰奥菲尔·戈蒂埃,十九世纪法国唯美主义诗人、散文家和小说家。

了两次所属格，即 une couronne de fleurs d'oranger①。这让他倍受折磨，但无论如何努力，他发现这都是无法避免的。"幸运的是，我们可以借助英语的属格来规避这个难题。我们可以说："Where is the bag of the doctor's wife？"② 但在法语中，就只能说："Where is the bag of the wife of the doctor？"必须承认，这样写来并不优雅。

路易·布耶经常在礼拜天去克鲁瓦塞。福楼拜给他读自己在这一周写的东西，布耶则提出批评意见。福楼拜听了怒火中烧，与他争论不休，但布耶坚持自己的立场，最后福楼拜接受了他朋友坚持进行的修正，删除多余的情节和无关的隐喻，修正错误的注释。难怪这本小说写得这么慢。福楼拜在一封信中写道："只是写了两行，就用了礼拜一和礼拜二两天时间。"这并不是说他两天只写了两行，他很可能写了十几页。真正的意思是，他呕心沥血，只写出了两行令他满意的内容。福楼拜觉得创作的压力让人筋疲力尽。在阿尔丰斯·都德③看来，这是他患有重病、不得不长期服用溴化钾所致。假如事实如此，那就可以解释为什么他会挖空心思地把脑子里乱七八糟的想法条理清晰地写在纸上了。我们知道，写《包法利夫人》中农业展的著名场景是一件多么费劲的工作。在那个场景中，爱玛和鲁道夫坐在当地小旅馆的窗前，省长的代表来发表演讲。福楼拜在给路易丝·科莱的信中写道："在同一场谈话中，我必须把五六个讲话的人、其他几个没说话的人（其中一个在听别人说话）、谈话发生

---

① 意为：橙树的花的花环。
② 意为：医生妻子的包在哪里？
③ 阿尔丰斯·都德，法国十九世纪著名的现实主义小说家。

的地点以及这个地方的气氛，都联系在一起，与此同时，还要描写人和物的外形，并说明在这群人中有一个男人和一个女人，由于有着共同的趣味而产生共鸣，开始对彼此产生了一点好感。"这看起来似乎不难，福楼拜也确实做得非常好。但是，这一部分虽然只有二十七页的篇幅，他却花了整整两个月才完成。巴尔扎克用他自己的方式，在一周之内就能写得同样好。伟大的小说家巴尔扎克、狄更斯和托尔斯泰都拥有我们常说的灵感。我们只能在某些场景里才能感受到福楼拜灵感乍现。至于其他的部分，他似乎完全依靠辛勤的工作、布耶的忠告和建议，以及他自己敏锐的观察力。这并不是贬低《包法利夫人》。但奇怪的是，这样一部伟大的作品得以创作出来，并不像《高老头》或《大卫·科波菲尔》，依靠的是旺盛且运用自如的想象力，而是纯粹的推理。

我们不妨扪心自问，福楼拜通过我提到的刻苦努力，在多大程度上实现了他所追求的完美风格。对于行文的风格，一个外国人即使谙熟一门语言，也很难做出准确的判断。对其中的细微之处、韵律、微妙之处、适切之处、节奏，他们都很难注意到，因此必须接受本地人的意见。在法国，福楼拜去世后的那代人对他的文风极为推崇，现在却很少有人欣赏了。现今的法国作家认为福楼拜的风格缺乏自发性。正如我前面提到的，他对"写作必须像说话的新准则"感到恐惧。当然，一个人不能像说话一样写作，就像不能像写作一样说话。但是，书面语言只有牢固地建立在当下流行的口语基础上，才有生命力和活力。福楼拜是个乡下人，他在写作时经常使用方言，这使语言方面的纯粹主义者感到不舒服。我想，除非有人指点，否则外国人根本看不懂。外国人也注意不到福楼拜就像所有作家一样，有时也会犯语法错误。尽管能够轻松愉快地阅读法语，也很少有英国人能指出下面这句话的语法错误："Ni moi！ reprit vivement M. Homais, quoiqu'il lui faudra suivre les autres au risque de passer pour un Jésuite."① 而知道如何改正的，就更少了。

法语倾向于修辞，而英语倾向于意象（这也显示出两国人民之间的深刻差异），福楼拜的文风便是以修辞为基础。他大量地使用三项结构，甚至称得上过度使用了。一般来说，这种形式的句子分为三个部分，依照重要程度升序或降序排列。这种方法很容易写得工整，效果也令人满意，演说家们充分利用了这种形式。现在来说伯克的一个例子："Their wishes ought to have great weight with him; their opinion, high respect; their business, unremitted attention."② 这种句式有一个问题，也是福楼拜没能避开的一个问题，即使用太频繁，就难逃单调。福楼拜在一封信中写道："我被明喻吞噬了，就像一个人被虱子吞噬了一样。我把所有的时间都花在粉碎这些比喻上，因为我的词句充满了这些比喻。"评论家们注意到，在他的信件中，比喻是他不由自主写出来的，而在《包法利夫人》中，比喻则太过刻意，太过工整，因而显得非常不自然。现在来举一个很有代表性的例子：查尔斯·包法利的母亲来看望爱玛和她的丈夫。"Elle observait

---

① 意为："也不是我！"郝麦先生急切地回答，不过他不得不和其他人一样，冒着被误认为是耶稣会士的危险。
② 意为：他们的愿望对他来说应该很重要；对他们的意见，他尊崇有加；对他们的事业，他时刻关注。

le bonheur de son fils, avec un silence triste, comme quelqu'un de ruiné qui regarde, à travers les carreaux, des gens attablés dans son ancienne maison."① 这句话的措辞非常精彩，但这个比喻本身太过引人注目，甚至都分散了你的注意力，使你无法理解其所要表达的情绪。然而，比喻的目的是增加陈述的感染力和重要性，而不是将其削弱。

据我所知，当今最好的法国作家都有意避免使用修辞手法。他们试图简单而自然地说出要说的话，还避开了效果显著的三项结构。他们避免使用比喻，仿佛这种修辞方法确实是福楼拜所比喻的害虫。我相信，这就是他们不太推许他的风格的原因，至少是不太推崇《包法利夫人》的文风的原因，因为当他开始写《布瓦尔和佩库歇》时，他放弃了所有形式的修饰。出于这个原因，他们才更喜欢他书写信件的那种轻松、流畅、生动和自然的方式，而不是他煞费苦心创作更为伟大小说时所使用的文风。当然，这只不过是流行趋势的问题，因此我们不应该对福楼拜的风格优劣做出评判。文风可以像斯威夫特那样毫无修饰，可以像杰里米·泰勒那样华丽，还可以像伯克那样夸张。每一种文风都很优秀，你喜欢其中一种，而不喜欢另一种，则仅仅取决于你个人的品位。

5

《包法利夫人》出版后，福楼拜写了《萨朗波》，人们普遍认为该

---

① 意为：她默不作声，悲伤地注视着幸福的儿子，就好像一个破了产的人，站在窗外望着住在他旧宅里的人。

书并不成功。然后他又写了另一个版本的《情感教育》，在这本书中他再次描述了对艾丽萨·施莱辛格的爱，许多法国的文人学者都将其视作福楼拜的代表作。这本书写得很混乱，读起来很难。在一定程度上而言，男主人公弗雷德里克·莫罗就是福楼拜按照自己的形象刻画的。此外，他还按照自己眼中马克西姆·迪康的样子塑造了弗雷德里克·莫罗。可惜的是他们两个人的差距太大，组合在一起并不可信，所以这个人物始终没有说服力，还极其乏味。然而，这本书的开头令人赞叹，快到结尾处还有阿诺克斯夫人（以艾丽萨·施莱辛格为原型）和弗雷德里克（以福楼拜为原型）之间绝美的离别场面。然后，他第三次写了《圣安东尼的诱惑》。福楼拜说过他有很多想法，足够他创作不同的书籍直到生命的尽头，但这些想法都很模糊。说来也怪，除了《包法利夫人》是别人送到他面前的现成故事外，他仅有的几部小说都是以他早年的想法为基础的。他过早地衰老了，三十岁时便已秃顶，大腹便便了。很可能就像马克西姆·迪康说的那样，他患有神经混乱症，为了消除这种病，必须服用会叫人沮丧的镇静剂，而这也破坏了他的想象力和创造能力。

  时光流逝，他的外甥女卡罗琳结婚了。家里只剩下福楼拜和母亲两人。后来，母亲去世了。他在巴黎的一套公寓里住了几年，但他在那里几乎像在克鲁瓦塞一样孤独。他的朋友不多，包括几个文人，他们每个月都在马格尼家聚会一两次。福楼拜是个乡下人。埃德蒙·德·龚古尔说过，他越是住在巴黎，就越像乡下人。在餐馆里吃饭，他坚持要包间，因为他受不了噪音，也受不了有人靠近他，此外，他不脱下外套和靴子，就不能安心吃饭。1870年法国战败后，卡罗琳的丈夫遇到了经济困难。为了让他不致陷入破产的境地，福楼拜把自己的全部财产都给了他。如此一来，除了老宅，他别无所有，这让他深感焦虑，多年不曾发作的癫痫复发了。他出去吃饭，居伊·德·莫泊桑①要去接他，送他平安回家。龚古尔称这个时期的他易怒、刻薄，动不动就生气。然而，他在日记中还写道："只要由着他担任主角，不顾感冒的危险让他不停地开着窗户，他就是一个令人愉快的同伴。他的欢乐是沉闷的，却有着孩子般的笑声，这很有感染力。在日常生活的接触中，他拥有一种发自内心的深情，这不是没有魅力的。"龚古尔这样说非常公正。迪康这样评价他："这个浮躁、专横的巨人，只要别人有哪怕是一点点不同意见，就大发雷霆。而他是一个母亲梦想得到的最恭敬、最温柔、最体贴的儿子。"你只要读一读他写给外甥女的动人信件，就知道他有多么温柔了。

在人生的最后几年，福楼拜是在孤独中度过的。他一年中的大部分时间都住在克鲁瓦塞。他抽烟抽得很凶，喝酒也喝得很凶，还暴饮暴食，从不锻炼身体。他的手头非常拮据。最后，朋友们给他介绍了一份每年可赚三千法郎的闲职，这使他深感耻辱，但他还是不得不接受。不过他很快就过世了，并没有享受到这份工作的好处。

他出版的最后一部作品是由三个故事组成的短篇小说集，其中《一颗纯朴的心》是少有的优秀作品。接着，他开始写一本名叫《布

---

① 居伊·德·莫泊桑，法国十九世纪小说家。

瓦尔和佩库歇》的小说，决心借此再一次抨击人类的愚蠢。他像往常一样，一丝不苟地读了一千五百本书，从中获取他认为必要的素材。这部小说计划分为两卷，就在他快写完第一卷的时候，在1880年5月8日的上午，女仆11点到书房给他送午饭，却发现他躺在长沙发上，嘴里不停地嘟哝着胡话。她连忙跑去找了医生回来。可惜医生无能为力。不到一个小时，居斯塔夫·福楼拜就与世长辞了。

福楼拜终其一生只把自己真挚、忠诚、无私的爱给过一个女人，她就是艾丽萨·施莱辛格。一天晚上，在马格尼家吃饭的时候，泰奥菲尔·戈蒂埃、泰纳和埃德蒙·德·龚古尔也在，福楼拜说了一句奇怪的话：他说他从来没有真正占有过一个女人，他还是处男，他经历过的所有女人都是另一个女人的"床垫"，而那个女人才是他的梦中情人。莫里斯·施莱辛格搞投机生意，最后以失败告终，便带着妻子和孩子去巴登居住。1871年，他去世了。福楼拜在爱了艾丽萨三十五年后，给她写了第一封情书。他没有像过去那样在开头称呼她为"亲爱的夫人"，他是这样写的："我过去的爱人，我唯一的爱人。"她来到了克鲁瓦塞。自从他们上次见面以来，两人都发生了很大的变化。福楼拜肥胖臃肿，满脸通红，长了很多黑斑。他蓄着浓密的胡子，戴着一顶黑色的帽子来遮掩秃顶。艾丽萨瘦了，皮肤失去了光泽，头发变白了。《情感教育》中阿诺克斯夫人和弗雷德里克·莫罗最后一次见面的精彩描写，很可能就是如实地描述了福楼拜和艾丽萨多年后重逢的场景。在那之后，他们又见过一两次面，后来，据人们所知，他们再也没有见过彼此。

福楼拜死后一年,马克西姆·迪康在巴登度过了一个夏天。有一天,他外出打猎,发现自己来到了伊伦诺疯人院附近。疯人院的大门敞开着,女病人可以在看护的陪伴下每天外出散步。她们两个两个地走出大门。有一个人向他鞠躬。她就是艾丽萨·施莱辛格,福楼拜长久以来倾心爱恋、却从未得到的女人。

八

赫尔曼·梅尔维尔和《白鲸》

1

到目前为止,我所提到的小说虽然各有不同,却都是从遥远过去的小说直接承袭而来。我从《大英百科全书》中了解到:"小说一直是讽刺、教导、政治或宗教劝诫以及技术信息的载体,但这些都是次要问题。小说的直接目的是通过一系列自然场景的描写,以及一条情感叙事线索来娱乐读者。"这一点概括得非常准确。我进一步了解到,小说是在亚历山大大帝时代开始流行的,那时人们生活轻松,可以从描写虚构人物的冒险经历和情感历程(可以是真实存在的,也可以是想象出来的)中获得乐趣。但是,流传下来的第一部严格意义上可以被称为小说的作品是希腊人朗格斯写的,书名是《达佛涅斯和克洛伊》。由此,历经无数的世代,经过了许多浮沉和变化,才产生了我一直在思考的众多小说。正如《大英百科全书》所言,这些小说的直接目的是通过一系列自然场景的描写，以及一条情感叙事线索来娱乐读者。

但是现在我来谈谈几本小说，它们对读者的影响千差万别，写作意图又与主题毫不相干，因此必须单独归类。这类小说有《白鲸》《呼啸山庄》和《卡拉马佐夫兄弟》，以及詹姆斯·乔伊斯①和卡夫卡②的小说。当然，小说家是主教、酒保、警察、政客等普通人的变种，而突变会反复发生。但生物学家告诉我们，大多数突变是有害的，许多甚至可以致命。既然一个作家写什么样的书取决于他们是什么样的人，而他们是什么样的人，不光取决于来自不同父母的基因染色体的结合，还取决于环境，那小说家没有子嗣，无疑意义重大。历史上只有两位小说家多子，他们便是托尔斯泰和狄更斯。这种突变显然是致命的。但可能也无所谓，因为，牡蛎繁殖出来的是牡蛎，而小说家们生出来的通常都是傻瓜。据我所知，我现在所关注的这个特殊突变的小说家，就没有留下任何在文学上有所成就的后代。

我首先要讲的是《白鲸》这部不同寻常、极富感染力的小说的作者。我读过雷蒙德·韦弗的《赫尔曼·梅尔维尔：水手和神秘主义者》，刘易斯·芒福德的《赫尔曼·梅尔维尔》，查尔斯·罗伯茨·安德森的《南海上的梅尔维尔》，威廉·埃勒里·塞奇威克的《赫尔曼·梅尔维尔：心灵的悲剧》，以及牛顿·阿尔文的《梅尔维尔》。这些书我读起来饶有兴味，还获益匪浅，从中了解到的一些事实对我的恰当目的很有帮助。但我无法说服自己，我比以前更了解梅尔维

---

① 詹姆斯·乔伊斯，二十世纪爱尔兰作家、诗人。
② 弗兰兹·卡夫卡，二十世纪奥匈帝国作家。

尔这个人了。

根据雷蒙德·韦弗的说法，一位"并不慎重的评论家在1919年梅尔维尔诞辰一百周年时"这样写道："由于一些从未明确解释过的反常心理经历，他的写作风格和人生观发生了彻底的变化。"我不太明白为什么有人说这个不知名的评论家"并不慎重"。他偶然发现了一个问题，而这个问题一定使所有对梅尔维尔感兴趣的人感到困惑。正因为如此，人们才会仔细研究他生活中的每一个已知细节，阅读他的信件和书籍（其中有些书只有意志坚定的人才能读完），以寻找一些有助于解开这个谜团的线索。

但首先让我们来看看传记作家告诉我们的事实。从表面上看，也仅仅是从表面上看，这些事都可谓简单明了。

赫尔曼·梅尔维尔出生于1819年。他的父亲艾伦·梅尔维尔和母亲玛丽亚·甘斯沃特都出身富贵世家。艾伦教养良好，经常出门旅行，玛丽亚优雅高贵，受过良好教育，还是个虔诚的教徒。婚后的头五年，他们住在奥尔巴尼，之后在纽约定居。艾伦是法国纺织品的进口商，他在纽约的生意一度非常红火，赫尔曼也在纽约出生。他是家里八个孩子中的老三。但到了1830年，艾伦·梅尔维尔陷入了困境，举家搬回了奥尔巴尼。两年后，他破产了，还离开了人世。据说他生前已经精神失常，死后没有给家人留下一分钱。赫尔曼上了奥尔巴尼古典学院，这是一所男校。他在十五岁离开学校，在纽约州立银行当了一名职员。1835年，他在哥哥甘斯沃特的皮货店里工作，第二年又在他叔叔位于皮茨菲尔德的农场工作。他曾在赛克斯区一所公立学校当过一学期的老师。十七岁时，他去了海上当水手。对于他的这个做法，已经有很多人写过文章解释，不过，在我看来，他自己的解释就足够了，不需要再去寻找其他理由。他是这么说的："我为未来的生活勾勒过几个计划，却全都不幸失败了。我天生爱流浪，又必须为自己做点什么，这二者在我心里共同发生作用，于是我去了海上，当了一个水手。"他干过各种行当，但都没有成功。根据对他母亲的了解，我们可以推测，她毫不犹豫地表达出了对此的不满。他去做水手，就像在他之前和之后的很多男孩一样，因为他在家里很不开心。梅尔维尔的确是个怪人，可没有必要在他这个自然而然的选择中寻找怪异之处。

他到达纽约时全身湿透，穿着打了补丁的裤子和猎装，口袋里一个子儿也没有，却带着哥哥甘斯沃特交给他拿去卖掉的一支猎枪。他穿过城市来到哥哥一个朋友的家里，住了一夜，第二天和这个朋友一起去了海滨。经过一番搜寻，他们找到了一艘开往利物浦的船，于是梅尔维尔签约在船上当了小工，每个月的薪水为三美元。十二年后，他在《雷德伯恩》一书中记录了这次航行往返途中的经历和在利物浦居住的情形。他认为自己的这段描述粗制滥造，不过他写得非常生动有趣，而且是用英文写成的，简单直接，读起来很轻松，不矫揉造作，可以入选他最有可读性的作品行列。

关于他接下来的三年是如何度过的，我们知之甚少。根据公认的记录，他曾在多个地方"教书"：他一度在纽约的格林布什教书，每个季度赚六美元，外加伙食费。他还为当地报纸写了一些文章，其中一两篇已经被发现了。只是这些文章写得毫无趣味，却可以表明他已经断断续续地读了很多书。此外，这些文章的一些写作特点，他直到生命的尽头都没有改变,即毫无道理地引用神话中的神明、历史人物和幻想人物,以及各种各样的作家。雷蒙德·韦弗巧妙地写道:"他引用了伯顿、莎士比亚、拜伦、弥尔顿、柯勒律治和切斯特菲尔德,以及普罗米修斯和灰姑娘、穆罕默德和埃及艳后、圣母玛利亚和天堂女神、美第奇家族和伊斯兰教徒,将他们随意写入自己的文章里。"

但是,他是个极富冒险精神的人,可以设想,他最终再也无法忍受似乎是环境强加给他的驯服的生活了。虽然他不喜欢桅杆下的生活,但还是下定决心再次出海。1841年,他乘坐捕鲸船"阿库什内特"号从新贝德福德驶往太平洋。水手舱里的人无不粗鲁、野蛮、没文化,但只有一个人例外。此人是一个名叫理查德·托拜厄斯·格林的十七岁男孩。梅尔维尔是这样描述他的:"托比天生拥有非常迷人的外表。他穿着一件蓝色长工作服和一条帆布裤子,是甲板上最漂亮的水手,他个子特别矮小,也很瘦弱,四肢非常灵活。他本就皮肤黝黑,在热带太阳的炙烤下,肤色更深了,乌黑浓密的头发垂在太阳穴周围,衬托得他那双又大又黑的眼睛更加深邃。"

经过十五个月的巡航,"阿库什内特"号停靠在马克萨斯群岛的努库-希瓦岛。这两个小伙子厌倦了捕鲸船上的艰苦生活和残暴的船长,决定开小差。他们尽可能多地把烟草、船上的饼干和(给当地人的)印花布塞进衣服前襟,便向岛内进发了。他们一连走了几天,路上遭遇了各种各样的灾祸,终于来到了土著泰比人居住的山谷,受到了泰比人的热情接待。他们到达后不久,他就打发托比去求医,因为他的腿在路上受了重伤,一走就疼得厉害,但托比的真实目的是安排他们逃跑。泰比人是出了名的食人族，他们必须谨慎行事，不能指望他们的善意会持续太久，否则就太不明智了。托比再也没有回来，过了很久才发现，他刚到海边就被人绑架到了一艘捕鲸船上。据梅尔维尔自己说，他在山谷里待了四个月，受到了很好的款待。他和一个叫法亚威的女孩成了朋友，和她一起游泳、划船，除了害怕被吃掉之外，他过得很开心。这时，碰巧有一艘捕鲸船的船长在努库-希瓦岛停泊，听说有个水手住在泰比人那里。他的许多船员都弃船逃走了，于是他派了一船当地人去解救梅尔维尔。根据梅尔维尔自己的说法，他说服了土著让他去海滩，在一次小规模的冲突中，他用船钩杀死了一个人，成功逃脱。

他此时登上的这艘船叫"朱丽亚号"，船上的生活比在"阿库什内特号"上还糟糕，船长在海上航行了几个礼拜寻找鲸鱼，却一无所获，就把船停在了塔希提岛附近。船员们发动了哗变，在法属波利尼西亚首府帕皮提经过审判，他们很快就被关进了当地的监狱。"朱丽亚号"签下了新的船员，扬帆起航，入狱的船员不久得到了释放。梅尔维尔和另一个老船员（一个落魄医生，他管他叫长鬼医生）一起乘船到了邻近的莫雷亚岛。在岛上，他们二人受雇给两个种植园主的土豆除草松土。梅尔维尔在马萨诸塞州为他的叔叔干活时就不喜欢务农，更不喜欢在波利尼西亚热带的阳光下务农。后来，他和长鬼医生一起离开了，靠当地人生活，最后，他抛下了医生，说服了一条被他称为"海怪利维坦"的捕鲸船的船长签约雇佣他。他乘这艘船到达檀香山。至于他在那里做了什么，至今没有定论。据说他找到了一份职员工作。然后，他作为一名新兵，在美国的护卫舰"合众国号"上服役，一年后，当这艘船返回美国时，他退伍了。

这一年是1844年，梅尔维尔二十五岁了。没有他年轻时的画像存世，但从他中年时的画像来看，我们可以想象他二十多岁时高大结实，强壮而活跃，有一双小眼睛，但鼻梁挺直，气色红润，留着一头漂亮的卷发。

他回到家，发现母亲和姐妹们定居在奥尔巴尼郊区的兰辛堡。他的哥哥甘斯沃特不再经营皮货店，而是成为了一名律师兼政治家。他的二哥艾伦也是一名律师，已经在纽约定居下来。他的弟弟汤姆不久也会像赫尔曼一样做水手，当时才十几岁。赫尔曼发现自己因为"曾经生活在食人族中间"，而成了大家关注的焦点，他向热心的听众讲述了自己的冒险经历。他们劝他写本书，他立刻开始动笔。

他以前也试过写作，却并不成功。但他必须挣钱，而写作对他来说，就像以前和以后许多误入歧途的作家一样，是一种简单的赚钱方式。他根据自己在努库-希瓦岛上短暂居住的经历写成了《泰比》一书，这本书完成的时候，在伦敦担任美国公使的秘书的甘斯沃特·梅尔维尔把手稿交给了约翰·默里出版社，他们接受了。过了一段时间，威利和帕特南出版社在美国出版了这本书。书很受欢迎，梅尔维尔受到鼓舞，又写了他在南太平洋冒险的故事，他给这本书起名为《欧穆》。

该书于1847年出版，就在这一年，他迎娶了首席法官肖的独生女伊丽莎白，伊丽莎白家与梅尔维尔家相识已久。这对年轻的夫妇搬到了纽约，住在第四大道一〇三号艾伦·梅尔维尔的家里，一起住的还有赫尔曼和艾伦的姐妹奥古斯塔、范妮、海伦。我们并不知道这三位姑娘为什么不再和母亲住在兰辛堡。赫尔曼潜心写作。1849年，他结婚已有两年，他的长子马尔科姆出生几个月了，他再次横渡大西洋，这次是作为乘客去见出版商，安排出版《白外衣》。他在书中描述了自己在美国护卫舰上的经历。从伦敦，他去了巴黎、布鲁塞尔和莱茵河上游。他妻子在她枯燥的回忆录中写道："1849年夏天，我们留在纽约。他写了《雷德伯恩》和《白外衣》。同年秋天，他去了英国，出版了这两本书。他从中并没有感到满足，又因思家情切匆忙返家，没有理会达官贵人的诱人邀请，比如鲁特兰公爵邀请他去贝尔沃城堡度过一个礼拜。我们去了皮茨菲尔德，1850年夏天登船。1850年10月秋天搬到箭头农场。"

箭头是梅尔维尔给皮茨菲尔德的一个农场取的名字，他用岳丈首席法官肖的钱买下了这个农场，在这里他和妻儿、姐妹定居下来。梅尔维尔夫人在日记中实事求是地写道："他是在很不利的情况下撰写《白鲸》的。他整天坐在书桌前，直到四五点钟才开始写，天黑后骑马去村里。他起得很早，早饭前出去散步，有时劈柴锻炼身体。在1853年的春天，我们都担心压力损害了他的健康。"

梅尔维尔在箭头农场住下来后，发现霍桑[①]就住在附近。他对霍桑的仰慕，就好像女学生对年长作家的迷恋，而这种迷恋很可能让矜持、自我中心、含蓄的霍桑有些不知所措。他在写给霍桑的信中充满了热情："我觉得，认识了您，即便离开这个世界，我也更为满足了。"他在其中一封信里写道，"认识了您，比《圣经》更能让我相信

[①] 纳撒尼尔·霍桑，十九世纪美国小说家。

我们可以永生。"有一天晚上，他骑马到勒诺克斯的红屋，跟霍桑谈论"天意、未来以及人类所不能理解的一切"，这似乎使霍桑感到有些厌烦。在两位作家谈话时，霍桑太太就在她的台子边上做针线活，在给母亲的一封信中，她这样描述梅尔维尔："我并不确定自己是否认为他是个伟大的人……他有一颗真诚温暖的心，拥有灵魂和智慧。他的指尖洋溢着生命力。认真，真诚，虔诚。非常温柔和谦虚……他有极为敏锐的洞察力。但使我吃惊的是，他的眼睛并不大，也不深邃。他似乎什么都看得很准。通过那双如此之小的眼睛，我真不清楚他是怎么做到的。他那双眼睛并不敏锐，在任何方面都不出众。他的鼻子倒是笔挺，相当漂亮，而他的嘴显现出了敏感、丰富的情感。他高大挺拔，神态洒脱，勇敢而有男子气概。谈话时，他很爱打手势，很有力量，沉浸在谈话之中。他并不优雅，也谈不上有礼貌。有时候，他突然失去活力，从那双我并不喜欢的眼睛里流露出一种异常平静的神色。那是一种内向而朦胧的眼神，但同时又使你觉得他在那一刻正深刻地注意着他面前的一切。这是一种奇怪而慵懒的目光，却带有一种独特的力量。那目光似乎并不会看透你，而是把你吸入其中。"

霍桑一家离开了勒诺克斯，梅尔维尔和霍桑之间的友谊也画上了句点。他们之间的这段友谊，在梅尔维尔一方来说热情如火，情深义重，在霍桑一方则很沉静，也许还有些尴尬。梅尔维尔把《白鲸》献给了霍桑。霍桑读过该书后写的信都不在了，但从梅尔维尔的回信来看，他似乎认为霍桑不喜欢《白鲸》。公众和评论家也不喜欢。他随后所写的《皮埃尔》反响更糟，甚至遭到了轻蔑的谩骂。他靠写作赚的钱很少，他不仅要养活妻子、两个儿子和两个女儿，很可能还要养活他的三个姐妹。从梅尔维尔的信件可知，在他看来，在自己的土地上务农，就像在皮茨菲尔德给叔叔割干草或在莫雷亚岛挖土豆一样，也不合自己的兴趣。事实上，他从来就不喜欢干体力活："看我的手。这只手掌上有四个水泡，是几天前用锄头和锤子磨出来的。早晨下雨了，我待在室内，所有的工作都暂停了。我的心情很愉快……"一个双手如此柔软的农夫，是不可能靠种地赚钱的。

他的首席法官岳父似乎定期来资助这个家庭。他既明智又善良，我们可以猜想，正是他建议梅尔维尔去寻找其他谋生的途径。岳父动用了各种各样的关系，想给他谋一个领事的职务，但都没有成功，他不得不继续写作。梅尔维尔病了，首席法官再一次伸出了援手。1856年，他再次出国，这一次去了君士坦丁堡、巴勒斯坦、希腊和意大利。回国后，他靠讲学赚了点钱。1860年，他进行了最后一次旅行。他弟弟汤姆指挥着一艘从事中国贸易的快速帆船"流星号"，梅尔维尔就是乘坐这艘船绕过合恩角到达旧金山的。人们以为他还有足够的冒险精神，会抓住这个机会到远东去，但不知什么原因，要么是他对弟弟感到厌烦，要么是弟弟受够了他，反正他在旧金山下船回家了。多年来，梅尔维尔一家一直生活在极度贫困之中，但是，1861年，首席法官去世了，给他的女儿留下了一笔可观的遗产。他们决定离开箭头农场，在纽约从赫尔曼富有的哥哥艾伦那里买了一套房子，把箭头农场抵作部分房款，移交给了艾伦。梅尔维尔在东二十六街一〇四号的这所房子里度过了余生。

按照雷蒙德·韦弗的说法，在这个时候，倘若他能从他的书中赚取一百美元的版税，就算得上好年头了。1866年，他得到了海关检查员这个职位。做这份工作，他每天得到四美元的报酬。第二年，他的大儿子马尔科姆在他自己的房间里开枪自杀了，但究竟是有意为之，还是出于意外，我们不得而知。他的次子斯坦威克斯离家出走，从此杳无音信。梅尔维尔在海关做了二十年的小官。后来，他妻子从她哥哥塞缪尔那里继承了一笔钱，于是他辞了职。1878年，由他的叔叔甘斯沃特出资，他出版了一首两万行的诗，名叫《克拉雷尔》。在他去世前不久，他写了（或者说重写了）一本名为《比利·巴德》的中篇小说。他死于1891年，终年七十二岁，完全被世人遗忘了。

2

上述便是传记作家笔下的梅尔维尔的生平，但很明显，还有很多事情他们没有讲到。他们忽略了马尔科姆的死和斯坦威克斯的离家出走，好像这些都是无关紧要的事。长子不幸身亡，父母必然心痛不已。第二个孩子失踪了，他们也肯定非常担心。大儿子在十八岁开枪自尽后，梅尔维尔太太肯定会和自己的兄弟们通信谈及此事。我们只能假设这些信全被禁止发表了。到1867年，梅尔维尔确实已经不复昔日的名气，但可以料想的是，这样的事件依旧会让媒体想起他的存在，报纸也会进行报道。这是很好的新闻事件，美国报纸一定会毫不犹豫地大肆报道。没有对那个男孩的死因进行调查吗？他若真是自杀，那他为什么走上绝路？斯坦威克斯为什么逃跑？他在家里的生活是怎样的，竟然把他逼到走这一步？怎么可能连一点他的消息都没有？据我们所知，梅尔维尔太太是一位慈爱的好母亲。但奇怪的是，就我们所知，她似乎没有采取任何措施与二儿子取得联系。只有她和她的两个女儿参加了梅尔维尔的葬礼，而据我们所知，他的直系亲属中仅她们三人还活着，由此推断，斯坦威克斯可能已经死了。记录显示，梅尔维尔年老时很喜欢孙子孙女，但他对自己儿女的感情却并不明朗。刘易斯·芒福德写的梅尔维尔的传记很有道理，看起来十分可信，按照他所写，梅尔维尔与孩子们的关系很糟糕。他似乎一直是个既严厉又没有耐心的父亲。"他的一个女儿每次想起父亲的形象，都会感到痛苦、反感……当他花十块钱买艺术品、版画或雕像时，家里却连面包都吃不上了，如此一来，她们留下黑暗记忆，又有什么好奇怪的呢？"反感是一个很强烈的字眼。对于父亲不顾及他人的行为，人们觉得用"不耐烦"或"恼火"来形容女儿的感受更为合适。因此，她们心存怨恨，一定还有其他原因。梅尔维尔的幽默似乎不符合她们的品位。仔细斟酌字里行间，很难不怀疑他有时喝多了酒回家，情况则更糟。我现在还要补充一点，不过只是猜测而已。托尔教授在《思想史杂志》上发表的一篇文章中指出，梅尔维尔"滴酒不沾，在这方面绝对坚定"。对他这话，我实在难以相信。他是个开朗、好交际的人，作为一个水手，他很可能在桅杆前和大家一起喝酒。我们知道，在他第一次作为乘客到欧洲旅行时，他一直坐到深夜，与一位名叫阿德勒的年轻学者一边喝着威士忌潘趣酒，一边畅谈形而上学。后来在箭头农场，朋友们从城里去看他，在游览邻近的名胜时，"听到了很多关于香槟、杜松子酒和雪茄的事"。梅尔维尔的职责之一是检查入港船只，除非当时的美国船长们和现在完全不同,否则我们可以肯定,他在船上待不了多久就会被带到下面的船舱里喝酒。当他对生活感到失望时,借酒浇愁一番,是很自然的事。在此,我应该补充一点,与海关的许多同事不同,他以最正直的态度履行自己的职责。

梅尔维尔是一个非常古怪的人,很少有确切的证据能让人对他的性格有所了解。但从他的前两本书中,可以清楚地了解年轻时的他。对我来说,我觉得《欧穆》比《泰比》更具可读性。《欧穆》简单明了地记述了他在莫雷亚岛上的经历,总体上可以说是真实可信。另一方面,《泰比》似乎既有事实,也有幻想,是这二者的融合。根据查尔斯·罗伯茨·安德森的说法,梅尔维尔在努库-希瓦岛只待了一个月,而不是他假称的四个月。他在去泰比山谷的路上的冒险并不像他所说的那样惊心动魄,他从所谓的喜欢吃人的土著那里逃出来的经历,也不像他说的那般危险。他讲述的大逃脱故事并不真实可信:"整个营救场面不切实际,没有说服力,显然是匆忙写成的,更多的是为了把自己塑造成大英雄,丝毫不尊重逻辑是否通顺,也不重视戏剧技巧。"梅尔维尔不应该因此而受到指责。我们知道,他反复向愿意听的人讲述自己的冒险经历,人人都知道,每次讲故事时,要抵制住诱惑,不把故事变得更精彩一点、更令人兴奋一点,是多么困难。在把故事写下来的时候,若只是如实陈述那些平淡、并不是特别心惊肉跳的事实,忘记他在无数次讲述时的润色,那实在是难为他了。事实上,《泰比》似乎就是梅尔维尔将当时的各种游记汇编在一起,再融入经过修饰的他自己的经历。勤奋的安德森先生已经证明,有时他不仅重复了这些游记中的错误,还在不同的情况下使用了作者的原话。在我看来，这就是读者觉得该书很沉重的原因。但是，《泰比》和《欧穆》都很好地运用了当时的习语。梅尔维尔已经倾向于使用文学词汇，而不是简单的词汇。例如，他喜欢称建筑为"大厦"；若形容一间小屋在"附近"，他会用"毗邻"这个词；大多数人只会说很"累"，他却会说"疲倦"。一般人只是"表现"感情，他则会说"诠释"感情。

然而，这两本书将作者的形象清晰地展现了出来，不用费什么想象力就能看出，他是一个吃苦耐劳、勇敢而又坚定的年轻人，意气风发，喜欢玩乐，不爱工作，但不懒惰。他爽朗、和蔼、友好、无忧无虑。他被美丽的波利尼西亚姑娘们迷住了，任何一个与他同龄的小伙子都会这样。她们当然愿意向他献殷勤，他要是不接受，那才怪呢。如果说他有什么不寻常之处的话，那就是他对美有一种强烈的喜爱，而年轻人对美往往是很冷漠的。他对大海、天空和青山的赞赏中弥漫着强烈的感情。也许唯一能说明他比任何其他二十三岁的水手更特别的地方，便是他"喜欢沉思"，而且对此心知肚明。"我酷爱沉思。"他很久以后写道，"在海上航行时，我常常在夜里爬到高处，坐在帆桁上，把上衣披好，尽情地沉思。"

这个表面上看起来很正常的年轻人，为何会变成写《皮埃尔》的那个野蛮的悲观主义者？《泰比》的作者明明很普通，是什么让他变成了充满黑暗想象力、强大力量、丰富灵感和很有说服力的作家，创作出了《白鲸》？有些人或许认为他精神错乱了。这一点显然被他的崇拜者断然否定了，好像这是一件不光彩的事，当然，这并不比得了黄疸病更不光彩。我在这篇文章中没有谈到《皮埃尔》。这是一本荒谬可笑的书，但不乏意味深长的内容：梅尔维尔带着痛苦和怨恨写作，在心中激情的作用下，他不时地创作出充满力量和说服力的段落，但书中的情节并不真实可信，动机无法令人信服，对话也十分生硬。《皮埃尔》给人的印象是，这本书是作者在神经衰弱晚期写出来的。但这与疯狂并不一样。即便有什么证据能证明梅尔维尔曾经精神失常，据我所知，这些证据也从未显露在人前。还有人认为，从兰辛堡搬到纽约后，由于进行了深入细致的阅读，梅尔维尔深受影响，以至于性情大变。还有人说他被托马斯·布朗爵士①逼疯了，就像堂吉诃德被骑士的冒险故事弄疯了一样，但这种说法过于幼稚，无法让人信服。通过某种不为人知的方式，平凡的作家变成了天才作家。在性意识发达的今天，从性方面来寻找原因去解释如此奇怪的情况，是很自然的。

《泰比》和《欧穆》是在梅尔维尔娶伊丽莎白·肖之前写的。在他们结合的第一年，他写了《玛迪》。这本书的开头直接续写了他做水手的冒险经历，可越写就越异想天开。该书冗长，在我看来还很乏味。至于其主题，雷蒙德·韦弗评价得最为贴切，我无法企及："梅尔维尔在求爱期间被一种神圣而神秘的快乐触动了。《玛迪》追求的是完全而不可分割地拥有这种快乐：在对母亲那份饱含痛苦的爱中，他体会过这种快乐。在对伊丽莎白·肖的爱恋中，这种快乐让他心醉神迷……《玛迪》是对逝去魅力的朝圣……是对来自欢乐岛的少女伊拉的追求。这本书有关穿越文明世界寻觅她的芳踪。不过他们（小说

---

① 托马斯·布朗爵士，十七世纪英国散文大师。

中的人物）一有机会就大谈特谈国际政治和一系列其他话题,最后也没有找到伊拉。"

如果有人大胆猜测,难免会把这个奇怪的故事作为他对婚姻现状失望的第一个信号。对于伊丽莎白·肖,也就是梅尔维尔夫人是一个怎样的人,人们只能从她留下的几封信中做出猜测。她并不擅长写信,也许事实不止她在信中所提到的内容,但至少从这些信中可以看出,她深深地爱着自己的丈夫,她是一个理智、善良、务实的女人,却也有些狭隘和守旧。她对贫穷毫无怨言。她对丈夫的发展无疑感到困惑,也许还很遗憾他似乎一心想抛弃《泰比》和《欧穆》为他赢得的名气和声望,但她仍然相信他,钦佩他,直到最后都没有改变。她不是一个聪明的女人,却是一个善良、宽容和深情的妻子。

梅尔维尔爱她吗？他在求爱期间写过的信并没有流传下来,说他"被一种神圣而神秘的快乐触动了",不过是感性的假设而已。他的确娶了她。但是,男人结婚不只是为了爱。也许他受够了漂泊的生活,想要安定下来。关于他这个怪人,有件事很奇怪:尽管像他自己说的那样,他"天生爱流浪",但在他还是个孩子时,第一次前往利物浦,又在南太平洋待了三年之后,他对冒险的渴望已经熄灭了。他后来的旅行不过是旅游。梅尔维尔之所以结婚,或许是因为他的家人和朋友认为他该结婚了,也可能是为了不让自己继续沮丧下去。谁又能说得清呢？刘易斯·芒福德说:"他和伊丽莎白在一起从来都不太开心,离开伊丽莎白也不太开心。"他还说,梅尔维尔不仅喜欢她,而且,"经过了长时间的分别,激情会聚集在他体内",可之后很快又会厌倦。他和很多男人一样，觉得比起和妻子在一起时，还是分开后更爱妻子。他也和很多男人一样，觉得比起真正进行性爱，还是期待性爱时更兴奋。我认为梅尔维尔很可能是对婚姻没有耐心。也许妻子给他的比他希望的少，不过他一直维持着这段婚姻，让她为他生了四个孩子。据大家所知，他一直对她十分忠诚。

所有关注梅尔维尔的人，无不会注意到他对男性之美的喜爱。从巴勒斯坦和意大利回国后，在一次关于雕塑的演讲中，他特别提到了名为《贝尔维德尔的阿波罗》的希腊罗马雕像。这座雕像的主要优点在于它塑造的是一个非常英俊的年轻人。我在上文中提到过托比给梅尔维尔留下的印象，而梅尔维尔就是在托比的陪伴下从"阿库什内特号"上逃走的。在《泰比》中，梅尔维尔描述了他所交往的那些年轻人完美的身体。比起和他调情的姑娘，他对这些年轻男子的描写要生动得多。但在那之前，在他十七岁那年，他乘船前往利物浦。在那里，他和一个叫哈里·波顿的男孩交了朋友。他在《雷德伯恩》中是这样描述他的："他个子不高，但体型完美，留着一头卷发，拥有丝绸般质地的肌肉，似乎是从茧中生出来的。他的肤色偏深，像女孩的皮肤一样娇嫩。他的脚很小，手心很白。他的眼睛又大又黑，具有女性的柔美。他的声音如诗如歌，还很像竖琴的美妙琴音。"人们对这两个男孩匆忙去伦敦的旅行产生了怀疑，甚至对哈里·波顿是否存在都有所疑问。但是，如果说梅尔维尔虚构出哈里·波顿是为了给自己的叙述增添一段有趣的情节，那么，像他这样一个男子汉居然虚构了一个明显是同性恋的人物，就非常奇怪了。

在美国的护卫舰上，梅尔维尔的好朋友是一位名叫杰克·蔡斯的英国水手，他"身材高大，体格健壮，眼睛清澈，眉眼清秀，留着浓密的栗色胡子"。"这个人拥有令人吃惊的理智和感情。"他在《白外衣》里写道，"要是有人说自己不爱他，肯定没有说实话。"他还写道，"亲爱的杰克，无论你现在在什么地方随着蓝色的巨浪上下起伏，都带上我最好的祝福。愿上帝保佑你，无论你去哪里。"这是梅尔维尔少有的温柔。这个水手给他留下了极为深刻的印象，他甚至将自己的中篇小说《比利·巴德》献给了他，这是他在五十年后写的，完成这本书的三个月后，他就去世了。该故事着重描述了男主人公惊人的美貌。正是这一点，使船上的每个人都爱上了他，也正是这一点，间接地导致了他悲惨的结局。

很明显，梅尔维尔是一个受到压抑的同性恋者，如果我们相信我们所读到的，他这样的人在他那个时代的美国比当今更常见。作家的性倾向与读者无关，除非这影响到了他们的作品，就像安德烈·纪德和马塞尔·普鲁斯特。假如真是如此，而事实又摆在你面前，许多晦涩，甚至难以置信的事情就变得清楚明了了。如果我详述梅尔维尔的这一癖好，那是因为它可以解释他为何对婚姻生活有所不满。也许是因为性方面受了挫折，才导致了他的变化，不过，所有对他感兴趣的人都不清楚是什么样的挫折。很有可能是他的道德感占了上风。我想说，谁能说得出来，一个人身上存在着什么样的本能，虽然他从未屈服，却可能对他的性情产生巨大的影响？这个本能也许从未被发现，也可能已经发现了，只是被愤怒地压抑着，只会在想象时沉溺于其中。

3

　　梅尔维尔的阅读虽然毫无条理，但始终涉猎广泛。他似乎主要深受十七世纪的诗人和散文家的吸引。我们必须假定，他在他们身上发现了一些东西，而这些东西特别符合他自己混乱的倾向。至于他们的影响对他有害还是有益，都是个人的看法。他早年受的教育很少，而且，就像这种情况经常发生的那样，他在后来的岁月里并没有完全吸收他所获得的文化。文化不是现成的衣服，拿过来穿在身上就可以，文化犹如营养，你得将其吸收，从而打造自己的个性，就像食物让成长中的男孩身体发育一样。文化不是修饰表达炫耀知识的装饰品，而是要艰苦学习才能获得、用以充实灵魂的手段。

　　为了创作《白鲸》，梅尔维尔进行了一项很危险的实验，他以十七世纪作家的风格为基础，为自己设计了一种风格。若是能处理得当，这种风格就能叫人印象深刻，具有诗歌的力量，但这毕竟仍是模仿。这么说，并不是对它的贬低。仿制品也可能有很强烈的美感。公元前一世纪的作品《米洛的维纳斯》就是一件仿制品，后来罗马的《挑刺的少年》也是如此。这两件作品以前都被认为是五世纪中期雕刻家的作品。伟大的锡耶纳画家杜乔以十二世纪早期的拜占庭绘画为基础，而不是以两个世纪后他所在时代的拜占庭绘画为基础。然而，当作家尝试模仿，所面对的困难在于无法达到连贯和一致。就像约翰逊博士的老同学爱德华兹先生发现，人因为可能突然迸发出快乐的情绪而不可能进行哲学思考，同样，在模仿作品中，作者自然而然使用的当代习语，也会与他所模仿的习语产生矛盾。"要写出一部伟大的作品，就必须选择一个伟大的主题。"梅尔维尔如是写道。很明显，他认为这必须以宏大的风格来处理。罗伯特·路易斯·史蒂文森声称梅尔维尔没有耳朵。我不知道他是什么意思。梅尔维尔拥有真正的节奏感，他的句子无论多长，总体上都很工整。他喜欢浮夸的词句，事实上，他所使用的庄严词汇常常使他获得极大的美感。有时，这种倾向使他的作品中出现了很多无谓的重复，比如 umbrageous shade，这词组的意思是"阴暗的阴影"，但不能否认的是，这样的写法韵律分明。有时，hasty precipitancy① 这种无谓的重复弄得我们头昏脑涨，却只是敬畏地发现，弥尔顿就曾写过"Thither they hasted with glad precipitance."②。梅尔维尔时而以一种意想不到的方式使用普通词汇，还常常通过这种方式造成令人愉快的新奇效果。即便你觉得他对这些词汇的使用并不适合，也不能轻率地指责他 hasty precipitancy，因为他有权这样写。看到他写的 redundant hair③，你想到的可能是少女嘴唇上方的绒毛是多余的，而不是少年的头发很多余。但如果你查字典，就会发现 redundant 还有丰富之意，弥尔顿的作品中就出现过 redundant locks④ 这样的说法。

梅尔维尔在《白鲸》中所采用的写作方式，难点在于必须自始至

---

① 意为：仓促的仓促。
② 意为：他们高兴而又急匆匆地奔向那里。hasted 和 precipitance 两个词都为"匆忙"之意。
③ redundant 意为多余、丰富，hair 意为毛发。
④ 意为：浓密的头发。

终保持修辞水平。内容必须与风格相一致。作家不能多愁善感,也不能幽默。梅尔维尔经常两者兼而有之,读他的作品会让人感觉很尴尬。

他的趣味叫人捉摸不透,有时,他力图做到富含诗意,结果却荒唐可笑:"亚哈的脑海里并无杂念,他像一尊铁像一样,站在后桅索具旁他常待的地方,不假思索地用一只鼻孔嗅着女妖群岛传来的醉人麝香香气(温柔的情人一定正在女妖群岛那美丽的树林里散步),另一只鼻孔则有意识地吸入新发现的大海的咸腥气味……"一个鼻孔嗅着一种气味,同时另一只鼻孔嗅着另一种气味,可谓非凡的本领,可这是根本不可能做到的。我并不认同梅尔维尔偏爱只在诗歌中使用的古语:o'er 代替 over,nigh 代替 near,ere 代替 before,anon 代替 eftsoons。① 最好的散文本该气势雄浑纯粹,这些词语却让字里行间添了几分陈腐庸俗之气。他的词汇量很丰富,有时,这些词根本不受他的控制。他发现要写出一个名词,就很难不加上形容词 mystic②。他用这个词的时候,仿佛它的意思是"奇怪的""神秘的""令人敬畏的""令人恐惧的",反正就是他当时想表达的意思。斯托尔教授在我前文提到过的那篇文章中(这篇文章和他的其他作品一样非常理性,甚至可说极度理性),将这种做法称为"伪诗体",这么说非常公正。斯托尔教授在这篇文章中谈到了梅尔维尔的一个特点,这个特点一定会使所有的读者感到不安,那就是他喜欢用分词构成副词。也许正是因为这个原因,史蒂文森才说梅尔维

---

① 中文释义依次为:结束、附近、在……之前、不久以后。
② 意为:神秘的。

尔没有耳朵，因为人们不得不承认，这些结构很少具备旋律，因而并不具有可取之处。我注意到的韵律最差的词是 whistlingly，但斯托尔教授引用过其他一些例子，比如 burstingly 和 suckingly。他还可能引用上百个与之极为相似的例子。牛顿·阿尔文在他苦心孤诣地（在我看来却是执迷不悟地）创作的"美国文学家"系列中列举了梅尔维尔造词的例子，比如 footmanism、omnitooled、uncatastrophied 和 domineerings，① 他似乎认为这些词为梅尔维尔的风格增添了一种独特的美感。这些词确实让梅尔维尔的风格更具特点，但肯定不会增加美感。如果梅尔维尔接受过更广泛的教育，品味不那么捉摸不定，他就可以达到他想要的效果，还不至于扭曲他所模仿的语言。

梅尔维尔的对话与日常对话几乎完全不同，高度风格化。既然"裴廓德号"上的主要人物都是贵格会信徒，梅尔维尔使用第二人称单数是很自然的，但我认为，他发现这适合他所深思熟虑的目的。他很可能觉得，这让他的对话有了僧侣体风格，用词也有了诗意。他不善于区分不同人物的说话方式，那些人物说起话来的风格都很相似。亚哈说起话来和他的副手差不多，副手说起话来和木匠、铁匠差不多，还大量使用了暗喻和明喻。魁魁格以为自己快死了，便躺在他为自己做的棺材里。有色人种男孩比普失去了理智，"走到他躺着的地方，轻轻地抽泣着，拉着他的手。他的另一只手里拿着他的小手鼓"。他对土著说了这样一番话："可怜的流浪者啊！这令人疲倦的流浪，还没个完吗？你们现在往哪里去呢？如果水流把你们

---

① 中文释义依次为：仆从风格、无所不知、无恶不作、盛气凌人。

带到美丽的安的列斯群岛,那里的海滩上只有睡莲,你们愿意帮我一个小忙吗? 帮我找一个叫比普的人,他失踪很久了,他一定很伤心! 他都没有带走他的手鼓。不过手鼓被我找到了。好了,魁魁格,现在你可以死了。我会为你奏出死亡进行曲。"大副斯达巴克"从舷窗向下望着"这个场面,喃喃地说着这样的话:"我听说有人得了严重的热病,就会在不知不觉中说一些古话。后来谜底揭开了,往往就会发现,他们在完全遗忘了的童年时代听某些崇高的学者说过那些古话。因此,我深信,可怜的比普疯疯癫癫,说出了这番可爱又奇怪的话,带来了我们天堂家园中一切至福的证言。除了天堂,他还能是从哪儿学来的呢?"

当然,在小说中,对话必须是风格化的。逐字逐句地复制日常对话只会叫人难以忍受。但这需要有个度。对话自然应该逼真,以免让读者感到惊讶。亚哈跟二副斯塔布谈起白鲸,大声嚷道:"我要环绕无边无际的地球十圈。我要径直潜入地心,但我还是要杀死它! "听到这种浮夸的言辞,你只能报以一笑。

尽管如此,尽管人们可能有所保留,梅尔维尔的英语写作确实异常出色。有时,正如我指出的那样,他的写作风格使他在修辞上过于华丽,但在巅峰时期,他的辞藻气势恢宏、掷地有声、庄严流畅,就我所知,没有一个现代作家能在这一点上望其项背。的确,这有时让人想起托马斯·布朗爵士气势磅礴的语句和弥尔顿的庄严时期。我想提醒读者注意,梅尔维尔巧妙地将水手们在日常工作中使用的普通航海术语融入到他的作品中去。如此一来,《白鲸》这部奇怪而有力的小说的阴郁交响曲,便具有了现实主义的色彩,仿佛在字里行间弥漫着大海清新的咸涩气味。每个作家都有权凭借自己最好的作品来受人评判。梅尔维尔的最佳作品有多出色,读者可以通过阅读《大舰队》这一章来判断。在描写情节之际,他的遣词造句气势磅礴、铿锵有力,而他那正式工整的写作方式又大大增强了震撼人心的效果。

4

《白鲸》是梅尔维尔唯一能与伟大小说家的著作相提并论的作品。凡是读过我写的东西的人,都不会指望我把《白鲸》当成寓言来看。读者若有这个意思,只能另寻他处了。作为一个还算有经验的小说家,我只能从我自己的角度来讨论这个问题。小说的目的是给人以美的愉悦,但并不具有实际的目标。小说家的工作不是提出哲学理论,那是哲学家的任务,而且他们能做得更好。不过,既然一些非常聪明的人都把《白鲸》当成寓言,那我在此讨论一番,也算恰当。他们把梅尔维尔自己的评论视为讽刺之语:"他担心自己的作品可能被看成可怕的传说。"他写道,"甚至更糟,更可憎,会被当作骇人、难以忍受的寓言。"一个有经验的作家说了一番话,假如只相信他的字面意思,而不是评论家所认为的引申含义,是不是太草率了?的确,在给霍桑夫人的信中,他写道,他在写作时"有一些模糊的想法,认为整本书都可以采用寓言的结构"。但这并不足以证明他有意写一本寓言。即便这可以作为解释,也很可能是事出偶然,而他给霍桑夫人的信似乎也表明他非常沮丧。我不清楚评论家们是怎么写小说的，但我知道小说家是怎么写小说的。他们不会提出一个一般性的命题，比如"诚实才是上策"或"闪光的东西并不都是金子"，然后说"我们就此来写一篇寓言吧"。有时，一组通常以作家认识的人为原型的人物激发了他们的想象力，还有时候，在同一时间或是一段时间之后，作家经历过的、听说过的或虚构的一个事件或一系列事件突然出现在他们面前，使他们能够适当地利用这些事件，将人物和事件融合在一起，来发展他们头脑中产生的主题。梅尔维尔并不擅于空想臆造，至少在他试图空想臆造的时候，就像在《玛迪》中那样，他却一败涂地。他拥有丰富的想象力，而若要想象，他需要一个坚实的事实基础。的确，有些评论家因此指责他缺乏创造力，而在我看来，这样的指责是毫无道理的。诚然，在有自己或他人的经历为支撑的时候，他的创造力就更具说服力，但大多数小说家也是如此。有了这个基础，他的想象力就可以自由发挥，尽情挥洒。他的《皮埃尔》便没有这个基础，于是变得荒唐可笑。的确，梅尔维尔是一个酷爱"思考"的人，随着年龄的增长，他开始专注于形而上学，说来也怪，雷蒙德·韦弗竟称之为"苦难在思想中溶解"。这是一种狭隘的观点：人们可以更恰当地关注这种观点，因为它涉及了灵魂所面临的最大问题。梅尔维尔处理形而上学的方式并非源于智力，而是出于情感。他之所以这样想，是因为他有这样的感觉；但这并不妨碍他的许多思考被人铭记。我本应该想到，有意写一部寓言，需要思想上的超然，这是梅尔维尔并不具备的。

斯托尔教授已经指出，对《白鲸》象征意义的解读是多么荒谬和矛盾，而这些解读全都被抛向了并无恶意的大众。他写得很有说服力，所以我没有必要再详述这个话题。不过，我要为这些评论家说几句话：小说家不会复制生活，而是根据自己的目的整理改编生活。他们根据自己的性格特点处理所得到的资料。他们绘制一幅连贯的图案，但他们绘制的图案因读者的态度、兴趣和个性而异。阿尔卑斯山的雪峰巍然屹立，光芒万丈，直插云霄，人们根据自己的爱好，可以认为山峰象征着人类渴望与上天合而为一。或者，大地深处的剧烈震动会震塌一座山脉，只要你愿意相信，你就可以视之为人类阴暗邪恶的感情的象征，这种感情会将人毁灭。又或者，如果你想赶时髦，你可以认为它代表阳具。牛顿·阿尔文把亚哈的那条牙腿看作"一种双关的象征，既代表他自己的无能，也表示对他极为不利的男性独立原则"，把白鲸视为"典型的父母，是父亲，但也是母亲，因为它成为了父亲的替代品"。埃勒里·塞奇威克声称，正是因为具有丰富的象征意义，这本书才能成为一本名著，在他看来，亚哈象征着"人类。他们有感情，爱思辨，有目标，有宗教信仰，顶天立地地对抗天地间浩瀚而神秘的力量。亚哈的对手白鲸莫比·迪克就是那个浩瀚而神秘的力量。这个力量不是白鲸创造出来的。在有法则制约或不受法则制约的宇宙中存在着一种叫人不快的公正，白鲸与这种公正是一样的。而以实玛利虔诚地认为是造物主创造了这种公正。"刘易斯·芒福德将白鲸视为邪恶的象征，而亚哈与白鲸的冲突则象征着善与恶的冲突，以善被征服而告终。这种说法有一定的道理，与梅尔维尔那喜怒无常的悲观主义十分吻合。

但寓言犹如一种不受驯服的动物。你可以抓住它们的头，也可以抓尾巴，在我看来，完全相反的解释同样可信。为什么要假定白鲸是邪恶的象征？的确，梅尔维尔安排小说叙述者以实玛利描述出亚哈疯狂的激愤之情，向咬掉他一条腿的那头不会说话的野兽报复。不过，这是他不得不利用的一种文学技巧，原因有二，第一，书中有斯达巴克这个人物代表智慧，第二，梅尔维尔需要一个人物来传达出亚哈锲而不舍地实现目标的精神，并在一定程度上同情亚哈，从而使读者认为他的目的并不是完全没有道理的。而芒福德教授所说的"空洞的恶意"，指的便是白鲸在遇袭时保护自己的行为。

"这畜生太邪恶了，
我们攻击它，它还会保护自己。"①

为什么白鲸不是代表善，而是代表恶？它美丽无比，体型巨大，拥有无穷的力量，自由自在地在海洋中畅游。而亚哈疯癫而傲慢，没有怜悯心，心狠手辣，粗暴无情，报复心切。他是一个邪恶的人。当最后的遭遇战到来的时候，亚哈和那些由"杂种叛徒、船难漂流者和食人者"组成的船员们都被消灭了，正义得到了伸张，白鲸泰然自若，悄然离去，继续它神秘莫测的生活，邪恶被消灭了，善终于胜利了。在我看来，这种解释和截然相反的解释一样合理。我们不要忘记，《泰比》一书是对未受文明恶习腐化的高贵野蛮人的赞颂，而

---

① 原文为法语：Cet animal est très méchant, /Quand on l'attaque, il se défend。

梅尔维尔把蒙昧的土著人视为善良之人。

　　幸运的是，人们可以带着浓厚的兴趣去读《白鲸》，而不去想这本书有没有或者有什么寓意或象征意义。我再怎么重复也不过分，读小说不是为了得到教育或陶冶，而是为了获得思想上的愉悦，如果你发现自己无法得到，最好弃之不读。但必须承认，梅尔维尔似乎尽了最大的努力不让读者从他的书里获得乐趣。他所写的故事奇怪、新颖、惊心动魄，却非常直白。故事的开头浪漫至极，让人钦佩。这个开篇激起了你的兴趣，之后，你一直深受吸引。一个个登场的人物形象、清晰地呈现在观众面前，栩栩如生，真实可信。随着情节的发展，紧张的感觉愈发强烈，你也觉得越来越刺激。故事的高潮部分极具戏剧性。我们很难理解为什么梅尔维尔有意牺牲对读者的吸引力，时不时停下来写一些关于鲸的自然史，描述鲸鱼的大小、骨架、交配的情形等。从表面上看，这是毫无意义的，就像一个人正坐在餐桌边讲故事，却不时停下来详细说明他用过的某个词的词源意义一样。蒙哥马利·贝尔金为一个版本的《白鲸》创作了一篇见地不凡的序言，他认为，既然这是一个追击的故事，那就必须一拖再拖，才能来到追击的结局，梅尔维尔写这些内容的目的正是如此。这样的说法恕我不能苟同。倘若他目的如此，在他在太平洋度过的三年里，他一定目睹过一些事件，听过一些奇闻逸事，他大可以把这些故事编进书里，更能达到目的。我个人认为，梅尔维尔写这些章节的原因很简单，就像其他许多自学成才的人一样，他过于看重自己通过千辛万苦所获得的知识，忍不住炫耀一番，就像在他早期的作品中，"他引用了伯顿、莎士比亚、拜伦、弥尔顿、柯勒律治和切斯特菲尔德，以及普罗米修斯和灰姑娘、穆罕默德和埃及艳后、圣母玛利亚和天堂女神、美第奇家族和伊斯兰教徒，将他们随意写入自己的文章里。"

就我个人而言，我可以饶有兴趣地阅读这些章节的大部分内容，但不可否认的是，这些内容确实与主题无关，还很遗憾地削弱了紧张的气氛。梅尔维尔缺乏法国人所说的"逻辑意识"，如果有人认为这部小说结构合理，就太愚蠢了。但他既然用这种方式创作自己的作品，那也是因为这正是他想要的。你要么接受，要么放弃。他很清楚，人们读《白鲸》并不会高兴。他固执的脾性，公众的忽视，评论家的猛烈抨击，身边人的不理解，这些都使他下定决心完全按照自己的意愿写作。你必须容忍他古怪的举动、满是缺陷的品位、沉闷的玩笑、错漏的结构，因为他有很多优点，精彩的词句随处可见，情节描写生动而动人心魄，他那细腻的美感和他那"神秘"思考的悲剧力量，也许是因为他有点糊涂，没有什么惊人的推理天赋，他的思考才会给人留下深刻的情感印象。但是，正是亚哈船长这个无处不在的、阴险而宏大的人物赋予了它独特的力量。要寻找他的故事里所充满的那种厄运感，只能去看希腊剧作家的作品；要寻找具有如此可怕力量的人物，则只能去看莎士比亚的作品。正因为赫尔曼·梅尔维尔刻画了亚哈这个人物，《白鲸》才能成为一部旷世巨作，虽然有人可能对此有所保留。

我多次重申，若要真正了解一部伟大的小说，就必须了解写这本小说的人。我认为，梅尔维尔和《白鲸》的情况正好相反。我觉得，当人们反复读《白鲸》时对梅尔维尔留下的印象，似乎比从他的生活和环境中所了解到的更有说服力、更明确。而你对他的印象是：他天赋异禀，却又天生邪恶，就像龙舌兰，刚绽放出娇艳的花朵，就枯萎了；他喜怒无常、郁郁寡欢，受到本能的折磨，而他对自己的本能避之唯恐不及；他意识到自己心里的美德已荡然无存，因为失败和贫穷而倍受折磨；他渴望结交朋友，却发现友谊微不足道。在我看来，赫尔曼·梅尔维尔就是这样一个人，对他，我们只能怀着深深的同情。

九

艾米莉·勃朗特和《呼啸山庄》

1

休·普朗蒂①是唐郡的一个年轻农民,他在1776年娶了埃丽诺·麦克罗里为妻。这对夫妻一共生了十个孩子,老大出生在他们结婚第二年的圣帕特里克节那天。休·普朗蒂以爱尔兰守护神②的名字为这个孩子命名。看起来他大字不识,似乎连自己的姓氏都不会拼写。他在洗礼录上把自己的姓氏写成了布伦提和布伦蒂③。他耕种的小块农田并不足以养活一大家子人,他还在一个石灰窑里做工,年景不好的时候,他就在附近一个贵族的庄园里做工。可以想象,他的大儿子帕特里克小时候在父亲的地上干零活,等长大了,他就

---

① 在英语中写作 Hugh Prunty。
② 即圣帕特里克。
③ 分别写作 Brunty 和 Bruntee。

得出去挣工资了。后来,他成了手织机织工。不过他是个聪明的孩子,胸怀壮志。不知怎的,在十六岁的时候,他接受了足够的教育,在家乡附近的一所乡村学校当上了老师。两年后,他在庄柏立洛尼的教区学校找到了一份类似的工作,一干就是八年。关于当时的情况,有两种说法:一种说法是,卫理公会的牧师们深感他能力卓绝,希望他能自学成为一名牧师,便给他捐了几英镑,加上他为数不多的一点积蓄,于是他得以去剑桥读书。还有一种说法是,他离开那所教区学校,到了一个牧师家里当家庭教师,正是在这位牧师的帮助下,他进入了圣约翰学院。那时他二十五岁,按年纪可以进入大学,他身材高挑,非常强壮,英俊潇洒,还对自己的美貌颇为得意。他靠一份奖学金、两份助学金和为别人辅导赚的钱维持生活。他在二十九岁时获得了学士学位,并被任命为英国国教的神职人员。如果卫理公会的牧师们确实资助他上了剑桥,他们一定觉得自己做了一笔糟糕的投资。

在剑桥求学期间,帕特里克·布兰迪①(按照他在入学花名册上登记的姓氏)把自己的姓氏改成了勃朗特②,但后来才采用分音符号,将自己的名字改成了 Patrick Brontë,即帕特里克·勃朗特。他被任命为埃塞克斯郡威瑟斯菲尔德的副牧师,在那里他爱上了玛丽·伯德小姐。她十八岁,虽然谈不上富有,却薄有资产。他们订婚了。由于某种至今仍不明了的原因,勃朗特先生抛弃了她。据推测,他对自己的优点有充分的认识,以为等一等能得到更好的机会。

① 写作 Branty。
② 写作 Bronte。

玛丽·伯德伤透了心。也许这位英俊副牧师的行为在教区里招惹了很多非议，于是他离开了威瑟斯菲尔德，在什罗普郡的惠灵顿当了副牧师，几个月后又在约克郡的哈特黑德当了副牧师。在那里，他遇到了一个相貌平平、身材矮小的三十岁女人，名叫玛丽亚·布兰韦尔。她自己每年有五十镑收入，出身于一个体面的中产阶级家庭。帕特里克·勃朗特这一年三十五岁，也许他认为，尽管自己样貌英俊，说着一口讨人喜欢的土腔，但到那个时候，对方已经是他能找到的最好的对象了。于是他向玛丽亚·布兰韦尔求婚，并得到了应允，1812年，他们结为了夫妇。在哈特黑德期间，勃朗特太太生了两个孩子，分别取名为玛丽亚和伊丽莎白。后来勃朗特先生又被任命为另一个地方的副牧师，这次是在布拉德福德附近。勃朗特太太在这里又生了四个孩子。他们分别叫夏洛蒂、帕特里克·布兰韦尔、艾米莉和安妮。结婚前一年，勃朗特先生自费出版了一本诗集《村舍诗》，结婚的一年后又出版了一本诗集《乡村吟游诗人》。住在布拉德福德附近时，他写了一本小说，名叫《林中小屋》。读过这些作品的人都说它们一无是处。1820年，勃朗特先生被任命为约克郡霍沃斯村的"终身助理牧师"，并在那里待到去世，照此看来，他的雄心壮志得到了满足。他再也没有回爱尔兰去看望父母、兄弟姐妹，但在母亲在世期间，他每年都寄给她二十英镑。

　　1821年，也就是这对夫妇结婚的九年后，玛丽亚·勃朗特死于癌症。失去了妻子的勃朗特说服他的大姨子伊丽莎白·布兰韦尔离开她在彭赞斯的家，搬过来照看他的六个孩子，但他还打算再娶。过了一段日子，他觉得时间差不多了，便写信给伯德太太，也就是十四年前他狠心抛弃的女孩的母亲，询问玛丽是否仍是单身一人。几个礼拜后，他收到了回信，又立刻给玛丽本人写了信，字里行间透着自命不凡，自我陶醉之意颇盛，还虚情假意，综合事实来看，他这封信透露出了极差的品位。他竟厚颜无耻地表示自己旧情复燃，很渴望见她一面。他实际上便是在求婚。她在回信中挖苦了他一番，但他没有被吓倒，又写了一封信，在信中非常不圆滑地表示："你爱怎么想就怎么想，爱怎么写就怎么写，但我毫不怀疑，如果你做我的妻子，肯定比现在或未来的单身生活更幸福。"（他在原信中就使用了不同的字体。）向玛丽·伯德求婚失败后，他把注意力转到了另一个方向。他似乎没有想到，一个四十五岁的鳏夫，带着六个年幼的孩子，并不是个好对象。他向在布拉德福德附近当副牧师时认识的伊丽莎白·弗里斯小姐求婚，可惜她也拒绝了他。这之后，他似乎终于放弃了这种四处求婚却讨不到好处的做法。不管怎么说，有伊丽莎白·布兰韦尔管家并带孩子，还是值得庆幸的。

霍沃斯村牧师住宅是一座褐沙石小屋，坐落在陡峭的山崖上，村庄散落在山脚下。屋前屋后都有一小片花园，两边是墓地。勃朗特姐妹的传记作者们认为这样的环境压抑萧瑟。对医生而言或许的确压抑，但牧师可能认为如此景象可以陶冶情操，甚至可以带来慰藉。不管怎么说，这位牧师和他的家人一定已经对周围的环境习以为常，甚至到了熟视无睹的地步，很可能就像卡普里岛的渔夫很少去注意维苏威火山，或伊斯基亚岛的渔夫很少去注意夕阳一样，对其毫不在意。小屋一楼设有一间客厅、一间勃朗特先生的书房、一间厨房和一间储藏室，楼上有四间卧室和一间大厅。勃朗特先生最怕火，除了客厅和书房外，屋里并未铺设地毯，窗户也没有挂窗帘。地面和楼梯都是石头做的，冬天阴冷潮湿，布兰韦尔小姐担心着凉，总是穿着木底鞋在屋里走来走去。房子外面有一条狭窄的小路通向沼地。为了让勃朗特姐妹的故事显得更为凄惨，传记作家们习惯性地把霍沃斯村写得似乎总是弥漫着荒凉、苦寒和沉闷的氛围，也许他们这么写本是无意的。但是，即使在冬天，也有些日子天空蔚蓝如洗，骄阳当空高照。刺骨的寒风使人心旷神怡，草地、沼地和森林覆盖着淡雅柔和的色彩。我就是在这样的一天前往霍沃斯的。那片乡村沐浴在银灰色的薄雾中，远处的轮廓只是隐约可见，显得神秘莫测。光秃秃的树木别有一番雅致，仿佛日本版画冬日景色中的树木，路边的山楂树篱上结着白霜，璀璨晶莹。艾米莉所作的诗歌和《呼啸山庄》都表示，沼地上的春天动人心魄，夏天肥沃而壮美，令人心醉。

勃朗特先生喜欢深入沼地散步，每次都走很久。他年老时曾夸口说自己每天散步四十英里。他并不喜欢与人来往，这一点可以说是性情大变，毕竟在做助理牧师期间，他热爱社交，喜欢参加宴会、与人调情。现在，除了附近的教区牧师偶尔找他喝茶，他能见到的只有教堂执事和教区居民。倘若这些人邀请他，他欣然前往，他们要求他主持仪式，他也很乐意效劳，但他和他的家人都"甚少与人交往"。他是一个贫穷的爱尔兰农民的儿子，却不允许他的孩子和村里的孩子来往，因此，孩子们只能坐在一楼冷冰冰的小门厅里，那里用作他们的书房，或是读书，或是低声说话，以免打扰到父亲，父亲每每生气或不高兴，便总是板着脸，一句话也不说。早上他给他们上课，布兰韦尔小姐教他们缝纫和做家务。

甚至在妻子去世前，勃朗特先生就养成了独自在书房用饭的习惯，余生一直如此。他对此的解释是自己消化不良。艾米莉在日记中写道："晚餐我们吃煮牛肉、萝卜、土豆和苹果布丁。"1846年，夏洛蒂在曼彻斯特写道："爸爸只吃牛羊肉、茶和黄油面包。"这样的饮食似乎并不适合一个患有慢性消化不良的人。我倾向于认为，如果勃朗特先生自己吃饭，那是因为他不太喜欢和孩子们一起用餐，受到他们的打扰，他很恼火。晚上八点，他宣读家庭祈祷文，九点钟，他把前门锁上，还拉上门闩。经过孩子们的房间，他告诉他们不要熬夜，上到一半楼梯，他会停下来给钟上发条。

盖斯凯尔太太与勃朗特先生相识数年，她对他的评价是：此人自私、易怒、专横。夏洛蒂的密友玛丽·泰勒在给她的另一位朋友艾伦·纳西的信中写道："想到夏洛蒂为那位自私的老人所做的牺牲，我就感到沮丧和愤怒。"最近，有人试图粉饰他的形象。但他写给玛丽·伯德的信是无论如何也开脱不了的。这封信的全文收录在克莱门特·肖特的《勃朗特姐妹及其圈子》一书中。当他的助理牧师尼科尔斯先生向夏洛蒂求婚时，他的所作所为也无从掩饰。对于这件事，我稍后再讲。盖斯凯尔太太这样写道："勃朗特太太的保姆告诉我，有一天，孩子们在沼泽上玩耍时下起了雨，她担心他们全身淋湿，便翻出了一个朋友送给他们的彩色靴子。她把这些小靴子拿到厨房的炉火边烘暖，可等孩子们回来，靴子却不见了，只能闻到一股很浓的皮革烧焦味。原来之前勃朗特先生进来，看到了靴子，觉得对于他的孩子们来说，这些靴子太花哨、太奢侈，便丢在火里烧掉了。他为人老派,崇尚朴素,任何与之相反的东西,他都不能放过。在这件事的很久以前,有人送给勃朗特太太一件丝绸裙服,无论是款式、颜色还是质地,这件衣服都不符合他一贯对得体打扮的观念,结果勃朗特太太一次都没穿过。尽管如此,她还是把它珍藏在抽屉里,而抽屉通常是锁着的。然而,有一天,她在厨房里,忽然想起把钥匙忘在别的抽屉里了,听见勃朗特先生在楼上,她就预感自己的衣服要遭殃,便急忙跑上楼,却发现裙子已被剪成了碎片。"这件事是否发生过无从证明,不过保姆没有必要瞎编乱造。"有一次他拿了炉前的地毯,塞进金属炉架里,故意把它点着了,不顾燃烧的刺鼻气味,一直待在房间里,看着地毯烧得皱缩,再也无法使用。还有一次,他拿了几把椅子,把椅背通通锯掉,将其变成了凳子。"为公平起见,我在此要补充一句:勃朗特先生宣称这些故事并不真实。但是谁也没有怀疑过他的确脾气暴躁、严厉、专横。我曾问过自己,勃朗特先生这些不讨人喜欢的特质是否可以归因于他对生活的失望。像其他许多出身卑微的人一样,为了超越所出身的阶级并接受教育,他曾艰苦地奋斗过,他很可能有些自视过高。我们都清楚,他对自己英俊的容貌很是沾沾自喜。他曾闯荡文坛,却未能有所建树。当他意识到自己在逆境中奋斗了那么久,得到的唯一回报却是在约克郡的荒野里当一名终身助理牧师,那他感到痛苦,也没什么好奇怪的。

对于牧师住宅里的生活,其中的艰辛和孤独被夸大了。才华横溢的三姐妹似乎对那里的生活十分满意。事实上,假如她们考虑过父亲的出身,也不会觉得自己很不幸。跟全英国无数郊区牧师的女儿们比起来，她们的境况虽然谈不上多好，却也不差，都过着孤独、拮据的生活。勃朗特一家有邻居，有些牧师住得离他们很近，步行即可到达，还有乡绅、磨坊主和小制造商，他们大可以和这些人来往。那么他们离群索居，可以说是自己的选择。他们不富裕，但也不穷。勃朗特先生所奉圣职不仅让他们一家有房子可住，他每年还能领到二百英镑的薪金。他妻子每年有五十英镑的收入，在她死后，他大概继承了这笔财产。伊丽莎白·布兰韦尔搬到霍沃斯时，也带来了她每年五十英镑的收入。如此算来，他们一家每年有三百英镑可以使用，这笔钱至少相当于现在的一千二百英镑。对于现今的许多牧师，即便要缴纳个人所得税，这也算是一大笔钱了。现今的许多牧师妻子要是能有一个女仆就谢天谢地了，而勃朗特一家通常有两个女仆，若是赶上家务太多的时候，还会从村里请姑娘们来帮忙。

　　1824年，勃朗特先生把四个大一点的女儿送去了考恩桥的一所学校读书。这所学校才刚创立不久，专门接收贫穷牧师的女儿。学校里的卫生条件很差，食物糟糕，管理也不称职。两个大女儿都在学校里夭折了，夏洛蒂和艾米莉的身体也受到了很大的损伤，奇怪的是，又过了一个学期，她们两个才离开学校。从那时起，都是姨妈负责教育她们。比起三个女儿，勃朗特先生更看重儿子，事实上，布兰韦尔被认为是家里最聪明的孩子。勃朗特先生没有送他上学，而是亲自教导他。这个男孩确实年纪轻轻就表现出了惊人的才华，举止也很迷人。他的朋友F.H.格伦迪这样描述他："他的个子太矮了，他一辈子都为此烦恼不已。他长着浓密的红头发，向后梳得高高的

（想来是为了弥补身高上的不足）。他的额头很宽，疙里疙瘩，一看便是充满智慧，几乎占去整张脸的一半。他长着一双雪貂般的小眼睛，眼窝深陷，时刻戴着一副眼镜，更是遮住了他的眼睛。他鼻梁高挺，下半边脸却平平无奇。他总是一副垂头丧气的样子，每隔很长一段时间才飞快地朝别处看一眼。他身材瘦小，乍一看完全没有吸引力。"他确实能力卓绝，姐妹们都很崇拜他，希望他能成大器。他聪明伶俐，能说会道。他父亲性格孤僻、寡言少语，而他如此擅长社交，健谈而又讨人喜欢，一定是继承了某个爱尔兰祖先的性格。有旅客来黑牛旅馆投宿，若是看起来很孤独，店主就会问："要不要找个人来陪你喝两杯，先生？要是需要，我就派人去找帕特里克。"而布兰韦尔随时乐于效劳。我还要补充一点，多年以后，夏洛蒂·勃朗特已经成名，有人问及房东此事，他却否认这么做过。他说："根本不需要派人去找布兰韦尔。"如今在霍沃斯的黑牛旅馆，还可以看到布兰韦尔和朋友们一起喝酒的那个房间，里面摆着几把温莎椅。

快十六岁时，夏洛蒂又去上学了，这一次是在罗黑德，她在那里过得很开心。但一年后，她又回了家，还要教两个妹妹读书。我已经说过，这家人并不像世人所说的那么贫穷，可几个女孩子也没有什么可指望的。勃朗特先生的薪金自然会在他死后终止，布兰韦尔小姐则会把她仅有的一点点钱留给她那讨人喜欢的外甥。因此，她们认为自己唯一能谋生的办法就是当上家庭教师或去学校里做教师。在那个时候，对于自诩为淑女的人而言，没有别的职业可做。布兰韦尔那时已经十八岁了，必须决定要从事什么行业或职业。就像姐妹们一样，他也有绘画方面的天赋，他渴望成为一名画家。一家人决定送他去伦敦的皇家学院学习。他去了，却没有取得任何进展。有一段时间，他四处观光，大概玩得很开心，然后回到了霍沃斯。他试着写作，但没有成功。接着，他说服父亲在布拉德福德给他建了个画室，在那里他可以通过为当地人画肖像来谋生，结果也失败了，勃朗特先生叫他回家。后来他在巴罗因弗内斯的一位波斯思韦特先生家里当了家庭教师。他在那里似乎做得很好，但不知道什么原因，六个月后勃朗特先生把他带回了霍沃斯。不久，他又得到了一份工作，在利兹—曼彻斯特铁路线上的索厄比布里奇站做主管书记员，后来调到卢德登福特站工作。他很无聊，也很孤独，便开始酗酒，最终因为严重玩忽职守而被解雇。与此同时，在1835年，夏洛蒂回到罗黑德当老师，还把艾米莉带在身边，于是艾米莉成为了她的学生。可是艾米莉太想家了，竟然一病不起，只好被送回家中。安妮比较沉静，也很顺从，由她取代了艾米莉的位置。夏洛蒂工作了三年，奈何健康状况每况愈下，只好返回家中。

　　这一年，夏洛蒂二十二岁。布兰韦尔不仅让人操心，还花了家里很多钱。夏洛蒂身体一好，就去做了保育员。她不喜欢这份工作。她和姐妹们都不喜欢孩子，这一点很像她们的父亲。在给艾伦·纳西的信中，她写道："孩子们想和你亲近，可他们是那么粗鲁，要拒绝他们可真不容易。"她讨厌依附别人生存，还时刻提防着别人对她的侮辱。她不是一个容易相处的人，从她的信件中可以判断，在雇主看来是她职责范围内的事，她却觉得是在帮人家。三个月后，她离开了，回到了牧师住所，但大约两年后，她在布拉德福德附近的罗顿找到了另一份工作，在怀特夫妇家里做保育员。夏洛蒂觉得他们是文雅之士。"怀特太太居然是收税官的女儿，简直不可思议。我还确信怀特先生也出身低下。"然而，她在怀特夫妇家里过得非常愉快，但正如她在给同一位密友的信中所写的那样："除了我自己，没有人知道家庭教师的生活对我有多么艰难。因为除了我自己，没有人知道我的整个心灵和天性是多么不愿意从事这项工作。"长久以来，她一直抱着一个念头，想和两个妹妹一同开办一所属于她们自己的学校，现在，这个念头又浮现了出来。怀特夫妇似乎都是善良正派的人，他们鼓励她，但建议她先取得教学资格，再去着手实施。她看得懂法语，却不会说，也不懂德语，于是决定必须出国学习语言。她说服布兰韦尔小姐支付了这笔费用。然后，夏洛蒂和艾米莉动身前往布鲁塞尔，勃朗特先生随行，好在路上照顾她们。当时夏洛蒂二十六岁，艾米莉二十二岁，两位姑娘进入黑格寄宿学校求学。十个月后，布兰韦尔小姐生病，他们被召回了英国。她去世了。由于品行不端，布兰韦尔被剥夺了继承权。布兰韦尔小姐把仅有的一点财产留给了外甥女们。这笔遗产足够她们实现长久以来讨论的计划，开办她们自己的学校了。但是，由于他们的父亲年事已高，视力也在下降，她们决定在牧师住所里创办学校。夏洛蒂认为条件还不算齐全，便接受了黑格先生的提议，返回布鲁塞尔，在他的寄宿学校里教授英语。她在那儿住了一年，回到霍沃斯后，三姐妹就发布了招生简章，夏洛蒂写信给她的朋友们，请他们推荐她们打算开办的学校。牧师住所只有四间卧室，他们自己都住满了，对如何为学生们安排校舍，从未有过说明。不过并没有学生上门求学，这个问题也就永远不必说明了。

2

她们从小就断断续续地写作。1846年，她们三人自费出版了一本诗集，分别使用笔名柯勒·贝尔、艾利斯·贝尔和阿克顿·贝尔。这本书花了她们五十英镑，只卖出了两本。然后，她们每个人都写了一本小说。夏洛蒂用柯勒·贝尔这个笔名写了《教授》，艾米莉用艾利斯·贝尔的笔名写了《呼啸山庄》，安妮用阿克顿·贝尔的笔名写了《艾格尼丝·格雷》。许多出版商都拒绝了她们的书稿。夏洛蒂的《教授》最终寄给了史密斯·埃尔德出版公司，这家出版社并没有收下这本书，但他们写信表示希望她写一部较长的小说，他们愿意出版。她当时正好在创作一部较长的小说，一个月后，她把完成的书稿寄给了这家出版社。他们接受了。这本书名叫《简·爱》。艾米莉和安妮的小说最终也被一家出版商接受了，这个出版商名叫纽比，"条件对两位作者来说很不利"。在夏洛蒂把《简·爱》寄给史密斯·埃尔德公司之前，她们修改了校样。尽管《简·爱》得到的评论不是特别好，奈何颇受读者青睐，成了畅销书。据此，纽比先生随后将《简·爱》《呼啸山庄》和《阿格尼斯·格雷》合成三卷本一起出版，试图说服公众这三本书都是《简·爱》的作者创作的。可惜这两本书并没有给人留下印象，事实上，许多评论家认为它们是柯勒·贝尔早期的不成熟作品。经过一番劝说，勃朗特先生同意读《简·爱》。他看完后走进来用茶点，说道："姑娘们，你们知道夏洛蒂写了一本书吗？写得还很不错！"

布兰韦尔小姐去世的时候，安妮在索普格林给罗宾逊太太的孩子们当家庭教师。她的性格温和善良，显然比苛刻、易动怒的夏洛蒂更好相处。她对自己的处境还算满意。她回到霍沃斯参加姨妈的葬礼，然后，她带着当时赋闲在家的布兰韦尔回到索普格林，为罗宾逊太太的儿子做家庭教师。埃德蒙·鲁宾逊先生是一位富有的牧师，年事已高，身体有病，却有一个年轻的妻子，罗宾逊太太比布兰韦尔大十七岁，布兰韦尔爱上了她。他们二人关系如何，尚不确定。不管他们是什么关系，最后都暴露了。布兰韦尔被打发走了，罗宾逊先生命令他"永远别想再见他孩子们的母亲，永远别想再踏进她的家门，永远别想给她写信或和她说话"。布兰韦尔"咆哮不止，语无伦次，还信誓旦旦地说没有她，自己就活不下去了，甚至大声反对她苦守在丈夫身边。喊完之后，他就祈祷病秧子罗宾逊先生早点死，那样他们两个就能逍遥地在一起了"。布兰韦尔总是醉醺醺的，如今受了情伤，便开始吸食鸦片。然而，他似乎仍与罗宾逊太太保持联系，在被赶走的几个月后，他们似乎在哈罗盖特见过面。"据说她提议一起私奔，准备放弃她高贵的社会地位。布兰韦尔则建议耐心等待，再等一等。"既然这样的事只能出自布兰韦尔本人之口，而且无论如何都不太可能是真的，我们可以认为，这是一个既愚蠢又自负的年轻人的信口编造。突然有一天，他收到一封信，通知他罗宾逊先生去世了。"他在教堂的院子里手舞足蹈，好像疯了似的。他太爱那个女人了。"有人这样告诉艾米莉的传记作者玛丽·罗宾逊。

"第二天早晨，他起床，精心地穿好衣服，准备出门。但他还没从霍沃斯出发,就有两个人骑马急匆匆地来到了村子。他们派人去找布兰韦尔,他极度兴奋地到了之后,其中一个人下了马,和他一起进了黑牛旅店。"他是为守寡的罗宾逊太太送口信来的,她请求他不要再靠近她,因为她哪怕与他见一次面,也会失去财产和孩子的抚养权。这件事也出自他本人之口,但由于他从未出示过那封信,罗宾逊先生的遗嘱里也没有这样的条款,因而无法肯定他的话是否属实。唯一可以肯定的是,罗宾逊太太让他知道,她不想和他再有任何关系,她编造这个借口,也许不过是为了使这一打击不那么难堪。勃朗特一家人都相信她是布兰韦尔的情妇,还把他后来的行为归咎于她的邪恶影响。她的确有可能是他的情妇,但还有一个可能,那就是他像以前和以后的许多男人一样,喜欢夸耀自己征服了从未征服过的东西。但是,即便她曾经对他有过短暂的迷恋,也没有理由认为她有过嫁给他的念头。他继续酗酒,到死都未曾改变这一恶习。在他临终前于病榻边照顾他的人告诉盖斯凯尔太太,当他知道自己的生命即将结束时,他想站着死,非要从床上起来。他只在床上躺了一天。夏洛蒂非常伤心,只得由人送走,但她的父亲、安妮和艾米莉都看着他站起来,挣扎了二十分钟后,他果然如愿以偿,站着死去了。

自从他死后的那个礼拜天,艾米莉再也没有出过家门。她感冒了,还咳嗽,病情日益加重,夏洛蒂给艾伦·纳西写信说:"我担心她胸口痛,有时只要她动作一快,我便会看到她呼吸急促。她整个人瘦得皮包骨头,脸上没有半点血色。她性格内敛,所以我心里非常担心她。无论怎么问她都是白费力气,从她那里得不到任何答案。向她推荐治疗方法也没用,她根本不会采用。"一两个礼拜后,夏洛蒂在给另一个朋友的信中说:"我很希望艾米莉今天晚上好一点,可究竟怎样,根本无法确定。面对疾病,她堪称真正坦然。她并不盼着别人同情她,也不接受别人的同情。不管是问她问题,还是提出帮助她,都只会惹她生气。在痛苦和疾病面前,除非迫不得已,否则她绝不屈服一分一毫。她从不自愿放弃任何一项平日里的爱好。你只能眼睁睁看着她做并不适合她做的事,却一个字都不敢多说……"一天早晨,艾米莉像往常一样起床,她穿好衣服,开始做针线活儿。她上气不接下气,目光呆滞,却仍然继续干活儿。她的病情越来越严重,却一直不肯去看医生,直到中午,她终于答应派人去请医生。可惜已经太迟了。两点,她离开了这个人世。

夏洛蒂正在写另一部小说《谢利》,但她暂停了创作,一心一意照顾安妮。安妮患上了当时所谓的"奔马痨",布兰韦尔和艾米莉都是死于这种病。在艾米莉去世仅五个月后,恬静的安妮也去世了,在这个时候,夏洛蒂才完成了这本小说。她在1849年和1850年分别前往伦敦,受到了热烈的欢迎。她被介绍给萨克雷,乔治·瑞奇曼[①]还给她画了肖像。一位名叫詹姆斯·泰勒的先生是史密斯·埃尔德出版公司的职员,夏洛蒂说他是个苛刻、粗鲁的小个子。此人向她求婚,但遭到了拒绝。此前有两个年轻的牧师向她求婚,也都遭到了拒绝。还有两三个助理牧师(有她父亲下面的助理牧师,也有邻近教区牧师手下的助理牧师)向她献过殷勤,不过艾米莉把这些求婚者

[①] 乔治·瑞奇曼,十九世纪英国画家。

都挡了回去（她的姐妹们都称她为少校，她很擅长对付这些人），她的父亲也不赞成，因此均未能成其好事。然而，她最后嫁的却是她父亲的一个助理牧师。此人名叫亚瑟·尼科尔斯，是在1844年来到霍沃斯的。那一年，她在给艾伦·纳西的信中这样评价他："我无论如何也无法在他身上找到你所发现的诙谐和善良之处。他给我最深的印象是他的心胸太过狭窄。"两三年后，她觉得他和其他助理牧师一样，便对他心怀蔑视。"他们都觉得我是个老处女，我却觉得他们个个儿乏味至极，狭隘、没有吸引力，都是些粗俗的男人。"尼科尔斯先生是爱尔兰人，有一次，他回爱尔兰度假，夏洛蒂对经常通信的艾伦·纳西说："尼科尔斯还没有回来。我很遗憾地说，许多教民都表示希望他不要再费事横渡海峡返回英国了。"

1852年，夏洛蒂给艾伦·纳西写了一封长信。她随信附上了尼科尔斯先生的一张便签，她说，这张便签"使我深感忧虑……""爸爸看到什么，或是猜到什么，我不会开口询问，不过我能推测出来。他有些恼火地注意到尼科尔斯先生不仅情绪低落，还口口声声说要去国外生活，身体也越来越不好。他注意到这些，却没有多少同情，还总是冷嘲热讽。礼拜一晚上，尼科尔斯先生来这里用茶点。我虽然看不清楚，却隐约感觉到，他那不断投来的目光别有深意，奇怪而狂热的克制另有所指，就好像我已经有段时间双目不能视物，却能感觉到一切一样。用过茶点后，我像往常一样回到餐室。像往常一样，尼科尔斯先生陪爸爸一直坐到八、九点钟。然后我听见他打开客厅的门，好像要走似的。我以为会听到前门砰然关闭的声音，他却在过道里停了下来。他敲了敲门。接下来发生的事，犹如闪电劈在我身上。他走进我的房间,站在我面前。至于他说了什么,你一定能猜到。可他的态度举止,你肯定会觉得陌生,我至今都忘不掉。他从头到脚都在颤抖,脸色和死人一样白,他的声音很低,语气激烈,说起话来却磕磕巴巴,看到他这样,我第一次体会到一个男人倾心告白,却又不确定对方如何回应,竟是如此吃力。

"这个人平常像雕像一样,如今却抖如筛糠,战战兢兢,心里没有一点把握,见他这样,我体会到了一种奇怪的震撼。他说自己几个月来一直倍受折磨,还说自己再也承受不住,渴望能得到些许希望。我当时只能恳求他离开,答应第二天给他答复。我问他有没有跟爸爸说过这件事。他说他不敢。可以说是我将他半请半推着出房间的。他走后,我立刻去找爸爸,把发生的事情告诉了他。他听了,却异常不安,还大发脾气。如果我爱尼科尔斯先生,听到有人如此贬损他,我准会忍无可忍。事实上,我热血沸腾,全是因为这很不公平。但是,爸爸的态度并非儿戏。他太阳穴上的青筋凸起,像鞭索一样,双眼突然变得通红。我连忙承诺明天一定会断然拒绝尼科尔斯先生。"

在三天后的另一封信中,夏洛蒂写道:"你问爸爸如何在尼科尔斯先生面前自贬身份。我只希望你能在这儿看看爸爸现在的心情,就不言自明了。爸爸对待尼科尔斯先生冷漠至极,极尽蔑视之能事。到目前为止,他们两人还没有面对面谈过,一直通过书信来往。实话实说,爸爸在礼拜三给尼科尔斯先生写了一封措辞严苛的信。"她接着说,她父亲"对缺钱的问题想得太多了。他说,我若应允这门亲事,就是自甘堕落,自取灭亡。如果我一定要嫁人,他希望我能另择良人"。事实上，勃朗特先生的行为和他多年前对玛丽·伯德的行为一样糟糕。勃朗特先生和尼科尔斯先生之间的关系变得剑拔弩张，后者甚至辞去了助理牧师的职务。但是，在他后面上任的几位助理牧师都不能让勃朗特先生满意，最后，夏洛蒂被他的抱怨弄得不胜其烦，便表示这只能怪他自己。只要他允许她嫁给尼科尔斯先生，一切就都会好起来。爸爸依然"充满敌意，非常不公正"。但她和尼科尔斯先生见面了，还保持通信。最终他们订婚了，并于1854年喜结连理。当时她三十八岁。九个月后，她死于难产。

于是，帕特里克·勃朗特牧师在埋葬了妻子、妻妹和六个儿女后，就只能独自一人在他钟爱的孤寂中用餐，在他日渐衰弱的体力允许的范围内漫步在沼泽上，阅读报纸，进行布道，在上床睡觉的路上给时钟上发条。有一张他晚年的照片现存于世。照片里的他穿着一身黑衣服，脖子上系着一条宽大的白领圈，一头白发剪得很短，眉毛端正，鼻子又大又直，嘴巴紧绷，透过眼镜后面的眼睛，可以看出他是个脾气暴躁的人。他在霍沃斯去世，享年八十四岁。

3

我写的虽是艾米莉·勃朗特和《呼啸山庄》，但文中有关她父亲、哥哥和姐姐夏洛蒂的篇幅，比提到她本人的还多，实为有意为之。在介绍勃朗特一家的书籍中，关于他们的内容是最多的。艾米莉和安妮出现的频率并不多。安妮性情温柔，长相标致，娇小玲珑，不过她没什么地位，才华也并不出众。艾米莉很不一样，她怪异、神秘，

九 艾米莉·勃朗特和《呼啸山庄》

是个叫人捉摸不透的人。对于她，人们向来不见其人，只能看到她在荒原池塘里的倒影。人们只能从她唯一一部小说、诗歌，从这里或那里的典故和零星的轶事中，猜测她是一个什么样的女人。她冷漠、紧张、拘谨，当你听到她尽情地欢乐，比如有时在沼地上散步，你就会感到不安。夏洛蒂有朋友，安妮有朋友，艾米莉却连一个朋友都没有。她的性格充满矛盾。她严厉、独断、任性、阴沉、愤怒、偏执，与此同时，她也虔诚、尽职、勤奋，没有怨言，对所爱的人温柔而耐心。

玛丽·罗宾逊这样描述十五岁的艾米莉："这个女孩个头高挑，手臂很长，已经出落成了大姑娘，步履十分轻盈。她身材苗条，穿着她最好的衣服时，看上去尊贵如女王，但当她懒洋洋地走在荒原上，吹着口哨召唤狗儿，在粗糙的地面上大步流星，又显得放荡不羁，活像个男孩儿。她高而瘦弱，动作灵敏自如。她虽然不丑，五官却谈不上端正，脸色苍白，毛发浓密。她有一头天生秀丽的黑发，用一把梳子松散地固定在脑后也极为漂亮。但在1833年，她留起了紧贴头皮的卷发，这个发型并不适合她。她有一双淡褐色的漂亮眼睛。"像她的父亲、哥哥和姐妹们一样，她也戴眼镜。她长着鹰钩鼻，嘴巴很大，嘴唇突出，富于表情。她穿衣打扮不追求时髦，羊腿袖虽然早已过时，她仍然穿在身上，也总是穿紧贴着她瘦长的身材的直筒长裙。

她和夏洛蒂去了布鲁塞尔。她讨厌那个地方。朋友们出于对这两个女孩的友好，邀请她们到家里去过礼拜天和假日，但她们太害羞了，去别人家里做客简直苦不堪言，于是过了一段时间，主人家得出结论，还是不邀请她们为好。艾米莉对社交闲聊没有耐心，因为闲聊的大部分话题自然是无关紧要，不过是为了表现友善而已。人们聊闲天，是因为他们都有良好的礼貌。艾米莉很腼腆，不会和人聊天，对于聊天的人，她还很恼火。她是害臊，可她的羞怯中还夹杂着几分傲慢。如果说她如此孤僻，那么她穿着惹眼，属实透着几分怪异。非常害羞的人通常都有点表现欲，人们可能会认为，她穿着可笑的羊腿袖，是为了表示她瞧不起那些平庸的人，而她与这些平庸的人在一起，总是结结巴巴，连话都说不出来。

在学校的娱乐时间，两姐妹总是一起走，艾米莉紧紧地倚在姐姐身上，一般都不说话。若是有人同她们说话，都是夏洛蒂回答。艾米莉很少和人交流。这姐妹二人都比其他姑娘大好几岁，不喜欢她们吵吵闹闹，也不喜欢她们高高在上的神气和她们那种年纪所特有的傻气。蒙西格发现艾米莉很聪明，却十分固执，对于与她的愿望或信仰相悖的事，她一概不听。他还发现她既自负又苛刻，对夏洛蒂更是专横。可他意识到她身上有一些不寻常的东西。他说她应该生为男儿身才对，"她意志坚强，性情傲慢，哪怕面对异议和困难，也绝不气馁，永不屈服于生活"。

布兰韦尔小姐死后，艾米莉回到霍沃斯，至死没有离开过。似乎只有在那里，她才能活在幻想中，而这些幻想既是她人生的慰藉，也是莫大的折磨。

早晨，她总是第一个起床，在年老力弱的女仆塔碧下楼前把一天最粗重的家务活做完。艾米莉熨烫家人的衣服，饭菜基本上也都是她做的，她烤的面包美味可口。她把书摆在面前，一边揉面团一边看。"那些在厨房里和她一起干活的年轻姑娘们，也就是在活多时来帮忙的，还记得她在身边放一张纸和一支铅笔，做饭和熨烫衣服的时候，她若是有了什么想法，便迫不及待地停下手里的活，把那些主意记录下来，记完了继续干活。她和这些姑娘们在一起总是表现得友好热情，和蔼可亲，有时还像个男孩子一样开朗！为我提供资料的人都说，她亲切善良，还有几分阳刚之气。但是面对陌生人，她就羞怯胆小，要是屠户或面包店的伙计来到厨房门口，她就像鸟儿一样慌忙逃进大厅或客厅，听到他们的鞋钉在小路上远去的声音，她才出来。"村里人说她"更像个男孩，而不是女孩""她懒洋洋地走在荒原上，吹着口哨召唤狗儿，大步流星地走着的时候，又显得放荡不羁，活像个男孩儿"。她不喜欢男人，平时对她父亲的几个助理牧师都不太客气。不过有个男人除外。此人便是威廉·魏特曼牧师。据说，他年轻英俊、口才流利、风趣诙谐。他的"相貌、举止和品位都有些女性化"。勃朗特一家都称他为西莉亚·阿米莉亚小姐。艾米莉和他相处得很好。至于个中原因，并不难猜测。梅·辛克莱在她的书《勃朗特三姐妹》中，谈到她的时候经常使用"男子气概"这个词。罗默·威尔逊在谈到艾米莉时，问道："这位孤独的父亲是否在她身上看到了自己的影子，觉得除了自己，家里只有她拥有男子气概？……她很早就知道自己像个男孩，后来则知道自己像个男人。"世人都认为夏洛蒂小说中的谢利是以艾米莉为原型的。奇怪的是，谢利以前的家庭教师竟然责备她总是把自己说得像个男人。女孩子很少这样做，我们只能认为这是艾米莉的一种习惯。她的性格和行为中的许多特点虽然令同时代的人感到不安，但在今天则很容易解释。同性恋在那个时期还不像现在这样可以公开讨论,还常常令人尴尬,不过同性恋一直存在,男女都有。很可能艾米莉本人、她的家人和家人的朋友(我说过,她本人没有朋友)都不清楚她为何如此古怪。

盖斯凯尔太太不喜欢她。有人告诉她,艾米莉"从不关心任何人,她把所有的爱都留给了动物"。她喜欢野性十足、难以驯化的动物。有人送给她一条斗牛犬,叫"保管员"。关于这条狗,盖斯凯尔太太讲了一个很奇怪的故事:"保管员只要和朋友在一起,就会忠于自己的真实本性,非常忠诚。但是,若用棍子或鞭子抽打它,就将唤醒这只畜生的野蛮本性,它会立即扑向打它的人,一口咬住那人的喉咙,要到那人断气了才肯松开。保管员有个众所周知的缺点,它喜欢偷偷上楼,趴在铺着精致白色床罩的舒适床上,舒展开它那结实的黄褐色四肢。但牧师住宅里收拾得一尘不染,保管员的这个习惯叫人反感,在塔碧一再抱怨后,艾米莉宣布,要是再发现它不守规矩,她也要亲自狠狠地教训它一顿,要它不敢再犯,不顾他人的劝告,也不顾这种狗众所周知的凶残天性。在一个秋天的傍晚,暮色四合,塔碧来找艾米莉,说保管员正趴在家里最好的床上享受,快要睡着了。塔碧那样子又是得意又是害怕,同时也非常生气。夏洛蒂看到艾米莉脸色发白,嘴唇紧闭,却不敢开口干涉。每每艾米莉的双目在苍白的脸上露出凶光,双唇抿成一条缝,就没有人敢说话。她上了楼,塔碧和夏洛蒂站在下面昏暗的走廊里,夜晚即将到来,四周影影绰绰的。接着,艾米莉拖着不甘心的保管员走下楼来。那只狗用后腿死死撑着地,显出极力反抗的样子,它的脖子下端虽被艾米莉揪着，它却在恶狠狠地低吼不止。一旁的人很想开口，却不敢这么做，生怕让艾米莉分心，让她把注意力暂时从那个暴怒的畜生身上移开。她松开保管员，让它待在楼梯底下一个黑暗的角落里。这会儿根本没有时间去取棍棒，毕竟一有松懈，她的喉咙就可能被那只狗咬住，让她窒息而死。趁着狗尚未跃起，她就抡起拳头，一拳砸在狗子那通红凶狠的眼睛上，她就这样边打边骂，'惩罚'它，直打得它眼睛肿起老高。接着，这只一只眼睛肿得看不到、被打得晕晕乎乎的狗才被牵到它常待的窝里，而艾米莉本人亲自为它热敷，照料它那肿胀的脑袋上的伤。"

夏洛蒂是这样评价她的："她确实公正无私、精力充沛。但是，即便她不像我所希望的那样易于管教，愿意接受别人的意见，我也必须记住一点：这世上并没有完美的人。"艾米莉的脾气阴晴不定，她的姐妹们似乎都很怕她。从夏洛蒂的信中可以看出，她搞不懂艾米莉这个人，还常常被艾米莉气得大为光火。很明显，她不明白艾米莉为什么能写出《呼啸山庄》。她没想到自己的妹妹竟然写出了一本极具独创性的书，相比之下，她自己的书就显得平凡无奇了。她不得不为此道歉。后来有人提议重新出版《呼啸山庄》，她同意进行编辑。她写道："我强迫自己把书读了一遍，这是我妹妹去世后我第一次打开这本书。书中充斥着力量，让我的心里充满了全新的钦佩。可我还是感到压抑。读者从中体会不到任何纯粹的快乐，每一束阳光都是从如同一道道铁栅一般的险恶黑云中倾泻下来的。每一页都充满了一种道德的力量。作者却浑然不觉。"她还写道："假如有人阅读她的手稿，见到书中的人物天生无情，心怀仇恨，见到他们迷失了，堕落了，在他们的强烈冲击下而浑身战栗；假如有人抱怨说，仅仅是听到那些惟妙惟肖又叫人毛骨悚然的场景，就晚上睡不着，白天心绪不宁，埃利斯·贝尔一定不明白这是什么意思，还会怀疑抱怨的人是矫揉造作。如果她还活着，她的心灵就会像一棵茁壮的大树一样生长起来，愈发高大、挺拔，枝叶也将愈发宽阔，结出更成熟甜美的果实，绽放出更娇艳的花朵。但只有时间和经历才能影响她的思维。其他人的心智对她产生不了影响。"人们倾向于认为夏洛蒂从未真正了解过她的妹妹。

4

《呼啸山庄》是一本非凡的佳作。一般情况下，小说都会体现出其所处时代的特点，不仅使用当时常见的写作方式，还与当时的舆论氛围、作家的道德观以及他们接受或拒绝的偏见保持一致。年轻的大卫·科波菲尔（尽管才华不足）很可能写出《简·爱》那样的小说，亚瑟·潘登尼斯[1]也可能写出《维莱特》[2]那样的小说，尽管劳拉的影响无疑会让他避开赤裸的性描写，而这正是夏洛蒂·勃朗特的作品所具有的尖锐之处。但《呼啸山庄》是个例外。它与当时的小说毫无关系。这是一本非常糟糕的小说，同时也是一本非常好的小说。它丑陋，却也美丽。这本书可怕、令人痛苦，极富感染力，又充满激情。有人认为，一个牧师的女儿离群索居，生活单调，认识的人

---

[1] 英国小说家威廉·萨克雷创作的小说《潘登尼斯》的同名主人公。
[2] 作者夏洛蒂·勃朗特。

很少,对世界一无所知,是不可能写出这本书的。这种言论在我看来极为荒谬。《呼啸山庄》非常浪漫。浪漫主义极力避免像现实主义那样进行耐心观察,其沉醉于肆意想象,天马行空,甚至沉湎于恐怖、神秘、激情和暴力之中,时而热情,时而阴郁。根据艾米莉·勃朗特的性格,以及她那强烈却受压制的情感(从她的暗示推断而出),《呼啸山庄》正是她能写的那种书。然而,从表面上看,这本书更像她那个不可救药的哥哥布兰韦尔所写,而许多人都相信这本书的全书或部分内容是他创作而成。弗朗西斯·格朗迪便是其中之一,他写道:"帕特里克·勃朗特向我宣称,《呼啸山庄》的很大一部分内容都出自他之手,而他妹妹的话也证实了这一点……在卢德登福特长距离散步之际,他常常给我讲患了病的天才都有哪些古怪幻想,而这些幻想都在小说中得到了再现。我倾向于相信这本书的创意来自于他,而不是他的妹妹。"有一次,布兰韦尔的两个朋友迪尔登和莱兰约好在通往基思利的路上的一家小酒馆里见面,互相朗读自己的诗作。不过,大约二十年后,迪尔登在为《哈里法克斯卫报》所撰写的文章中称:"我朗读了《恶魔女王》的第一幕。布兰韦尔以为自己把诗作放在了帽子里,便伸手去拿(他习惯把即兴写出来的只言片语放在帽子里),却发现错把几页小说的手稿放在了里面,而这本小说是他写来'练手'的。他觉得自己扫了大家的兴,非常懊恼,正要把稿纸放回帽子里,这时,两位朋友都诚挚地催促他读一读书稿,因为他们全都很好奇,想看看他写小说的本事如何。犹豫了一会儿之后,他答应了我们的要求。在大约一个钟头的时间里,他读完一页便放回帽子里一页,而我们的注意力都被他吸引了。稿纸上的最后一句话只有半句，不过他现场给我们讲了故事的后续发展，还介绍了各个人物的原型的真实姓名，然而，由于其中一些人依然在世，我不会向公众指出他们是谁。他说尚未想好书名，还很担心找不到有胆量把这本书推向世界的出版商。布兰韦尔所读的片段的场景，以及里面出场的人物（就该片段里的发展而言），都和《呼啸山庄》如出一辙，而夏洛蒂则断言那是她妹妹艾米莉的作品。"

这要么是谎言，要么就是事实。夏洛蒂看不起她这个弟弟，甚至在基督教的仁慈宽厚所允许的范围内对他怀有恨意。但是，我们知道，基督教的仁慈宽厚总是能够体谅许多合乎情理、坦诚相告的仇恨，而夏洛蒂那些毫无根据的言辞不该予以接受。就像人们经常做的那样，她可能已经说服自己相信她愿意相信的东西。这个故事可谓描述详尽，若说有人无缘无故捏造出来，也太奇怪了。有什么解释吗？并没有。有人说布兰韦尔写了前四章，可后来他常常喝得酩酊大醉，又吸上了鸦片，无法继续，就由艾米莉来续写。还有人认为这四章与后面的内容相比过于呆板僵硬，在我看来，这种观点是站不住脚的。若说这四章的写作风格比较浮夸，我觉得这也是因为艾米莉在尝试将洛克伍德诠释成一个愚蠢而自负的傻瓜，她做到了。我毫不怀疑《呼啸山庄》的作者是艾米莉，而且只有艾米莉一个人。

必须承认一点，那就是这本书写得很糟糕。勃朗特三姐妹的文笔都谈不上出色。她们做过家庭教师，喜欢的是浮夸而迂腐的风格，有人还创造了一个新词"litératise"来表示这种文风。故事的主要部分是由迪恩太太讲述的，她是约克郡的一个女仆，所有家务活都一把抓，就跟勃朗特家的塔碧一样。其实，比较合适使用谈话式的写作风格写作该书。但艾米莉以常人无法做到的方式表达自己。现在来说一个典型的例子："我试图消除在这个问题上的所有不安，于是反复强调，如果那次的事该得'辜负信任'这种刺耳的罪名，也该是最后一次了。"艾米莉·勃朗特似乎已经意识到她让迪恩太太吐出了一些她根本不可能说出来的话，于是，为了解释这一点，她让迪恩太太表示自己在做用人期间有机会读过一些书，可即便如此，她说的那些话也自命不凡到了令人震惊的地步。她不是在"看信（read a letter）"，而是"详细审阅信笺（peruse an epistle）"，她不是寄"信（letter）"，而是寄送"函件（missive）"。她不是"走出房间（leave a room）"，而是"退出厅堂（quit a chamber）"。她将白天干的家务活称为"昼间工作（diurnal occupation）"。她不说"开始（begin）"，而说"着手去做（commence）"。人们不是大喊大叫（shout 或 yell），而是"叫嚷疾呼（vociferate）"。他们不是听，而是"侧耳聆听（hearken）"。这个牧师的女儿如此努力地以淑女的方式写作，却只是写得矫揉造作，不过倒是别具悲怆之感。然而，人们并不希望《呼啸山庄》写得优美，即便文笔更为出色，也没什么好处。就像在一幅描绘埋葬耶稣的早期弗拉芒绘画中，画中瘦弱的人露出的痛苦而扭曲的表情，以及他们那僵硬而笨拙的姿势，似乎给整个场面增添了更深重的恐怖感和一种实打实的残忍感。提香也画过同一场景，只是他的画给人以美感，而弗拉芒人的画则令人心酸、悲惨凄凉。因此，这种粗俗的语言风格中存在着一种奇怪的特点，让故事里本就强烈的激情显得更盛了几分。

《呼啸山庄》的结构很拙劣。这并不奇怪，艾米莉·勃朗特之前从未写过小说，而她要讲述的是一个涉及两代人的复杂故事。这是一件很困难的事，作者必须将两组人物和两组事件统一起来。她必须小心，不让一方的风头盖过另一方。这一点艾米莉没有做到。凯瑟琳·恩肖死后，故事失去了几分力量，直到极富想象力的最后几页才有所改变。小凯瑟琳是个差强人意的人物，艾米莉·勃朗特似乎不知道该怎样塑造她。很明显，她不能让小凯瑟琳拥有她母亲那样热情而独立的性格，也不能像她父亲那样愚蠢而软弱。她是一个被宠坏的人，傻里傻气，任性妄为，粗野又无礼。她是受了很多苦，你却不会同情她。至于她是怎样一步步爱上了年轻的哈里顿，故事里并未交代清楚。而哈里顿这个人物则有些混沌不清，读者只知道他性格阴郁，长相英俊。如我所想，这样一个故事的作者还必须把数十年的岁月压缩成一段时间，让读者可以纵观全局，就像一眼看到一幅巨大的壁画一样。我认为艾米莉·勃朗特并不是故意处心积虑在一个散乱的故事中融入一个统一的印象，但我想她一定问过自己如何使整个故事保持连贯。她可能已经想到，要做到这一点，最好的办法就是让一个人物向另一个人物讲述一长串的事件。这种讲故事的方式非常方便，并非由她发明。而这种方式有一个缺点，那就是当叙述者必须讲述一些事情的时候，不可能保持对话的方式，比如描写风景，任何思维正常的人都不会想到要这么做。当然，假如有一个叙述者（迪恩太太），就必须有一个听众（洛克伍德）。一个经验丰富的小说家或许能找到更好的方式来讲述《呼啸山庄》的故事，但我相信，艾米莉·勃朗特即便使用这种方式，也不会以他人的创意为基础，进行写作。

但更重要的是，若是考虑到她的极端、病态、腼腆和沉默，我认为她采取这种方法，也许可以算是意料之中。还能有什么选择呢？一种方法是从全知的角度来写小说，就像《米德尔马契》和《包法利夫人》那样。我想，如果把这个令人发指的故事当作自己的经历来讲述，很可能对她那苛刻、强硬的美德造成冲击。假如她确实这么做了，就要不可避免地讲述希刺克利夫离开呼啸山庄的那几年都做了什么，在这几年里，不知用了什么办法，反正他受了教育，还挣了不少钱。她不能这样做，因为她根本不知道希刺克利夫是怎么做到的。这个事实虽然难以相信，她却偏要读者接受。所以她只是陈述了这个事实，便就此搁笔不管了，还满足于此。还有一种办法是让迪恩太太把故事叙述给艾米莉·勃朗特听，然后她用第一人称讲述。但我怀疑，这也会使她与读者太接近，使生性敏感的她无法承受。故事一开始是由洛克伍德讲的，然后由迪恩太太向洛克伍德展开，由此，艾米莉把自己藏在双重面具后面。勃朗特先生给盖斯凯尔太太讲过一个故事，也许能在这方面给人启发。几个孩子小时候性格腼腆，他看不出他们性格如何，于是让他们轮流戴上一个旧面具，在面具的掩护下，他们可以更自由地回答他提出的问题。他问夏洛蒂世界上最好的书是什么，她回答说是《圣经》。但当他问艾米莉对她那麻烦的弟弟布兰韦尔该怎么办时，她的回答是"跟他讲道理。要是他听不进去，就用鞭子抽他"。

为什么艾米莉在写这本充满力量、激情又很骇人的书时需要隐藏自己？我想是因为她在书中揭示了她内心深处的本能。她深深地注视着心中导致自己寂寞孤单的根源，看到了其中不可言说的秘密，尽管如此，作为一个作家的冲动还是驱使着她倾诉自己的心事。据说，激发她想象力的，是父亲讲过的关于他年轻时爱尔兰的怪诞故事，以及她在比利时上学时读的霍夫曼的故事。据说，她回到牧师住所后继续读霍夫曼，她就坐在壁炉旁的地毯上看，一只手还搂着保管员的脖子。我愿意相信，在德国浪漫主义作家的神秘、暴力和恐怖的故事中，她找到了某种吸引她自己凶猛本性的东西。但我想她在自己隐秘的灵魂深处找到了希刺克利夫和凯瑟琳·恩肖。在我看来，她就是希刺克利夫，她就是凯瑟琳·恩肖。她将自己融入了书中的两个主要人物，这是不是很奇怪？一点也不。我们所有人都不是只有一个自我，我们的内心住着不止一个人，他们之间往往存在着一种神秘的情谊。小说作家的独特之处在于，他们有能力很具体地将多种多样的性格描写出来，并让每个人物拥有多重的性格。对小说家而言，有一点很不幸，无论人物对故事有多重要，但凡这些人物身上没有他们自己的影子，他们都无法将其刻画得活灵活现。因此，《呼啸山庄》里的小凯瑟琳才不能令人满意。

  我觉得艾米莉把自己的一切都注入到了希刺克利夫身上。她把自己的暴怒、强烈却倍受挫折的情欲、未得到满足的炽热爱情、嫉妒，对人类的仇恨和蔑视、残忍、虐待心理，通通都给了希刺克利夫。读者应该记得，只为了一点小事，她就赤手空拳把自己的爱犬打得脸青眼肿，她什么人都不爱。艾伦·纳西还讲述了另一件怪事。"她喜欢带夏洛蒂去她自己不敢去的地方。夏洛蒂对陌生的动物怀有强烈的恐惧，艾米莉偏偏喜欢将她带到近前，把自己做过什么、怎么做的都告诉她,见她害怕,就嘲笑她,还以此为乐。"在我看来,她对凯瑟琳·恩肖怀着希刺克利夫那种充满兽性的男性之爱。在我看来,当她借着希刺克利夫的身份对恩肖又踢又打,踩在她的身上,按着她的脑袋朝石板上撞,她一定在大笑,就像她嘲笑夏洛蒂害怕一样。在我看来,当她借着希刺克利夫的身份扇小凯瑟琳的耳光,接连羞辱小凯瑟琳的时候,她一定在大笑。在我看来,当她欺负、辱骂和恐吓她所创造的人物,她就会感到一种如释重负的快感,因为在现实生活中,她和其他人在一起的时候就是遭受了如此强烈的屈辱。在我看来,当她借着具有多重性格的凯瑟琳的身份,虽然一面与希刺克利夫作对,鄙视他,知道他是个凶暴残忍之人,却还是全心全意地爱着希刺克利夫,为自己能控制他而得意洋洋,由于施虐狂身上也有受虐狂的影子,因此她深深地迷恋着他的暴力、残忍和不驯的本性。她认为他们两个很相似,事实也的确如此,假如我是对的,这两个人物确是艾米莉·勃朗特的化身。"耐莉,我是希刺克利夫。"凯瑟琳嚷道,"他永远在我心里。但他并非供我消遣,就好像一直以来我自己也不能供自己消遣一样。他就是我。"

《呼啸山庄》讲的是一个爱情故事,也许是有史以来最奇怪的爱情故事,最奇怪之处则在于这对恋人始终保持贞洁。凯瑟琳炽热地爱着希刺克利夫,就像他也深爱着她一样。对埃德加·林顿,凯瑟琳只怀有一种充满善意的宽容,而这份宽容里常常也夹杂着恼怒。人们不禁要问,哪怕要挨穷受苦,这一对相恋至深的爱人,为什么不一起私奔呢?

人们不禁要问,为什么他们没有成为真正的恋人。这可能是因为艾米莉所受的教养使她将通奸视为不可饶恕的罪孽，也可能是因为她对男女之间的鱼水欢好充满了厌恶。我相信她们两姐妹的情欲都很强烈。夏洛蒂相貌平平，皮肤蜡黄，她的鼻子很大，歪向一边。在她默默无闻、身无分文的时候，就有人向她求婚。在那个年代，男人都希望妻子能带来一份财产。但是，美貌并不是使女人具有吸引力的唯一因素。倾城的容貌往往让人不寒而栗，人们欣赏美貌，却不会为之动容。如果有年轻男人爱上了夏洛蒂这样一个挑剔万分、吹毛求疵的年轻女人，肯定只是因为他们觉得她在性方面很有吸引力，这意味着他们隐约地觉得她极为性感。她嫁给尼科尔斯先生之初并没有爱上他，在她眼中，他心胸狭窄、独断、阴郁，还一点也不聪明。从她的信中可以清楚地看出，嫁给他之后，她对他的感觉完全不同了。这些信写得真是忸怩。她爱上了他，他的缺点便不再重要。最可能的解释是，她的性欲终于得到了满足。我们没有理由认为艾米莉的情欲不如夏洛蒂。

5

一部小说的诞生，是一件非常奇特的事。小说家在自己的第一部小说（就我们所知，艾米莉只写了一部小说）中，满足自己的一些愿望，或是使之具有虚构的自传成分，也不是不可能。可以认为，《呼啸山庄》纯粹是出自于想象。在漫长的不眠之夜，或者整个夏天躺在盛开的石楠花之间，有谁能说出艾米莉有什么样的性爱幻想呢？每个人都应该注意到，夏洛蒂笔下的罗切斯特和艾米莉笔下的希刺克利夫有多相似，就像一家人一样。希刺克利夫可能是个私生子，也许是罗切斯特家的哪个年轻人与在利物浦遇到的爱尔兰女佣所生。这两个男人都黝黑、暴力、硬朗、凶狠、热情和神秘。他们之所以有不同之处，全因为刻画他们的两姐妹在性格上有所差异，她们创造出这两个男性人物，是为了满足她们那迫切却又受挫的性欲。但罗切斯特是有着正常本能的夏洛蒂的梦想，她渴望把自己交给那个专横、无情的男人，而艾米莉则把自己身上的男性气概、暴力和野蛮的脾气融入到了希刺克利夫身上。但我猜想，这对姐妹创造这两个粗野、难相处的男性人物，主要是以她们的父亲帕特里克·勃朗特牧师为原型。

但是，正如我说过的，艾米莉有可能完全根据她自己的想象构思了《呼啸山庄》，但我并不相信事实如此。我本应该想到，能促成小说创作的富有成效的想法，很少会突然涌入作家的脑海，这就像流星划过天空一样罕见。在很大程度上，想法是源于经历，通常是作家自己的情感经历，即使想法是从别人那里听来的，也要具有情感上的吸引力。接着，作家的想象力在艰苦的创作中逐渐发展，人物和事件一点一点地从想象力中演变出来，直到最后作品完成。然而，很少有人知道，哪怕是一个小小的暗示，一个从表面看来微不足道的事件，都有可能成为点燃作家创造力的火花。当你看着报春花，观察到心形的叶子中间长着茂盛的花朵，随意生长的花瓣带着任性的姿态，仿佛偶然间生长而成，而如此芬芳娇美的花朵，如此丰富的色彩，竟然源于一颗比针尖大不了多少的种子，似乎令人难以置信。因此，只要有一颗具有创造性的种子，就能孕育出一部不朽的佳作。

在我看来，只要阅读艾米莉·勃朗特的诗，就能猜出是什么情感经历，促使她通过创作《呼啸山庄》来寻求解脱，远离残忍的痛苦。她写了许多诗歌，可惜这些诗歌的水平参差不齐，有些很普通，有些十分动人，还有些极为美好。她似乎最为熟悉她在霍沃斯教区教堂里所唱的赞美诗，然而，这些普通的韵律并不能抒发出她内心深处的强烈情感。许多诗歌都属于《冈德尔岛编年史》，冈德尔岛是艾米莉和安妮小时候自娱时臆造出来的岛屿，而这部编年史讲的就是这座虚构小岛的漫长历史。艾米莉成年后仍在写这首诗。也许她觉得用这种方式十分方便，可以表达内心痛苦的情感，而她生性爱遮遮掩掩，无法忍受用其他方式。她其他的诗似乎直接表达出了她的情感。1845年，也就是她去世的三年前，她写了一首名为《囚徒》的诗。据我们所知，她从来没有读过任何神秘主义作品，但这些诗句中对神秘经验的描述，让人们无法相信她从未亲身接触过神秘主义。她所使用的每一个词，几乎与神秘主义者用来描述与上帝割裂所承受痛苦的词语一模一样。

啊，障碍可怖，痛苦亦深刻——
当耳朵开始聆听，当双目开始注视；
当脉搏开始跳动，当头脑再度思考；
灵魂将感受到肉体，肉体亦将感受到枷锁。

这些诗句无疑反映出了一种感受深刻的经历。为什么人们认为艾米莉·勃朗特的爱情诗不过是练笔之作？我应该想到，那些诗清楚地表明她坠入了爱河，她一腔爱意却惨遭拒绝，弄得心碎神伤。她是在哈里法克斯附近洛希尔的一所女子学校教书时写下这些特别的诗篇的。她当时十九岁，在那里几乎没有机会接触到男性（我们都知道她对男子避之唯恐不及），因此，从我们对她的性格的推测来看，她很可能爱上了一个女教师或是一个女学生。那是她生命中唯一一次爱上别人。这件事很可能给她造成了深切的痛苦，在她饱受折磨的情感沃土中播下了种子，进而使她能够创作出我们所知道的那本怪书。我想不出还有哪本小说能如此有力地阐述爱情的痛苦、狂喜和无情。《呼啸山庄》确有很多缺点，但这并不重要。它们和倒下的树干、碎石、积雪一样无关紧要，这些东西的确构成了阻碍，却不能阻止阿尔卑斯山的急流从山边汹涌而下。不能把《呼啸山庄》比作其他任何一本书，只能将其与埃尔·格列柯①的伟大画作相比较。在格列柯的画中，四周阴森而贫瘠，乌云压顶，雷声阵阵，瘦弱的身影神情扭曲，被一种奇异的情感所迷惑，甚至屏住了呼吸。一道闪电掠过铅灰色的天空，给这一景象增添了神秘的恐怖色彩。

---

① 埃尔·格列柯，十六至十七世纪西班牙画家。

十

陀思妥耶夫斯基和《卡拉马佐夫兄弟》

1

　　费奥多尔·陀思妥耶夫斯基出生于1821年。他的父亲是一位贵族，在莫斯科圣玛丽医院担任外科医生。陀思妥耶夫斯基似乎很重视自己的贵族身份，当他被判有罪时，贵族名衔被一并褫夺，他还为此感到痛苦非常。出狱后，他向一些有影响力的朋友施压，要求恢复自己的爵位。但俄国的贵族身份不同于其他欧洲国家，比方说，在政府里做官做到一定程度，就可以得到贵族头衔，而它的用处似乎无非是使你有别于农民和商人，可以自认为绅士而已。事实上，陀思妥耶夫斯基的家庭属于白领阶层，有一技之长，却十分贫穷。他的父亲为人严厉。为了让七个孩子接受良好的教育，他自己不光不讲求奢侈，甚至连舒适的生活也过不上。他从小便教育孩子们要习惯艰苦和不幸，从而做好准备迎接人生的责任和义务。他们一家

十 陀思妥耶夫斯基和《卡拉马佐夫兄弟》

人挤在医院医生宿舍区的两三个房间里。他不允许孩子们单独外出。孩子们没有零花钱,也没有朋友。这位父亲除了在医院里赚取一份薪水,私下里还给人诊病,不久,他在离莫斯科几百英里的地方购置了一处小地产,从此,他的妻子就带着几个孩子在那里避暑。这是孩子们第一次尝到自由的滋味。

陀思妥耶夫斯基十六岁时,母亲去世了,医生把两个大儿子米哈伊尔和费奥多尔带到圣彼得堡,送他们进了军事工程学院读书。老大米哈伊尔身体不好,因而被学校拒收,费奥多尔就这样和他唯一关心的人分开了。他很孤独,非常不开心。他的父亲要么是不愿意,要么是没有能力,反正没有给他寄钱,他没钱买书、买靴子等生活必需品,甚至没钱支付学院的学费。医生安顿好了两个大儿子,又把另外三个孩子托付给莫斯科的一位姑母,之后便放弃行医,带着两个小女儿到乡间的庄园里居住。他贪好杯中之物,不光对自己的孩子很严厉,对手下的农奴更是残忍,有一天,他死在了他们手里。

费奥多尔当时十八岁。他的成绩非常好,不过他并不喜欢学习。在学院完成学业后,他被派到军事工程部工作。凭借他在父亲那块地产所占份额带来的收入,再加上他自己的薪水,他每年有五千卢布。在当时,这在英国相当于三百多英镑。他租了一间公寓,对台球这种花费昂贵的爱好产生了浓厚的兴趣,过着挥金如土的生活。一年后,他认为在工程部的工作"像土豆一样乏味",便辞去了职务,结果弄得负债累累。直到去世的前几年,他才将债务还清。他挥霍无度,这一点已经无可救药,花钱无度的生活让他陷入了绝望,他却从未有坚定的意志来抵制自己的任性善变。他的一位传记作者曾指出，他挥霍的习惯在一定程度上是缺乏自信造成的，一时间，这让他觉得自己非常强大，从而满足了他过高的虚荣心。在后文中我们将看到，这不幸的弱点使他陷入了怎样的难堪困境。

还在学院的时候，陀思妥耶夫斯基就已经在创作一部小说，现在，他决定以作家的身份谋生，便将那本小说撰写完成，书名叫《穷人》。在文学界，他一个人也不认识。但他的熟人格里戈罗维奇与一个叫涅克拉索夫的人关系很好，涅克拉索夫正准备办一份评论期刊，格里戈罗维奇便提出请他看看那本小说。有一天，陀思妥耶夫斯基很晚才回到寓所。他整个晚上都在给一个朋友读他的小说，并和他讨论。凌晨四点，他走回家，但没有睡觉，而是打开窗户，坐在窗边。突然门铃响了，他吓了一跳。格里戈罗维奇和涅克拉索夫非常激动地冲进房间，几乎热泪盈眶，一次又一次地拥抱他。原来他们之前已经开始轮流大声朗读这本书。读完后，虽然天色已晚，他们还是决定去找陀思妥耶夫斯基。"就算他睡下了也不要紧。"他们对彼此说，"我们把他叫醒，这件事比睡觉重要多了。"第二天，涅克拉索夫把手稿拿给当时最重要的评论家别林斯基看，他和另外两位一样对这本书深感兴趣。小说出版后，陀思妥耶夫斯基成名了。

功成名就让他有些无所适从。帕纳耶夫-戈罗瓦切夫太太这样描述第一次见到他时的印象："乍一看，这个初露头角的年轻人极其神经质，还非常敏感。他又矮又瘦，留着一头金黄的头发，面色不健康，一双灰色的小眼睛不安地从一件东西看向另一件东西，苍白的嘴唇不停地抽搐着。几乎在场的每个人他都认识，但他似乎很腼腆，轻易不和别人谈话，不过宴会上的人一个接一个想尽办法

十 陀思妥耶夫斯基和《卡拉马佐夫兄弟》

找他说话，好让他不再沉默寡言，让他觉得自己属于我们这个圈子。从那天晚上起，他经常来见我们，也渐渐地不再拘谨。他甚至开始……与人争论，由于针锋相对，他竟然对所有人都谎话连篇。事实上，他一来年轻，二来又有些神经质，这两点结合在一起，导致他丧失了所有的自制力，使他过分炫耀自己作为一个作家的傲慢和自负。也就是说，他因为自己突然闯入文坛并大获成功而得意忘形，为文学巨匠的赞美而激动不已，就像易受影响的人一样，他无法掩饰自己，在那些进入文坛后成绩平平的年轻作家面前表现得洋洋得意……他吹毛求疵，语气狂妄，由此可见，他自认为比同侪优秀……陀思妥耶夫斯基尤其怀疑所有的人都企图蔑视他的才华。别人所说的每一句朴实的话，他都觉得是在贬低他的作品，想侮辱他本人，所以他来我们家里拜访，常常怀着极度怨恨的情绪，总是想找碴儿吵架，想把梗在他胸膛的全部怒气发泄到他想象中的诋毁者身上。"

成功之后，陀思妥耶夫斯基签了约，要创作一部小说和数篇短篇故事。他拿到了预付款，便继续过放荡的生活，朋友们为了他好，纷纷责备他。他却和他们大吵特吵，甚至是为他做了那么多的别林斯基，他也照吵不误，因为他不相信"他的欣赏发自真心"。他相信自己是天才，是俄国最伟大的作家。他欠下的债务越来越多，他只得匆匆写作。长期以来，他患有一种不知名的神经紊乱症，如今病倒了，他担心自己可能发疯，或是患上肺痨。他在这种情况下写出来的短篇故事都很失败，那部小说也十分无趣。曾经对他交口称赞的人现在转而猛烈地抨击他，大家都认为他再也写不出好文章了。

2

　　1849年4月29日的一个清晨，陀思妥耶夫斯基被捕并被押往彼得保罗要塞。原来他加入了一个由年轻人组成的组织，这个组织深受当时西欧流行的社会主义观念的影响，一心要采取某些改革措施，特别是解放农奴和废除审查制度，他们每周开一次会，讨论想法。他们还开办了一家印刷厂，方便秘密传播该组织成员写的文章。警方监视了他们一段时间，在同一天将他们全部逮捕。在监狱里关了几个月后，他们接受审判，其中十五人被判处死刑，陀思妥耶夫斯基也在其中。一个冬天的早晨，他们被押赴刑场，但就在士兵们准备执行死刑的时候，一个信使来了，宣布他们均被改判去西伯利亚服苦役。陀思妥耶夫斯基被判在鄂木斯克监禁四年，刑满之后再作为普通士兵服役。当他被带回彼得保罗要塞时，他给哥哥米哈伊尔写了下面的信。

　　今天是12月22日，我们都被带到了西蒙诺夫斯基广场。在那里，有人向我们宣读了死刑判决，他们让我们亲吻十字架，匕首在我们头上折断，我们的丧服（白色衬衫）也准备好了。接着，我们三个人站在栅栏前等待执行死刑。三人一组，我排在第六位，所以我在第二组，剩下的时间不多了。我想到了你，我的哥哥，我想到了所有和你有关的事。在那最后的一刻，我的脑海里只有你。在那个时候，我才知道自己是多么爱你，我亲爱的哥哥！我还有时间拥抱了站在我身边的普列斯捷夫和杜罗夫，向他们告别。最后，判决改了，那些被绑在栅栏上的人又被带了回来，有人向我们宣读沙皇陛下饶恕我们性命的消息。然后，他们宣读了最终判决……

陀思妥耶夫斯基在《死屋手记》中描述了他在监狱中的恐怖生活。有一点值得注意。他写道，一个犯人才来了两个钟头，就与其他犯人混熟了，相处非常融洽。"但对绅士和贵族来说，情况就不同了。不管他们多么谦虚，多么随和，多么聪明，到最后，他们仍然遭到所有人的憎恨和鄙视，永远不会被理解，更不会被信任。没有人把他们当作朋友或伙伴，不过随着岁月的流逝，他们至少不再受侮辱，却仍然无力过自己的生活，也不能摆脱内心的折磨，总觉得自己孤独无依，在哪里都是个陌生人。"

陀思妥耶夫斯基根本不属于这种权贵。他的出身和他的生活一样卑微，除了短暂的辉煌时期，他一直穷困潦倒。他的朋友兼狱友杜罗夫受到所有人的爱戴。看来，陀思妥耶夫斯基的孤独及其给他带来的痛苦，至少有一部分是由他性格上的缺陷引起的，比如他很自负、利己，还多疑和易怒。但是，在二百名同伴的陪伴下，他的孤独迫使他重归自我："通过这种精神上的孤独，"他写道，"我正好趁机审视自己昔日的生活，剖析最微小的细节，探索迄今为止我的人生，严格而无情地判断我自己。"当时，《新约全书》是他唯一被允许拥有的一本书，他读了一遍又一遍。这本经书对他产生了很大的影响。从那时起，他开始行事谦卑，还意识到必须压制普通人的人性欲望。"无论所遇何事,都必须保持谦卑。"他写道,"想想你过去的生活是怎样的,思考你将来可能做出怎样的成就,再看看你在灵魂深处是多么卑鄙、狭隘和奸恶。"至少在当时,监狱压制了他的傲慢和专横。他离开监狱时已不再是革命者,反而坚定地维护王权和既定秩序。此时,他还患上了癫痫。

四年刑满后,他被送到西伯利亚的一个驻军小镇当列兵,完成剩下的刑期。那里的生活极为艰苦,可他坦然接受了这种痛苦,认为自己犯了罪,就该受此惩罚。他已经得出结论,他进行的那些改革活动可谓罪孽深重。在给兄长的信中,他写道:"我不抱怨。这是我的十字架,是我罪有应得。"1856年,在一位老同学的说情下,他得以晋升,生活也过得比较宽裕了。他交了许多朋友,还坠入了爱河。他爱慕的对象是玛丽亚·德米特里耶夫娜·伊萨耶娃,她是个有夫之妇,有一个年幼的儿子,丈夫是一名流放政客,不仅酗酒,还患上了肺结核,已然病入膏肓。据说她是个美人儿,金发碧眼,中等身材,非常瘦,热情奔放,是个洋洋自得的女人。人们对她的了解似乎很少,只知道她像陀思妥耶夫斯基一样多疑、嫉妒和自我折磨。他成了她的情人。但过了一段时间,她的丈夫伊萨耶夫从陀思妥耶夫斯基驻扎的村庄搬到了四百英里外的另一个边防哨所,并在那里去世了。陀思妥耶夫斯基写信给玛丽亚,向她求婚。这位寡妇犹豫了,一方面是因为他们二人都很穷,另一方面是因为她爱上了一个年轻教师,这人名叫维尔古诺夫,"高尚而富有同情心"。她成为了维尔古诺夫的情妇。深深坠入爱河的陀思妥耶夫斯基妒火中烧,但一方面由于他热衷于自我伤害,另一方面也许是小说家倾向于把自己看作小说中的人物,他做出了一件很典型的事。他宣称自己对待维尔古诺夫比亲兄弟还亲,还请求自己的一个朋友寄钱给他,以便玛丽亚·伊萨耶娃能嫁给她的情人。

然而,他即便扮演了一个心碎的人,准备为心爱之人的幸福牺牲自己,却不会有严重的后果,因为那个寡妇不会错过大好机会,维尔古诺夫虽然"高尚而富有同情心",却穷得叮当响,而陀思妥耶夫斯基如今已升为军官,很快就将得到赦免,而且没有理由再也写不出大受欢迎的书。就这样,陀思妥耶夫斯基和玛丽亚于1857年结婚。他们没有钱,陀思妥耶夫斯基一直借钱度日,后来没人借钱给他们,他便再度进行创作,但他以前坐过牢,必须获得许可证方可出版书籍,而这并非易事。婚姻生活也是如此。事实上,婚后的岁月很不如意,陀思妥耶夫斯基把这归因于妻子多疑和爱幻想的天性。他没有注意到,他自己和刚获得成功时一样急躁、爱争吵、神经质、缺乏自信。他写出各种各样的小说片段,写完了就放在一边,又去写别的小说,最后,成品少之又少,也质量不佳。

1859年,由于他本人的请愿和朋友们的影响,他获准回到彼得堡。哥伦比亚大学的欧内斯特·西蒙斯教授在他那本关于陀思妥耶夫斯基的有趣且极富启发性的书中公正地指出,陀思妥耶夫斯基重获自由的手段可谓卑鄙至极。"他写了几首爱国诗,一首庆祝亚历山德拉皇太后的生日,一首庆祝亚历山大二世的加冕礼,还有一首是纪念尼古拉一世驾崩的挽歌。他写信向当权者和新沙皇本人求情。他在信中抗议道,他崇拜年轻的君主,赞其为一视同仁地照耀正义和非正义的太阳,还宣称自己准备为沙皇陛下献出自己的生命。他对自己被判有罪的罪行供认不讳,但坚称早已悔改,并为自己放弃的观点感到痛苦。"

他与妻子和继子在首都定居下来。从他当初身为囚犯离开首都以来,已有十年了。他和哥哥米哈伊尔一起创办了一本文学杂志,名为《时代》,他为这本杂志写了《死屋手记》和《被侮辱与被损害的人》。这本杂志很受欢迎,他的处境也好了起来。1862年,他把杂志交给米哈伊尔负责,自己前往西欧。此行并没有让他满意。他认为巴黎是一个"最无聊的城市",那里的人唯利是图、心胸狭窄。他对伦敦穷人的悲惨处境和富人的虚伪体面感到震惊。后来,他去了意大利,但他对艺术不感兴趣。他在佛罗伦萨待了一个礼拜,却没有去乌菲齐美术馆,而是读了维克多·雨果的四卷本《悲惨世界》来打发时间。他没有去罗马和威尼斯,便直接回了俄国。他已经不再爱自己的妻子。这时候,她感染了肺结核,受到这种慢性病的折磨。

出国前几个月,当时四十岁的陀思妥耶夫斯基结识了一位年轻女子,她带来了一部短篇小说,要在他的文学杂志上发表。她叫波琳娜·苏丝洛娃,二十岁,是个漂亮的处女,但为了表明自己的观念进步,她剪短了头发,戴着墨镜。陀思妥耶夫斯基深深地迷上了她,回到彼得堡后,他引诱了她。后来,由于他的一个撰稿人写了一篇很不恰当的文章,导致杂志被查封,他决定再次出国。他给出的理由是为了治疗自己的癫痫症,一段时间以来,他的病有所恶化,但这不过是他的借口而已。他想去威斯巴登赌博,他想到了办法,可以赢到庄家的赌本,他还和波琳娜·苏丝洛娃约好去巴黎私会。他把生病的妻子安置在离莫斯科不远的弗拉基米尔镇,向贫困作家基金会借了钱，就出发了。

在威斯巴登，他输掉了很多钱，他之所以能离开赌桌，全是因为他对波琳娜·苏丝洛娃的热情比他对轮盘赌更强烈。他们早已约定好一起去罗马。但是，在等待他的过程中，这位获得自由的年轻女士与一名西班牙医学生有过一段短暂的恋情。医学生离开她的时候，她很难过，女人很难平静接受这种事，她拒绝和陀思妥耶夫斯基恢复关系。他接受了，并建议他们"以兄妹身份"去意大利。她大概是闲来无事，便同意了。他们手头很紧，有时连一些小玩意儿都拿去典当，因而这次出行并不顺利。经过了几个礼拜的"伤害"，他们分手了。陀思妥耶夫斯基回到了俄国，发现妻子不久于人世。六个月后，她去世了。他在给一位朋友的信中写道：

> 我的妻子，那个崇拜我的人，那个我深爱的人，在莫斯科去世了，她死前一年就搬到了那儿。我跟着她去了那里，整个冬天一次也没有离开过她的床边……我的朋友，她对我的爱无以言表，我对她的爱也达到了无以言表的程度。然而，我们共同的生活并不幸福。有朝一日我们见面，我会把整个故事都讲给你听。但是，现在请允许我只说一句话：撇开我们在一起生活得很不幸这一事实不谈，我们不应该失去彼此的爱，而是应该越痛苦就越发亲密。你听我这样说，可能会觉得很奇怪。然而，这就是事实。她是我所认识的最好的、最高贵的女人……

陀思妥耶夫斯基有点夸大了自己对妻子的忠诚。在那年冬天，他两次前往彼得堡和哥哥一起创办新杂志。这本杂志不像《时代》那样倾向自由，因而办得并不成功。米哈伊尔患了病，不久后去世了，还留下了沉重的债务，如此一来，陀思妥耶夫斯基必须养活哥哥的遗孀和孩子，以及哥哥的情妇和情妇的孩子。他从一位富有的姑姑那里借了一万卢布，但到了1865年，他不得不宣布破产。他欠了一万六千卢布的期票，还欠了五千卢布的抵押债务。他的债主们很难对付，为了摆脱他们，他又向贫困作家基金会借钱，还预支了一本小说的稿费，并约定在某个日期之前交付。他带着这些钱，再次前往威斯巴登的赌桌上碰运气，还见到了波琳娜。他向她求婚，却遭到了拒绝。很明显，即使她曾经爱过他，如今这份爱情也不存在了。人们可以猜测，她当初之所以委身于他，也是因为他是知名作家兼杂志编辑，可能对她有用。但是，那本杂志被禁了。他的外表一向不起眼，现在已经四十五岁，秃顶，还患有癫痫病。我想，对女人来说，没有什么比一个身材样貌都惹人嫌弃的男人却对自己怀有性欲更让人恼火的了，说白了，他若是再不接受对方的拒绝，她很可能要恨他了。我想，波琳娜当时就是这样的想法。对于她的变心，陀思妥耶夫斯基给出的解释可谓顾全了自己的颜面。我将在适当的时候谈到这件事，以及这件事对他产生的影响。他们把所有的钱都赌光了，陀思妥耶夫斯基写信给屠格涅夫借钱。他曾经与屠格涅夫吵架，还憎恨和鄙视屠格涅夫。屠格涅夫给他寄去了五十个塔勒①，波琳娜就靠这些银币来到了巴黎。陀思妥耶夫斯基又在威斯巴登待

---

① 旧时德国、奥地利或瑞士的银币。

了一个月。他病了，非常凄惨。他不得不安静地坐在自己的房间里，以免勾起食欲，却又没有钱来满足自己。他走投无路，只得写信给波琳娜借钱。而她似乎已经开始了另一段风流韵事，好像并没有回信给他。他动笔写另一本书，他表示自己这么做实在是迫不得已，必须争分夺秒写完。这本书就是《罪与罚》。最后，他写了一封信给在西伯利亚生活的一位老朋友，求对方借钱给他，他拿到了钱，总算离开了威斯巴登，后来，在朋友的进一步帮助下，他设法回到了彼得堡。

在创作《罪与罚》期间，他想起自己曾签过合同，要在某个日期之前交一本书稿。根据他签署的不公正协议，倘若他不能按时交稿，出版商有权出版他接下来九年的所有作品，还不用付给他一分钱。如今交稿日期就快到了。陀思妥耶夫斯基无计可施。这时，有个聪明的人建议他雇用一名速记员。他照做了，用了二十六天便完成了一本名叫《赌徒》的小说。这位速记员名叫安娜·格里戈里耶夫娜，二十岁，相貌平平，不过她办事效率高、务实、耐心、忠诚、令人钦佩。1867年初，他娶了她。他的继子、哥哥的遗孀和孩子们，预见到他今后不会像以前那样养活他们，便对这个可怜的姑娘产生了很深的敌意，事实上，他们行为极之恶劣，弄得她苦不堪言，她只好劝说陀思妥耶夫斯基再次离开俄国。他再度负债累累。

这一次，他在国外度过了四年。起初，安娜·格里戈里耶夫娜发现和这位著名作家相处很困难。他的癫痫越来越严重。他易怒、轻率、爱慕虚荣。他继续与波琳娜·苏丝洛娃通信，这让安娜难以安心，但作为一个异常理性的年轻女子，她把不满藏在心里。他们去了巴登－巴登，陀思妥耶夫斯基在那里又开始赌博。像往常一样，他把自己所有的东西都输光了，又像往常一样写信给每一个可能帮他的人，找他们要钱，钱一到，他就又到赌桌上把钱输光。他们典当了所有值钱的东西，住的地方越来越便宜，有时甚至连饭都吃不饱。安娜·格里戈里耶夫娜还怀孕了。下面的内容摘自他的一封信，可知他刚赢了四千法郎。

"安娜·格里戈里耶夫娜求我赢了这四千法郎便收手，并马上离开。但我还有机会，轻而易举就可能补救一切。要举例说明吗？一个人除了自己赢的钱之外，每天都能看到别人赢两三万法郎（别人输了钱，他却看不到）。世界上有圣人吗？钱对我比对他们更重要。我赌上去的，要超过我所输掉的。我开始失去最后的资源，简直愤怒到了极点。我输了。我典当了我的衣服，安娜·格里戈里耶夫娜典当了她所有的东西，连最后的小饰品也当掉了。（真是个天使啊！）她一直在安慰我，在巴登那个该死的地方，我们不得不躲在铁匠铺上面的两个小房间里，她是多么疲倦啊！终于，一切都输光了。（啊，那些德国人真卑鄙。他们无一例外都是高利贷者、无赖、流氓。房东知道我们没有钱，无处可去，就加了房租。）最后我们不得不逃离，离开巴登。"

这个孩子出生在日内瓦。陀思妥耶夫斯基继续赌博。每当他失去了一笔本可以为妻子和孩子购买生活必需品的钱时，他痛悔不已。但只要口袋里有几个法郎，他就急忙回到赌场。三个月后，那孩子夭折了，他心痛难当。安娜·格里戈里耶夫娜又怀孕了。这对夫妇身无长物，陀思妥耶夫斯基不得不从只是泛泛之交的人那里借钱，或是五法郎,或是十法郎,给自己和妻子买食物。《罪与罚》获得了成功,他开始着手写另一本书。他称之为《白痴》。他的出版商答应每月给他二百卢布。可惜他好赌成性,这个不幸的弱点使他继续深陷泥沼不能自拔,他不得不一再要求对方预付稿费。《白痴》不尽如人意,于是他又开始写《永远的丈夫》,写完后又写了一部长篇小说,英文名叫《群魔》。与此同时,由于情势所迫(我估摸是他们再也借不到钱了),陀思妥耶夫斯基带着妻儿从一个地方搬到另一个地方,居无定所。但他们很想家。他心中对欧洲的厌恶从未消解。巴黎是文化之城,与众不同,弥漫着舒适安逸的氛围,德国拥有醉人的音乐,阿尔卑斯山壮丽无双,瑞士的一座座湖泊美轮美奂,明快神秘,托斯卡纳雅致娴趣,魅力不凡,佛罗伦萨更是艺术宝库,然而,对这一切,他却无动于衷。在他的眼中,西方文明属于资产阶级,颓废而腐败,他还深信西方文明即将解体。他在米兰写道:"我在这里变得迟钝和狭隘,正在失去与俄国的联系。我需要俄国的空气和俄国的人民。"他觉得除非能返回俄国,否则永远也写不完《群魔》。安娜渴望回家。但他们没有钱,陀思妥耶夫斯基的出版商已经把相当于连载版权的费用全都预付给了他。无奈之下,陀思妥耶夫斯基再次向出版商求助。前两期已经在杂志上刊登,出版商担心收不到后面的稿子,只好寄钱给他付车马费。陀思妥耶夫斯基一家回到了彼得堡。

这是1871年,陀思妥耶夫斯基年届五旬,距离他离开人世还有十年。

《群魔》受到了欢迎,它抨击了当时年轻的激进分子,其作者因而成为了反动圈子的朋友。他们认为他在政府反对改革的斗争中大有用处,便委任他担任官方背景的《公民》报的编辑,薪水非常丰厚。他干了一年,后因为与出版商意见不合而辞职。安娜说服丈夫让她出版《群魔》。这次试验很成功,她后来又出版了他的几本作品,均获得了很高的利润,从此他的后半生都摆脱了贫困。他余下数年的生活,只需寥寥数语就可说清。他以《作家日记》为名,为特殊场合创作了多篇文章。这些作品很受欢迎,他开始认为自己是导师兼先知。作家都很喜欢以这样的身份自居。他如今狂热地崇尚斯拉夫文化。俄国人民对彼此怀有兄弟情谊,他认为这是俄国人民的特殊天赋,他们还渴望为全人类服务,于是,他在俄国人民身上看到了治愈俄国乃至全世界弊端的唯一可能。事态的发展表明他过于乐观了。他写了小说《少年》,最后写了《卡拉马佐夫兄弟》。他的名气越来越大,当他在1881年突然去世时,已经被许多人推崇为当时最伟大的作家。据说,他的葬礼是"俄国首都有史以来最引人注目的展示公众情感的活动之一"。

3

我在前文中陈述了陀思妥耶夫斯基的主要生平大事,而且并未加以评论。通过这些事,人们或许会觉得他的性格极其不讨人喜欢。虚荣心是艺术家的职业病,作家、画家、音乐家或是演员,概莫如是,但陀思妥耶夫斯基的虚荣心可以说到了离谱的地步。他似乎从来没有想到,别人早就听够了他大谈他自己和他的作品。此外,他还缺乏自信，现在这被称为自卑情结。也许正是因为这个原因，他才如此公开地蔑视作家同行。一个人若是意志坚强，根本不会因为曾经入狱而变得畏畏缩缩。他接受了对自己的审判，认为他反抗当局，罪有应得，该受惩罚，但这并不妨碍他尽一切努力获得赦免。这似乎不合逻辑。我曾说过，他求助于有权有势的人，简直自贬到了极点。他一点自制力也没有。一旦受激情控制，他不仅忘了谨慎，甚至连基本的礼法都顾不上了。所以，当他的第一任妻子病得奄奄一息时，他抛弃了她，跟随波琳娜·苏丝洛娃去了巴黎，后来这个轻浮的年轻女人抛弃了他，他才回到妻子身边。但他最大的弱点，便是他好赌成性，这还使他一次又一次陷入贫困。

读者应该记得，为了履行合同，陀思妥耶夫斯基写了短篇小说《赌徒》。这篇小说并无可取之处。书中最有趣的地方在于，他在书中生动地描述了那个不幸受害者的心理感受，而对这种种思想活动，他本人则十分熟悉。读完这篇小说，你就会明白，尽管赌博给他带来了耻辱，给他和他所爱的人造成了痛苦，甚至引发了不光彩的诉讼案件（贫困作家基金会借钱给他，是为了让他写作，而不是赌博），尽管他不断地找人借债，弄得别人不厌其烦，他依然抵挡不住赌博的诱惑。他喜欢出风头，凡是具有创造天赋的人，不管从事何种艺术创作，或多或少都是如此。他还在书中描写了一连串的好运如何助长了他这种不光彩的爱好。人们都聚拢过来，注视着这个幸运的赌徒，好像他是一个高人似的。他们又是惊奇又是钦佩，他成为了众人关注的中心。对这个缺乏自信到病态地步的不幸之人，这真是莫大的安慰！赢了钱，他深深陶醉，感觉自己充满了力量，他觉得自己是命运的主宰，凭借绝对可靠的聪明才智和直觉感知，他可以控制运势命数。

"我只要抓住这一次可以展示意志力的机会，一个小时后我就能改变自己的命运了。"陀思妥耶夫斯基让自己笔下的赌客惊呼道，"最重要的是意志力。千万要记住七个月前在轮盘堡赌场我最后一次失败前发生在我身上的事。啊！那件事能充分说明决心的力量。那时我失去了所有，一切都完了。我正要走出赌场，却发现马甲口袋里还有一枚基尔德金币。'总算还有钱买口吃的。'我心想。但走了一百步后，我改变了主意，折返回去。我赌上了那枚金币……当你独自一人在一片陌生的土地上，远离家乡，远离朋友，不知道那天能不能吃饱肚子，却还是赌上了你最后的一枚金币，把自己逼到了穷途末路的地步，那种感觉真的很特别。我赢了，二十分钟后我走出了赌场，口袋里装着一百七十枚金币。这是事实。这是最后一枚金币有时能带来的好运。如果我那时失去信心了呢？如果我不敢冒这个险呢？"

陀思妥耶夫斯基的正式传记由他的老友斯特拉霍夫所写。为了写好这部传记，他给托尔斯泰写了一封信，艾尔默·莫德在他撰写的托尔斯泰传记中收录了这封信，该译文的精简版如下：

> 在整个写作的过程中，我都必须对抗一种厌恶的感觉，试图抑制心中的反感……我不能把陀思妥耶夫斯基视为一个好人或快乐的人。他很坏，道德败坏，嫉妒心也很重。他这一生受尽各种激情的折磨，导致他沦落到可笑和悲惨的地步，让他

变得不那么聪明，不那么邪恶。在写他的传记时，我清楚地体会到了这些感受。在瑞士，他当着我的面对仆人疾言厉色，那个人有所反抗，并对他说：'可我也是个人！'我记得这句话当时让我大为触动，反映了自由瑞士关于人权的思潮。而这句话，是对一个总是向其他人宣扬人性情感的人说的。这种事经常发生。他控制不住自己的脾气……最糟糕的是，他从不为自己做出的肮脏行为感到后悔，甚至为此感到自豪。肮脏的行为吸引了他，他居然以此为荣。维斯科瓦托夫（一位教授）告诉我，陀思妥耶夫斯基曾吹嘘说，有一次，一个女家庭教师把一个小姑娘带到一个澡堂给他，他就在那里强奸了那个小姑娘……尽管如此，他还是自作多情，沉溺于多愁善感的情绪，推崇不切实际的人道主义梦想，而我们喜爱他，正是因为这些梦想、他的文学思想和作品风格。总而言之，所有这些小说都在为它们的作者开脱，它们表明，最叫人发指的邪恶和最高尚的情爱可以同时存在于同一个人身上……

的确，他的多愁善感幼稚可笑，他的人道主义毫无用处。与知识分子相反，他指望人民来复兴俄国，却对他们知之甚少，对他们苦难的命运也没有多少同情，还猛烈地攻击那些试图减轻人民灾难的激进分子。对穷人多灾多难的生活，他提出的补救办法是"把他们的痛苦变成他们的理想，成为他们的生活方式。他没有进行实际的改革，而是给予他们宗教和神秘主义的慰藉"。

强奸小女孩的故事让陀思妥耶夫斯基的崇拜者们心怀不安，他们怀疑这个故事的真实性。安娜断言他从未对她提起过这件事。斯特拉霍夫的叙述显然是基于道听途说。但是,为了证实这一点,他记录道,陀思妥耶夫斯基懊悔不已,把这件事告诉了一位老朋友。这位老朋友劝他向世界上他最恨的人坦白,以此作为忏悔。这个人便是屠格涅夫。当初陀思妥耶夫斯基初入文坛,屠格涅夫曾热情地赞扬他,并在金钱上帮助过他,但陀思妥耶夫斯基恨他,因为他是一个"西方人",还是贵族,富有而成功。他向屠格涅夫坦白了自己的罪行,屠格涅夫默默地听着。陀思妥耶夫斯基讲着讲着,停顿了一下。也许,正如安德烈·纪德所说的那样,他希望屠格涅夫像自己(陀思妥耶夫斯基)笔下的人物那样,能拥抱他,吻着他,滚滚热泪淌下脸颊,接着二人就可以握手言和。可惜什么都没有发生。

"屠格涅夫先生,我必须告诉你一件事。"陀思妥耶夫斯基说,"我必须告诉你,我深深地鄙视我自己。"他等待屠格涅夫说话。然而对方继续保持沉默。于是陀思妥耶夫斯基大发脾气,喊道:"可我更瞧不起你。这就是我想对你说的。"他愤然走出房间,重重地关上了门。他失去一场戏,而这一场戏,没有人比他写得更好了。

奇怪的是,他两次在自己的书中使用了这一令人震惊的情节。斯维德里加伊洛夫在《罪与罚》中承认了同样丑恶的行为,斯塔夫罗金在《群魔》的一个章节中也承认了同样的行为,但陀思妥耶夫斯基的出版商拒绝出版该章节。或许值得注意的是,陀思妥耶夫斯基在这本书中对屠格涅夫进行了恶毒的讽刺,这真是既乏味又愚蠢,唯一的结果只是使原本就不像样的作品变得更不像样,似乎只是为了给陀思妥耶夫斯基一个机会发泄心中的怨恨。他不是唯一一个恩将仇报的作家。在娶安娜·格里戈里耶夫娜之前，陀思妥耶夫斯基做出了一件极其不明智的事，他竟然把这桩丑事告诉了他追求的一个女孩，不过他告诉人家这个故事是他瞎编出来的。我想这件事很可能是真的。他和他小说里的人物一样，喜欢自贬。在我看来，他把这件不光彩的事当作自己的亲身经历向别人讲述，并不是不可能的。尽管如此，我还是不相信他真的犯下了他指责自己所犯下的这令人作呕的罪行。我敢说，这是一场持续不断的白日梦，既使他着迷，又使他恐惧。他笔下的人物经常做白日梦，很可能他自己也是如此。事实上我们都是如此。小说家的天赋决定了他们的白日梦可能比大多数人的更精确，也更具体。有时，根据这些白日梦的性质，小说家可以将其写进自己的小说，随即便忘得一干二净。在我看来，陀思妥耶夫斯基可能就是这样。他在小说中两次提到这个可耻的故事后，便对它不再感兴趣了。也许正是出于这个原因，他才从未对安娜·格里戈里耶夫娜提起此事。

　　陀思妥耶夫斯基虚荣、嫉妒、好争吵、多疑、畏缩、自私、爱吹嘘、不可靠、不体贴、狭隘，还缺乏宽容心。总之，他的性格令人讨厌。但这并不是故事的全部。如果真是如此，那就很难想象他能创造出阿廖沙·卡拉马佐夫这个也许是所有小说中最迷人的人物，也难以想象他能创造出圣洁的佐西玛神父。陀思妥耶夫斯基是最不爱挑剔的人。在监狱里，他了解到，人们虽然犯下了可怕的罪行，或是杀人，或是强奸，或是抢盗，却也有很多优秀的品质，他们富于勇气、慷慨、对同伴仁爱。他有一颗善心，从不拒绝给乞丐或朋友钱财。当年他自己穷困潦倒，却还是设法凑了一些钱送给他哥哥的妻子和情妇，此外，他还要养活他那一无是处的继子，以及他那嗜酒成性、一无可取的弟弟安德烈。他们就像他依赖别人一样依赖他，他非但没有怨恨，反而为自己不能为他们做得更多而感到苦恼。对安娜·格里戈里耶夫娜，他有爱，有欣赏，也有尊敬。他认为她在各方面都比自己优越。令人感动的是，在他们离开俄国的四年里，他一直担心她和自己在一起感到无聊。他很难使自己相信，尽管他有着种种缺点（他对此心知肚明），终于还是找到了一个一心一意地爱着他的女人。

我想不出还有谁比陀思妥耶夫斯基更能体现人与作家之间的巨大差别。所有有创造力的艺术家或许都是如此，但比起其他人，这一点在作家身上更为明显，因为文字是他们的媒介，他们的行为和他们所写文字之间的矛盾更令人震惊。创造性天赋在儿童和青少年时期或许很常见，假如这种天赋在青春期后继续存在，很可能成为一种疾病，这种疾病只以牺牲人类的正常品质为代价才能蓬勃发展，就像在粪肥中生长的瓜更甜一样，这种天分在充满邪恶特征的土壤中才能生长得最好。陀思妥耶夫斯基惊人独创性的源泉并非他的善，而是他的恶，正是这种独创性使他成为了世界上最伟大的小说家之一。

4

巴尔扎克和狄更斯都创造了大量的人物。他们二人被各种各样的人所吸引，他们在人类身上看到的差异和个性激发了他们的想象力。不管人们是好是坏，是笨是聪明，他们都是他们自己，因而是可以派上用场的大好素材。在我看来，能让陀思妥耶夫斯基感兴趣的除了他自己，也只有那些对他产生密切影响的人。在某种程度上，他和那些只关心自己所拥有的漂亮事物的人是一样的。他满足于用很少的几个人物来凑合，而这些人物在他的一部又一部小说中反复出现。《卡拉马佐夫兄弟》中的阿廖沙就是《白痴》中的米希金公爵，只不过没有癫痫病。《群魔》中的斯塔夫罗金只是对《罪与罚》中的斯维德里加洛夫的详细刻画。这本书的主人公拉斯柯尔尼科夫便是《卡拉马佐夫兄弟》中的伊万，只是不那么强势而已。所有这些人物都体现了陀思妥耶夫斯基那遭受过重创、扭曲和病态的情感。他的女性人物更是缺少变化。《赌徒》中的波琳娜·亚历山德罗夫娜、《群魔》中的莉莎贝塔、《白痴》中的娜斯塔西娅、《卡拉马佐夫兄弟》中的卡特里娜和格鲁什卡都是同一个女人，都是以波琳娜·苏丝洛娃为原型。她给他带来了痛苦和侮辱，他正需要这样的刺激，来满足自己受虐的倾向。他知道她恨他，但他确信她也是爱他的。因此，以她为原型的女性人物都想要支配和折磨她们爱的男人，同时也屈服于他们，在他们手下受苦。她们歇斯底里，心思歹毒，心中充满恨意，因为波琳娜就是这样一个女人。分手几年后，陀思妥耶夫斯基在彼得堡见到了她，再次向她求婚。她拒绝了。他无法相信她对自己没有一点好感，于是得出一个结论来安抚自己受伤的虚荣心：一个女人极为看重自己的贞操，一个男人拿走了她的贞操却没有娶她，她就憎恨那个男人。

"你不能原谅我，"他对波琳娜说，"因为你曾经把自己交给了我，所以你要报复我。"

陀思妥耶夫斯基对此深信不疑，因此不止一次地使用这个概念。在《卡拉马佐夫兄弟》中，故事尚未真正拉开序幕，格鲁什卡便被一个波兰人诱奸了，虽然在这段时间里她被一个富商收留，但她觉得只有嫁给引诱她的人才能得到救赎。在《白痴》中，娜斯塔西娅不能原谅托洛茨基，因为他引诱了她。在这一点上，我认为陀思妥耶夫斯基的心理是错误的。处女贞操的特殊价值是男性编造出来的，一部分是源于迷信，一部分是出于男性的虚荣心，当然还有一部分是由于不愿给别人孩子当父亲。我应该说，女性之所以重视贞操，主要是因为男性对此非常重视，也出于对失去贞操的后果的恐惧。我认为，男人满足自己的需要，就像饿了要吃饭一样自然，他们对一个女人有欲望，即便对其没有特别的感情，也可以与其性交。我觉得自己的这个观点是正确的。而对女人来说，假如不是发自本性，也就是说，既没有爱，也没有起码的感情，那性交不过是一件令人厌烦的事，她们只会视之为一种义务，或者只想供对方取乐。一个处女"把自己交给"一个她漠不关心甚至有些厌恶的男人，无疑是一段不愉快和痛苦的经历。但在我看来，这件事若是让她痛苦怀恨了多年，还改变了她的整个性格，简直不可思议。

陀思妥耶夫斯基深刻地意识到自己身上存在着双重性格，还将这一特点赋予了他笔下顽固的人物。米希金公爵和阿廖沙这些性格温顺的人物虽然和蔼可亲，却都是废物，叫人难以置信。但是，双重性格这个词本身就暗示着对人性的简化，这与事实不符。人这种生物并不完美。人类存在的主要动力是自身利益，否认这一点则可谓愚蠢至极。但是，否认人类是能够做到高尚无私，也可谓愚蠢至极。

我们都知道，在危急时刻，人类能够升华到何等高度，表现出连他们自己或其他人都不知道的崇高品格。斯宾诺莎①曾告诉我们："一切事物就其自身而言，都努力坚持其特有的存在。"然而我们知道，人为了朋友而牺牲自己生命的事并非罕见。人类兼具罪恶与美德、善良与邪恶、自私与无私，他们怀有各种恐惧，却也有面对恐惧的勇气，他们有各种各样的脾气和倾向，在其驱使下做出各种各样的行为。人类是由互相矛盾的因素组成的，而令人惊奇的是，这些因素可以在个人身上共存，但又相互妥协，形成一种看似合理的和谐。陀思妥耶夫斯基创造的人物偏偏没有这种复杂性。这些人物既有操纵他人的欲望，也有臣服于他人的欲望，他们的爱缺乏温柔，恨却充满恶意。奇怪的是，他们缺乏人类的正常属性。他们有的只是激情。他们既没有自制力，也没有自尊。他们的邪恶本能不会因为受了教育、获得了生活经验或不会使人蒙羞的正派作风而有所改善。因此，从常识来看，这些人物的行为似乎才显得极不真实可信，动机也极其不合情理。

我们西欧人对他们那些不负责任的行为感到惊讶，如果我们真能接受的话，也只会认为这是俄国人的正常行为。但俄国人是这样的吗？陀思妥耶夫斯基时代的俄国人是这样的吗？屠格涅夫和托尔斯泰是他的同代人。屠格涅夫笔下的人物很像普通人。我们都认识像托尔斯泰笔下的尼古拉·罗斯托夫那样的英国青年，他们快乐、无忧无虑、挥霍无度、勇敢而又深情，都是很好的人。我们至少认识

---

① 斯宾诺莎，十七世纪荷兰唯物主义哲学家。

几个像他妹妹娜塔莎那样漂亮、迷人、天真、善良的姑娘。在我们自己的国家也不难找到一个像彼得·别祖霍夫这样又胖又蠢,又慷慨又善良的人。陀思妥耶夫斯基声称,他笔下奇怪的人物比现实更真实。我不知道他这话是什么意思。蚂蚁和大主教一样真实。假如他的意思是说他们具有超越常人的道德品质,那他就错了。即便艺术、音乐和文学有任何长处,可以纠正邪恶的性格,减轻痛苦,在一定程度上把灵魂从人类的束缚中解放出来,他们对这些门道也是一无所知。他们缺乏文化修养,举止粗鲁,粗暴地对待别人,只为了伤害和羞辱,还恶毒地以此为乐。在《白痴》中,瓦尔瓦拉朝她哥哥的脸上吐口水,因为他向一个她不喜欢的女人求婚。在《卡拉马佐夫兄弟》中,德米特里向霍拉科夫太太借一大笔钱,她没有理由相借,便一口回绝,他居然愤怒地朝她接见他的房间的地板吐口水。他们是一群令人发指的人物,却也非常有趣。拉斯柯尔尼科夫、斯塔夫罗金、伊万·卡拉马佐夫与艾米丽·勃朗特笔下的希刺克利夫、梅尔维尔笔下的亚哈船长是同一种人。他们为生活而颤动。

5

为创作《卡拉马佐夫兄弟》,陀思妥耶夫斯基深思了很长时间,他在这部小说上花费了大量的时间和精力,然而,自他创作第一部小说以来,经济上的困难并不允许他这么做。总的来说,这是他构思最好的作品。从他的信中可以看出,他私下相信有一种神秘的存在(我们称之为灵感),并指望通过这种存在,他能把自己用心眼隐约看到的东西写出来。灵感是一种难以捉摸的东西，往往只会出现在孤立的段落中。要构思一部小说，需要拥有"灵感"，即你可以用这种逻辑意识将素材连贯排列，使各个部分相互衔接，达到逼真的程度，从而形成一个完美的整体，不会留下尚未解释清楚的地方。陀思妥耶夫斯基并无能力做到这一点。因此，他才最擅长场景的描写。在制造悬念和用戏剧手法表现情节方面，他确实有着非凡的天赋。我认为小说中没有比拉斯柯尔尼科夫谋杀当铺老板更恐怖的场景，也没有比《卡拉马佐夫兄弟》中魔鬼化身的伊万受到良心谴责时更令人震撼的场景了。陀思妥耶夫斯基行文冗长，他始终改不掉这个习惯，喜好写作洋洋洒洒的大篇对话。但是，即使这些人物如此自在地表达自己，即使你很难相信人类会做出他们那样的行为，他们依然始终散发着迷人的魅力。顺便提一下，他经常用一种手法来刺激读者的痛处，让他们感到战栗。他笔下的人物情绪激动，与他们所说的话并不相称。他们有时激动得浑身颤抖，有时互相侮辱，有时放声大哭，有时脸色涨红，还有时面色发青，或是面色苍白如纸。读者很难理解的含义，书中偏偏用最简单的言语解释，很快，读者就会被书中那些夸张的姿态和歇斯底里的爆发弄得心颤肉跳，连他们自己的神经也处于紧张状态，准备迎接下一个情节带来的深刻震撼，若是情节并不惊心动魄，他们便感到不安。

阿廖沙被设计成《卡拉马佐夫兄弟》的核心人物，这一点，从第一句话中就可以清楚地看出："阿列克谢·费奥多罗维奇·卡拉马佐夫是费奥多尔·巴甫洛维奇·卡拉马佐夫的第三个儿子，费奥多尔是当地的一个地主，十三年前惨死，因而他在他那个时代可谓无人不知,我们至今都还记得他,至于他是怎么死的,我将在适当的时机加以说明。"陀思妥耶夫斯基是一位非常老练的小说家,既然在开篇明确点出了阿廖沙,就不会是无意为之。但是,正如我们所知,在小说中,与他的兄弟德米特里和伊万相比,他只是一个次要人物。他在故事中时而出现,时而隐没,似乎对那些在故事中起重要作用的人物没有影响。他自己的活动主要与一群学生有关,而学生们的行为除了展示阿廖沙的魅力和慈爱之外,与主题的展开并无关系。

对此的解释是,加内特夫人翻译的长达八百三十八页的《卡拉马佐夫兄弟》只是陀思妥耶夫斯基打算写的一个片段。他计划在接下来的几卷中进一步刻画阿廖沙,让他经历一系列的悲欢离合,在这些浮浮沉沉中,他应该经历罪恶深重的体验,最后通过苦难而获得救赎。无奈死亡让陀思妥耶夫斯基未能实现自己的宏图大志,《卡拉马佐夫兄弟》仍然只是碎片。然而,这仍然是有史以来最伟大的小说之一,是为数不多的几部精彩绝伦的小说中的佼佼者,这些小说的优点各不相同,但它们都能凭借强度和力量脱颖而出,力压其他小说,而《呼啸山庄》和《白鲸》便是这样惊心动魄的作品。

费奥多尔·巴甫洛维奇·卡拉马佐夫是一个糊里糊涂的傻瓜,他有四个儿子,其中三个我已经说过,分别是德米特里、伊万和阿廖沙,此外,他还有一个私生子,叫斯梅尔迪亚科夫,他住在老卡拉马佐夫家里,当厨子和仆人。两个大儿子恨他们可耻的父亲,阿廖沙是书中唯一可爱的人物,他不憎恨任何人。E.J.西蒙斯教授认为,应该把德米特里视为这部小说的主人公。在宽容之人看来,可以用"他本人便是他自己最大的敌人"这句话来形容他,而他这样的男人常常对女人很有吸引力。西蒙斯教授表示："单纯和深情是他天性的本质。"他还说，"他的灵魂中有诗意，这反映在他的行为和丰富多彩的语言中。他的一生就像一部史诗，偶尔出现的柔美诗意，可以缓解动荡的情节。"德米特里对自己的道德抱负确实总是夸夸其谈，可惜这些抱负并没有使他的行为有任何改善，所以人们对这些抱负也用不着加以重视。诚然，他有时慷慨解囊，但也吝啬到令人发指的地步。他是个酒鬼，横行霸道，爱吹牛，挥霍无度，不诚实，不体面。他和他的父亲都疯狂地爱上了镇上靠男人养活的情妇格鲁什卡，而他疯狂地嫉妒自己的父亲。

在我看来，伊万是一个更为有趣的人物。他非常聪明、谨慎，决心出人头地，还野心勃勃。年仅二十四岁，他就因在评论期刊中发表的精彩文章而名声大噪。陀思妥耶夫斯基将他刻画成了一个务实的人，在才智上比在报社附近游荡的贫困且不幸的学生们更胜一筹。他也恨他的父亲。那个贪恋声色的老恶棍偷偷藏了三千卢布，筹划着假如他能引诱格鲁什卡和他发生关系，便把这笔钱给她，但斯梅尔迪亚科夫为了这笔钱将他杀死了。由于德米特里经常扬言要杀死自己的父亲，他于是成了替罪羊，被控弑父，审判后被定了罪。按照陀思妥耶夫斯基的计划，这是德米特里该有的结局，但为了描写这一情节，他不得不使有关的各种人物表现得有违常理。在审判前夕，斯梅尔迪亚科夫去找伊万，承认是他犯下了罪行，并把偷来的钱交给了他。他清楚地告诉伊万，他是在伊万的唆使下才谋杀了老人，他这么做，是得到了他的纵容。伊万完全崩溃了，就像拉斯柯尔尼科夫谋杀当铺老板后的表现一样。但是拉斯柯尔尼科夫极度神经质，半饥半饱，穷困潦倒。伊万则不是。他的第一反应是立刻去检察官那里告诉他事实真相，但他还是决定等到审判时再这么做。为什么？在我看来，这只是因为陀思妥耶夫斯基认为这样的忏悔能带来更为刺激的效果。接下来是非常奇怪的一幕，我已经提到过了，伊万产生了幻觉，他看到了两个自己，一个穷困潦倒，衣着破落，另一个更为糟糕，不仅卑鄙无耻，还是个伪君子，两个他就这样对峙着。就在这时，一阵猛烈的敲门声响起。来人是阿廖沙。他走进来告诉伊万，斯梅尔迪亚科夫上吊自杀了。形势极为危急。德米特里的命运悬而未决。伊万的确心烦意乱，但他并没有精神错乱。从我们对他性格的了解来看，我们本以为在这样的时刻，他有勇气振作起来，按常理行事。这时候他们要做的事很自然，也显而易见，那就是先去看看自杀的死者，再去找辩护律师，把斯梅尔迪亚科夫供认的罪状和自杀的事告诉他，并把他偷来的三千卢布交给律师。书中有言，辩护律师是一个非常能干的人，有了这些材料，他一定可以使陪审团产生足够的怀疑，不做出有罪的判决。阿廖沙用冷布敷在伊万的额头上，让他躺在床上，给他盖好被子。我在前面提到过，他心地善良，但这个温柔的人却异常无能，从这个场景便可见一斑。

  对于斯梅尔迪亚科夫的自杀，书中也没有给出解释。按照书中所写，他是卡拉马佐夫四个儿子中最精于算计、最冷酷无情、头脑最清醒和最自信的一个。他行动前做好了计划。他镇定自若地抓住了一个送上门来的大好机会，把老人杀死了。他以诚实著称，没有人怀疑是他偷了钱。证据反而都指向德米特里。在我看来，斯梅尔迪亚科夫没有理由上吊自杀，除非陀思妥耶夫斯基需要以一个极富戏剧性的情节来结束这一章。陀思妥耶夫斯基是一个围绕感觉写作的作家，从不从现实主义出发，因此他觉得自己有理由使用后者必然会回避的方法。

被判有罪后，德米特里声称自己是无辜的，最后，他这样说道："我接受指控带来的折磨，也接受在公众场合受到的羞辱。我愿意受苦，受苦可以净化我自己。"陀思妥耶夫斯基对苦难对精神的启迪作用深信不疑，他认为只要愿意接受苦难，就能赎罪，从而收获幸福。由此，似乎可以得出一个令人惊讶的推论：既然罪导致痛苦，而痛苦通向幸福，那么，罪是必要的，也是有益的。但陀思妥耶夫斯基认为痛苦能净化和完善人格，这是正确的吗？在《死屋手记》中，没有证据表明受苦对他的狱友们产生过任何这样的影响，对他本人也肯定没有任何影响。我已经说过，他从监狱里出来时，与进监狱时别无两样。就身体上的痛苦而言，我的经验是，长期的病痛只会使人爱发牢骚，以自我为中心，偏执、小气和嫉妒。这非但没有让人变得更好，反而让他们变得更糟。当然，我知道有一些人，我自己也认识一两个，他们长期受病痛的折磨，由于不可能康复，他们展现出了勇气、无私、耐心和顺从，但他们在患病前就已经具备这样的品质了。只是受到折磨后，这些特质便显现了出来。此外，还有精神上的痛苦。一个人在文坛久了，就会知道有些人曾经功成名就，后来又因为这样那样的原因得而复失。这使他们闷闷不乐，心怀怨恨，充满敌意和嫉妒。我只能想到一个人凭借勇气、尊严和良好的心境忍受着不幸，面对只有亲眼目睹的人才了解的羞辱。我所说的这个人以前无疑就具有这些品质，但他戴着轻浮的面具，所以别人看不出来。苦难是我们人类命运的一部分，但这并不能减少苦难的害处。

虽然人们可能谴责陀思妥耶夫斯基行文冗长，他自己也很清楚这是一个缺陷，但他不能或者说不愿予以纠正。尽管人们可能希望他可以考虑不写不真实可信的人物和情节，毕竟这只会使细心的读者感到不安，尽管人们可能认为他的一些观点是错误的，但《卡拉马佐夫兄弟》仍然是一本了不起的佳作。它的主题具有深远的意义。许多批评家说该书的主题是对上帝是否存在所进行的探索。就我而言，我认为它的主题是对邪恶问题的探索。这一主题在《正与反》这一部分进行了探讨，陀思妥耶夫斯基则认为这部分是他小说的高潮，他这么认为，可谓恰如其分。《正与反》中有一段很长的独白，是伊万对可爱的阿廖沙说的。对于人类的智慧来说，全能、至善上帝的存在，似乎与邪恶的存在互不相容。人应该为自己所犯的罪孽而受苦，这似乎很合理，但是，无辜的孩子受苦，这既违背了理智，也违背了内心。伊万给阿廖沙讲了一个可怕的故事。一个八岁的小农奴向主人扔了一块石头，不小心把主人心爱的狗弄瘸了。他的主人拥有大片的田产，他剥光了孩子的衣服，让他跑。就在那孩子奔跑的时候，他放开一群猎犬去追他，群狗在孩子母亲的面前将他撕成了碎片。伊万愿意相信上帝的存在，但他不能接受上帝创造的残酷世界。他坚持认为无辜的人没有理由为有罪之人所犯罪孽而受苦。可如果事实如此——而事实往往就是如此——那么上帝要么是邪恶的，要么根本不存在。在陀思妥耶夫斯基的众多作品中，只有这段独白具有如此强大的力量，但写完之后，他为自己所写的内容感到害怕。独白里的论点很有说服力，结论却与他满心希望相信的东西相抵触，即这个世界尽管存在着种种邪恶，但因为由上帝创造，所以是美丽的。他赶忙写文反驳。没有人比他更清楚他并未成功。反驳的部分冗长乏味，毫无说服力。

邪恶的问题还在等待解决，伊万·卡拉马佐夫的控诉也还没有得到答复。

十一

托尔斯泰和《战争与和平》

1

在前面的三章里,我讨论了在不同方面堪称与众不同的小说。那些小说都是非典型小说。现在我要讲的这部小说极其复杂,凭借其形式和内容,都可以在主流小说中占有一席之地。我已经说过,流传下来的第一部小说是田园浪漫小说《达佛涅斯和克洛伊》。而《战争与和平》无疑是所有小说中最伟大的。只有高智商、想象力丰富的人才能写出这样一部小说,此外,还需要阅历丰富,对人性有着深刻的见解。从未有哪本小说拥有如此宏大的题材,描写如此重大的历史时期,涉及如此广泛多样的人物。我猜测,这本书也可以说是后无来者。以后肯定有人能写出优秀的小说,但没有一本可与之比肩。即使生活逐渐机械化,即使国家对人们生活的控制越来越深,即使教育实现了均等化,阶级差别消失,个人财富减少,即使人人享有平等的机会（假如未来世界是这样的），人仍然是生而不平等的。有些人可以凭借与生俱来的天赋成为小说家，但是，在那样的世界里，人与礼仪形成了种种制约，更有可能造就出写《傲慢与偏见》的简·奥斯丁，而不是创作《战争与和平》的托尔斯泰。《战争与和平》有史诗之称，一点也不夸张。我想不出还有哪部散文体小说担得起这一称号。斯特拉霍夫是托尔斯泰的朋友，也是一位能力卓绝的评论家，他用几句强有力的话表达了自己的观点："那是一幅人类生活的完整图景，描写了当时俄国的全貌，全面记述了所谓的人民斗争史。这幅完整画卷展现了人民的幸福与伟大、悲伤与屈辱。这本书便是《战争与和平》。"

2

托尔斯泰出身贵族，这个阶级很少产生杰出的作家。他的父亲是尼古拉·托尔斯泰伯爵，母亲是女继承人玛丽亚·沃尔肯斯卡公爵小姐。他是家中五个孩子中最小的一个，在他母亲的家乡亚斯纳亚·波利亚纳出生。在他很小的时候，父母就去世了。他先是跟随私人教师读书，后前往喀山大学和彼得堡大学求学。他是个穷学生，在两所学校都没有拿到学位。他通过自己的贵族关系进入了上流社会，先后在喀山、彼得堡和莫斯科沉浸于上流娱乐中。他身材矮小，外表不讨人喜欢。"我很清楚自己长得不好看。"他写道，"有些时候我完全绝望了。我想，像我这样一个鼻子这么宽、嘴唇这么厚、灰色眼睛这么小的人，在世界上是不会幸福的。我请求上帝创造奇迹，让我变得英俊,我愿意用我现在拥有的和将来可能拥有的一切,来换取一张英俊的脸。"他不知道的是,他那张平凡的脸上显露出一种精神力量,非常吸引人,他也看不见他的眼神给他的表情增添了魅力。他的穿着很讲究(他像可怜的司汤达一样,盼着时髦的衣服能弥补样貌的丑陋),他还很重视自己的贵族身份,这可以说是很不得体的行为。喀山的一位同学这样描述他:"对那位伯爵,我是敬而远之。在我们第一次见面时,他很冷漠,头发又粗又硬,眼睛半睁半闭,眼神很锐利,这一切都使我很反感。我从未见过哪个年轻人像他这么奇怪,叫人捉摸不透,还那么自命不凡……我和他打招呼,他都是爱答不理,仿佛要告诉我,我们两个不属于同一阶层……"

1851年,托尔斯泰二十三岁。他在莫斯科待了几个月。他的哥哥尼古拉是一名炮兵,他从高加索地区来莫斯科休假,假期结束,他必须返回,而托尔斯泰决定和他一起去。几个月后,他被说服入伍,以军校学员的身份参加了俄军对山区反叛部落的突袭行动。他似乎对战友们毫不留情。"起初,"他写道,"这个圈子里的许多事都使我感到震惊,但我习惯了,不用与那些先生们来往过多。我找到了一种非常适合的办法,既不显得傲慢,也不显得冒昧。"这个年轻人是多么目空一切啊!他的身体强壮结实,哪怕走上一整天,或是骑马十二个钟头,也不觉得疲劳。他不光好酒,还很好赌,一上赌桌便不计后果,可惜十有九输。有一次,为了偿还赌债,他不得不卖掉他在亚斯纳亚·波利亚纳庄园的房子,那栋房子是他继承的遗产。他的性欲很强,还染上了梅毒。除了这一不幸的遭遇外,他在军队里的生活和世界各国无数出身高贵、家境富裕的年轻军官一样。为了宣泄旺盛的生命力,他们自然要花天酒地,还沉溺其中,他们认为这能让自己在同伴中更有威望,他们的这个想法也算有道理。根据托尔斯泰的日记,经过了一夜的纵情酒色,或是玩牌豪赌,或是与女人厮混,或是和吉普卜人狂欢,他觉得悔恨不已。而从小说中判断,可以看出这是(或者说曾经是)是俄国人平时享受时光的方式,虽然这样的方式有些幼稚。然而,只要一有机会,他还是重蹈覆辙。

1854年,克里米亚战争爆发,塞瓦斯托波尔被围之际,托尔斯泰负责指挥一个炮兵连。他因在切尔纳亚河战役中"作战骁勇、勇气可嘉"而被提升为中尉。1856年,双方签署了和平协议,他辞去了军职。在服役期间,托尔斯泰写了许多小品和短篇小说,还对自己童年和少年时期的经历进行了浪漫化的描述。这些文章刊登在一本杂志上,引起了极大的关注,颇受赞誉。所以,他在回到彼得堡时受到了热烈的欢迎。他不喜欢在那里结识的人,那些人也不喜欢他。他虽确信自己真心诚意,却从不相信其他人也有一颗真心,他还直截了当地将这个想法告诉别人。他对公认的观点没有耐心。他脾气暴躁,自相矛盾,高傲自负,对别人的感情漠不关心。屠格涅夫说过,他从未见过比托尔斯泰那审判官似的眼神更令人不安的东西,在这种眼神的注视下,再加上几句尖刻的话,就能激怒一个人。他很不喜欢别人的批评,若是无意中读到一封信里有对他的冷嘲热讽,他立即就向写信人发出挑战,他的朋友们费尽九牛二虎之力,才能阻止他进行荒谬的决斗。

就在那时,俄国掀起了一股自由主义浪潮。解放农奴是当时最紧迫的问题,托尔斯泰在首都待了几个月后,回到了亚斯纳亚·波利亚纳，向他庄园里的农民们提出了一项赋予他们自由的计划，但他们怀疑其中有蹊跷，拒绝了。过了一段时间，他出国了，回国后为佃农的孩子们开办了一所学校。他的方法颇具革命性。学生有权不上学，即使在学校，也有权不听老师讲课。学校里不设立纪律，不会有人受惩罚。托尔斯泰白天教学生知识，晚上和他们一起玩游戏，给他们讲故事，和他们一起唱歌，一直到深夜。

大约在这个时候，他与一个农奴的妻子发生了一段风流韵事，二人有了一个儿子。这段关系并非一时的意乱情迷，他在日记中写道："我深深地坠入了爱河，这是前所未有的事。"后来，这个名叫蒂莫西的私生子给托尔斯泰的一个小儿子当车夫。传记作家们发现了一件奇闻趣事：托尔斯泰的父亲也有一个私生子，这个私生子也给他们家族的一个人当车夫。对我来说，这源于某种道德上的迟钝。托尔斯泰良心不安，热切地盼望把农奴从深重的灾难中解救出来，他教他们知识，教他们保持干净、体面和自尊自重，我本以为他至少会为那个孩子做点什么。屠格涅夫也有一个私生女，但他抚养她，聘请了家庭教师来教她，还非常关心她的幸福。当托尔斯泰看到自己沦为农奴的私生子坐在马车夫的座位上，为了自己的婚生子驾驶马车，他不会感到尴尬吗？

关于托尔斯泰的脾性，可以说有一个特点：开始做一件事的时候，他满怀热忱，但用不了多久，他就厌倦了。他缺乏不屈不挠的精神。因此，在办学两年后，他发现结果差强人意，便关闭了学校。他很疲倦，对自己不满，身体也不好。他后来写道，要不是生活中有一面尚未被探索，还有希望从中获得幸福，他可能已经绝望了。这一面就是婚姻。

他决定进行尝试。他考虑了许多符合条件的年轻女子，却又出于这样或那样的原因抛弃了她们，最后他娶了一个叫索尼娅的姑娘。索尼娅年方十八，是一位名叫别尔斯的医生的次女。别尔斯医生是莫斯科上流社会的一位医生，也是他家的老朋友。托尔斯泰当时三十四岁。这对新婚夫妇在亚斯纳亚·波利亚纳定居下来。在他们结婚的头十一年里，伯爵夫人生了八个孩子，在接下来的十五年里又生了五个。托尔斯泰喜欢骑马，骑术精湛，他还酷爱狩猎。他的地产升值了，他又在伏尔加河以东购置了新庄园，最终拥有了大约一万六千英亩的土地。他的生活很有规律。在俄国，许多贵族年轻时赌博、酗酒、与人通奸，然后，他们结婚生子，在庄园里定居下来，打理财产，骑马，打猎。也有不少人认同托尔斯泰的自由主义原则，对农民的无知感到痛心，试图改善他们的命运。而托尔斯泰与其他人唯一的区别便是，在这段时间里，他写出了世界上最伟大的两部小说，即《战争与和平》和《安娜·卡列尼娜》。

3

索尼娅·托尔斯泰年轻时似乎很有魅力。她身段优美，一双美目顾盼生辉，鼻子丰满，头发乌黑发亮。她精力充沛，神采飞扬，说话声音优美。托尔斯泰长期以来一直在写日记，在日记中他不仅记录了自己的希望和思想、祈祷和自责，还记录了他所犯的错误，包括性方面和其他方面的错误。订婚后，他不想对未来的妻子隐瞒任何事，就把日记给她看。她深深地震惊了，流着泪度过了一个不眠夜后，把日记还给了他，并原谅了他。她原谅了，却没有忘记。他们都很情绪化，还都很有个性。通常情况下，这样的人有些性格特征很不讨人喜欢。伯爵夫人要求苛刻，占有欲强，嫉妒心也很重，托尔斯泰则严厉、武断、偏执。他坚持要她亲自哺乳，她也很乐意这么做。但是，在他们的一个孩子出生后，她的乳房疼痛难忍，只得让奶妈照顾孩子，他却莫名其妙地生她的气。他们经常吵架，吵完后又重归于好。他们彼此深爱着对方，总的来说，他们多年的婚姻是幸福的。托尔斯泰勤奋工作，孜孜不倦地写作。他的笔迹常常难以辨认，而伯爵夫人负责逐字逐句地抄写他的手稿，不仅可以熟练辨认，甚至能够猜出他匆匆写下的草稿和不完整的句子的意思。据说，她将《战争与和平》抄写了七次。

在写这篇文章时，我主要引用了艾尔默·莫德的《托尔斯泰的一生》，我还引用了他翻译的《忏悔录》。莫德的优势在于他了解托尔斯泰及其家人，他的叙述还非常具有可读性。不幸的是，他认为应该讲述更多关于他本人的事和他的观点，而不是大多数人想知道的事情。我非常感谢E.J.西蒙斯教授所编写的完整、详细和令人信服的传记。他给出了许多有趣的事实，而大概是出于谨慎，艾尔默·莫德略去了这些事实。这本传记必然长期作为英文传记的行文标准。

西蒙斯教授这样描述托尔斯泰的一天："全家人聚在一起吃早餐，主人家妙语连珠，笑话不断，言谈对话极之愉快和热闹。最后，他站起来，说：'工作时间到了。'接着，他一头钻进书房，通常端着一杯浓茶进去。没人敢打扰他。下午早些时候，他出来锻炼身体，通常是散步或骑马。他五点回来吃晚饭,吃起饭来狼吞虎咽,吃饱以后,他绘声绘色地向在场的人讲述散步时的见闻。吃过晚饭,他到书房里读书,八点钟来客厅里陪伴家人和客人一起喝茶。通常会播放音乐、大声朗读,还会带孩子们做游戏。"

他的生活忙碌、有益、满足,似乎没有理由不愉快地继续下去,索尼娅生孩子、照料孩子、料理家务,帮助丈夫整理书稿,托尔斯泰骑马打猎,管理庄园,写书。此时,他已年届五旬。对男人来说,这是一个危险的时期。青春一去不复返,回首往事,他们往往问自己,这一生都达成了哪些成就。展望未来,眼见即将步入老年,他们往往发现前景令人不寒而栗。有一种恐惧一直困扰着托尔斯泰的一生,那就是他惧怕死亡。每个人都会死,但大多数人都足够明智,除非形势危急或得了重病,否则不会为此自寻烦恼。在《忏悔录》中,他是这样描述自己当时的心理状态的:"五年前,一件非常奇怪的事开始发生在我身上。起初,我心生困惑,生活停滞不前,仿佛自己不清楚该如何生活,也不知道该做什么。我感到失落和沮丧。但这一切都过去了,我继续像以前一样生活。随后,这种困惑的时刻越来越频繁地出现,还总是以同样的形式出现。每逢这些时刻,就有一些问题向我抛来:生命有何意义?未来会怎样?我感觉一直以来自己安身立命的东西崩溃了,我的脚下什么也没有了。我赖以生存的东西不复存在,我没有别的东西可以依附。我的生活陷入了停滞。我可以呼吸、吃饭、喝水、睡觉,这些都是我下意识的行为,但生活不在了,没有任何我认为合理的愿望可以实现。

"这一切降临在我身上的时候,周围的人都认为我所拥有的一切是极为幸运的。那时我还不到五十岁。我有一个好妻子,她爱我,我也爱她。我的孩子们也都很出色,我还拥有大片的庄园,我不必费力,我的土地就可以增值,变得越来越大……人们都对我交口称赞,我的名气很大,在这一点上不必自欺欺人……我拥有睿智的大脑和强健的身体,我这样的人很少能得享这二者:从体力上,割草时我跟得上农夫,在头脑方面,我可以连续不断地工作八到十个小时,还不会因为工作辛苦而病倒。

"我觉得自己的精神状态是这样的:我的生活如同有人拿我开的一个愚蠢且恶毒的玩笑。"

年轻时酗酒的经历深深地影响着他。他从小时就不再相信上帝,但是,信仰的丧失给他带来了不幸和不满,没有理论可供他解开生活的谜题。他问自己:"我为什么而活,我应该怎样活?"他没有找到答案。于是他重新信仰上帝,但奇怪的是,一个如此情绪化的人居然是通过推理来信上帝的。他写道:"我存在,一定有其原因,而且必然是最为重要的原因。而这一切的第一个原因就是人们所谓的上帝。"有一段时间,托尔斯泰笃信俄国东正教,但对东正教博学之人的生活与该教教义不符的事实,他感到厌恶,他发现不可能相信他们要求他相信的一切。他只准备接受那些在浅显的字面意义上是真实的东西。他开始接近贫穷、单纯且没有受过教育的信徒。他越深入地观察他们的生活,就越确信,他们的迷信的确邪恶蒙昧,但他们具有一种真正的信仰,这种信仰对他们来说必不可少,只有这种信仰才能给他们的生活赋予意义,使得他们能够活下去。

过了好多年,他才对自己的观点做出最后的定论,而在这些年里，他饱尝了痛苦，一直在沉思和研究。要用几句话来总结这些观点并非易事，我一再犹豫，才决定一试。

他开始相信只有在耶稣的话语中才能找到真理。他拒绝接受基督教的信条，认为这些信条显然是荒谬的，是对人类智慧的侮辱。他拒绝承认基督的神性、童贞女之子和耶稣复活。他否认圣礼，因为圣礼没有任何基督教义的基础，只起到掩盖真理的作用。有一段时间，他不相信来世，但后来他认为自我是上帝的一部分，他似乎无法想象自我会随着身体的死亡而终止。最后，在他去世前不久，他宣布他不相信创造世界的上帝，而是相信人类意识中的上帝。人们认为，这样一个神就相当于半人马或独角兽，都是虚构出来的，托尔斯泰则认为，基督教义的精髓在于"不要与恶人作对"这一戒律。他认为，"什么誓都不可起"这条戒律不仅适用于一般的脏话，也适用于任何宣誓，包括在证人席上宣誓讲真话，或士兵宣誓入伍。而"爱你的敌人，祝福诅咒你的人"这一口号则禁止人们与国家的敌人作战，及在受到攻击时自卫。但是，对托尔斯泰而言，采纳观点就等于采取行动：如果他得出的结论是，基督教的实质在于爱、谦卑、自我否定和以德报怨，那么他感觉自己有义不容辞的责任，须得放弃生活的乐趣，保持谦卑，忍受痛苦，仁慈宽大。

索尼娅·托尔斯泰是一名虔诚的东正教教徒，她坚持让自己的孩子接受宗教教育，并按照自己的方式尽自己的职责。她不是一个注重灵魂的女人。诚然，她有那么多孩子，要喂养母乳，确保他们接受良好的教育，还要管理一个大家庭，她几乎没有时间去重视灵魂。丈夫的人生观发生了变化，她既不理解也不同情，但她拿出宽容的态度接受了。然而，当丈夫思想上的转变导致了行为的改变，她很不高兴，并毫不犹豫地表现了出来。既然他认为自己有责任尽量少消耗别人的劳动成果，那他就该亲自烧炉子，打水，洗衣服。他想用自己的双手来谋生，于是找了一个鞋匠教他做靴子。在亚斯纳亚·波利亚纳，他和农民一起犁地、运干草、砍柴。伯爵夫人不赞成他这么做，在她看来，他从早到晚都在做无益的工作，即使是农民，也只有年轻人才干这些活。

"你当然会说，"她在给他的信中写道，"这样的生活符合你的信念，你乐在其中。那是另一回事，我只能说：玩得开心！不过，我还是很恼火，因为你将如此出众的脑力浪费在劈柴、烧茶和做靴子上。对这些事情，休息时做一做，或是作为工余的调节，倒也可以，却不能视之为职业。"她说得很有道理。托尔斯泰认为体力劳动在任何方面都比脑力劳动高尚，这纯属愚蠢。况且，比起体力劳动，脑力劳动也使人疲劳。每个作家都知道，写作几个小时后，人会感到疲惫不堪。工作这件事没有什么特别值得称赞的。一个人工作是为了享受闲暇。只有愚蠢的人兢兢业业地工作，却不清楚在不工作时该做什么。但是，即使托尔斯泰认为小说是给闲人阅读的说法纯属谬误，人们也认为他可以找到一种比做靴子更能运用智慧的工作，因为他的靴子做得很糟糕，收到他所赠靴子的人也不能穿。他开始穿得像个农民，变得浑身脏乱，邋里邋遢。有一个故事是这样的：有一天，他刚把粪肥装好车，就进来吃饭，可他身上臭气熏天，别人不得不打开窗户。他本来嗜好打猎，却连这个爱好也放弃了，免得人们杀掉动物来吃。此外，他还开始吃素。多年来，他一直饮酒适度，但现在彻底戒了酒。最后,经过了一番痛苦的挣扎,他连烟也戒掉了。

这时,孩子们都长大了,为了让孩子们接受教育,又因为大女儿坦尼娅即将进入社交界,伯爵夫人坚持全家冬天到莫斯科去。托尔斯泰不喜欢城市生活,但见妻子决心已定,他只好听从。在莫斯科,他看到富人和穷人之间差距甚大,不禁深感震惊。他写道:"我心中难过,这种感觉今后都不会消失。只要我有多余的食物,而有些人没有,我有两件外套,而有些人没有,我就是在不断地重复着一种罪恶。"人们对他说,世界上一直有贫富之分,以后也将如此,可惜他听不进去。他觉得这是不对的。在参观了一所接纳穷人的夜间寄宿所,并目睹了那里的恶劣条件之后,他羞于回家坐下来享用五道菜的晚餐,还由两个穿着正装、打着白色领带、戴着白手套的男仆在一旁侍候。他试图接济向他求助的穷困之人,但得出的结论是,他们从他那里拿到了钱,结果却弊大于利。他说:"金钱是魔鬼。因此,给钱的人是在作恶。"于是他很快就确信财产有伤道德,而拥有财产是罪孽。

对于托尔斯泰这样的人,下一步要做什么,可谓显而易见。他决定放弃自己所拥有的一切。但为了这件事,他和妻子发生了激烈的冲突,他的妻子不希望变成乞丐,也不想让她的孩子们身无分文。她扬言要将他告上法庭,让他在庭上宣布他没有能力管理自己的事务,天知道经过了怎样激烈的争吵,他才提出把自己的财产交给她。但她拒绝了,最后他把财产分给了她和孩子们。在这一年中,他们经常吵嘴,每次吵完,他就离家出走,和农民住在一起,但他还没走远,想到给妻子带来的痛苦,他就会回去。他继续住在亚斯纳亚·波利亚纳，奢华的生活（只是适度的奢华而已）困扰着他，他却从中受益。这对夫妻之间摩擦不断。他不赞成伯爵夫人对孩子们进行传统教育，也不能原谅她阻止自己按照意愿处理财产。

在这篇关于托尔斯泰生平的简述中，我不得不省略掉许多有趣的内容，而对他转变信仰后的三十年，我必须更简要地叙述。他成为了公众人物，被公认为俄国最伟大的作家，并以小说家、教师和道德家的身份享誉世界。有些人希望按照他的观点生活，他们建立了一个又一个领地。当他们试图将他的原则付诸实践时，却屡屡遭遇失败，他们的不幸经历既具有启发性，又非常滑稽。托尔斯泰生性多疑，喜欢争辩，偏执，此外，他还毫不掩饰自己的看法，觉得别人不同意他的观点，就是出于卑劣的动机，因此，他几乎没有朋友。然而，随着他的名气越来越大，大批的学生、前往俄国圣地的朝圣者、记者、观光客、崇拜者和门徒、富人和穷人、贵族和平民都来到了亚斯纳亚·波利亚纳。

我说过，索尼娅·托尔斯泰是个嫉妒心强、占有欲也很强的人。她一直想独占丈夫，很讨厌陌生人闯入她的家。她的耐心受到了极大的考验："他向人们描述他所有细腻的感受，与此同时，他还是一如既往地生活着，喜欢甜食、骑脚踏车、骑马，沉溺于欲望。"还有一次，她在日记中写道，"我忍不住抱怨，就因为他为别人的幸福所做的一切，我们的生活变得越来越复杂，我的日子变得越来越难熬……他宣讲爱和善，却对家庭冷漠至极，也因为这一点，各种乌合之众闯入了我们的圈子。"在最早认同托尔斯泰观点的人之间，有一个叫切尔特科夫的年轻人。他很富有，曾是近卫军的上尉，然而，后来他开始信奉不抵抗原则，便辞去了军职。他诚实正直，是个理想主义者，还是个狂热分子，不过他专横跋扈，喜欢把自己的意志强加给别人。艾尔默·莫德说，所有和他有联系的人都成了他的工具，要么和他争吵不休，要么就逃之夭夭。他和托尔斯泰之间迅速建立了友谊，这种情分一直持续到托尔斯泰去世，他对托尔斯泰产生了很大影响，伯爵夫人因而大为恼火。

虽然在托尔斯泰为数不多的朋友看来，他的观点似乎很极端，但切尔特科夫不断敦促他走向更深的极端，更严格将这些观点付诸实践。托尔斯泰只是专注于精神的发展，忽视了他的财产，结果，这些财产虽然价值六万英镑，但每年带来的收入还不超过五百英镑。这点钱显然不足以维持家用和供一大群孩子受教育。索尼娅说服丈夫把他在1881年前写的所有作品的出版权都给她处理，还借钱开办了自己的出版社。她的生意发展得很好，还上了借来的钱。但这显然不符合托尔斯泰的信念，在他看来，保留他的文学作品的版权有违道德，后来，切尔特科夫能够左右托尔斯泰后，便诱使托尔斯泰宣布，自1881年以来，他所写的所有作品均为公版，任何人都可以出版。光是这一点就足以激怒伯爵夫人了，但托尔斯泰所做的不止如此：他要求她放弃他早期书籍的版权，自然包括几本非常受欢迎的小说，她当然一口回绝了。毕竟她的生计，以及一家人的吃穿用度，都要靠那些小说。于是分歧又起，他们吵得非常凶，还吵了很久。索尼娅和切尔特科夫都让他不得安宁。他在相互矛盾的主张之间左右为难，觉得哪一种都不能否定。

4

1896年，托尔斯泰六十八岁。他结婚三十四年了，孩子大都已长大成人，二女儿即将出嫁。他妻子在五十二岁那年不光彩地爱上了一个比她小许多岁的男人，此人名叫塔纳耶夫，是个作曲家。托尔斯泰震惊不已，既羞愧又愤慨。在给她的一封信中，他写道："你和塔纳耶夫的亲密关系让我厌恶，我无法平静地容忍。如果我继续这样和你生活在一起，我的人生只会遭遇毒害，甚至折寿减命。这一年，我都算不上真正活着。对此，你心知肚明。我早已告诉过你这一点，有时候说得气急败坏，有时说得低三下四。最近我试着保持沉默。我什么方法都试过了，可惜没有一样是有用的。你们的亲密关系将继续下去，我看得出来，这种关系很可能持续到最后。我再也受不了了。很明显，你不能斩断情丝，那我们现在唯一能做的便是分开。我下定决心要这么做。但我必须考虑一下，找到最佳的办法。我认为对我来说，最好的办法就是出国。那之后，我们再考虑如何是好。有一件事是肯定的：我们不能再这样下去了。"

然而，他们没有分开，继续在共同的生活中彼此折磨。伯爵夫人带着年长的女人陷入爱河后特有的愤怒追求作曲家。他一开始可能受宠若惊，但不久，他就厌倦了这种他无法回报的激情，因为这种激情只会使他变得可笑。她终于意识到他一直在躲着自己。最后他还当众侮辱了她。她深感屈辱，不久得出结论说，塔纳耶夫"不知羞耻，在肉体和精神上都很粗俗"。这件不体面的风流韵事画上了句点。

这时候，这对夫妻关系不睦的事早已人尽皆知，有件事让索尼娅极为痛苦，他的追随者们（现在是他仅有的朋友）站在他一边，此外，因为她阻止托尔斯泰按照他们的想法行事，他们对她怀有敌意。信仰的转变并未给他带来多少快乐，他反而因此失去了朋友，弄得一家人不和，也使他和妻子产生了分歧。他的追随者因为他继续过安逸的生活而责备他，事实上，他也觉得自己应该受到责备。他在日记中写道："我如今年届七旬，一直用我全部的精神力量追求宁静和孤独，虽然达不到尽善尽美的和谐，但总强过我的生活与我的信仰和良心之间互不相容，难以调和。"

他的健康每况愈下。在接下来的十年里，他数次生病，其中一次非常严重，他险些丧命。高尔基是在这个时期与他相识的，他说托尔斯泰很瘦，个子小，头发灰白，但眼睛比以前更敏锐，目光更锐利。他的脸上布满了深深的皱纹，留着长而蓬乱的白胡子。他已经是一位八十岁的老人了，一晃又过去了两年，他八十二岁了。他的健康急剧恶化，很明显他只有几个月的寿命了，却依然深陷龃龉的争吵，弄得痛苦不堪。切尔特科夫显然不完全同意托尔斯泰的观点，并不认为拥有财产有损道德，他花了一大笔钱，在亚斯纳亚·波利亚纳附近为自己建了一所大房子，尽管托尔斯泰对这笔开支表示谴责，但由于住得很近，他们之间的交往自然加深了。他敦促托尔斯泰落实自己的愿望，即在他死后，他所有的作品都应该成为公版。伯爵夫人愤怒至极，托尔斯泰二十五年前把小说的出版权给了她，如今握在手里的权力却要被剥夺了。切尔特科夫和她之间长期存在的敌意突然爆发为公开的战争。除了最小的女儿亚历山德拉对切尔特科夫言听计从之外，托尔斯泰其余的孩子都站在母亲一边。他们不愿过父亲希望他们过的那种生活，而且，尽管父亲把财产分给了他们，他们依然认为没有理由不去享受父亲的作品带来的大笔收入。据我所知，他们中没有一个人可以独立谋生。但是，尽管家人给他施加了压力，托尔斯泰还是立了一份遗嘱，把他所有的作品都遗赠给公众，他还宣布，他去世时现存的手稿应该交给切尔特科夫，这样有谁想要出版，他就可以自由地把手稿交给他们。但这份遗嘱显然是不合法的，切尔特科夫敦促托尔斯泰再立一份遗嘱。为了瞒住伯爵夫人，遗嘱的见证人都是偷偷进入了托尔斯泰家里的，托尔斯泰则锁着书房的门，亲自抄写了这份文件。在这份遗嘱中，他将版权授予了他的女儿亚历山德拉，是切尔特科夫建议这么做的，他轻描淡写地写道："我敢肯定，托尔斯泰的妻子和孩子们不愿意看到家庭成员以外的人成为正式的遗产继承人。"遗嘱剥夺了他们主要的生活来源，所以这话还是可信的。但这份遗嘱还是没有让切尔特科夫满意，于是他亲自拟定了一份遗嘱，托尔斯泰坐在切尔特科夫家附近树林里的树桩上抄写了这份遗嘱。如此一来，托尔斯泰的手稿便完全掌握在了切尔特科夫的手里。

手稿中最重要的是托尔斯泰在晚年的日记。长期以来，他们夫妻双方都有写日记的习惯，双方还有一个共识，即可以看对方的日记。可惜这样的安排实属不幸，一方看到另一方对自己的抱怨，必然导致相互指责，恶语相向。托尔斯泰早期的日记在索尼娅手里，但托尔斯泰把自己最近十年的日记都交给了切尔特科夫。她下定决心要得到那些日记，一方面因为日记出版后必定收益颇丰，但更重要的原因是托尔斯泰在日记里非常坦率地记述了他们之间的分歧，而她不希望将其公开。她写信给切尔特科夫索要日记。他拒绝了。于是，她威胁说，如不归还，她就服毒自尽或自溺而死。她的言论让托尔斯泰深感震惊，只好从切尔特科夫那里拿走了日记，但他没有将其交给索尼娅，而是放入银行保管。切尔特科夫给托尔斯泰写了一封信，托尔斯泰在日记中这样评论："我收到了切尔特科夫的一封信，字里行间无不是责备和指控，我看了信，简直心如刀割。有时我真想离他们远远的。"

从小时候起，托尔斯泰就时不时地想要离开这个纷乱、麻烦的世界，找地方隐退，在那里他可以孤独地致力于自我完善。像许多其他作家一样，他把自己的渴望寄托在他的小说中的两个人物身上，即《战争与和平》中的皮埃尔和《安娜·卡列尼娜》中的列文，他对这两个人物怀有特殊的偏爱。他当时生活里的种种经历叠加在一起，让避世的愿望几乎成了一种执念。妻子和孩子们让他深受折磨。朋友们觉得他应该把自己的观点完全付诸实施，他们的反对让他受尽煎熬。见他没有实践他所宣扬的信条，朋友们都很痛苦。他每天都收到言辞刻薄的信，指责他虚伪。有一个急切的追随者写信来求他放弃他的产业，把他的家产分给他的亲属和穷人，不留一分钱，今后当个乞丐，在城镇之间行乞。托尔斯泰回信说："你的信深深地触动了我。你的建议一直是我的神圣梦想，但我至今都无法做到。原因有很多……但最主要的原因是我这样做不能影响到其他人。"正如我们所知，人们经常在潜意识中隐藏自己行为的真正原因，在这件事上,在我看来,托尔斯泰没有按照自己的良心和追随者所敦促的那样去做,其真正原因只是他不太想这么做。关于作家的心理,有一点我从未见人提及,不过对于任何研究过作家生平的人来说,这一点都是显而易见的。至少在某种程度上,每一个有创造力的作家的作品,都是本能、欲望、白日梦(随你怎么称呼)的升华,因为这样或那样的原因,他们将这些压抑在心里,通过文学作品将其表达出来,他们便可以摆脱压力,不必进一步将其付诸行动。但这并不能叫人完全满意。作家依然感到不足。正是出于这个原因,文人才颂扬行动主义者,也是出于这个原因,文人虽不情愿,却仍对行动主义者又嫉妒又欣赏。假如托尔斯泰的决心没有因为写书而变得迟钝,他很可能从自己身上找到力量,去做他真心认为正确的事情,因为毫无疑问,他的真诚是毋庸置疑的。

托尔斯泰是个天生的作家,尽可能地以最有效、最有趣的方式写文章是他的本能。我认为,在他的说教作品中,为了使自己的观点更有力,他任由笔锋飞扬,用一种比较强硬的方式来阐述他的理论,而如果他停下来思考这些理论可能带来什么后果的话,他反倒不会如此坚定了。有一次,他确实承认,妥协在理论上不可接受,在实践中却不可避免。可是,在这个问题上,他放弃了全部的立场。因为如果妥协在实践中避无可避,这只意味着实践是不切实际的,那么一定是理论出了问题。但对托尔斯泰来说不幸的是,心怀敬慕之情、成群结队来到亚斯纳亚·波利亚纳的朋友和追随者们,无法接受他们的偶像屈尊妥协的念头。他们坚持要求年迈的托尔斯泰牺牲自己,以满足他们那夸张的行为规范和礼节,这的确有些残酷。

他被自己的思想困住了，成为了一个囚徒。他的著作及其对许多人的影响（有的甚至导致了灾难性的后果，致使有些人被流放，有些人被关进监狱），他所激发的奉献精神和爱，他所受的崇敬，通通迫使他处于一个只有一条出路的境地。他却不能让自己走上那条路。

当他终于离开家，踏上了那次不幸以死亡告终的著名旅程，不是因为他终于决定按照自己的良心和追随者们的主张而采取行动，而是为了离开他的妻子。他这么做纯属偶然。有一天，他上了床，过了一会儿，他听见索尼娅在他的书房里翻找文件。他忽然想到自己是偷着立遗嘱的，他当时可能以为这件事走漏了风声，她正在找那份遗嘱。她走后，他从床上起来，拿了几份稿子，收拾了几件衣服装箱，把在家里住了一段时间的医生叫了起来，告诉他说自己要离开家了。他叫醒了亚历山德拉，还把车夫从床上拉起来，让他给马套上马具，接着，他在医生的陪同下坐马车去了车站。这时候是凌晨五点。火车上很拥挤，寒气袭人，大雨滂沱，他不得不站在车厢尽头的露天平台上。他先在沙马尔丁下了车，他的妹妹在那里的修道院做修女，亚历山德拉也在那里和他会合。她带来消息说，伯爵夫人发现托尔斯泰不见了，曾试图自杀。她以前不止一次这样做过，但她每次自杀都闹得人尽皆知，所以没有一次以悲剧告终，只是造成了混乱和麻烦。亚历山德拉催促他继续前进，以防母亲得知他的行踪后找上门来。他们动身前往顿河畔罗斯托夫。他感冒了，身体很不舒服。在火车上，他病得很厉害，医生认为他们必须在下一站下车。那里是一个叫阿斯塔波沃的地方。站长听说了病人的身份，立即把自己的房子供他使用。

第二天，托尔斯泰发电报给切尔特科夫，亚历山德拉则派人去请她的长兄，请他从莫斯科带一位医生来。但托尔斯泰是个大人物，他的行踪不可能不为人知，才过了二十四个小时，一个记者就告诉了伯爵夫人他在哪里。她带着在家的孩子匆匆赶到阿斯塔波沃。托尔斯泰病得很重，人们认为最好不要把她到来的消息告诉他，也没有允许她进入站长家。他生病的消息引起了全世界的关注。在他生病的那一个礼拜，阿斯塔波沃火车站挤满了政府代表、警察、铁路官员、记者、摄影师和许多其他人。他们把火车车厢驶到旁轨上，就住在里面，而由于业务太多，当地的电报局根本无暇应付。托尔斯泰便是在这么多人的关注下走到人生尽头的。又来了几位医生，最后有五个医生为他诊治。他常常神志不清，但在清醒的时候，他担心索尼娅，以为她还在家里，并不清楚他的下落。他知道自己快死了。他曾经惧怕死亡，后来不再害怕了。"结束了。"他说，"不过没关系。"他的病情恶化，嘴里胡话不断，大喊大叫："逃跑！逃跑！"最后，索尼娅终于获准进入了他的房间，可惜他已经没有了意识。她跪下来，吻着他的手。他叹了口气，但没有表现出任何知道她来了的迹象。1910年11月7日，礼拜天，清晨六点刚过，托尔斯泰去世了。

5

托尔斯泰三十六岁时开始写《战争与和平》。这是最适合创作巨著鸿篇的年龄。到了这个年纪，作家大概已经对自己的创作技巧有了足够的了解，获得了广泛的生活经验，思维智慧仍然拥有充分的活力，创造力也处于巅峰。托尔斯泰选择刻画的时代是拿破仑战争时期，战争的高潮是拿破仑入侵俄国，烧毁莫斯科，后来他的军队撤退，被打得溃不成军。动笔之初，他的想法是写一个贵族家庭的生活故事，而那些历史事件只是作为背景。故事中的人物将经历一系列事件，在精神上受到深刻的影响，最后，在经历了许多苦难之后，他们将过上平静而幸福的生活。只是在写作的过程中，托尔斯泰才越来越强调对立势力之间的激烈较量，并构思出了人们隆而重之所称的历史哲学。前段时间，以赛亚·伯林先生出版了一本非常有趣和有教育意义的小书，名为《刺猬与狐狸》。在这本书中，他指出，托尔斯泰《战争与和平》的主题（我现在不得不简要概述），是受到《圣彼得堡之夜》这部作品的启发，该书的作者是著名外交官约瑟夫·德·迈斯特。这并不是在诋毁托尔斯泰。小说家的工作不是创造观点，而是创造出各式人物，表现观点。思想就像人，就像他们在城市和乡村的生活环境，就像他们生活里发生的种种事件，就像和他们有关的一切，都可以供小说家出于私人目的而使用，也就是创造出艺术作品。读完伯林的书后，我觉得必须看看《圣彼得堡之夜》。托尔斯泰在《战争与和平》尾声的第二部分详细阐述了他的观点，而德·迈斯特用三页的篇幅解释了这些观点的意思，其中的要点包含在一句话中："输掉战斗，是因为舆论，赢得战斗，亦是因为舆论。"托尔斯泰目睹了高加索和塞瓦斯托波尔的战争，根据他自己的经历，他能生动地描述小说中各种人物参与的各种战斗。他的观察结果与德·迈斯特的观点非常一致。但他写的内容篇幅很长，还有点复杂，我认为可以从叙述中零散的评论和安德鲁公爵的反思中更好地了解他的观点。顺便说一句，这是小说家表达自己思想的最合适的方式。

托尔斯泰的观点是，由于偶然的情况、未知的力量、错误的判断、不可预见的意外，不可能有精确的战争技巧，因此不可能有军事天才。影响历史进程的并非一般人所认为的伟人，而是一种复杂难懂的力量，它贯穿各个国家，使他们在不知不觉中走向胜利或失败。率军前进的将领就像一匹套着马车的马在全速下坡，在某个时刻，马再也弄不清楚是自己拖着马车前进，还是马车在强迫自己前进。拿破仑赢得了战斗，并不是靠他的战略，也不是靠他的百万雄师。下面的人没有服从他的命令，不是因为形势发生了变化，就是他的命令没能及时下达下去。他打胜仗，是因为敌人深信自己已经战败，因此放弃了战场。作战结果如何，取决于无数不可预料的可能性，其中任何一种都可能在瞬间起到决定性的作用。"就其自由意志而言，对某个事件的成功，拿破仑和亚历山大的行为所产生的影响，并不比那些被迫征召入伍、为他们作战的列兵更大。""那些被称为伟人的人实际上是历史的标签，他们以自己的名字命名一些事件，但往往不像标签那样与事实有那么多的联系。"在托尔斯泰看来，这些伟人不过是傀儡，受既无法抵抗也无法控制的势头所驱使。他这种看法让人有些看不明白。他一方面相信事件具有"命中注定且不可抗拒的必然性"，一方面又认为"事出偶然，反复无常"，我看不出他如何使这两种观点协调一致。因为当命运走进门来，机会就会飞出窗外，仓皇逃走。

人们很难不认为托尔斯泰的历史哲学至少在一定程度上源于他

想要贬损拿破仑。拿破仑在《战争与和平》中出现的次数不多，但每次出现，都被塑造成小心眼、容易上当受骗、愚蠢和可笑的形象。托尔斯泰说他是"历史上微不足道的工具，在任何时候，即使在流亡中，他也没有表现出任何有男子气概的尊严"。看到就连俄国人都将拿破仑视为伟人，托尔斯泰简直怒不可遏。况且拿破仑甚至都不擅长骑马。写到这里，我认为有必要暂停一下。法国大革命造就了很多年轻人，他们和这位科西嘉律师的儿子拿破仑一样雄心勃勃，一样聪明，一样坚决，一样不择手段。人们不禁要问，这个相貌平平、操着外国口音的年轻人，既没有金钱，也没有权势，是如何在这个世界上闯出一片天的，他打了一场又一场的胜仗，最后成了法国的独裁者，半个欧洲都受他统辖。看到一个人赢得了一场桥牌国际比赛，你可能觉得这是运气使然，也可能是因为他有个出色的搭档。但是，不管此人的搭档是谁，假若他多年来一直赢得比赛，那最好还是承认他在打桥牌方面有特殊的天赋和杰出的才能，倒也不必说他的一次次胜利是先前众多突发事件产生的不可抗拒的强烈影响的结果。我应该想到，一位伟大的将军需要具备一位优秀的桥牌选手所需要具备的各种素质，比如知识、才华、胆识、预测机会的智慧和判断对手心态的直觉。当然，拿破仑占尽了当时的时代优势，但只有心怀偏见，才会否认他有利用这些优势的才能。

然而，这一切并不影响《战争与和平》的力量和趣味性。故事如河水般奔涌向前，正如罗讷河在日内瓦汇入平静的莱芒湖。据说这本书里一共有五百余个人物，每个人物都刻画得生动逼真。这是一项了不起的成就。这本书的关注点并不像大多数小说那样集中在两三个人物甚至一个群体上，而是集中在四个贵族家庭的成员身上，这四个家族分别是罗斯托夫家族、保尔康斯基家族、库拉金家族和别祖霍夫家族。正如标题所示，小说涉及战争与和平，在这样具有鲜明对比的背景下，这些成员经历了命运浮沉。小说家都要面对一个难题：若是主题要求小说描写各种各样、差异巨大的事件，还要刻画多组人物，那就必须使各个事件之间和各组人物之间的过渡显得真实可信，让读者甘愿接受。如果作家成功地做到了这一点，读者会发现，关于一组情节和一组人物，他们已经了解了需要了解的情况，并且准备好了解其他他们暂时并不了解的情节和人物。总的来说，托尔斯泰成功地解决了这一难题，其技巧之娴熟，让读者仿佛只看到了一条叙事线索。

就像一般的小说作家一样，他以自己所认识和所听说的人为原型塑造人物，但他似乎不只是把他们作为自己想象的原型加以塑造，而是忠实地刻画他们。浪费无度的罗斯托夫伯爵以他祖父为原型，尼古拉·罗斯托夫的原型是他父亲，可怜、迷人而又丑陋的玛丽娅公爵小姐是他母亲的写照。人们有时认为，托尔斯泰以自己为原型，塑造了皮埃尔·别祖霍夫和安德烈·保尔康斯基公爵这两个人物。假如的确如此，认为他很清楚自己身上的矛盾之处，以自己为原型创造出两个截然相反的个体，是为了理清和了解自己的性格，也许并非捕风捉影之谈。

皮埃尔和安德烈公爵这两个男人都爱上了罗斯托夫伯爵的小女儿娜塔莎，托尔斯泰将她塑造成了所有小说中最讨人喜欢的女孩。没有什么比刻画一个既迷人又有趣的年轻女孩更难的了。一般来说，小说中的年轻女孩要么平淡无奇，比如《名利场》中的阿米莉亚，要么自命不凡，比如《曼斯菲尔德庄园》中的芬妮，要么聪明过头，比如《利己主义者》中的康斯坦莎·达勒姆，要么就是有些愚蠢，比如《大卫·科波菲尔》中的朵拉，这些女孩要么愚蠢轻浮，要么天真得令人难以置信。对于小说家来说，刻画少女是一个棘手的主题，这是可以理解的，毕竟她们处在稚嫩的年龄，个性尚未发育成熟。同样，画家要想将一张脸画得生动有趣，只有通过悲欢离合、思想、爱情和苦难赋予那张脸性格，方能做到。为少女绘制画像，画家所能做的就是表现青春的魅力和美丽。但是，娜塔莎完全是自然的。她可爱、敏感、富有同情心、孩子气、有女人味、理想化、急性子、热心肠、任性、善变，又处处透着妩媚迷人。托尔斯泰创造了许多女性人物，每一个都非常真实，但从未像娜塔莎那样赢得读者的喜爱。托尔斯泰是以妻妹塔尼娅·伯斯为原型塑造娜塔莎的，他为塔尼娅沉迷，就像查尔斯·狄更斯也爱慕妻妹玛丽·贺加斯一样。真是一个具有启发意义的巧合！

对深爱娜塔莎的两个男人皮埃尔和安德烈公爵，托尔斯泰把自己对生命的意义和目标的激情追寻都融入在了他们身上。安德烈公爵的表现更为明显。他是当时俄国大环境的产物。他很富有，拥有大片的土地和许多的农奴，他可以强迫他们做苦力，倘若他们惹他生气，还可以剥光他们的衣服鞭打他们，也可以将他们强行从妻儿身边带走，送到军队里当兵。假如他相中了某个大姑娘或已婚妇女，就可以派人将其抓来供自己取乐。安德烈公爵相貌英俊，五官端正，眼神疲惫，一副吊儿郎当的样子。事实上，他就是浪漫小说中的那种"忧郁而俊朗的男人"。他十分英勇,以自己的种族和地位为荣,品格高尚,但傲慢、专横、偏执且不讲理。他对地位相同的人冷漠傲慢,对地位较低的人却和蔼可亲。他聪明,野心勃勃,想出人头地。托尔斯泰很巧妙地这样描述他:"安德烈公爵总是特别热心,引导年轻人,帮助他们获得世俗的成功。他用为别人寻求帮助为幌子,与能提供这种成功、吸引他的圈子保持联系,而他自己出于骄傲,是决不会接受这种帮助的。"

皮埃尔是一个更令人费解的人物。他身材魁梧,样貌丑陋,近视很严重,必须戴眼镜,此外,他还很胖,食量大,经常喝酒,是个花花公子。他笨拙、莽撞,但性格温厚,真挚诚恳,亲切和蔼,体贴无私,了解他的为人后,必定会爱上他。他很有钱,养着一群阿谀奉承、没有半点用处的人,任由他们花他的钱。他沉迷赌博,他所在的莫斯科贵族俱乐部的会员毫不留情地欺骗他。他心甘情愿在别人的诱使下早婚,妻子是一个美丽的女人,她是为了钱才嫁给他的,还厚颜无耻,对他不忠。在与她的情人进行了一场荒唐的决斗后,他离开她,去了彼得堡。在旅途中,他偶然遇到了一个神秘的老人,原来他是一个共济会会员。他们聊了起来,皮埃尔承认自己不相信上帝。"他若不存在,我们也不会谈论他了。"共济会会员如是回答。接着,他又向皮埃尔简要提出了关于上帝存在的本体论证明。这一观点是由坎特伯雷大主教安瑟姆最早提出来的,内容如下:我们把上帝定义为最伟大的思想对象,但这个最伟大的思想对象必须存在,否则,会有另一个同样伟大的对象存在,而这个对象比上帝更伟大。由此可以推论出上帝的存在。这个证明被托马斯·阿奎那否定，被康德推翻，但它说服了皮埃尔，在到达彼得堡后不久，他加入了共济会。当然，在小说中，无论是物质上还是精神上的情节都必须加以缩短，否则小说就永远没个头了：一场旷日持久的战斗必须在一两页的篇幅中交代清楚，除了作者认为必要的以外，所有的内容都必须省略掉。看法的改变也是如此。在这一点上，我觉得托尔斯泰有些生硬。如此突然的转变使皮埃尔变得异常肤浅。然而，改变的结果是，他渴望放弃昔日放荡的生活，他决定回到他的土地，解放他的农奴，致力于为他们谋求福利。可惜他被他的管家蒙蔽和欺骗了，就像被他的赌友们欺骗了一样，他发现自己所有的好愿都付之东流了。由于缺乏毅力，他那些行善的计划多半无疾而终，他又过起了过去那种游手好闲的生活。他对共济会的热情逐渐减退，发现大多数会友只注重形式和仪式，而许多人加入共济会，"只是为了攀附权贵，从中捞取一些好处"。他感到厌恶和疲惫，又开始寄情于赌博，终日烂醉，淫乱无行。

　　皮埃尔很清楚自己的缺点，对其极之痛恨，却缺乏不屈不挠的意志加以改正。他谦虚、仁慈、善良，却缺乏常识，这一点非常奇怪。他在鲍罗金诺战役中的行为极其愚蠢。他只是个平民，却驾驶马车上了战场，挡了所有人的路，弄得别人不胜其烦，最后为了保全自己的性命，他逃走了。后来，莫斯科市民疏散，他却留了下来，被以纵火罪逮捕并判处死刑。他的死罪被赦免了，但还是锒铛入狱。法军开始灾难性的撤退时，将他和其他囚犯一起押解上路，最后还是游击队把他们救了出来。

　　很难了解他是怎样一个人。他是个好人，很谦虚，性情和善，但他也很软弱。我很肯定他是个非常逼真的人物。在我看来，应该将他视为《战争与和平》中的男主人公，毕竟，最后是他娶了迷人性感的娜塔莎。想必托尔斯泰很喜欢这个人物。他在描写他的时候下笔温柔，充满了同情。不过，我不知道是否有必要把他刻画得如此愚蠢。

像《战争与和平》这样篇幅如此之长的书，又花费了这么长的时间来创作，作者难免有失去热情的时候。托尔斯泰在小说的结尾描述了拿破仑军队从莫斯科撤退和覆灭的情形。但毫无疑问，这种虽长却很有必要的叙述有一个缺点：除非读者对历史一无所知，否则就是给读者讲了很多他们早已知道的事实。这么做的结果是少了悬疑的氛围，而正是因为有了悬念，读者才一页页翻过，去了解后面的情节。尽管托尔斯泰讲述了许多悲惨、极富戏剧性和感伤的情节，你读起来还是有些不耐烦。他用这些章节来解释尚未解释清楚的地方，把此前已经退场的人物重新提了出来。但我认为，他写这些情节的主要目的，在于引入一个对皮埃尔的精神发展有重要影响的新人物。

此人是他的狱友普拉东·卡拉塔耶夫，他本是个农奴，因为偷盗木料而被判进军队服役。他是当时俄国知识界的典型人物。知识分子生活在苛刻的专制统治下，很清楚贵族阶级的生活空虚而轻浮，也知道商人阶级愚昧而狭隘，因此他们开始相信，俄国要得到拯救，只能依靠饱受践踏和虐待的农民阶层。托尔斯泰在《忏悔录》中告诉我们，在对自己的阶级感到绝望后，他向老信徒寻求善良与信仰，而正是善良与信仰赋予了生活以意义。当然，地主有好也有坏，有诚实守信的好商人，也有无良的奸商，农民之间也有好坏之分。认为只有农民才有美德的想法，只是文学上的幻想而已。

这位普通士兵是《战争与和平》所有人物里刻画得最成功的人物之一。皮埃尔被他吸引，也是自然而然的事。普拉东·卡拉塔耶夫热爱所有人，他本身就是个大公无私的人。他以愉悦的心情忍受困苦和危险。他的性格温柔而高尚，而皮埃尔一直以来都是个易受影响的人，他看到了普拉东·卡拉塔耶夫的善良，于是他自己也开始相信良善。"这个四分五裂的世界以一种全新的美，在坚不可摧的全新基础上，在他的灵魂中重新活跃起来。"从普拉东·卡拉塔耶夫那里，皮埃尔了解到，"人的幸福只能从内心找到，从简单的人类需求得到满足中找到，不幸并非源于匮乏，而是因为过剩，生活中没有什么是难以面对的。"最后，他发现自己拥有了心灵上的平静与安宁，这是他长久以来一直在寻找，却遍寻不获的至宝。

即便对一些读者来说托尔斯泰对法军撤退的描写有些无趣，尾声的第一部分也提供了充分的弥补。那部分的描写堪称绝妙，颇具创造力。

年长的小说家习惯在讲完故事后把笔下主要人物的结局告诉读者。读者从作家那里得知男女主人公过上了幸福的生活，他们富有，还多子多孙，而反派即便没有送掉性命，也变得身无分文，娶一个唠叨的妻子，得到应得的报应。不过，他们往往写得很敷衍，只用一两页略微交代，给读者留下的印象是，这是作者多少带着轻蔑赏给他们的安慰。托尔斯泰依然需要把尾声写得精彩绝伦。七年过去了，托尔斯泰带我们来到了尼古拉·罗斯托夫的家里，他娶了一个有钱的妻子，有了孩子。安德烈公爵在鲍罗金诺战役中受了致命重伤。尼古拉娶的是他的妹妹。皮埃尔的妻子在法军入侵期间不幸去世，这为他提供了便利，让他可以自由地迎娶他爱慕已久的娜塔莎。他们生了好几个孩子，夫妻之间举案齐眉，可是，唉，这是多么乏味，多么平庸啊！经历了那么多的危险，承受了那么深重的痛苦，他们沉溺于安逸的中年生活之中。娜塔莎曾经是那么甜美，那么捉摸不定，那么可爱，现在则变成了一个挑剔、苛刻、泼辣的家庭主妇。尼古拉·罗斯托夫，从前是那么英勇，那么意气风发，现在变成了一个固执己见的乡绅。皮埃尔比以前更胖了，还是那么温柔善良，却没有比以前聪明。这个幸福的结局实际上充满了悲剧色彩。我想，托尔斯泰这样写并不是出于痛苦，而是因为他知道事情会变成这样，而他必须说出真相。

十二

结　语

1

你举行宴会，宴会结束，送走了最后一位客人，你回到客厅，你和妻子（如果有的话），以及与你住在一起的朋友（如果有的话），在睡前再喝一杯酒，一边喝一边讨论请来的宾客，可以说是人之常情，如果请来的客人个个儿身份尊贵，更是如此。甲状态很好，乙有个讨厌的习惯，人家正讲一个精彩的故事，眼看快讲到高潮了，他偏偏打断别人，说一些不相干的话，简直大煞风景。有件事很有趣，甲向来喋喋不休，他丝毫不理会乙，继续滔滔不绝，好像乙从来没有开过口。丙和丁令人失望。他们二人一点也不肯配合。他们从来没有想到，一个人去参加聚会，就有责任尽己所能让聚会举办下去。说到这里，你为其中一个辩护，你说他很腼腆，在为另一个辩护时，你说这对他而言是原则问题，除非有什么值得说的话题，否则他是不会开口的。你的朋友用合情合理的理由反驳说，假如我们都这样严肃，就没人说话了。你大笑一声，提起了丁。他和往常一样刻薄，好斗的脾性没有丝毫改变。他很不高兴，觉得自己的优点没有得到充分的认可。成功会使他变得温和，但如果他的幽默机智失去了锋芒，他也许就不那么令人愉快了。你想知道戊最近的风流韵事怎么样了，并试图记住他那句让你发笑的妙语。总的来说，这次聚会很成功。你们喝完酒，关掉灯，回各自的卧室休息了。

因此，在与我所写的这些小说家相处了好几个月之后，我发现自己在与他们永别之前，很想在心里总结一下他们给我留下的印象，就像他们是来我家参加聚会的客人一样。聚会上的客人形形色色，但总的来说，聚会上弥漫着欢乐的气氛。起初，大家只是在泛泛交谈。托尔斯泰打扮得像个农民，留着蓬乱的大胡子，那双灰色的小眼睛忽左忽右地扫视着，他津津有味地谈论着上帝，说到性的话题时，他的言语非常粗俗。他沾沾自喜地说，他年轻时是个大淫棍，但为了表明他在内心是与农民一致的，他用了一个更粗俗的词。陀思妥耶夫斯基愤愤地意识到，没有人真正欣赏他的天赋，于是很长时间都不说话，表现出一副郁郁寡欢的样子。突然，他责骂一声，发表起了长篇大论，要不是大家都在忙着说话，根本没注意的话，说不定会引起一场争吵呢。来宾三五成群站在一起。陀思妥耶夫斯基独自一人坐在角落里。当他注意到托尔斯泰的罩衫采用精美的布料做成，每码至少要七卢布时，他那张因为疾病而容貌受损的脸上露出一抹讥讽的冷笑，五官都扭曲了。他不能原谅托尔斯泰，因为莫斯科一家杂志的编辑之所以拒绝买下他的小说，在杂志上连载，是因为他刚刚花大价钱买了《安娜·卡列尼娜》。让他感到愤怒的是,托尔斯泰谈论上帝的语气,仿佛谈论上帝是他的特权:难道他从来没有读过《卡拉马佐夫兄弟》吗?陀思妥耶夫斯基带着愠怒和反感的目光,冷漠地打量着房间里的每个人,最后注视着一个独自坐着的年轻女子。她长得并不好看,但是,他从她苍白的脸上看出,她瞧不起在场的人,这在他那饱受折磨的灵魂中引起了共鸣。她表情中所蕴藏的灵性吸引着他。有人告诉他,她是艾米莉·勃朗特。他站起身来,向她走去,找了把椅子坐在她身边。她的脸顿时变得通红。他看出她很害羞,也很紧张。他亲切地拍了拍她的膝盖,她却吓了一跳,连忙把膝盖挪开,为了使她安心,他开始给她讲他最喜欢的故事:在莫斯科的一个澡堂里,一个女家庭教师给他带来了一个小女孩,而他强暴了那个女孩。但是,他的语速过快,他的法语也很蹩脚,年轻的艾米莉一个字也没听懂。他还没来得及告诉她,他对自己所犯的罪行是多么悔恨,他的痛苦是多么煎熬,她就突然站起来,走开了。

大家在宽敞的房间里四散走开,奥斯丁小姐选了一个稍微偏一点的座位。司汤达一面对女人便胆怯害羞,但他觉得向她献殷勤是自己应尽的义务。奈何她态度冷淡,他尴尬极了,瞥了一眼正在和赫尔曼·梅尔维尔谈话的亨利·菲尔丁,便过去找正在大声交谈的巴尔扎克、查尔斯·狄更斯和福楼拜了。奥斯丁小姐很高兴能不受打扰地观察客人们。她看见勃朗特小姐从跟她说话的那个样貌丑陋的矮个子男人身边走开,到沙发一角坐下。这个姑娘个子小小的,可怜巴巴,穿着古怪,衣袖是羊腿袖。她的眼睛很漂亮,头发很漂亮,但她的所作所为为什么如此有失体统呢？她一副很苦恼的样子，活像个家庭教师，她其实是个牧师的女儿，出身当然很卑微。奥斯丁小姐觉得她看起来迷惘而孤独，心想应该和她聊聊，表现一下善意。她站起来，坐在她旁边的沙发上。艾米莉吃惊地看了她一眼，尴尬地只用一两个字来回答奥斯丁小姐友好的问题。奥斯丁小姐注意到，夏洛蒂·勃朗特小姐并未在受邀之列，对此毫不惊讶。也许这样正好，因为夏洛蒂·勃朗特对《傲慢与偏见》的评价很低，认为作者缺乏诗意和感情。但是，作为一个有教养的女人，奥斯丁小姐觉得出于礼貌，应该问问夏洛蒂小姐是否安好。艾米莉又用一两个字来回答，奥斯丁小姐得出结论，与陌生人交谈对这位娇小可怜的姑娘来说是一件痛苦的事，便决定还是让她一个人待着为好。她回到自己原来的座位上，继续观察房间里的其他人，方便以后讲给卡珊德拉听。要说的事太多了，信里根本写不下，她必须等到她们在查顿重聚时再说。一想到亲爱的卡珊德拉听到自己一个个描述这些怪人时一定会大笑不止，她不禁莞尔一笑。

狄更斯先生比奥斯丁小姐心目中男性的理想身高要矮一些，穿着有点过于讲究。然而，他长着一张讨人喜欢的脸，眼睛很漂亮，从他活泼的神态来看，她认为他可能很有幽默感。可惜他非常粗俗。在场的还有两个俄国人，其中一个的名字很难念，看上去很讨厌，长相极为普通，另一个是托尔斯泰，周身散发出绅士派头，但面对外国人，是很难看出他们的底细的。奥斯丁小姐不明白他为什么穿着画家常穿的那种奇怪的罩衫，脚上则穿着一双笨重的靴子。他们说他是一位伯爵，但她认为外国的贵族头衔很可笑。至于其他的人，首先是人称司汤达的贝尔先生，他又胖又丑。而对于自命高雅的人来说，福楼拜先生笑得太大声了。至于巴尔扎克先生，他的举止实在糟糕。在场只有菲尔丁先生堪称绅士，他正和一个美国人说话，奥斯丁小姐想知道他从那人身上能找到什么感兴趣的东西。那个美国人是梅尔维尔先生，此人身材魁梧，高大挺拔，但蓄着胡子，看上去很像商船的船长。他正在给菲尔丁先生讲故事，故事内容显然很有趣，逗得菲尔丁先生哈哈大笑。菲尔丁先生常常喝醉酒，但奥斯丁小姐知道绅士们经常这样，对此，她虽然很遗憾，却并不感到震惊。菲尔丁先生风度翩翩，神色间带有几分放荡，却很有教养，他本来也要与哥哥（也就是奈特先生）的朋友在戈德默尔沙姆举办聚会。毕竟，他是玛丽·沃特利-蒙塔古夫人的表弟，又是哈布斯堡家族的后裔，属于登比伯爵一支。他察觉到她的目光，站起身，离开那个陌生的美国人，走到奥斯丁小姐身边，鞠了一躬，问自己是否可以坐在她身边。她微笑着表示同意，并表现出了适当的风度。他愉快地聊着，过了一会儿，奥斯丁小姐就壮起胆子告诉他，她小时候读过《汤姆·琼斯》。

"我敢肯定这本书对你没害处，女士。"他说。

"的确没有。"她答，"我相信，对任何一个有原则、有理智的年轻女子，都不会有害处。"

然后，菲尔丁先生带着几分殷勤的微笑，问奥斯丁小姐，她这么有魅力、风趣、优雅，怎么会没有结婚呢？

"我怎么能结婚呢，菲尔丁先生？"她欢快地回答，"我唯一愿意嫁的男人就是达西，而他早已娶了我亲爱的伊丽莎白了。"

司汤达、巴尔扎克和福楼拜三位著名小说家在一起，查尔斯·狄更斯走过去加入了他们，但他感觉很不自在。他们是很热情，可他还是看得出来，他们只当他是个和蔼可亲的野蛮人。一看就知道，他们认为，除了法国，别的国家不可能创作出任何具有重要地位的文学作品。他们还认为，英国人写小说就像滑稽表演，与马戏团里训练有素的狗做出的滑稽动作一样，自然没有艺术价值可言。司汤达承认英国有莎士比亚，他喜欢时不时说上一句"生存还是毁灭"。有那么一会儿，福楼拜比平时更吵闹，他疑惑地看了狄更斯一眼，喃喃地说了句"只余静默"。狄更斯通常是聚会上的灵魂人物，他尽量表现得对那几位伟大作家的谈话感兴趣，可惜他的笑有些勉强。听到他们竟如此下流，毫无顾忌地谈论自己的淫乱经历，他不由得深感震惊。他并不愿意听人谈论性这个话题。他们问他英国女人是不是真的很冷淡，他不知该如何回答。他听着巴尔扎克言语粗俗地讲述他与英国地位最高的贵族吉多博尼伯爵夫人的风流韵事，听得十分痛苦，只得沉默不语。他们用英国人为人拘谨这件事嘲笑他。"不得体"是英文中最常用的一个词，这也"不得体"，那也"不得体"。司汤达陈述了一个事实：在英国，人们给钢琴的琴腿套上裤子，这样年轻的姑娘学钢琴，注意力就全在自己的五指上，不会动淫思邪念。狄更斯以他一贯的好脾气忍受着他们的玩笑。不过，他一想到他们并不清楚他和威尔基·柯林斯去巴黎旅行的时候有多快活，心里不禁暗自发笑。在旅行的最后一站，他们去参观了多佛白崖，威尔基以一种在他身上并不常见的庄严神情转向他说："查尔斯，谢天谢地，英国的体面是牢牢建立在法国的不道德之上的。"狄更斯一时不知道该如何回答。然后,当他意识到这句话的深刻意义时,他的眼睛里充满了爱国的泪水。"上帝保佑女王。"他用沙哑的声音咕哝道。一向彬彬有礼的威尔基庄重地举起了他的礼帽。多么难忘的时刻啊!

2

很明显,这些小说家每一个都是个性鲜明,与众不同。他们拥有强烈的创作天赋,对写作充满了激情。如果有什么可参考的,我们可以有把握地说,讨厌写作的作家不算好作家。这并不是说他们认为写作很容易。要写出优秀的作品是很难的。但是,他们仍将满腔热情寄托在写作上。写作不仅是他们一生的事业,还是如饥似渴的迫切需要。也许每个人都有创造的天赋。孩子们玩彩色铅笔,用水彩画一些小图画,这是很自然的事,等到他们学会了看书和写字,常常会写一些小诗和小故事。我相信创造的天赋在二十多岁时达到顶峰,在这之后,创造力就减弱了,最后消失不见,有时是因为它只是青春期的产物,有时是因为生活中俗事繁多,必须赚钱谋生,没有时间来发挥。但在许多人身上,甚至在我们大多数人都不知道的情况下,这种创造力会继续存在,成为他们的负担,让他们沉迷。他们成为作家是出于内心的冲动。不幸的是,一方面,创造天赋有可能极为强烈,而另一方面,创作有价值作品的能力却可能匮乏不足。

必须有一种东西与创作天赋相结合,才可以使作家创作出有价值的作品,这种东西是什么?我想是个性。有的个性讨人喜欢,有的则不,不过这并不重要。重要的是,由于天性中的某种特质,作家得以以一种独有的方式来观察事物。即便他的观点被普遍认为是既不公正也不真实,也无所谓。你可能不喜欢他们所看到的世界,比如司汤达、陀思妥耶夫斯基或福楼拜所看到的世界,那么他们的世界就会让你反感,但是,你很难不被他们诠释那个世界时所呈现的力量打动。你还有可能很喜欢他们笔下的世界,就像菲尔丁和简·奥斯丁的世界,接着,你会深深地喜欢上这位作家。至于喜欢与否,则取决于你自己的性格,与作品的优劣无关。

如果可以的话,我一直很想知道我所讨论的这些小说家究竟有哪些特点,才能写出脍炙人口的伟大作品。人们对菲尔丁、简·奥斯丁和艾米莉·勃朗特所知甚少,但关于其他人,调查材料可谓极为丰富。司汤达和托尔斯泰一部接一部地以他们自己为原型创作作品。福楼拜的信件含有极为详细的信息。而对于剩下的人,有朋友和亲戚写了回忆录,也有传记作家详细描述了他们的生平。说来也怪,他们似乎并没有很高的文化修养。福楼拜和托尔斯泰都读过很多书,但这么做主要是为了写书而查找材料。而其他人所阅读书籍的涵盖面,并不比他们所属阶层的一般人广。除了他们自己的作品,他们似乎对别人的艺术不感兴趣。简·奥斯丁承认音乐会让她感到厌烦。托尔斯泰喜欢音乐,会弹钢琴。司汤达偏爱歌剧,这是一种给不喜欢音乐的人带来快乐的音乐娱乐形式。身在米兰期间,他每晚都到斯卡拉剧院去和朋友们闲聊,吃晚饭,打牌,他和朋友们一样,只有当著名的歌唱家演唱著名的独唱曲时,他才注意舞台。他对莫扎特、奇马罗萨和罗西尼有着同样的崇拜。据我所知,其他人都对音乐兴致寥寥,对立体造型艺术亦是如此。他们的书中若是提到绘画或雕塑,无不表明他们的品位老套到了可悲的地步。众所周知,托尔斯泰认为所有的绘画都毫无价值,除非哪幅画的主题富含道德深意。司汤达则哀叹道,达·芬奇没有得到圭多·雷尼①的指导和示范,他声称卡诺瓦②是比米开朗基罗更伟大的雕塑家,因为他创作了三十件杰作,而米开朗基罗只创作了一件。

当然,写一部出色的小说需要智慧,但这里的智慧极为特殊,并且并不高超。这些伟大的作家的确有头脑,但他们的智力并不出众。在处理一般的想法时,他们可以说是单纯到了叫人吃惊的地步。他们接受当时流行的哲学常识,而当他们把这些常识运用到自己的小说中,结果却很少令人满意。事实上,他们的责任不在于提出观点,他们若是描写观点,则非常情绪化。他们没有概念性思维方面的天赋。他们感兴趣的不是命题,而是实例,只有具体的东西才能引起他们的兴趣。但是,即便智商不是他们的强项,对他们用处更大的天赋也可以弥补。他们拥有强烈的感受,甚至可以说热烈激昂。他们想象力丰富,观察力敏锐,还可以从他们所创造的人物的角度出发,为他们的快乐而高兴,为他们的痛苦而难过。最后,他们有一种能力,能够有力、清晰地表达出他们所看到的、所感受到的和所想象的一切。

这些都是伟大的天赋,作家拥有这些天赋,可谓幸运,但如果不具备其他的东西,光有这些天赋是不够的。加瓦尼谈到巴尔扎克

---

① 圭多·雷尼,十六至十七世纪意大利巴洛克画家。
② 安东尼奥·卡诺瓦,十八至十九世纪意大利新古典主义雕塑家。

时说，一般来讲，在所有的主题上，他都是彻彻底底的 ignare。有人在第一反应下把这个词翻译成了 ignorant①，但这也是个法语词，而 ignare 还有更深层的含义。它的意思是粗暴、愚蠢、无知。加瓦尼又道，每当巴尔扎克开始写作，便对事物产生了一种直觉，似乎可以对万物了若指掌。我认为直觉是一种判断，人根据他们认为合理的理由做出判断，但这些理由并没有呈现在意识中。而巴尔扎克显然并非如此。他所展示的知识是没有根据的。我认为加瓦尼用错了词，我觉得用"灵感"这个词更适合。灵感便是作家写出旷世佳作所需要的"其他东西"。但什么是灵感？我有很多心理学方面的书，每一本都看过，我盼着找到能给我启发的内容，却遍寻不获。我看到的唯一试图诠释这个主题的文章由埃德蒙·贾鲁②创作，标题为《诗意的灵感和匮乏》。埃德蒙·贾鲁是法国人，他写的都是他的同胞。这可能是因为他们对精神状态的反应比清醒的盎格鲁－撒克逊人更强烈。他这样描述法国诗人灵感至心时的样子。他们升华了，面容平静，同时又容光焕发。他们的五官十分放松，眼睛里闪动着独一无二的清澈光泽，带着一种奇怪的欲望，而这种欲望是虚无缥缈的。这是一种不容置疑的身体状态。埃德蒙·贾鲁又说，灵感并非永久存在。接下来便是灵感匮乏的状态，可能持续一段时间，也可能会持续数年。然后，作者觉得自己半死不活，心情不好，受到痛苦折磨，不仅沮丧，还变得好斗、恶毒、厌世，他们嫉妒作家同行写出的作品，也嫉妒他们自己所失去的创作能力。我很奇怪，甚至是很吃惊地发

---

① 意为无知。
② 埃德蒙·贾鲁，十九至二十世纪法国小说家、散文家和评论家。

现这样的状态与神秘主义者竟如此相似,在灵光乍现的时刻,神秘主义者感到自己与上帝合一,而在他们称之为灵魂黑夜的时刻,他们感到干涸、空虚,遭到上帝的抛弃。

按照埃德蒙·贾鲁所写,似乎只有诗人才有灵感,也许相比写散文的作家,灵感对诗人更有必要。当然,诗人因为自己是诗人而写的诗,与他在灵感降临时而写的诗,这二者之间的差别更为明显。但是散文作家和小说家也有灵感。只有抱有偏见,才会否认《呼啸山庄》《白鲸》《安娜·卡列尼娜》中某些不长的段落与济慈或雪莱的诗歌一样富有灵感。小说家可能有意识地依赖于这种神秘的东西。陀思妥耶夫斯基在给出版商的信中,经常概述他想写的一些场景,还说如果当他坐下来写的时候,灵感来了,就能写出出色的作品。灵感属于青春,人到老年,便很少获得灵感,而灵感只是偶尔出现。即便下再大的决心,也无法唤起灵感,但作家们发现,往往可以将灵感引诱出来。席勒每次走进书房写作,都要闻闻他放在一个抽屉里的烂苹果,从而唤醒自己的灵感。狄更斯必须在书桌上放某些东西,没有这些东西,他连一个字都写不出来。出于某种原因,只有这些物品在场,才能激发他的灵感。不过这样的事并不可信。这位作家可能被一种真实的灵感所抓住(就像济慈在写他最伟大的颂歌时抓住他的灵感一样),却创作出一些毫无价值的东西。对于这一点,神秘主义者再次提供了一个类比:在圣特蕾莎看来,除非能创造出优秀的作品,否则修女们的心醉神迷的状态和幻觉幻象一无价值。我很清楚,我没能做到我应做的,告诉读者什么是灵感。真希望我能做到。可我并不知道灵感是什么。这是一种神秘的东西,它使作家写出了连他们自己都不知道自己知道的东西，因此，回头看时，他们问自己："我究竟是怎么知道的？"我们知道，夏洛蒂·勃朗特很困惑，不明白妹妹艾米莉为什么能写出那样的人和事，而据她所知，妹妹对那些人和事并不熟悉。每当这种受欢迎的力量降临在作家身上，各种思想、形象、比喻，甚至确凿的事实就向他们涌来，他们觉得自己不过是工具，是速记员，负责把呈现在他们脑海里的东西记录下来。不过，关于这个晦涩的问题，我已经说得够多了。我之所以提到灵感，只是想说明，如果没有这种神秘之物的影响或力量，无论作家有什么天赋，都无济于事。

3

三十岁以后，作家若仍受创作本能的支配，就不正常了。不过简·奥斯丁除外，她似乎拥有一个女人所能拥有的全部美德，却不是那种叫人无法忍受的完美典范，所有这些作家都在这样或那样的方面有不正常之处。陀思妥耶夫斯基患有癫痫病，福楼拜也是如此，世人普遍认为他服用的处方药影响了他的创作。这让我想到了一个观点，即身体上的残疾或童年的不幸经历是创造本能的决定性力量。因此，如果拜伦不是有一只畸形足，也不会成为诗人，如果狄更斯没有在鞋油厂做过几个礼拜的工，就不会成为小说家。这在我看来纯属谬论。无数人生来就有一只畸形足，无数的孩子被迫从事他们认为不光彩的工作，却从未写出过十行诗或散文。创作天赋存在于每个人的身上，但只在少数人身上旺盛而持久。即便拜伦有跛足，陀思妥耶夫斯基患有癫痫，狄更斯在亨格福德·斯泰尔有过不幸的经历，除非他们天生就有写作的欲望，否则不可能成为作家。健康的亨利·菲尔丁、健康的简·奥斯丁和健康的托尔斯泰都有这种欲望。我毫不怀疑，身体上的残疾或精神上的缺陷会影响作家作品的品质。在某种程度上，这使得某个作家和其他人区别开来，使他局促不安，产生偏见，因此从一种不太寻常、通常还很空洞的立场来看待世界、人生和人类。最重要的是，它在与创造天赋不可避免有联系的外向基础上又增加了内向。我不怀疑，陀思妥耶夫斯基如果不是癫痫患者就不会写出这样的书，但我也不怀疑，在这种情况下，他仍会是一个多产的作家。

总的来说，除了艾米莉·勃朗特和陀思妥耶夫斯基之外，能与这些伟大的作家见面，一定是非常愉快的经历。他们活力四射，热情十足。他们是风趣的伙伴，也很健谈，他们的魅力给每一个接触过他们的人都留下了深刻的印象。他们有着惊人的享受能力，热爱生活中的美好事物。若是认为有创造力的艺术家喜欢住在阁楼里，可谓大错特错。他们并不喜欢。他们的天性中存在一种活力，使他们善于表现。他们热爱奢侈的生活，想想看菲尔丁的挥霍无度，司汤达的华丽衣服、马车和马夫，巴尔扎克毫无意义的炫耀，狄更斯的盛大宴会、豪宅和双驾马车。清心寡欲与他们毫不相干。他们想要钱，不是存起来，而是拿来挥霍，他们弄钱的方式也并不总是符合道德原则。挥霍无度符合他们开朗的天性，即便这是缺点，我们大多数人也对其怀有同情。然而，除去一两个例外，他们都不是好相处的人。对他们身上的特质，即使是最宽容的人也难免会感到尴尬。他们以自我为中心。对他们来说，除了工作以外，没有什么是真正重要的。为了写作，他们准备毫无顾忌地牺牲与他们有关的每一个人。他们虚荣、不顾及别人、自私、固执。他们几乎不具备自制力，从来没有想过不去理会自己一时的心血来潮，以免给别人带来痛苦。他们似乎不太想结婚，即使结婚了，也没有给妻子带来多少幸福，这可能因为他们生性暴躁，也可能因为他们喜怒无常。在我看来，他们结婚，是为了逃避他们那不安分的本能所带来的骚动。安定下来成家似乎能给他们带来平静和安闲，他们把婚姻想象成一片锚地，在那里他们可以安稳地生活，远离这个暴乱的世界，不受惊涛骇浪的影响。但是逃离、平静、安闲、稳定，与他们的性格最为格格不入。婚姻需要无休止的妥协，他们生性便是顽固的利己主义者，怎么能指望他们妥协呢？他们有过风流韵事，可他们对自己和爱慕对象似乎都不太满意。这是可以理解的：真正的爱是臣服，真正的爱是无私，真正的爱充满了柔情，但是，温柔、无私和屈从并不是他们所能具备的美德。除了极正常的菲尔丁和好色的托尔斯泰，其他人并没有很强的性欲。人们猜想，他们发展出一段段风流韵事，更多的是为了满足虚荣心，或者是为了证明他们富有男子气概，而不是抗拒不了对方的魅力，不禁意乱情迷。恕我直言，他们在实现了这些目标后，就会感觉如释重负，回去继续工作。

当然，这些都是泛泛之论，正如我们所知，泛泛之论只是大致正确。对我所选择的这些人，我了解他们的一些情况，并对他们发表了一些评论，这些言论在某种情况下很容易被证明是夸张的。我忽略了这些作家们一生所处的环境和舆论（可悲的是，"舆论"这种表达方式现在过时了，不过用起来很方便），不过，环境和舆论对他们的影响显然是不容忽视的。除了《汤姆·琼斯》，我在本书中提到的小说都出现在十九世纪。那个时期，社会、工业和政治这几个方面纷纷掀起了革命的浪潮。人们抛弃了世代沿袭、几乎没有改变的生活方式和思想方式。在这样一个时代，也许旧的信仰不再被全盘接受，空气里弥漫着巨大的骚动，生活是一场全新而刺激的冒险，而如此种种，有利于产生杰出的人物和伟大的作品。事实上，十九世纪（如果你愿意的话，可以认为是截止于1914年）所产生的小说可谓前无古人后无来者。

我认为可以将小说大致分为现实主义题材和情感题材。这样区分，其界限并不明确，许多现实主义小说家偶尔也引入与情感有关的情节，相反，情感小说家通常试图通过现实主义的细节使其所讲述的情节更可信。情感小说的名声并不好，但你不能对巴尔扎克、狄更斯和陀思妥耶夫斯基所采用的方法不屑一顾。这不过是题材不同而已。侦探小说大受欢迎，可见其对读者有巨大的吸引力。读者希望体会到刺激、震惊和痛苦。情感小说家力图通过激烈和夸张的情节来吸引你的注意力，使你眼花缭乱，吃惊错愕。这种小说家面临着一个风险，那就是你不相信他们。可是，正如巴尔扎克所说，你必须相信他告诉你的事情是真实发生的。他们要做到这一点，最好的方法是在刻画人物时让他们拥有不同寻常的经历，从而使他们的行为可信。情感小说要求人物比真人夸大一些，陀思妥耶夫斯基称这些人物比现实更真实。他们拥有不受控的激情，过度的情感，不仅冲动鲁莽，还不讲原则。戏剧性的情节是他们的合理领域，若是像往常一样对其不屑一顾，就如同因立体主义绘画不具有代表性而贬低它一样不合理。

　　现实主义者主张实事求是地描述生活。他们避免暴力事件，因为总的来说，在与他们打交道的普通人的生活中，不会发生暴力事件。他们所叙述的事件不仅必须是有可能发生的，还必须是不可避免的。他们追求的并不是让你大吃一惊，或是让你心跳加快。他们渴望得到认可，这对他们而言是一大乐事。对他们要你感兴趣的人物，你很熟悉。对那些人物的生活方式，你更是了若指掌。你想他们所想，感他们所感，因为他们和你很像。发生在他们身上的事很可能也会发生在你身上。但总的来说生活是单调的，因此，现实主义小说家总是担心自己写的东西很无聊。如此一来，他们便忍不住加入与情感有关的情节。这样的氛围可谓迫不得已，读者的幻想破灭了。因此，在《红与黑》中，司汤达一直使用现实主义手法，可后来，于连去了巴黎，与德·拉莫尔夫人有了接触，写作的方法就变了。从此，小说开始描写情感，你则要强忍着不适，伴着作者在他莫名其妙地选择的新道路上一路到底。福楼拜在开始创作《包法利夫人》时，就清楚地认识到书里的内容有可能让读者觉得沉闷，他认为只有通过优雅的文风才能避免这种危险。简·奥斯丁以她一贯的幽默避开了这一点。但像福楼拜和简·奥斯丁那样，能够将现实主义模式坚持到最后而不动摇的小说家并不多。这需要高超的机智方能做到。

　　我以前引用过契诃夫[①]的一句话，这句话切中要害，我在此冒昧

[①] 契诃夫，十九至二十世纪俄国著名作家。

地再引用一遍。他说:"人们不会去北极,也不会从冰山上掉下来,他们去的是办公室,和妻子吵架,喝卷心菜汤。"这就过分地缩小了现实主义小说的范围。确实有人去北极,即便不会从冰山上摔下来,也会经历可怕的冒险。他们去非洲、亚洲和南太平洋。这些地方发生的事与布鲁姆斯伯里的广场或南海岸的海滨胜地不一样。这确实属于情感小说的范畴,但如果这类事情极为常见,那么现实主义小说家便可以毫不犹豫地进行描写。普通人去办公室,和妻子吵架,喝卷心菜汤,这确实是事实。但现实主义者的任务是揭示普通人身上不平凡的地方。如此一来,喝卷心菜汤就和从冰山上掉下来一样,都是伟大的时刻。

但即使是现实主义者,也不直接复制生活。他们将生活进行整理改编,为自己所用。他们尽可能避免将情节刻画得"不真实可信",但有时候这是非常必要,也是很普遍的,读者会毫无异议地予以接受。例如,如果小说中的主人公急迫地要见一个人,他很可能在皮卡迪利大街拥挤的人行道上走着走着,就遇见了这个人。他说:"嘿!没想到会遇见你! 我正找你呢。"这种事发生的可能性就像玩桥牌的人得到十三张黑桃一样小,但读者将毫不犹豫地接受这一情节。情节是否真实可信,会随着读者老于世故的程度而变化。以前不会引起注意的巧合可能让当今的读者产生怀疑。想来《曼斯菲尔德庄园》的当代读者不会觉得奇怪,托马斯·伯特伦爵士从西印度群岛来的那天,他的家人正在观看私人演出。当今的小说家觉得有必要让他在如此尴尬的时刻返回显得更真实可信。我提出这一点只是想表明,现实主义小说实际上并不比情感小说更真实,尽管它比较微妙,也比较含蓄。

4

我在本书中讨论的小说各不相同，但它们有一个共同点：它们讲的都是很好的故事，作者都以非常直接的方式把故事讲了出来。在叙述事件和探究动机时，他们没有使用任何令人厌烦的文学手法，比如意识流和回溯，许多现代小说偏偏因此变得极为乏味。他们告诉读者的，是他们希望读者知道的事，而不是像现在流行的那样，让读者去猜测人物是谁，做何职业，处境如何；事实上，他们尽了一切努力，让读者看书能容易一些。看来他们并不是想用他们的敏锐来给人留下深刻的印象，也不是想用他们的独创性来叫人震撼。作为人，他们已经够复杂的了，而作为作家，他们则异常简单。他们不露声色，有独特见解，就像乔登先生①说话像散文那样自然。他们试图讲出真相，但不可避免地通过自己独特的扭曲视角来看待真相。他们凭着可靠的本能，避开一时的热门话题，因为随着时间的推移，这些话题将失去价值。他们只塑造人类一直都很关心的话题，比如上帝、爱与恨、死亡、金钱、野心、嫉妒、骄傲、善与恶。简而言之，他们具有人类自古以来共有的激情和本能，正因为如此，一代又一代的人们才在这些书中找到了与自身目标相符的东西。这些作家看到、判断和描述的生活，都是他们那不同寻常的个性向他们揭示出

---

① 莫里哀的名剧《贵人迷》中的人物。

来的，正因如此，他们的作品才具有强烈的个性，持续不断地深深吸引着我们。归根到底，作家所能奉献的只有他们自己，正因为这几位作家都是具有特殊力量和非凡个性的人，尽管随着时间的推移，出现了不同的习惯、生活和全新的思维方式，他们的小说仍然魅力不减分毫。

说来也怪，尽管他们写了又写，在大多数情况下还不断进行修改，但他们在文采上都谈不上出色。似乎只有福楼拜一个人在努力做到文体优雅。讽刺的是，他在《包法利夫人》上花了那么大的心血，现在这本书还不如那些随便写出的书信更受法国知识阶层的赏识，而原因不过是文风。多年前，我和克罗帕特金勋爵谈论托尔斯泰和陀思妥耶夫斯基，他告诉我，托尔斯泰的文笔像个绅士，陀思妥耶夫斯基则像欧仁·苏①。如果他的意思是说，托尔斯泰用的是修养高深的人所使用的传统风格，那么在我看来，这的确是小说家非常适合采用的风格。我应该说，奥斯丁小姐写的东西非常像我们想象中她那个时代贵妇的谈吐，而这种风格非常适合她的小说。小说不是科学论文。每一部小说都需要自己独特的风格，福楼拜对此心知肚明，因此《包法利夫人》的风格不同于《萨朗波》，《萨朗波》的风格又与《布瓦尔和佩库歇》不同。据我所知，从未有人声称巴尔扎克、狄更斯和艾米莉·勃朗特的文笔出类拔萃。福楼拜说自己不可能读司汤达的作品，因为他的风格太糟糕了。仅凭译本也能看出，陀思妥耶夫斯基的风格明显马马虎虎。似乎出色的文笔并不是小说家必

---

① 欧仁·苏，十九世纪法国作家。

备的一项技能。但是，活力和朝气、想象力、创造力、敏锐的观察力、对人性的了解、兴趣和同情，以及多产和智慧，都更为重要。尽管如此，文笔出众总强过平平无奇。

然而，说来也怪，这些杰出的作家并没有把他们各自的语言写得更加优美动人，更奇怪的是，他们居然当上了作家。他们的家族中没有任何写作的遗传天赋。他们的家庭虽然多少有些地位，却非常普通，既不是特别聪明，也不是特别有教养。他们本人年轻时也没有与对艺术和文学感兴趣的人接触过。他们不认识作家，也不是特别刻苦勤奋。他们所进行的娱乐活动和所从事的职业，也都与他们那个年纪和地位的男孩女孩别无二致。没有什么能表明他们拥有不寻常的能力。除了托尔斯泰是贵族外，他们都属于中产阶级。在他们所处的环境和所受的教养下，他们本应该成为医生或律师、政府官员或商人才合理。他们开始写作，就像羽翼初丰的小鸟飞入天空一样。一个家庭的两名成员，比如卡珊德拉·奥斯丁和简·奥斯丁，又比如费奥多尔·陀思妥耶夫斯基和米哈伊尔·陀思妥耶夫斯基，以同样的方式长大，过着同样的生活，接触同样的环境，并因对彼此的爱而联系在一起，但只有其中一人被赋予了一种至高无上的天赋，这的确奇怪至极。我想我在前文中提过，伟大的小说家需要多方面的才能，不仅需要创造力，还需要敏锐的洞察力、细心的眼睛、从经验中获益的能力，最重要的是对人性怀有深深的兴趣，这些因素幸运地结合在一起，就能成为小说家。但是，为什么这些才能被授予这个人，而非那个人？为什么一个乡村牧师的女儿、一个无名医生的儿子、一个小律师的儿子或一个诡诈的政府职员的儿子，能拥有这样的天赋？就我所知，这是无法解开的谜团。没有人知道这些小说家的罕见天赋是如何来的。这似乎取决于性格，而除了少数例外，性格似乎是由值得尊敬的品质和邪恶的缺陷混合而成的。

  艺术家的特殊天赋、才能或所谓的禀赋，就像蛰伏着的兰花种子，偶然落在热带丛林的一棵树上，随即发芽，它不是从树上汲取营养，它的养分来自空气，接着，长出了一朵奇怪却美丽的花朵。然而，那棵树被砍伐了，制成了木材，或是顺着河流漂到锯木厂，于是，这棵曾长过神奇而华丽花朵的树，便与原始森林里其他无数棵树没什么不同了。